WISE SAYING

마이클 샌델

(5) 정의

Justice

김동구 엮음

明文堂

머리말—세상 살아가는 지혜

『명언(名言)』(Wise Saying)은 오랜 세월을 두고 음미할 가치가 있는 말, 우리의 삶에 있어서 빛이나 등대의 역할을 해주는 말이다. 이 책은 각 항목마다 동서양을 망라한 학자·정치가·작가·기업가·성직자·시인……들의 주옥같은 말들을 예시하고 있다.

이러한 말과 글, 시와 문장들이 우리의 삶에 용기와 지침이 됨과 아울러 한 걸음 나아가 다양한 지적 활동, 이를테면 에세이, 칼럼, 논문 등 글을 쓴다든지, 일상적 대화나, 대중연설, 설교, 강연 등에서 자유로이 적절하게 인용할 수 있는 여건을 충족시켜 줄 것이다.

독자들은 동서양의 수많은 석학들 그리고 그들의 주옥같은 명언과 가르침, 사상과 철학을 접할 수 있는 좋은 기회를 얻음으로써 한층 다양하고 품격 높은 삶을 영위할 수 있을 것이다.

이 책은 각 항목 별로 다음과 같이 구성되어 있다.

【어록】

어록이라 하면 위인들이 한 말을 간추려 모은 기록이다. 또한 유학자가 설명한 유교 경서나 스님이 설명한 불교 교리를 뒤에 제자들이 기록한 책을 어록이라고 한다. 각 항목마다 촌철살인의 명언, 명구들을 예시하고 있다.

【속담·격언】

오랜 세월에 걸쳐서, 민족과 지역의 수많은 사람들의 생생한 경험을 통해서 여과된 삶의 지혜를 가장 극명하게 표현하는 것이기 때문에 문자 그대로 명언 가운데서도 바로 가슴에 와 닿는 일자천금(一字千金)의 주옥같은 말이라고 할 수 있다.

【시 · 문장】

항목을 그리는 가장 감동 감화적인 표현이라고 할 수 있다. 가장 마음속에 와 닿는 시와 문장을 최대한 발췌해 수록했다.

【중국의 고사】

동양의 석학 제자백가, 사서오경(四書五經)을 비롯한 《노자》, 《장자》, 《한비자》, 《사기》……등의 고사를 바탕으로 한 현장감 있는 명언명구를 인용함으로써 이해도를 한층 높여준다.

【에피소드】

서양의 석학, 사상가, 철학자들의 삶과 사건 등의 고사를 통한 에피소드를 접함으로써 품위 있고 흥미로운 대화를 영위할 수 있는 소양을 갖추는 계기가 된다. 그 밖에도 【우리나라 고사】 【신화】 【명연설】 【명작】 【전설】 【成句】 ……등이 독자들로 하여금 박학한 지식을 쌓는 데 한층 기여해줄 것이다.

많은 서적들을 참고하여 가능한 한 최근의 명사들의 명언까지도 광범위하게 발췌해 수록했다. 그러나 너무도 많은 자료들을 수집하다 보니 미비한 점도 있을 것으로, 독자 여러분의 너그러운 이해를 바란다.

— 운계(雲溪) 金東求

차 례

정의

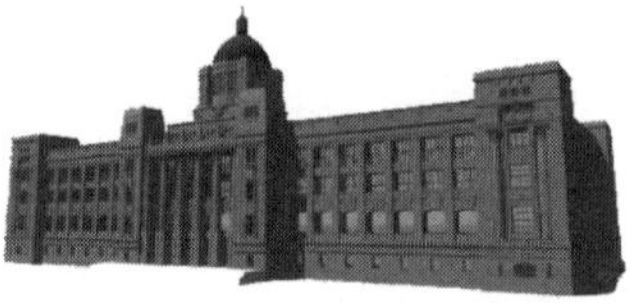

국가 nation 國家

【어록】

▣ 오직 백성이 나라의 근본이다. 근본이 튼튼해야 나라가 안녕하다(民惟邦本 本固邦寧). —《상서(尙書)》

▣ 부인에게 본보기가 되어 그것이 형제에게 미쳐 가고 국가까지 다스린다. —《시경》

▣ 잘 다스려진 나라는 언제나 부유하지만, 어지러운 나라는 반드시 빈궁하다(治國常富 而亂國必貧). —《관자》

▣ 덕에 따라 등용하면 나라가 안정하다(授有德則國安). —《관자》

▣ 몸을 닦지 않는다면 어찌 한 인간으로서 기대할 수 있으며, 개인을 수양하지 않는다면 어찌 한 집안으로서 기대할 수 있으며, 한 집안을 다스리지 않는다면 어찌 한 고을로서 기대할 수 있으며, 한 고을을 다스리지 않는다면 어찌 한 국가로서 기대할 수 있겠는가. —《관자》

▣ 무릇 천하 국가를 다스리는 데는 아홉 가지 벼리가 있다(凡爲天下國家有九經 : 曰修身也 尊賢也 親親也 敬大臣也 體羣臣也 子庶民也 來百工也 柔遠人也 懷諸侯也 : 첫째 군주가 자기 몸을 닦는 것. 둘째 현인을 존중하는 것. 셋째 가까운 혈연을 친하게 하는 것. 넷째 대신들을 공경하는 것. 다섯째 뭇 신하들을 내 몸과 같이 여기는 것. 여섯째 뭇 백성을 내 아들과 같이 여기는 것. 일곱째 다양한 기술자들이 모이게 만드는 것. 여덟째 먼 지방 사람들까지도 화목하게 만드는 것. 아홉째 제후들을 회유하는 것).

— 《중용》

▣ 나라에 이로운 것은 사랑하고, 나라에 해로운 것은 미워한다(利於國者愛之 害於國者惡之). — 《안자춘추(晏子春秋)》

▣ 자고로 죽음이라는 것은 누구에게나 있는 것이지만, 백성이 믿어주지 않으면 국가는 일어설 수가 없다. — 《논어》

▣ 안으로 법도가 있는 (사대부) 집안과 (임금을) 보필하는 선비가 없고, 밖으로 적국과 외환(外患)이 없으면 그런 나라는 반드시 망한다(入則無法家拂士 出則無敵國外患者 國恒亡). — 《맹자》

▣ 나라가 끝까지 망한 뒤에야 망하는 것을 알고, 다 죽은 뒤에야 죽는 줄은 안다(亡國至亡而後知亡 至死而後知死). — 《순자》

▣ 어지러우면 나라가 위험하고, 다스려지면 나라가 안전하다(亂則國危 治則國安). — 《순자》

▣ 나라가 작더라도 업신여길 수 없고, 사람이 많더라도 방비가 없으면 믿을 수 없다(國無小 不可易也 無備雖衆 不可恃也).

—《좌전(左傳)》

▣ 나라가 망하면 근본이 먼저 넘어지고, 가지와 잎이 그 뒤를 따른다(國將亡 本必先顚 而後枝葉從之). —《좌전》

▣ 천하는 한 사람의 천하가 아니라 천하 사람의 천하다(天下非一人之天下也 天下之天下也). —《여씨춘추》

▣ 천하가 크게 혼란해지면 안정된 나라가 없고, 한 나라가 죄다 혼란해지면 안녕한 가정이 없으며, 한 가정이 모두 혼란해지면 편안한 개인이 없다(天下大亂 無有安國 一國盡亂 無有安家 一家皆亂 無有安身). —《여씨춘추》

▣ 나라가 흥성하도록 하는 것은 농사와 전쟁이다(國之所以興者 農戰也). —《상군서(商君書)》

▣ 망한 나라의 대부는 생존을 도모하지 않는다(亡國之大夫 不可以圖存). —《사기》 회음후열전

▣ 편작이라 해도 백골에서 살이 자라나게 할 수 없고, 미자, 기자라 해도 망하는 나라를 살려내지 못한다(扁鵲不能肉白骨 微箕不能存亡國). —《염철론(鹽鐵論)》

▣ 큰 나라로서 근심 없이 지내게 되면 흔히 해이해지게 되고, 작은 나라로서 근심이 있으면 항시 잘될 것을 생각하게 된다(處大無患者恒多慢 處小有憂者恒思善). —《삼국지》

▣ 나라를 관리하는 중요한 도리는 공평하고 정직한 데 있다(理國要道 在於公平正直). —《정관정요(貞觀政要)》

▣ 큰 집을 짓는 사람은 먼저 목수를 고르고 후에 재료를 마련하며,

나라를 다스리는 사람은 먼저 보필을 고르고 후에 백성을 안정시킨다(構大廈者先擇匠而後簡材 治國者先擇佐而後定民).

— 《의림(意林)》

▣ 나라 안에 우환이 있는 것이 근본적인 것이고, 나라 밖에 우환이 있는 것은 지엽적인 것이다(憂在內者本也 憂在外者末也).

— 소순(蘇洵)

▣ 천하는 군자의 것이 아니다. 천하가 군자에게 주인노릇을 시켰을 따름이다(天下者非君有也 天下使君主之耳). — 소식(蘇軾)

▣ 자기 몸을 다스림에서 효도보다 선차적인 것이 없고, 나라를 다스림에서 공적인 것보다 선차적인 것이 없다(治身莫先於孝 治國莫先於公). — 소식

▣ 나라를 다스림에서 사단을 만들어낼 수 없고, 또한 사단을 무서워할 수도 없다(爲國不可以生事 亦不可以畏事). — 소식

▣ 나라를 다스리는 데는, 만년의 계책, 한때의 계책, 달을 넘기지 않는 계책, 이 세 가지 계책이 있다(爲國有三計 有萬世之計 有一時之計 有不終月之計). — 소식

▣ 군자는 나라를 다스림에서, 기강을 바로잡고 법령과 제도를 틀어쥔다(君子爲國 正其綱紀 治其法度). — 소철(蘇轍)

▣ 재능에 따라 사람을 등용함은 나라의 큰 권력이며, 치적을 따져서 승직시킴은 관리를 취급하는 법도이다(因材任人 國之大柄 考績進秩 吏之賞法). — 소철

▣ 한 치의 산천은 한 치의 금이다(一寸山河一寸金).

— 《금사(金史)》

▣ 백성이 나라를 먹여 살리는 것이지, 나라가 백성을 먹여 살린다는 말은 들어보지 못했다(百姓所以養國家也 未聞以國家養百姓者也). — 왕안석(王安石)

▣ 천하의 흥망은 필부에게도 책임이 있다(天下興亡 匹夫有責). — 오견인(吳趼人)

▣ 국가란 우리의 재산을 나르는 배이다. — 소포클레스

▣ 자기 가정을 훌륭하게 다스리는 자는 국가의 일에 대해서도 가치 있는 인물이 된다. — 소포클레스

▣ 국가, 그것은 당신이다. — 아이스킬로스

▣ 유일하고도 안정된 국가는 모든 국민이 법 앞에서 평등한 국가이다. — 아리스토텔레스

▣ 국가의 운명은 청년의 교육에 달려 있다. — 아리스토텔레스

▣ 국가도 인간도 다를 것이 없다. 국가도 인간의 가지가지 성격에서 만들어진다. — 플라톤

▣ 국가가 부패할수록 법률의 수효는 많아진다. — 타키투스

▣ 대제국(大帝國)은 작은 담력에 의해서는 유지되지 않는다. — 타키투스

▣ 음악에 있어서 조화라고 불리는 것은, 국가에 있어서는 일치라고 불려진다. — M. T. 키케로

▣ 사람이 나라를 섬기는 것은 꿀벌이 벌집을 돌보듯이 해야 한다. — 《플루타르크 영웅전》

▣ 지상의 모든 국가를 한 가족으로 보는 우주국가의 한 시민의 입장에서 생각하라. — 마르쿠스 아우렐리우스

▣ 군주는 국가를 위해서 존재하고, 국가는 군주를 위해서 존재하지 않는다. — 에라스무스

▣ 분할된 국가는 어쨌든 불행하다. — 볼테르

▣ 국가란 공동의 권리와 이익을 누리기 위해 결합된 자유로운 인간들로 이루어진 완전한 단체이다. — H. 그로티우스

▣ 한 나라의 청년기에는 군사가 융성하고, 장년기에는 학문이 융성한다. 그리고 한동안은 이 두 가지가 다 융성하지만, 국가가 쇠퇴할 무렵에는 공예와 상업이 번창하게 된다. — 프랜시스 베이컨

▣ 나라의 운 불운은 궁극적으로 보아, 인민의 강건함과 그렇지 않음에 의하여 정해진다. — 세르반테스

▣ 공화국은 사치에 의해서 멸망하고, 전제국은 빈곤에 의해서 멸망한다. — 몽테스키외

▣ 국토는 그 비옥함에 비례해서 경작되는 것이 아니고 자유에 비례해서 경작된다. — 몽테스키외

▣ 국민은 각기 자기 천직에 전력을 다하는 것이 좋다. 이것이 조국에 보답하는 길이다. — 괴테

▣ 나라를 철상(鐵床)에 비교하자. 해머는 지배자, 두드려지는 철판은 민중, 제멋대로 마구 두드리는데 언제까지 지나도 금(金)이 안 된다면 철판이야말로 쩔쩔 맨다. — 괴테

▣ 국가는 불가피할 경우에는 법을 억지로라도 왜곡하지 않으면 멸

망하게 될 것이다. — 파스칼

- ▣ 역사의 기록이 공백인 국민은 복될진저. — 토머스 칼라일
- ▣ 전제국의 장식은 보통의 공화국에서도 만들어질 터이다. — 새뮤얼 존슨
- ▣ 짐(朕)은 국가다. — 루이 14세
- ▣ 정의는 국가의 미덕이 아니다. — 피에르 코르네유
- ▣ 최악의 국가란 민중의 국가다. — 피에르 코르네유
- ▣ 국민의 자유는 국가의 강대함에 비례한다. — 장 자크 루소
- ▣ 국가는 한 계급에 의해서 다른 계급을 압박하는 기계와 다름없다. 이것은 군주정체(君主政體)에 있어서나 민주정체(民主政體)에 있어서나 진실이다. — 프리드리히 엥겔스
- ▣ 타국에 대한 관습적인 호의나 혐오에 탐닉하고 있는 나라는 어느 정도는 노예적이라 아니할 수 없습니다. 그 적개심이나 우호적인 감정에 이미 노예가 되어 있기 때문입니다. 그 어느 것도 한 국가로서의 의무와 이익에서 빗나가기 때문입니다. — 조지 워싱턴
- ▣ 우리 기록은 바로 해둡시다. 우리의 관심은 어떤 추상적인 개념인 『국가의 권리』에 있는 것이 아닙니다. 국가에 권리는 없습니다—국민에게만 있습니다. 국가에는 다만 의무가 있을 뿐입니다. — 조지 롬니
- ▣ 정부는 돛대요, 국민은 바람이요, 국가는 배요, 시대는 바다이다. — 루트비히 뵈르네
- ▣ 군주국은 우수한 상선(商船)이지만 암초에 부딪치고 침몰되는 일

도 있을 것이다. 공화국은 침몰하는 일이 없는 뗏목이지만 발은 언제나 물에 잠겨 있다. — 피셔 에임스

▣ 자연이나 국가의 크기는 그에 상응하는 시민정신의 크기와 관대함이 없으면 괴물과 같다. — 월트 휘트먼

▣ 인간은 이기적 동물이므로, 자연적 상태에서는 자기보존을 위해서 상호 이익을 침해하여 도리어 이기의 목적을 달성할 수 없으므로, 계약에 의해서 국가를 형성하고, 주권자 밑에 각자의 이기를 제한하여 조화한다. — 토머스 홉스

▣ 위대한 나라란 곧 위대한 인물을 낳는 나라이다.
— 벤저민 디즈레일리

▣ 진보적인 나라에서는 변혁은 불가피하다. 변혁은 끝이 없다.
— 벤저민 디즈레일리

▣ 국가는 폐지되는 것이 아니고, 그것은 사멸하는 것이다.
— 프리드리히 엥겔스

▣ 모든 인간이 같은 생각을 하는 곳에서는 아무도 많이 생각하지 않는다. — 월터 리프먼

▣ 국가의 가치는 결국 국가를 조직하는 인민의 가치이다.
— 존 스튜어트 밀

▣ 국가는 거기에 거주하는 국민의 것이다. 국민이 현 정부에 염증을 느끼게 되면 그들은 언제든지 그것을 개선할 헌법에 보장된 권리를 행사하거나 분할 내지 전복시킬 수 있는 혁명권을 행사할 수 있다. (취임 연설) — 에이브러햄 링컨

▣ 국가의 멸망은, 많은 경우 도덕의 퇴폐와 종교의 경모(輕侮)로부터 이루어진다. — 조나단 스위프트

▣ 정부가 국민보다 힘이 있고 국민보다 의지가 강할 수는 없습니다. 정부가 국민보다 더 끈질기게 일에 달라붙지는 못합니다.
— 아들라이 스티븐슨

▣ 요컨대 평온무사하게 진행되는 평범한 인생의 지배 기관으로서의 국가는 제일의적(第一義的)인 것도 아니며 스스로 독립된 존재를 가지는 것도 아니어서 더 높은 목적, 말하자면 국민 속에 감추어진 순 인간적인 요소를 영원히 균형 있게 발전시킨다는 목적을 위한 수단에 불과함은 명백하다. 태평성대에도 국가의 행정에 대해서 한층 고차적인 각도에서 끊임없이 감시를 가하는 사명을 가지며, 또 민족의 독립이 위태로워질 때도 능히 이를 구해 낼 수 있는 능력을 가진 것은 영원히 전진하는 근원적인 생명의 모습이며 또 그 사랑이라는 것은 틀림없다. — J. G. 피히테

▣ 국가의 안녕과 재산의 부유함은 매년 세율을 변경하지 않는 국가에서만 구할 수 있다. — 나폴레옹 1세

▣ 국가의 안전보장은 국가의 부(富)보다 더 중요하다.
— 윌 듀란트

▣ 국가에도 인간과 같이 성장 · 장년 · 노쇠 · 사멸이 있다.
— 월터 랜더

▣ 미국이나 러시아가 그랬던 것처럼, 신흥국가는 신속하게 개발되고 빠른 속도로 변화함으로써, 거의 매일 모든 사람에게 새로운

무엇인가를 기대하고, 바라고, 원할 수 있도록 해준다. 러시아 공산주의는 우연하게도 건설에 대한 이런 식의 열광을 통해서 주민들을 유혹했던 것이다. — 시몬 베유

▣ 개인의 자유란 부자에게 있어서는 사실상의 자유이지만, 가난한 자에게 있어서는 노예생활이었다. ……탐욕에서 민중을 보호할 수 있었던 것은 국회가 국가에 부여한 권력의 덕택이다.

— C. R. 애틀리

▣ 국가에 있어서의 일체는 허위다. 씹는 것을 좋아하는 자는 훔친 이를 가지고 씹는다. 그의 장(腸)조차 가짜인 것이다. (이해타산을 원리로 하는 국가는 잡다한 인종을 내포하여, 말하자면 허상의 내장을 갖는 것이다.) — 프리드리히 니체

▣ 국가란 개인이 상호(相互)에 대하여 개인을 보호하기 위한 현명한 제도다. 국가의 품종개량을 지나치게 하면 결국 개인은 국가에 의해서 약해지고 그리고 와해되고—따라서 국가의 본질적 목적이 근본적으로 무(無)로 돌아가고 만다. — 프리드리히 니체

▣ 오래된 국가는 물론 신생국가 혹은 복합국가까지 모든 국가의 가장 중요한 기초는 좋은 법률과 충분한 무력이다. — 마키아벨리

▣ 모든 국가가 가져야 할 중요한 기초는, 그 나라의 새로운 것, 밝은 것, 혹은 그 두 가지의 혼합한 것을 묻지 않고, 선법(善法)과 양병(良兵)에 의한다. — 마키아벨리

▣ 온갖 국가는, 마르크스에 의해서 고안된 자칭 인민국가라지만, 본질적으로 위에서 밑으로 지식인에 의한다. 즉 인민 자신보다도

인민의 참된 이익을 잘 알고 있다고 자칭하는 특권적 소수자에 의한 대중의 지배 이외의 아무것도 아니다. — 미하일 바쿠닌

▣ 한 나라를 세우기 위해서는 1천 년도 부족하지만 그것을 허물어뜨리는 데는 단 한 시간이면 족하다. — 조지 바이런

▣ 국가는 철이다, 피다. — 비스마르크

▣ 명예와 독립을 좋아하는 국가는 모두 자국(自國)의 평화와 안전을 자기 자신의 칼에 의하는 것임을 의식해야 한다.

— 비스마르크

▣ 국가의 일원으로서의 남자의 의무는 국가의 유지와 진보와 방어에 조력하는 것이며, 여자의 의무는 국가의 질서와 위안과 장식에 조력하는 것이다. — 존 러스킨

▣ 인간이란 무엇인가? 인간은 국가다. 한 인간은 어느 때든 한 번은 죽어야 한다. 개인의 생명 위에 국가가 있다. 그러나 의무가 우리들을 이 눈물의 골짜기 속에 붙들어 두지 않는 이상 이 하잘것없는 인생으로부터 해방시켜 주는 죽음의 순간을 어째서 사람들은 두려워하는 것일까. 아, 보잘것없는 것이여. — 아돌프 히틀러

▣ 민주국가란 사람들이 자유로이 의견을 발표할 수 있는 곳이다. 그렇지 않으면 민주국가라고 할 수 없지 않은가?

— 찰리 채플린

▣ 국가의 자유에 대해서는 신문은 위대한 수호신이다.

— 존 그레이

▣ 프랑스는 무드의 나라, 영국은 멋대로의 나라, 스페인은 조상 숭

배의 나라, 이탈리아는 빛나는 나라, 그리고 도이치는 칭호의 나라다. — 칸호

▣ 국가가 그 권위에 대한 비판을 어느 정도까지 허용하느냐가 그 국가가 사회의 충성심을 어느 정도 장악하고 있느냐 하는 가장 확실한 지표이다. — 해럴드 래스키

▣ 국가주의의 정신은 종족주의(種族主義)라는 낡은 항아리 속에서 민주주의라는 새로운 술을 만들기 위한 효모이다.

— 아널드 토인비

▣ 자유국가에는 여러 가지 불평이 있지만, 고통은 거의 없다. 독재국가엔 불평은 적지만 재난이 많다. — L. N. M. 카르노

▣ 여러분, 우리는 우리의 목표를 나라에다 둡시다. 이 나라 전체에. 그리고 한눈을 팔지 맙시다. 하느님의 축복 하에 이 나라가 거대하고 찬란한 하나의 기념비가 되기를 원합니다. 폭정과 공포의 것이 아니라 지혜와 평화와 자유의 기념비가 되어 온 세계가 영원히 존경과 사랑의 마음으로 바라보는 나라가 되기를.

— 다니엘 웹스터

▣ 가장 무서운 악의 거처는 국가주의이다. — 앤드루 존슨

▣ 한 국가의 정치적인 신조가 어떻든 간에 스스로를 중히 여기고 스스로를 진지하게 생각하는 국가라면 어떠한 국가라도 계획이 없이는 어떤 일도 할 수 없다. — 엘리아스 카네티

▣ 국가는 최고의 도덕적 존재이다. — 하인리히 트라이치케

▣ 『발트 해의 슈체친에서부터 아드리아 해의 트리에스테에 이르기까

지 대륙을 횡단하여 '철의 장막'이 드리워졌다』("From Stettin in the Baltic to Trieste in the Adriatic an 'iron curtain' has descended across the continent.)" 그 배후에는 경찰국가가 성립되었고 민주주의는 존재하지 않는다. — 윈스턴 처칠

▣ 국가는 결코 붕괴하지 않습니다. 기껏해야 국가의 사회적 구조가 소멸하지요. 다른 구조에게 자리를 양보하기 위하여서입니다. 국가 자체는 항상 존속합니다. 설사 그 국가를 형성하는 집단이 사멸한다 할지라도 말입니다. 왜냐하면 그러한 경우 또 다른 집단이 등장하니까요. — 호르바트

▣ 소비에트 국가자본주의가 기업자본주의와 공통으로 갖고 있는 것은 그 체제의 차이점이 갖고 있는 특징보다도 더 중요하다. 두 체제는 관료적 기계적 방법을 갖고 있다는 점에서 공통되며, 두 체제는 모두 전면적 파괴를 준비하고 있다. — 에리히 프롬

▣ 내셔널리즘은 소아병이다. 그것은 인류의 홍역이다.

— 알베르트 아인슈타인

▣ 국가는 사람을 위해 만들어졌지, 사람이 국가를 위해 만들어지지 않았다. — 알베르트 아인슈타인

▣ 자기 자신의 나라를 얻는다는 것은 보다 완전하게 우주 속에 확대되는 자기 자신의 영혼을 깨닫는 것을 의미한다. 이것은 우리가 우리의 봉사와 아이디어와 행동으로 나라 세우기에 참여할 때에만 이루어질 수 있다. — R. 타고르

▣ 친애하는 동포 여러분! 여러분의 나라가 여러분을 위해 무엇을

해줄 수 있는가 묻지 말고, 여러분이 여러분의 나라에 무엇을 할 수 있는가를 물어야 합니다. — 존 F. 케네디

▣ 국가는 시민의 하인이지 주인이 아니다. — 존 F. 케네디

▣ 국가는 그 국민이 봉착하고 극복해 나가는 시련에 의해서 형성되어 간다. — 린든 B. 존슨

▣ 중국은 흩어진 모래알과 같은 상태이다. — 손문

▣ 개인이 너무 지나치게 자유를 얻어도 안 되지만, 국가는 완전한 자유를 얻지 않으면 안 된다. 국가가 자유로 행동하게끔 되면 중국은 강국이 되는 것이다. 그같이 되기 위해서는 모두가 자유를 희생할 필요가 있다. — 손문

▣ 이상한 일이지만, 인간의 심리는 한 나라의 영토를 훔치는 쪽이 여자의 핸드백을 훔치는 것보다 훨씬 명예롭고 양심적이며 논쟁의 가치가 있다고 생각하기 쉽다. — 임어당

▣ 대저 도(道)는 사람에게서 멀지 않고, 사람은 나라를 따지지 않는다. 때문에 동쪽 사람의 자제가 중이 되거나 선비가 되려면 반드시 서쪽으로 바다를 건너 통역을 거듭해 가며 학문에 종사한다. — 최치원

▣ 충신과 의사란 나라가 망해 없어진다 해서 조금이라도 그 간절한 충군애국의 마음을 늦추지 않고 본즉, 정성이 곧 천하국가의 근본이 되는 것이니, 이는 오로시 뜻을 성성스럽게 해서 마음을 바로잡는 데 있는 것이다. — 박지원

▣ 우리나라는 4천 년 전에 단군께오서 여시사 국가의 큰 터를 정하

시고, 5백 년 전에 태조 고황제(太祖高皇帝)께오서 이으시사 황실의 큰 업(洪業)을 세우시니, 산천으로 말씀하면 유리 같은 맑은 물은 보배거울을 열었는 듯, 그림 같은 높은 뫼는 금수병풍 펼친 듯, 평한 들 좋은 밭에 물산도 풍족하고, 사람으로 볼 양이면 기골이 장대하고 심지가 견확하여 준수한 풍채와 총명한 재주가 세계에 유명하니, 그러한즉 우리나라는 천하에 즐거운 나라이라.

— 유길준

▣ 무릇 법이 오래 되면 반드시 폐단이 생기고, 폐단이 있으면 바로잡는 것이 국가의 당연한 일입니다. — 신숙주

▣ 국민이 국가의 기초가 된다는 것과 국가 경영의 향방이라는 것은 알고 보면 천부의 권리를 보호해서 각각 본연의 의무를 지키게 하는 것에 불과한 것입니다. — 이상재

▣ 신등(臣等)은 엎드려 생각하옵건대, 국가가 국가답게 되는 것이 두 가지가 있다고 하옵는데, 그 하나는 자립하여 남의 나라에 의지하지 아니하는 것이요, 또 하나는 자력을 가지고 일국의 정치를 실시한다는 것이라고 생각하옵는 것이오이다. — 이상재

▣ 언제나 국민의 용기는 그 국가의 부강에 정비례하는 것이 아닙니까? — 유치환

▣ 대저 국가라는 것은 인민의 집적(集積)이니, 그 인민의 문명은 그 국가의 문명이요, 그 인민의 부강은 그 국가의 부강이라.

— 박은식

▣ 한 국가의 힘은 국민이다. 국민은 국가의 목적 달성을 위한 단결

과 민족의 사명을 다하기 위한 굳은 이념과 국민 상호간에 믿고 의지할 수 있는 신의가 국가의 힘을 만드는 요소가 된다.

— 백낙준

▣ 국가의 진정한 힘은 국민의 질에 있고, 국민의 질은 그 국민이 숭상하는 정신과 높이는 이상과 실천하는 생활에 있는 것인 줄로 안다. — 백낙준

▣ 국가가 강하려면 국민 각자가 강해야 한다. — 손우성

▣ 말과 글자와 돈—이 세 가지는 독립국가임을 상징하는 좋은 자료가 된다. — 정인보

▣ 민주주의는 저절로 되는 것이 아니라 다양한 사회의 탄력 속에서 화합이 이루어질 때 창조되어지는 것이다. — 김수환

【속담 · 격언】

▣ 나라가 편해야 신하가 편하다. (나라님이 편해야 그 밑에 신하들도 마음 편히 지낼 수 있다) — 한국

▣ 집 안에 쥐, 나라에는 도둑. — 일본

▣ 역사가 없는 국가는 행복할진저. (Happy is the country that has no history. : 역사라는 것이 인간사회의 비극이나 죄악의 기록이라면 그런 역사는 기록할 만한 것이 없는 나라일수록 행복하다) — 영국

▣ 국가에 법률이 많은 것은 좋지 않은 징후이다. (법률이 적을수록 좋은 법치국가) — 영국

▣ 많은 나라가 있으면 많은 습관이 있다. — 영국

▣ 국가에는 도둑, 산에는 늑대. — 러시아

▣ 제 나라의 연기는 남의 나라 불보다 밝다. — 로마

【중국의 고사】

▣ **소국과민**(小國寡民) : 나라도 작고 백성도 적은 것이 『소국과민』이다. 이른바 약소국가를 가리킨 말 같은데, 실은 그것이 아니고 가장 평화롭고 이상적인 사회를 가리켜 한 말이다. 이것은 《노자》 제 80장에 나오는 노자가 그린 이상사회다.

『나라는 작고 백성은 적으며 여러 가지 기구가 있어도 쓰지 않게 된다. 백성들은 생명이 중한 것을 알아 멀리 떠나가는 일도 없고, 배며 수레가 있어도 타고 갈 곳이 없으며, 무기가 있어도 쓸 곳이 없다. 백성들도 다시 옛날로 돌아가 글자 대신 노끈을 맺어 쓰게 하고, 그들의 먹는 것을 달게 여기고, 그들의 입는 것을 아름답게 여기며, 그들의 삶을 편안히 여기고, 그들의 관습을 즐기게 한다. 이웃 나라끼리 서로 바라보며 닭울음과 개 짖는 소리가 서로 들리지만, 백성들은 늙어 죽도록 서로 가고 오는 일이 없다.』

부드럽고 약한 것을 소중히 여기고 무위(無爲)와 무욕(無慾)을 강조하고 있는 노자가, 그의 이상사회를 그려 본 것이 이 『소국과민』이다. 노자의 사상을 많이 띠고 있는 도연명(陶淵明)의 《도화원기(桃花源記)》에 나오는 『무릉도원』도 이 노자의 『소국과민』 사상에서 나온 것으로 볼 수 있다.

제1차 세계대전 후로 대두되고 있는 다원적 국가관(多元的國家觀)도 이 『소국과민』의 사상이 다소 깃들어 있다고 보아야 할 것이다. 또 오늘날 중립을 지키며 평화롭게 살아가고 있는 작은 나라들을 볼 때 『소국과민』 주의가 세계평화를 가져올 수 있는 유일한 길인 것도 같다. — 《노자》 제80장

■ **위급존망지추**(危急存亡之秋) : 국가의 운명에 관한 중요한 시기. 사느냐 죽느냐 하는 위급한 시기란 뜻이다. 추(秋)는 가을이란 뜻도 되지만, 시기라는 뜻으로도 쓰인다. 이 말은 제갈양의 『출사표(出師表)』에 있는 말이다.

유현덕의 삼고초려의 정성에 감동되어 스물일곱 살 젊은 나이로 세상에 떨치고 나온 제갈양은 현덕을 도와 촉한(蜀漢)의 기반을 다지고, 통일천하의 사명감에 있는 힘과 지혜를 다 기울였으나, 촉한은 삼국 중에서도 오히려 열세에 놓인 채 현덕이 일찍 죽고 만다.

이리하여 제갈양은 내정과 더불어 서남방을 평정하여 후방의 염려를 없앤 다음 조조(曹操)의 위(魏)나라와 결전을 감행하게 된다. 출정에 앞서 용렬한 후주(後主) 유선(劉禪)에게 출정의 동기와 목적을 밝힌 표문(表文)이 바로 이 『출사표』다. 그러나 첫 번째 출정은 뜻을 이루지 못하고 돌아왔다. 그리하여 이듬해 다시 출정을 하게 되는데, 이때 바친 것이 이른바 『후출사표(後出師表)』다.

그러나 이 출정에서도 제갈양은 목적을 이루지 못하고 병으로 진중에서 죽게 된다. 이 『출사표』 첫머리에 이 『위급존망지추』란 말

이 나온다. 『선제께서 한실(漢室) 부흥의 사업을 시작하시고, 아직 그 반도 이루지 못한 채 도중에 세상을 떠나시고, 지금 천하가 셋으로 나뉘어져 있는데, 그 중에서도 촉한의 익주(益州) 백성이 가장 지쳐 있으니, 지금이야말로 살아남느냐 망하느냐 하는 위급한 때입니다…….』

출사표는 전 · 후 둘이 있기 때문에 『전출사표』, 『후출사표』로 구분해 부르게 되고, 둘을 합쳐 『출사이표(出師二表)』라고도 한다. 《삼국지》 촉지 제갈양전에는 물론이고, 《문선》 《문장궤범》 《고문진보 후집》 등에 수록되어 있다. 촉한으로 정통을 주장하는 학파가 후세에 한동안 우세했던 이면에는, 제갈양의 이 『출사표』에 감명을 받은 학자들 때문이라고 할 정도로 이 『출사표』의 내용과 문장은 감명적이다. — 제갈양 / 출사표

【명연설】

▣ 나라를 위해 무엇을 할 수 있는가? : ……국민 여러분! 국가가 여러분을 위하여 무엇을 해줄 것인지를 묻지 말고 여러분이 국가를 위해 무엇을 할 수 있는지를 물어 주십시오. 전 세계 인류 여러분! 미국이 여러분에게 무엇을 베풀지를 묻지 말고 우리가 합심하여 인류의 자유를 위하여 무슨 일을 할 수 있는지를 물어 주십시오. 끝으로 여러분이 미국 국민이건 세계의 한 사람이건 여러분은 우리가 여러분에게 요구하는 것과 똑같은 수준의 힘과 희생을 우리들에게 요구하십시오. — 존 F. 케네디(미국 제35대 대통령)

【명작】

▣ 국가론(Poliiteiā) : 플라톤(Plato, BC 428~BC 348)의 저서로 이 책은 보통『국가 혹은 정의에 대하여』라고 불리기도 한다. 이 책은 플라톤의 교사 시절의 작품으로 40~60세 사이에 씌어졌고, 전체가 10권으로 되어 있다. 중기 플라톤의 대략의 주제는 무엇인가. 그것은 시종일관하여『정의란 무엇이고, 그리고 그것은 인간 삶에 있어서 어떠한 의미를 가지고 있는가』라는 물음으로 관철되어 있다고 할 수 있다.

국가(폴리스)의 성립 그 사태를 문제로 하는 일, 결국 국가제도에 대하여 논하는 것은 이상의 물음에 당장 부딪히는 국가라는 『큰 문자』 속에서 고찰한다는 방법론적인 필요에서 생긴 것이다. 거기에는 왜 우리의 존재, 다시 말하면 영혼의 상태와 국가의 상태라는 것이 비슷하게 비례하여 이야기되는 것인가. 그것은 우리의 존재가 또 국가라는 존재가 각각 여러 가지로 제 능력을 자신 속에 포함하면서 그 자신은 결코 그들의 제 능력의 단순한 총화로서 존재하는 것이 아니라 바로 한 사람의 인간(결국 영혼)으로서 또 하나의 국가로서 존재하기 때문이다.

곧 정의란 국가 없이는 존재할 수 없는 것이다. 국가는 또한 인간의 자연적인 필요에 의해서 생긴 것이다. 그런데 국가에 있어서 왕이 되어 통치하거나 혹은 현재 왕으로 불리거나 권력자로 불리는 사람들이 참으로 충분히 철학을 하지 않는 한, ……국가에도 인류에도 불행은 그치지 않는다. 철학자란 이데아를 인식하고 그것을 사랑하는 사람이며 철인왕(哲人王)은 무엇보다도 먼저 선(善)의 이데아를 익히지 않으면 안 된다. 선의 이데아는 태양과 같아서, 인식되는 것에, 진리를 인식하는 사람에게 그 능력을 부여한다고 주장한다.

【成句】

▣ 이천하여인이위천하득인난(以天下與人易爲天下得人難) : 국가를 남에게 주기는 쉽지만, 천하를 위해서 정치를 안심하고 맡길 정도의 큰 인물은 구하기 어렵다는 말. /《맹자》

▣ 간국지기(幹國之器) : 국정을 담당할 수 있는 그릇이란 뜻으로, 나라를 다스리는 재능을 가진 사람. /《후한서》

▣ 간성(干城) : 방패와 성. 곧 나라를 방위하는 군인을 가리킴. /《시경》

▣ 주석(柱石) : 중요한 인물을 말한다. 집의 주춧돌이나 기둥처럼 국가나 조직을 지탱하는 중심인물을 말한다. /《한서》

▣ 천보간난(天步艱難) : 천운(天運)이 돌아오지 않아 불리해지는 것. 전(轉)하여 국가나 시대의 운명이 위기에 빠져 있음을 이르는 말. 천보(天步)는 천운(天運) 또는 시운(時運)을 말한다.

▣ 견위수명(見危授命) : 위험을 보고 목숨을 바꾼다는 뜻으로, 국가나 임금의 위태로움을 보고 목숨을 아끼지 않고 싸우는 것을 이름. /《논어》

▣ 구전문사(求田問舍) : 논밭과 집을 구하여 산다는 뜻으로, 자기 일

신상의 이익에만 마음을 쓰고 국가의 대사를 돌보지 않음. / 《위지(魏志)》

▣ 민위귀(民爲貴) : 국가에 있어서 가장 존귀한 것은 백성이다. 이 구절에 나타난 사상은 맹자의 민본사상(民本思想)이라 일컬어진다.

▣ 사직지신(社稷之臣) : 나라의 중신. 나라의 중요한 임무를 관장하는 대신. 사직(社稷)은 토지신(土地神)과 오곡(五穀)의 신을 말하는데, 국가의 수호신(守護神). 여기서는 국가 그 자체를 가리킨다.

▣ 소훼난파(巢毁卵破) : 보금자리가 부서지면 알도 깨진다는 뜻으로, 국가나 사회에 불행이 있으면 백성들도 불행을 당하게 됨의 비유. / 《삼국지》

▣ 수신제가(修身齊家) : 유교(儒敎)의 목표는 『수신제가 치국평천하(治國平天下)』에 있다. 천하 국가를 다스리는 기본은, 먼저 개인의 수양에서 시작되는 것. 자기 몸의 행동을 훌륭하게 하고(修身), 자기 가족 · 가정을 잘 절제하고(齊家), 자기들의 나라를 잘 다스리며(治國), 천하를 평화롭게 한다(平天下)라고 하는 의미로, 정치 본연의 자세를 나타내는 말. / 《대학》

▣ 회천지력(回天之力) : 하늘을 돌리는 힘이란 뜻으로, 임금의 마음을 정도(正道)로 돌이키게 하는 힘. 또 국가의 쇠운(衰運)이나 시세(時勢)를 일변시키는 힘. / 《당서》

정의 justice 正義

【어록】

▣ 군자는 자기의 행동이 의(義)에 어긋나지 않았는지를 생각하고, 소인은 이익을 먼저 생각한다(君子喩於義 小人喩於利).

—《논어》 이인

▣ 용기만 있고 의가 없으면 세상을 어지럽히게 된다(有勇而無義爲亂).

—《논어》 양화

▣ 도의에서 벗어나는 것과, 학문을 게을리 하는 것과, 정의를 듣고도 실행치 못하는 것과, 착하지 아니함을 고치지 못하는 것이 항시 내가 두려워하는 것이다.

—《논어》 술이편

▣ 큰 사람은 말을 하면서 다른 사람이 믿어주기를 요구하지 않고, 행동을 하면서 좋은 결과를 요구하지 않으며, 오직 정의가 존재하는 바를 말하고 행동으로 옮긴다(大人者 言不必信 行不必果 唯義所在 : 위대한 사람의 언행은 많은 사람의 동의를 받지 못할 수 있다. 그러나 그런 사람에 의해서 정의는 이루어지며 역사는 발전해 감

을 우리는 알고 있다. 여론의 눈치나 보며 말을 바꾸고, 여론의 눈치를 보며 정책을 세우는 사람은 큰 인물이 못 된다).

— 《맹자》

▣ 사람은 하지 않는 것이 있은 후에야 하는 것이 있게 된다(有不爲也而後可以有爲 : 하지 않는 것은 의롭지 않는 일. 의롭지 않는 일에는 참여하기를 단호하게 거절할 수 있게 된 후라야 의로운 일을 과감하게 단행할 수 있게 되는 것이다). — 《맹자》

▣ 하늘에 순종하는 자는 존재하고, 하늘에 거역하는 자는 멸망한다(順天者存逆天者亡). — 《맹자》

▣ 군자가 남의 미덕을 숭상하고 남의 훌륭한 소행을 찬양하는 것은 아부가 아니며, 정의에 따라 결함을 직접 지적하거나 남의 허물을 비평하는 것은 헐뜯는 것이 아니다(君子崇人之德 揚人之美 非諂諛也 正義直指 擧人之過 非毁疵也). — 《순자》

▣ 법을 소중히 여겨 정의를 버리는 것은, 모자나 신을 귀히 여겨 머리와 발을 잊는 것이다. — 《회남자》

▣ 불의(不義)한 자의 먹다 남긴 것은 개돼지도 먹지 않는다(狗猪不食其餘). — 《한서》

▣ 세상이 모두 혼탁한데 나 혼자만 깨끗하고, 뭇 사람이 모두 취해 있는데 나 혼자만이 깨어 있었기 때문에 쫓겨났다(擧世皆濁我獨淸衆人皆醉我獨醒 是以見放). — 굴원

▣ 의(義)는 마땅히 옳음을 따라간다(義者宜也 : 의(義)와 의(宜)는 동음동의(同音同義). 인(仁)은 측은지심(惻隱之心)이 강해서 자칫하

면 정(情)에 기울기 쉽다. 그래서 어떤 경우에는 옳음을 따라서 그 것을 끊어버려야 할 때도 있게 된다. 이것을 의(義)라고 한다}.

— 《중용》

▣ 덕이 많은 선비는 만세에 소외된다. 정의의 선비는 만세에는 귀찮은 존재다. — 유향

▣ 부정은 정의를 범하지 못한다. — 사마광

▣ 인간이 죽은 후에도 길동무가 되는 것은 정의라는 친구밖에 없다. 어떠한 정(情)도 육체와 함께 사라지는 것이니까. — 마누 법전

▣ 정의로운 사람에게 쏘아진 화살은 자신에게로 돌아온다.

— 《아히칼(Ahikar)》

▣ 정의는 처녀와 같아서 욕을 당하면 제우스에게로 달려간다.

— 헤시오도스

▣ 정의는 말이 없고, 보이지도 않지만, 그대가 잠자코 걸어가며 누워 있는 모습을 지켜본다. 정의는 그대의 진로를 가로지르기도, 때론 늦추기도 하며 끊임없이 그대를 따라다닌다. — 아이스킬로스

▣ 악법도 법이다. — 소크라테스

▣ 만약 내가 죄 없이 죽임을 당한다면, 정의를 무시하고 나를 죽인 사람들에게 그 행위의 치욕이 입혀질 것이다. 왜냐하면 부정이 치욕일 것 같으면 정의에 배치되는 행위가 치욕이 되지 않을 수 없기 때문에. 그런데 사람들이 나의 정의를 알지도 못하고 나에게 정의를 밝힐 수 없는 것이 나에게 있어서 무슨 치욕이 될 것인가. 나는 옛적 사람 가운데 부정을 가한 자와 당한 자는 후세 사람들에게 절

대로 똑같은 이름이 남겨져 있지 않음을 본다. 나도 역시 사람들의 마음속에 남아, 가령 지금 죽는다 하더라도 나는 나를 죽인 사람들이 받은 것과는 전혀 반대되는 평판을 받을 수 있음을 알고 있다.

— 크세노폰

▣ 정의는 무엇과도 대체될 수 없다. 그래서 비싸게 친다.

— 케베드

▣ 주장이 정당하면 누가 재판관이든 두려울 것이 없을 것이다

— 푸블릴리우스 시루스

▣ 의로운 사람만이 마음의 평화를 누린다. — 에피쿠로스

▣ 정의가 갖다 주는 최대의 열매는 마음의 평정이다.

— 에피쿠로스

▣ 보다 뛰어난 자가 어리석은 자보다, 또한 보다 힘센 자가 힘없는 자보다 더 많이 갖는 것이 곧 정의다. — 플라톤

▣ 인간은 불의의 제물이 될 것을 겁내어 그것을 비난하는 것이지, 불의를 저지르기를 싫어해서가 아니다. — 플라톤

▣ 정의는 자신에게 어울리는 것을 소유하고 자신에게 어울리도록 행위하는 일이다. — 플라톤

▣ 힘이 정의이며 재판은 더 강한 자들의 사리라고 나는 선언한다.

— 플라톤

▣ 정의란, 저마다 자기 할 일을 다 하고 남을 방해하거나 간섭하지 않는 것이다. — 플라톤

▣ 설령 정의의 움직임은 느리더라도, 나쁜 사람을 타파하는 것은 반

드시 한다. — 호메로스

▣ 정의로운 자의 찬란한 행위는 육신의 고향인 흙 속에 묻히지 않고 살아남는다. — 핀다로스

▣ 정의란, 인간이 국민으로서 거기에 사는 국가의 법률을 범하지 않는 것이다. 그렇기 때문에, 인간은 증인이 있을 때에는 법률을 존중하지만, 증인이 없을 때에는 자연의 법을 존중한다면, 자기의 가장 보람 있는 방법으로서 정의를 사용할 것이다. — 안티폰

▣ 정의의 손에는 칼이 있을 수 없다. — 유베날리스

▣ 정의는 사회의 질서다. — 아리스토텔레스

▣ 정의는 정하는 것보다 반론하기가 쉽다. — 아리스토텔레스

▣ 극단적인 정의는 극단적인 부정이다. — 테렌티우스

▣ 진리도 정의도 우리와 함께 싸운다. — 아리스토파네스

▣ 사람이 서로 해치지 않게 하는 것이 정의의 역할이다. — M. T. 키케로

▣ 정의는 미덕의 최상의 영광이다. — M. T. 키케로

▣ 훌륭한 신앙은 정의의 기초이다. — M. T. 키케로

▣ 『들어라, 병사들아! 너희의 소행이 옳다고 생각하거든 나를 쳐 죽여라!』 (시저가 암살된 후, 키케로는 집정관 안토니우스를 공격했다가 체포되었다. 늙고 허약한 키케로는 병사들에게 끌려가면서 이렇게 냉정하게 말했다. 이것이 유명한 웅변가의 마지막 웅변이었다) — M. T. 키케로

▣ 인내는 정의의 일종이다. — 마르쿠스 아우렐리우스

▣ 정의의 공효는 화평이요, 정의의 결과는 영원한 평안과 안전이라.

— 이사야

▣ 정의는 평화를 가져오고 법은 영원한 태평성대를 이루리라.

— 이사야

▣ 의는 나라를 영화롭게 하고, 죄는 백성을 욕되게 하느니라.

— 잠언

▣ 정의를 굳게 지키면 생명에 이르지만 악한 일을 좇으면 죽음을 불러들인다. — 잠언

▣ 어느 민족이나 정의를 받들면 높아지고 어느 나라나 죄를 지으면 수치를 당한다. — 잠언

▣ 옳은 일을 하다가 박해를 받는 사람은 행복하다. 하늘나라가 그들의 것이다. — 마태복음

▣ 위도가 3도 차이가 나면 법률의 조직이 바뀐다. 자오선(子午線)이 진리를 결정한다. 불과 수년 동안에 법률의 근본이 바뀐다. 기묘한 정의(正義)여! 한 줄기의 강에 지배를 받나니. 피레네 산맥의 이쪽에서는 진리인 것이 저쪽에서는 오류이다. — 파스칼

▣ 힘없는 정의는 무능하며, 정의 없는 힘은 압제다. 힘없는 정의는 반항을 받는다. 왜냐하면 항상 악인은 끝이 없이 나오니까. 정의 없는 힘은 탄핵된다. 그렇기 때문에 정의와 힘을 결합시키지 않으면 안 된다. — 파스칼

▣ 정의가 받쳐 주지 않는 힘은 무력이고, 또한 힘없는 정의는 무효하다. — 파스칼

■ 큰 정의를 행하려는 자는 조그만 부정을 저지르지 않으면 안 된다. 큰일에 있어서 정의를 성취시키려는 자는 작은 일에 있어서 부정을 범하지 않으면 안 된다. — 몽테뉴

■ 자위(自衛)는 하나의 미덕, 온갖 정의의 유일한 보루이다. — 조지 바이런

■ 오, 하느님, 정의가 힘을 지배하게 하소서. — 셰익스피어

■ 자비가 정의를 완화할 때 지상의 권력은 신의 권력과 비슷해지게 된다. — 셰익스피어

■ 불의에 대한 의식이 썩어버린 자는 비록 그가 강철 속에 갇혀 있다 하더라도 벌거벗고 있는 것에 불과하다. — 셰익스피어

■ 우리는 언제나 정의를 받들어야 하지만 정의만으로 재판을 한다면 우리들 중에 단 한 사람도 구함을 받지 못할 것이다. — 셰익스피어

■ 유흥에 나가듯 즐거이 싸움터에 나가렵니다. 옳은 자는 조용한 법입니다. — 셰익스피어

■ 복수는 일종의 야만적인 정의이다. 인간의 성질이 그쪽으로 기울수록 법은 그것을 더욱 많이 제거해야 한다. — 프랜시스 베이컨

■ 인정이 없으면 정의로운 사람이 될 수 없다. — 보브나르그

■ 정의만큼 위대하고 신성한 미덕은 없다. — 조지프 애디슨

■ 행복은 유일한 선(善)이며, 이성은 유일한 길잡이 등불이며, 정의는 유일한 숭배물이며, 인도는 유일한 종교이며, 사랑은 유일한 승려이다. — 잉거솔

▣ 정의는 완전무결할 때에만 옳다. — 빅토르 위고

▣ 정의는 진실의 실현이다. — 조제프 주베르

▣ 정의는 항상 목표이지 않으면 안 되고, 출발점이 필요 없다.
— 조제프 주베르

▣ 정의로운 것을 평등이라 부른다. 그러나 평등한 것이 정의는 아니다. — 랠프 에머슨

▣ 가령 세계가 소멸할지라도 정의는 이루어라. — 페르디난트 1세

▣ 정의의 여신은 한 손에는 권리를 저울질하는 저울을 쥐고 있고 다른 한 손에는 권리를 주장하는 칼을 쥐고 있다. 저울을 못 갖는 칼은 단순한 물리적인 폭력에 지나지 않으며, 반대로 칼을 못 갖고 저울만 가져 보았자 강제적인 힘이 없는 만큼 그 때에는 법은 무력한 것이 되고 만다. 저울과 칼이 함께 갖추어질 때에만 법은 지켜진다. — 루돌프 폰 예링

▣ 의를 사랑한다는 것은 대부분의 사람에게 있어 부정을 말없이 견디는 공포에 지나지 않는다. — 라로슈푸코

▣ 정의가 힘임을 믿읍시다. 그 믿음 속에서 우리는 끝까지 우리 소신대로의 임무를 감행해 나갑시다. — 에이브러햄 링컨

▣ 자기 동족에게 유익한 것은 정의다. — 호르바트

▣ 자유, 평등은 나쁜 원리다. 참된 인간적 원리는 정의다. 약자에 대한 정의는 보호 아니면 선의(善意)다. — 헨리 아미엘

▣ 정의는 지불능력이 없는 자를 관대하게 봐 주는 것으로써 끝난다 —정의의 이 자기 지양(止湯), 그것이 어떤 미명으로 불리어지고

있는지를 알고 있는가—이른바 은혜, 그것은 말할 것도 없이 가장 강력한 특권이다. — 프리드리히 니체

▣ 나의 정의, 거기에 무슨 근거가 있단 말인가? 나는 작렬하는 불꽃이나 땔감이었던 적이 없다. 정의의 인물이란 작렬하는 불꽃이나 땔감이 아닌가. — 프리드리히 니체

▣ 정의는 생명과 재산에 대한 보험이다. — 윌리엄 펜

▣ 언제나 정의를 행하라. 이것은 많은 사람들을 기쁘게 할 것이며 그 밖의 사람들을 놀라게 할 것이다. — 마크 트웨인

▣ 장미의 왕관은 시든다. 그러난 가시의 왕관은 영원하다. 힘의 승리는 덧없는 것—사라지고 잊힌다. 그러나 정의의 수단은 온 인류의 역사에 깊이 새겨져 있다. — A. J. 라이안

▣ 정의의 정신에 입각한 폭력은 인종과 국민성의 장벽을 무너뜨린다. — 헨리 케인

▣ 이 시대의 죄악을 없애려면 다른 것이 없다. 정의를 행하고 자유를 주면 된다. — 헨리 조지

▣ 자선은 정의 위에 바탕을 두어야 한다. 자선이 정의를 대신하지는 못한다. — 헨리 조지

▣ 부정은 진실로 누구에게 이익 되지 못하며, 정의는 진실로 누구에게 해 되는 일이 없다. — 헨리 조지

▣ 도덕의 계층에서 정의가 으뜸가는 품성이라곤 하지 않겠습니다. 그러나 첫째로 꼽혀야 할 것은 틀림없습니다. 정의 위에 있는 것은 정의에 기초해야 하고, 정의를 포함해야 하고, 정의를 통해서 달성

되어야 하기 때문입니다. — 헨리 조지

▣ 지상에 사는 모든 인간은 정의에 큰 관심을 가지고 있다.

— 다니엘 웹스터

▣ 인간은 부당하나 신은 공정해, 결국은 정의가 승리한다.

— 헨리 롱펠로

▣ 정의가 망한다면 사람이 이 세상에 살 필요가 없다.

— 임마누엘 칸트

▣ 결국에 가서 정의는 동정심보다 더욱 자비롭다. 정의는 선량한 시민이 되는 적극적인 품성을 함양시키기 때문이다.

— 존 로널드 로얼

▣ 여성적인 성격의 기본적인 결함은 정의감이 없다는 것이다.

— 쇼펜하우어

▣ 정의—충성, 세금, 개인적인 봉사에 대한 보수로서, 얼마간의 차이는 있더라도, 한 나라의 정부가 국민에게 파는 품질 나쁜 상품.

— 앰브로즈 비어스

▣ 불의(不義)는 비교적 참기 쉽다. 내 가슴을 찌르는 것은 정의다.

— 헨리 L. 멩컨

▣ 정의는 영원의 태양이다. 세계는 그 도래를 늦출 수는 없다.

— 윌리엄 필립스

▣ 정의가 없는 곳에 자유는 없다. 자유 없는 곳에 정의는 없다.

— 하인리히 주조

▣ 정의의 지체는 부정이다. — 월터 랜더

■ 정의를 지킨다는 것은 여러 국민 사이에 필요한 것이지만, 개개인 사이에서처럼 강한 필수성에 의해서 보증 받고 있는 것은 아니다. 그래서 도덕적인 의무가 필요성과의 밸런스를 가져오게 되는 것이다. — 데이비드 흄

■ 인간이 발명하는 것은 대부분 변화를 면할 수 없다. 그것은 그때그때의 기분이다. 내키는 대로의 마음에 의존한다. 한때는 유행하더라도 얼마 안 가서 곧 잊어버린다. 그러므로 정의가 인간의 발명이라고 용인한다면 같은 상태에 놓이지 않으면 안되지 않는가 하고 걱정할 사람도 아마 있을 것이다. 그러나 정의의 경우엔 아주 사정이 다르다. 정의의 밑바닥에 있는 이해는 상상할 수 있는 한 최대의 것으로서, 온갖 시간과 장소에 미치는 것이다.

— 데이비드 흄

■ 신비가 시작될 때 정의는 끝난다. — 에드먼드 버크

■ 나쁜 명령인 것을 알면서 그것을 감수하는 사람들은 나쁜 명령의 감수를 권장하게 된다. 부정을 눈앞에 보고서도 침묵을 지키는 사람들은 실은 부정의 공범자들이다. — 조셉 라스키

■ 평화의 달성은 신을 두려워하는 인간에게 있어서 고귀한 작업이다. 그것은 정의의 길이며, 그리고 정의는 국민을 높이 선양한다.

— 존 F. 케네디

■ 폭력은 정의의 적이다. 평화만이 참다운 정의를 가져올 수 있다.

— 요한 바오로 2세

■ 개인의 권리에 바탕을 두고 있을 때에만 사회적 정의는 진짜라는

것을 알 수 있었던 것이다. — 요한 바오로 2세

▣ 진정한 평화의 기초가 되어야 하는 것은 정의이다.

— 요한 바오로 2세

▣ 정의는 사랑보다 먼저 와야 한다. — 보들레르

▣ 정의를 추구하는 데 있어 온건이란 절대 미덕이 아니라는 것입니다. — 베리 골드워터

▣ 변함없는 정의의 법칙은 압박자와 피압박자를 함께 속박한다. 그 죄악과 고난이 밀접하게 동시에 일어나느니만큼 우리는 나란히 운명을 향해 거닐고 있다 — 존 휘티어

▣ 사업 목적에 대한 올바른 정의는 단 하나밖에 없다. 그것은 고객의 창조이다. — 피터 드러커

▣ 어느 나라의 어떠한 신분이 낮은 시민이라도 정의로운 목적의 갑옷으로 무장을 할 경우 과오(過誤)의 대군보다 더 강해진다.

— 윌리엄 브라이언

▣ 가장 약한 팔도 정의의 검으로서 치면 강하다. — 존 웹스터

▣ 하느님은 우리들 자신의 정의와 지혜에 의해서가 아니라, 우리들과 관계없는 정의와 지혜에 의해, 즉 우리들 자신으로부터 나오는 것도 아니요, 우리들 자신 속에서 생겨나는 것도 아닌, 어떤 다른 곳에서부터 나오게 되는 하나의 정의에 의해서 우리를 구원하고자 하신다. ……다시 말해서 정의는 오로지 외부에서 오는 것이며, 그리고 이는 우리들 자신과는 전적으로 관계가 없다.

— 마르틴 루터

■ 정의란 사람마다 그가 받을 만큼을 취하는 일이지, 결코 개인이 타고난 불가 양도의 권리의 실현을 무조건 주장하는 일은 아니다.

— 에리히 프롬

■ 어느 곳의 불의는 모든 곳의 정의에 대한 위협이다.

— 마틴 루터 킹

■ 정의롭지 못한 일을 보존하려는 극단주의자가 될 것입니까, 아니면 정의의 목적을 위한 극단주의자가 될 것입니까? (1963년 버밍햄 교도소에서 쓴 편지)

— 마틴 루터 킹

■ 정의로운 사회는 강한 공동체 의식이 필요하고, 시민들의 자발적인 태도를 키울 방법을 찾아야 하며, 시민의 미덕을 키울 길을 찾아야 한다.

— 마이클 샌델

■ 정의란 무기와 비슷한 것이다. 무기는 돈만 내면 적도 살 수 있고 내 편도 살 수 있는 것이다. 정의도 핑계만 내세우면 적도, 내 편도 살 수 있는 것이다. 자고로 『정의의 적』이라는 이름은 포탄처럼 서로 던지고 받곤 했다. 그러나 수사(修辭)에 빠져들지 않으면, 어느 편이 진정한 『정의의 적』인지, 좀처럼 명백해진 예는 없다.

— 아쿠타가와 류노스케

■ 진정한 혁명의 고취는 정의와 진리와 동포에 대한 치열한 사랑(愛)과 이를 실현하기 위한 헌신과 협동과 적성과 용기와 경건의 순결하고 고매한 정신에 있는 것이다.

— 이광수

■ 무슨 일이든지 성공이나 실패보다 옳고 그른 것을 먼저 분별할 줄 알아야 한다.

— 한용운

▣ 인간에게는 정의감이라는 게 있으니까. 얄밉게도 자기 허물을 꼭 가려 놓고 부처님 얼굴을 하는 그 얼굴의 가죽을 벗겨 주고 싶은 게, 그런 걸 나는 인간의 정의감이라고 불러요. — 김말봉

▣ 울음은 울어야 더 서러워지는 것이요, 정의는 내놓고 부르짖어야 높아 가는 법이다. — 함석헌

▣ 정의는 독점될 성질의 것이 아닙니다. 정의가 독점될 때 독선이 됩니다. — 지학순

【속담 · 격언】

▣ 힘은 정의다. (Might is right.) — 영국

▣ 정의는 힘이다. (Right is might.) — 영국

▣ 정의도 금력(金力)이 끄는 쪽으로 기우는 일이 가끔 있다. — 영국

▣ 정의는 긴 팔을 가지고 있다. (Justice has long arms.) — 영국

▣ 정의는 덕행의 아내이다. — 영국

▣ 가장 허약한 자가 담 쪽으로 내몰린다. (The weakest goes to the wall.) — 영국

▣ 정의의 싸움에는 소(小)가 곧잘 대(大)를 이긴다. — 영국

▣ 하늘이 무너져도 정의를 지켜라. (Let justice be done, though the heavens fall.) — 미국

▣ 정의는 힘에 앞선다. — 독일

▣ 돈이 나가면 정의는 움츠린다. — 독일

- ▣ 정의는 실행에 있어서의 진리이다. — 프랑스
- ▣ 정의가 지배하는 곳에서는 무기의 필요성을 느끼지 않는다. — 프랑스
- ▣ 황금의 대포를 쏘아 붙이면 정의도 힘이 빠진다. — 이탈리아
- ▣ 군주가 정의로움은 백성에겐 풍작보다도 중요하다. — 아라비아
- ▣ 정의란 기름과 같아서 아무리 깊이 잠기게 해도 표면에 떠오른다. — 러시아
- ▣ 정의와 함께라면 세계일주도 가능하지만, 부정과 함께라면 집 문턱도 넘지 못한다. — 러시아
- ▣ 응보의 신 네메시스의 걸음은 늦다.—네메시스는 또한 정의가 고르게 이루어지도록 하는 신이다. — 그리스

【문장】

올바른 재판을 이국인이나 자기 나라 사람에게 행하며 바른 길에서 벗어나지 않는 사람들의 나라는 흥성해지며, 그 백성은 그 속에서 영달한다. 자식을 기르는 평화가 전국에 넘쳐, 머리를 두루 살피는 제우스는 괴로운 전쟁을 그들에게 주지 않는다. 올바른 정의의 사람에게는 주림이나 재앙도 따르지 못하며, 정성 들인 밭의 열매를 즐겁게 향수(享受)한다. 대지는 그들에게 풍성한 양식을 주며, 능수버들의 꼭대기에는 열매가 달리고 가운데에는 꿀벌집이 달린다. 양들의 털은 길고 윤택하며, 여인들은 아버지를 닮은 아이를 낳고, 그들은 항상 영화(榮華) 속에 있으며, 배를 타는 일도 없고, 대지는 풍성한 열매를 준

다. — 헤시오도스 / 일과 나날

커티스 판사가 쓴 재판 장면의 드라마에서 원고인 조각가가 분개하여 재판관에게 대드는 대목이 있다. 『여긴 정의를 다루는 법정이 아닙니까?』 『아닙니다.』 재판관의 답이었다. 『여긴 법을 다루는 법정입니다. 정의란 진리나 미와 마찬가지로 우리가 추구하는 이상입니다. 당신이 끌과 망치로 미를 이룩하려는 것처럼 우리는 법률을 도구로 해서 정의를 이룩하려고 노력하고 있습니다.』

— 토머스 휴스 / 즉석 웅변

나는 역사를 뒤넘길 때마다 유취관(遊就館 : 일본 靖國神社 안의 武器 박물관)을 상기하지 않을 수 없다. 과거의 복도에는 어두컴컴한 속에 갖가지 정의가 진열되어 있다. 청룡도와 비슷한 것은 유교가 가르치는 정의일 것이다. 기사(騎士)의 창칼과 비슷한 것은 기독교가 가르치는 정의일 것이다. 여기에 굵다란 곤봉이 있다. 이것은 사회주의자의 정의일 것이다. 저기 술이 달린 장검(長劍)이 있다. 저것은 국가주의자의 정의일 테지. 나는 그러한 무기를 바라보면서 수많은 전쟁을 상상하고는 절로 심장의 고동이 높아지는 수가 있는데, 그러나 아직 행인지 불행인지, 나 자신 그 무기의 하나를 손에 잡고 싶어 한 기억은 없다. — 아쿠타가와 류노스케 / 난쟁이의 어록

성경에는 다만 정의를 강물처럼 흐르게 하라는 말이 있습니다. 흐르

는 강물은 멈추지 않습니다. 괴어 있지 않고 흐름으로써 깨끗해집니다. 흐르는 강물을 막으면 홍수가 됩니다. 정의는 강물처럼 흐르게 해야지, 한때의 물리적인 힘으로 물길을 막는다면 더 큰 위험이 뒤따릅니다. 채찍질한다고 더 빨리 흐르는 것도 아닙니다. 정의는 자연스럽게 흐르게 해야 됩니다. 인간의 마음속에서 흐르고, 거리에서, 사회에서 흐르게 해야 합니다. 정의는 끊임없이 흘러야 할 영원한 흐름이어야 합니다. — 지학순 / 다만 정의가 강물처럼 흐르게 하라

【중국의 고사】

▣ **대의멸친**(大義滅親) : 국가나 사회 전체에 미치는 대의명분을 위해서는 개인적인 친분은 고려되지 않는다는 말이다. 춘추필법(春秋筆法)이란 말이 있다. 공자가 편찬했다는 《춘추(春秋)》에 나오는 역사적 기록은, 그 글자 하나하나에 사회정의와 관련된 깊은 뜻이 들어 있다고 해서 생긴 말이다. 이 대의멸친은 《춘추좌씨전》에 나오는 말이다.

노나라 은공(隱公) 4년(BC 719)에 위(衛)나라 공자 주우(州吁)가 임금 환공(桓公)을 죽이고 스스로 임금 자리에 올랐다. 환공과 주우는 이복형제 사이로, 주우는 첩의 소생이었다. 그는 어릴 때부터 성질이 거칠고 행동이 방자했는데, 아버지 장공(莊公)은 그를 사랑한 나머지 멋대로 하게 버려두고 있었다. 석작이란 대신이 앞일을 걱정하여, 『주우 공자를 태자로 세우실 생각이시면 일찍 결정을 내리십시오. 이대로 두면 큰 화를 불러일으키게 될 것입니다.』 하

고 간했으나 장공은 말이 없었다. 석작이 간한 까닭인 즉, 장공의 정비인 장강(莊姜)이 주우를 미워하고 있었기 때문이다.

장강은 얼굴도 미인이고 마음씨도 착했으나 아들을 낳지 못했다. 그래서 다른 부인의 몸에서 난 아들을 자기 아들로 길러 뒤를 잇게 한 것이 환공이었다. 그런데 석작의 아들 석후(石厚)는 재주와 용맹이 뛰어났으나, 아버지의 반대를 무릅쓰고 끝내 주우와 한통속이 되어 어울려 다녔다. 석작이 염려한 대로 주우는 석후와 짜고 임금 환공을 죽이고 스스로 임금으로 올라앉았다.

석작은 전에 이미 벼슬에서 물러나 집에 들어박혀 있었으나 나라를 걱정하는 마음은 누구보다도 강했다. 주우는 자기 지위를 굳히기 위해 무력으로 이웃 나라를 침공하는 등 여러 가지 방법을 써 보았으나 백성들은 여전히 그를 따르지 않았다. 방법에 궁한 석후가 그의 아버지에게, 어떻게 하면 주우의 지위를 안전하게 할 수 있느냐고 물었다. 석작은 말했다. 「천자에게 문안을 드리는 것이 좋을 것이다.」 「천자께서 받아들일 것 같지가 않습니다.」 「진(陳)나라 임금은 천자의 신임을 받고 있다. 지금 진나라는 우리나라와 사이가 좋으니, 진나라를 통해서 가면 무난할 것이다.」

이리하여 석후는 주우와 함께 진나라로 떠났다. 한편 석작은 급히 사신을 진나라로 보내 이렇게 전했다. 「우리나라는 힘이 없어 역적의 무리를 다스리지 못하고 있으니, 임금을 죽인 이들 두 사람을 귀국에서 처치해 주시기 바랍니다.」 석작의 부탁을 받은 진나라에서는 주우와 석후를 잡아 가두고, 위나라에다 처형에 입회할 사람을 보내달라고 청했다. 이때 석작은, 혹시 자기 체면을 생각해서 자기 아들 석후를 살려 놓지나 않을까 하는 염려에서 자기 심복 가신을 보내 직접 석후를 처형하도록 시켰다.

이상이 『대의멸친』과 관련된 사건의 줄거리인데, 《좌전(左傳)》에는 끝에 가서 군자의 말이라 하여 다음과 같은 평을 덧붙이고 있다. 「석작은 충성된 신하다. 주우를 미워하여 자식인 후까지 죽였다. 대의를 위해 육친의 정을 버린다는 것은 이를 두고 한 말일 것이다(大義滅親 其是之謂乎).」 —《춘추좌씨전》

■ **갈불음도천수**(渴不飮盜泉水) : 「목이 말라도 도천(盜泉)의 물은 마시지 않는다」라는 뜻이다.

《설원》 설총편에 이런 이야기가 있다.

공자가 어느 날 승모(勝母)라는 마을에 갔을 때, 마침 날이 저물었으나 그 마을에서는 머물지를 않았다. 또 도천(盜泉)의 옆을 지나쳤을 때 목이 말랐으나 그곳의 샘물을 떠먹지 않았다. 그 까닭은 마을 이름이 『어미를 이긴다(勝母)』는 뜻으로, 이것은 자식으로서의 도에서 벗어난 일이며, 그와 같은 이름의 마을에 머문다는 그 자체가 이미 어머니에 대한 부도덕으로 여겼던 까닭이다. 또 도천이란 천한 이름을 가진 샘물을 마신다는 것은 고결한 마음을 다듬고 있는 선비에게 있어서는 매우 불명예스러운 수치로 여겼던 까닭이라고 말하고 있다.

도천은 산동성 사수현(泗水縣) 동북쪽에 있어 예부터 이러한 고

사로 인해 이름이 알려져 있어 도천이라는 용어는 수치스러운 행위의 비유로도 쓰인다. 《문선(文選)》에 있는 육사형(陸士衡)의 『맹호행(猛虎行)』이란 시를 소개해 보기로 하자.

목이 말라도 도천의 물을 마시지 않고
더워도 악목의 그늘에 쉬지 않는다.
악목인들 나뭇가지가 없겠는가.
선비의 뜻을 품고 고심이 많도다.
……

渴不飮盜泉水　熱不息惡木陰　갈불음도천수　열불식악목음
惡木豈無枝　志士多苦心　악목개무지　지사다고심
……

아무리 목이 말라도 도천의 물은 마시지 않고, 아무리 더워도 악목의 그늘에서는 쉬지 않는다는 것은 올바른 정신을 관철하기 위해서인 것이다. 육사형의 이름은 기(機), 사형은 자다. 할아버지인 육손은 삼국의 오(吳)나라 손권에게 벼슬하여 용명을 떨쳤으며, 아버지 육항도 오의 명신이었다.

유학을 깊이 준봉하여 시문에도 뛰어나 오의 흥망을 논한 《변망론(辯亡論)》이나 《육평원집(陸平原集)》이 있다. 나중에 진(晋)에 벼슬하고자 아우인 육운과 낙양에 있었을 때 사람들로 하여금 「오를 정벌한 덕택에 이준(二俊)을 얻었다」는 칭송을 받기도 했다. 대장군 하북 대도독이 되었으나 모함에 빠져 「화정(華亭)의 학려(鶴

唳) 어찌 듣겠는가」 하는 말을 남기고 죽었다. 화정은 강소성 송강현의 서쪽 평원촌에 있고 할아버지 육손이 화정후에 책봉된 후부터 대대로 지내던 곳으로 감회 깊은 심정에 넘칠 것이다. 아우 육운도 이어 죽음을 당했다. 학려는 학의 울음소리를 말한다.

—《문선(文選)》

▣ **웅장여어**(熊掌與魚) : 「곰발바닥과 물고기」라는 뜻으로, 두 가지를 겸할 수 없는 경우나 두 가지 가운데 하나를 취사선택하기 어려운 경우를 비유하는 말이다. 맹자가 말했다.

「나는 생선도 먹고 싶고 곰발바닥도 먹고 싶지만, 둘 다 먹을 수 없을 경우에는 생선을 버리고 곰발바닥을 취할 것이다(魚我所欲也 熊掌亦我所欲也 二者不可得兼 舍魚而取熊掌者也). 나는 살고 싶고 의로움도 행하고 싶지만, 둘 다 겸할 수 없을 때에는 삶을 버리고 의로움을 취할 것이다.」

생선과 곰발바닥은 모두 맛난 음식이지만 곰발바닥이 상대적으로 더 맛이 좋다. 따라서 둘 중 하나를 고를 경우에는 생선을 버리고 곰발바닥을 취한다는 말이다. 마찬가지로 삶과 의로움은 모두 중요하지만, 두 가지를 겸할 수 없을 때에는 삶 대신 의로움을 택한다는 것이다.

여기서 유래하여 『웅장여어』는 두 가지를 겸할 수 없는 경우나 두 가지 가운데 하나를 선택하기 어려운 경우를 비유하는 성어로 사용된다. 또는 이것저것 모두 탐을 내는 경우를 비유하는 말로도

쓰인다. —《맹자》 고자

【신화】

▣ 법과 사회정의의 수호신인 테미스 여신은 오른손에 천칭(天秤)을 들고 있다. 테미스 여신은 땅의 여신 가이아와 하늘의 신 우라노스 사이에 태어난 초대 티탄 12남매 중 하나. 올림포스 신족(神族)에서 쫓겨난 티탄족의 하나지만 자기 일족과는 달리 올림포스 신족 사회에서도 계속 존경을 받고, 제우스 최고신 등위 당초에는 그의 아내이기도 하였다. 헤라 여신이 제우스신의 정처(正妻)로 들어앉은 후에도 테미스 여신은 여전히 제우스신의 곁을 떠나지 않고 그를 섬겼는데, 샘이 많기로 유명한 헤라 여신조차도 테미스 여신에게만은 깍듯이 대하였다. 올림포스에서 테미스 여신은 질서유지와 예식 집행의 일을 맡았다. 손님 초대, 식사준비, 모두 여신의 일이었다. 인간을 위해서도 신은 올바른 사람을 지켜 주고 죄인을 벌하며 사회정의를 지켜 주었다.

【명작】

▣ 몽테크리스토 백작(Le Comte de Monte-Cristo) : 프랑스의 작가 알렉상드르 뒤마(Alexandre Dumas, 1802~1870) 의 1845년 장편소설. 왕정복고 시대, 장차 선장이 될 예정에 있는 젊은 선원 에드몽 당테스는 사랑하는 약혼녀 메르세데스와의 결혼을 목전에 두고 악당들의 음모로 억울한 죄를 뒤집어쓴 채 마르세유 앞바다의

외로운 섬 이프 섬의 감옥에 투옥된다. 그리하여 14년이란 오랜 세월, 죄 없는 죄인생활을 하며 옥 안에서 친해진 늙은 죄수 파리아로부터 여러 가지 지식을 얻게 되고 마지막에는 그 죄수로부터 이탈리아 앞바다의 몽테크리스토 섬에 숨겨진 엄청난 재물에 관한 비밀을 유언으로 듣게 된다.

폭풍우가 몰아치는 날 밤, 파리아의 시체와 바꿔치기로 기적적인 탈출에 성공한 당테스는 그 거액의 재물을 입수한 후 몽테크리스토 백작이란 이름으로 파리 사교계에 나타난다. 이제는 제각기 출세한 옛날의 원수들, 즉 직업상 라이벌이었던 당그라르, 그의 연적으로서 메르세데스를 빼앗아 간 페르낭 및 그들 편에 서서 부정을 한 검사 비르포르 세 사람을 상대로 하나하나 물샐틈없는 계획 하에 준열하고 통쾌한 복수를 한다. 작가 특유의 웅대한 구상, 파란만장한 장면 전개, 전권에 넘쳐흐르는 정의감과 인정미가 돋보이는 문자 그대로 모범적 대중소설이다.

【成句】

▣ 사필귀정(事必歸正) : 모든 일은 결국에 가서 반드시 바른 이치에 맞아 들어간다는 뜻.

▣ 수의고고(守義枯槁) : 정의를 굳게 지켜 역경에 빠짐.

▣ 요불승덕(妖不勝德) : 부정(不正)이 정의를 이기지 못함을 이름. /《사기》은본기.

▣ 척사위정(斥邪衛正) : 사기를 물리치고 정의를 지킴.

법 law 法

【어록】

▣ 모든 국민은 법 앞에 평등하다. {『만인은 법 앞에 평등하다.』 이 말은 자연권 사상에 기인한 용어로서, 자연권 사상이 법철학에 접목되면서 자연법사상이 나온 것이며, 자연법사상의 핵심이 만인의 법 앞에 평등이다. 법 앞의 평등은 국제연합(UN) 헌장(1945)과 세계 인권선언(1948)에도 명시되어 있고, 이외에도 세계 거의 모든 국가의 헌법 전문이나 인권선언에 많이 인용되는 문구이다.}

— 대한민국헌법 전문

▣ 법령은 점점 밝아지고, 도적은 많다. — 노자

▣ 하늘의 그물은 크고 넓어 엉성해 보이지만, 결코 그 그물을 빠져나가지는 못한다(天網恢恢疏而不失). — 《노자》 73장

▣ 법이 없으면 적게는 행동이 게을러지고 크게는 사치하는 습관이 생겨 이를 각각 절제할 줄 모른다. 그러므로 위에서 법이 있으면 백성들이 저들의 행동을 절제할 줄 알게 되며, 백성들이 저들의 행

동을 절제할 줄 알게 되면 자연 법을 범하지 않게 된다(無度則小者偷盜 大者侈靡 各不知節 是以上有制度 則民知所止 民知所止 則不犯). — 《공자가어》

▣ 다스리는 사람은 있어도 다스리는 법은 없다(有治人無治法 : 세상을 잘 다스리는 것은 사람에 달려 있는 것이지 법에 달려 있는 것이 아니다). — 《순자》

▣ 법을 소중히 여겨 정의를 버리는 것은, 모자나 신을 귀히 여겨 머리와 발을 잊는 것이다. — 《회남자》

▣ 법이 제대로 시행되지 않는 것은 위에 있는 사람부터 법령을 어기기 때문이다(法之不行自上征之). — 《사기》 상군열전

▣ 악법(惡法)도 법이다. — 소크라테스

▣ 우리가 만일 국법에 복종하지 않는다면 그것은 삼중의 부정을 범하는 자다. 즉 그는 자기 생을 부여한 자에게 복종하지 않는 것이요, 자기를 양육한 자에게 복종하지 않는 것이요, 복종하기로 약속해 놓고 이에 복종하지 않는 것이나 다름없다. — 소크라테스

▣ 법은 국가의 시민이 서로 재판을 행하는 하나의 공약이다.

— 아리스토텔레스

▣ 질서는 숭고함과 함께 미의 한 요소를 이룬다.

— 아리스토텔레스

▣ 나라가 부패하면 부패할수록 이에 비례하여 법률이 늘어난다.

— 타키투스

▣ 옛날은 범죄 때문에 괴로워하고, 현재는 법률 때문에 괴로워한다.

— 타키투스

▣ 법으로 강제된 것은 어떤 일도 성의(誠意)로 이루어지지 못한다.

— 테렌티우스

▣ 법은 오랜 것을 쓰고, 안주는 새 것을 쓸 일이다.

— 페리안드로스

▣ 대자연에 하나의 법이 있나니, 그것은 모든 인간에게 공통이며 이성적(理性的)이며, 영원한 것이다. — M. T. 키케로

▣ 가장 엄격한 법률은 가장 나쁜 해악(害惡)이다.

— M. T. 키케로

▣ 올림픽 경기에서 이기는 것보다 평생을 두고 국법을 가장 잘 지켰다는 명성을 얻는 사람이 오히려 훌륭한 사람이다. — 플라톤

▣ 자유는 법률의 보호를 얻어, 처음으로 성립하는 것이다. 천하에 또 법외(法外)의 자유가 있을 까닭이 없다. — 아우구스티누스

▣ 법은 의복과 같아야 한다. 그들이 봉사해야 할 사람 몸에 꼭 맞게 만들어져야 한다. — 존 로크

▣ 법은 인간의 복리를 위해서 인간의 손으로 만들어진 것이지만, 지혜는 신들이 만드신 것, 사람은 아무도 그 빛에 의해서 살 수 없을 지어다. — W. B. 예이츠

▣ 자연에 존재하는 만물은 법과 함께 행동한다. — 임마누엘 칸트

▣ 법률이 신용되고 있는 것은 그것이 공정해서가 아니고 그것이 법이기 때문이다. 그것이 즉 법률의 권위의 불가사의한 기초이며, 이 이외에 기초는 전연 없는 것이다. — 몽테뉴

■ 투리아의 입법자는 누구든지 옛 법의 하나를 폐지하거나 새로운 법을 세우려고 하는 자는 목에 밧줄을 걸고 공중(公衆) 앞에 나오라고 명령하였다. 그것은, 이 개혁이 시민 각자에 의해서 승인되지 않을 경우에는, 그는 즉각에 교살(絞殺)당하게 하기 위한 것이다.

— 몽테뉴

■ 잘못된 법률을 개정하는 법률만큼 잘못된 것은 없다. 법률은 정의이기 때문에 좇는다고 말하고, 복종하고 있는 자는 자기가 상상하는 정의에 복종하고 있는 것이지 법률의 본질에 복종하고 있는 것은 아니다. — 파스칼

■ 명령은 신의 최초의 법이다. — 알렉산더 포프

■ 법의 집행은 법을 제정하는 것보다도 중요하다.

— 토머스 제퍼슨

■ 자연법 하에서는 우리들 모두가 자유를 가지고 태어났다.

— 토머스 제퍼슨

■ 한 나라의 법률은 시대에 따라 변천한다. — 아이스킬로스

■ 법률은 거미줄과 같다. 약자는 걸려서 꼼짝을 못하지만 강자와 부자는 뚫고 나간다. — 아나카르시스

■ 법이 외치는 소리는 너무나 약해서 무기의 대음향(大音響)을 제압하지 못한다. — G. 마리우스

■ 법률이란, 소리개가 되어 하늘로 날아갈 수 있는 것을 달팽이 걸음걸이로 만들어 버린다. 법률은 위인을 만들어 낸 예가 없다.

— 프리드리히 실러

■ 너무 관용적인 법률은 거의 지켜지지 않고, 너무나 엄격한 법률은 또한 여행(勵行)되지 않는다. — 벤저민 프랭클린

■ 필요에는 법이 없다. 변호사 중에도 그러한 사람이 있는 것을 나는 알고 있다. — 벤저민 프랭클린

■ 모든 법률은 노인과 남자에 의해서 만들어지고 있다. 젊은 사람과 여자는 예외이기를 바라고, 늙은 사람은 규칙을 바란다. — 괴테

■ 『법률 앞에 있어서의 자유』는 『신 앞에 있어서의 평등』이란 표현을 정치적으로 번역한 것이다. 헌장의 각 조항은 복음서의 번역이어야 한다. — 빅토르 위고

■ 진정한 자유는 인간의 자연적 불평등을 시정하는 법률—즉 부자와 빈자, 위대한 자와 비소(卑小)한 자, 군주와 신하를 평등하게 보호하는 법률을 준수하는 것이다.……한 말로 표현하면 자유롭다는 것은 법률에만 복종하는 것이다. — 포이에르바하

■ 법률이 없으면 형벌이 없다. (범죄에 대하여 형벌을 과하는데도, 먼저 해당하는 법률이 정해져 있지 않으면 안 된다는 원칙) — 포이에르바하

■ 선택된 자는 범인(凡人) 사회의 법을 무시할 권리가 있다. — 도스토예프스키

■ 법이 없는 곳에 불의는 없다. — 토머스 홉스

■ 법으로 성인을 보호하려 하는 시도는, 인생의 투쟁에는 나쁜 교육이다. — A. 레키

■ 정의의 여신(女神)은 한 손에는 권리를 저울질하는 저울을 쥐고 있

으며, 다른 한 손에는 권리를 실지로 주장하는 칼을 쥐고 있다. 저울을 못 갖는 칼은 단순한 물리적인 폭력에 지나지 않으며, 반대로 칼을 못 갖고 저울만 가져 보았자 강제적인 힘이 없는 만큼 그 때에는 법은 무력한 것이 되고 만다. 저울과 칼이 함께 갖추어질 때에만 법은 지켜진다. — 루돌프 폰 예링

▣ 법률의 목적은 평화이며, 여기 도달하는 수단은 투쟁이다. 법률의 생명은 투쟁이다. 여러 국민 · 국가권력 · 계급 · 개인의 투쟁이다. — 루돌프 폰 예링

▣ 법의 살인보다 더 중한 대죄(大罪)는 없다. — 루돌프 폰 예링

▣ 우리들은 범죄자를 만드는 많은 법률을 제정할 뿐이며, 그들을 벌하는 법률은 적다. — 타카

▣ 최선의 법률은 관습으로부터 생긴다. — 조제프 주베르

▣ 국민의 안녕은 최고의 법률이다. — 〈12표법(十二表法)〉

▣ 법률의 역사는 논리가 아니라 경험이었다. — 올리버 홈스

▣ 인간의 법률이란 무엇입니까? 인간을 교살하는 하나의 구실입니다. — 조지 버나드 쇼

▣ 법은 깨어지기 위해서 제정되었다. — 노스

▣ 법은 윤리의 최저한이다. — G. 엘리네크

▣ 법은 가난한 자를 학대하고, 부자는 법을 지배한다. — 올리버 골드스미스

▣ 법은 사람들을 지배하는 전제군주로서, 자연에 반(反)할 것을 여러 가지로 강제한다. — 히포낙스

▣ 법률의 선언은 폭력을 사용함이 없이 민주주의의 자연적 제 요소와 융합하고, 또 그들과 유익하게 영속적으로 결합할 수 있는 유일한 귀족적 요소이다 — 알렉시스 토크빌

▣ 공화국의 자유는 그 법률의 통할력(統轄力)에 근거한다.
— 존 해링턴

▣ 법이 무시되는 곳에 전제(專制)가 생긴다. — 윌리엄 피트

▣ 문명된 사회에 있어서 자유는 법률의 아들이다. — J. 브라이스

▣ 법이 너무 많아서 한 가지라도 어기지 않고는 숨을 쉴 수가 없다.
— 존 스타인벡

▣ 명확성, 그것은 입법과 사법에 있어서의 가장 훌륭한 미덕이며, 그것은 햇빛처럼 모든 것을 노출시키고 치유시킨다.
— 찰스 E. 휴스

▣ 의회에서 법령으로 정하더라도 사람들에게 절도를 갖추게 하지는 못한다. — D. C. 브라우닝

▣ 법적인 질서가 결여될 때 독재주의와 무정부 상태는 팽배해집니다. 그 양쪽이 다 방종하고 전제적입니다. 사실상 독재주의는 방종한 통치자의 무정부상태이고, 무정부상태는 방종한 무리들의 독재주의라고 정의할 수 있습니다. — 월터 리프먼

▣ 법은 사회의 관습과 사상의 결정(結晶)입니다. — 우드로 윌슨

▣ 우리가 추구하고자 하는 것은 법에 의한 통치입니다. 그 법은 모든 피통치자들의 동의에 의거하고, 인류의 조직화된 여론에 의거하여 뒷받침되는 것입니다. — 우드로 윌슨

■ 힘에 있어서 신과 같이 되려고 소망하여 천사는 법을 깨뜨려 타락했고, 지식에 있어 신과 같이 되려고 소망하여 인간은 법을 깨뜨려 타락했다. — 프랜시스 베이컨

■ 법의 적정한 절차 없이는 그 누구도 생명과 자유와 재산을 박탈당하지 않는다. — 1791년 제정된 미국 연방수정헌법

■ 법은 변화하여도 그 위신은 남는다. — 시몬 드 보봐르

■ 법률은 자기 보존의 본능에서 생긴다. — 잉거솔

■ 법은 재산가에게는 도움이 되어도 무일푼인 자에게는 항상 괴로움이다. — 장 자크 루소

■ 악법이라도 실제로 적용이 된다면 해석이 구구한 좋은 법보다 소용에 닿는다. — 나폴레옹 1세

■ 때때로 나는 사람들이 법의 집행보다 준수에 좀 더 주력하여 주었으면 하고 생각한다. — C. 쿨리지

■ 나는 설혹 나 자신을 보호하겠다는 이유뿐일지라도 법을 옹호하겠다. — 토머스 무어

■ 미국인들은 법과 질서는 주로 원형적 폭력 범죄에 의해 위협되고 있다고 생각하는 것에 익숙해 있다. 그러나 미국의 법의 기초가 실제로 흔들렸던 때를 보면 그것은 언제나 법을 준수하는 보통 시민들이 법을 피해 가는 버릇에 젖게 되었기 때문이다. — F. 트리핏

■ 법과 규정은 항상 침체하는 경향이 있다. 벽시계와 마찬가지로 가끔 청소하고, 밥을 주고, 정확한 시간에 맞추어져야 한다.

— 헨리 비처

▣ 법률은 주인이 아니라 하인이다. 법을 지키는 자만이 법을 지배한다. — 헨리 비처

▣ 법의 정신을 위배했다고 처형된 사람은 없다.

— S. G. 클리블랜드

▣ 악법의 폐지를 확보하는 가장 좋은 방법으로 그 엄격한 집행만큼 효율적인 것은 달리 없다. — U. S. 그랜트

▣ 법의 견제를 느끼는 것은 악당들뿐이다. — J. G. 홀랜드

▣ 여론을 구현시키지 못한 법률은 절대 집행되지 못한다.

— E. 허버드

▣ 국민이 지지하지 않는 법률을 집행하려면 우리는 구치소도 부족하고 경찰력도 부족하며 법정도 부족할 것입니다.

— 휴버트 험프리

▣ 대량살육 시대의 세계대전이 아니라 민족자결시대의 세계의 법질서를 우리는 갈망합니다. (1961년 유엔총회 연설)

— 존 F. 케네디

▣ 법이라는 것은 국가로 말하면 마치 목수가 쓰는 규구(規矩 : 圓을 그리는 기구를 規, 方을 그리는 기구를 矩라 함)와 같은 것이다. 목수는 원규(圓規)와 방구(方矩)가 없으면 동그라미나 모를 그릴 수 없다. 따라서 국가에 만약 불변하는 법이 없다면 어떻게 상벌의 표준을 정할 수 있겠는가? 요순(堯舜)과 같은 대현(大賢)이라도 법이 없으면 하나의 나라를 다스릴 수 없을 터인데 하물며 그만 못한 군

주가 법을 지킴이 없다면 어떻게 천하를 다스릴 수 있겠는가? 그러므로 국가는 백성을 다스림에 하나의 표준이 있어서 이를 따를 수 있게 해야 하는 것이다. — 장기윤

▣ 법은 사람을 착하게 하는 데만 뜻이 있는 것이 아니고 오직 옳은 사람을 얻는 데 뜻이 있다. 그러므로 《서경(書經)》에 이르기를, 『공경하고 공경하여 오직 형(刑)을 조심한다.』 하고, 《주역(周易)》에 이르기를, 『옥사(獄事)를 밝게 삼간다.』 하였으니 성인의 경계한 것이 깊다. 이 공경하여 조심하는 인(仁)과 밝게 삼가는 덕(德)이 있은 다음에라야 좋은 법을 행할 수 있는 것이다.

— 정도전

▣ 법을 세우는 것이 어려운 것이 아니라 법이 서서 영(令)을 행하여 범죄가 금하여져, 그 덕택이 백성에게 미치도록 하는 것이 어려운 일입니다. — 양성지

▣ 무릇 법이 오래 되면 반드시 폐단이 생기고, 폐단이 있으면 바로잡는 것이 국가의 당연한 일입니다. — 신숙주

▣ 연이나 천수 인사 어느 것이나 그 요체는 탐욕을 버리는 것뿐이다. 만약 탐욕을 버리려면 정해 놓은 나라의 법이 갖추어져 있으니, 그대로 들어서 실행하는 것은 이 천하를 주재하는 자에게 있는 것이다. — 이곡

▣ 여러 정책이 백성을 구제하는 성실이 없다는 것은 무슨 말이냐 하오면, 법이 오래 되면 폐단이 생겨서 해가 백성에게 돌아가니 계책을 써서 폐단을 고치는 것은 백성을 이롭게 하려는 까닭이옵니다.

— 이이

▣ 예전부터 입법(立法)은 본디 인재를 기다려서 행해지나 인재가 없다고 그 법을 세우지 않을 수도 없는 것이다. — 이이

▣ 있고도 시행되지 않는 법은 차라리 없는 것만 못한 것입니다.
— 정약용

▣ 너무 일직선으로 법을 고수하는 것이 때로는 너무나 융통성 없는 처사가 되어 도리어 백성을 해롭게 하는 경우도 간혹 있다. 요는 자신의 마음의 천리(天理)의 공정함에서 나오고 백성의 이(利)됨을 위 한 것이라면 혹은 경우에 따라 법의 운용에 융통성이 있을 수 있을 것이다. — 정약용

▣ 신은 말하기를, 호적이 모든 사무의 근본이 되니 대개 호적의 법이 밝지 못하면 전지(田地)를 나누어 산업을 일으키는 일을 할 수가 없으며, 과세를 공평히 하고 부역(賦役)을 고르게 하는 것을 할 수가 없으며, 군인을 정하는 것을 할 수가 없으며, 선거의 정원(定員)을 정하는 일을 할 수가 없으며, 백성을 제 자리에 있게 하여 난리를 그치게 하는 일을 할 수가 없으며, 명분을 바르게 하는 일을 할 수가 없으며, 임금이 나라 안에 인구의 번성함과 쇠진함을 알지 못하게 될 것이므로 이것은 부모가 자녀들의 많고 적음을 알지 못하는 것과 같으니, 어찌 그들의 굶주림과 배부름을 살피서 그들의 고통과 즐거움을 고르게 할 수 있겠습니까. — 정약용

▣ 법이란 것은 임금의 명령이다. 법을 지키지 않는 것은 임금의 명령을 좇지 않는 것이다. 남의 신하 된 자가 그 어찌 감히 할 수 있는

일이겠는가. — 정약용

▣ 독립운동 기간에 법을 지킴이 마땅하냐 아니하냐. 나는 아직 법을 복잡하게 함은 반대하오마는, 이때일수록 더욱 우리의 법을 복종하여야 하오. 비록 간단하지마는 우리의 법은 절대로 복종하여야 하오. 내가 반대하는 것은 오직 현금에 앉아서 법의 이론을 위사(爲事)함이외다. 우리가 국가를 신건(新建)할 때에, 대한의 법률을 신성하게 최고하게 알아 전 국민이 이에 복종하여야 하오.

— 안창호

▣ 법은 힘의 정당화, 사실의 규범화(規範化)의 한 장식물에 지나지 아니하는가? 법을 위해서는 섭섭한 노릇이지만, 나는 그것이 사실임을 인정하지 않을 수 없다. — 유진오

▣ 법 그 자체에는 눈물이 있을 수 없다. 그러나 법을 운영하는 사람에게는 눈물이 있게 마련이어서 법도 눈물을 지닐 수 있는 것이다.

— 방순원

▣ 제가 반칙을 하여 놓고 반칙패한 것은 반칙자의 스스로 자초한 정당한 귀결인데 그 심판에 불복한 선수가 도리어 심판을 두들겨 패다니……. 그러나 법관은 패소자로부터 눈에 보이지 않는 칭원(稱寃)과 욕설을, 폭행당하는 심판과 같이 당하고 있는 것이 사실이다.

— 방순원

▣ 옛적 법률은 사람에게 부수되어 있었는데, 지금은 도리어 사람이 법률에 부수되어 있다. — 김동인

▣ 사람이란 법만 가지고 사는 게 아니니라. 법만 가지고 산다면야 오

늘날처럼 법이 밝은 세상이 또 어디 있겠나. 넌 법에 안 걸리는 일만 하고 사는 성실지만 그런 게 아니니라. 올 가을에도 면소 뒤 과수원에서 사괄 하나 따먹다가 징역을 갔느니라. 남의 것을 따는 건 나쁘지. 나쁘기야 하지만 그게 징역 갈 죈 아니지. 어젯밤 일을 본다면 너도 네 과실 밭의 실괄 따면 징역 보낼 사람이 아니냐.

— 이무영

▣ 모든 사물은 있을 따름이다. 그대로 있기만 했더라면 있는 사물들을 그대로 승인하고 말았을 것이다. 그런데 이 혼란하게 존재하는 사물들 속에는 엄연한 질서가 보인다. 인간은 아무도 이 선재(先在)하는 질서의 존재 이유를 설명하지 못했다. — 손우성

▣ 법률의 궁극에 있는 것은 물론 권력의 행사는 시민의 동의와 승인을 전제로 해야만 비로소 영광스러운 통치행위로 된다. 그런 뜻에서 법률은 시민의 동의와 승인을 선취한 표현이어야 한다.

— 이병주

▣ 법으로 다스리는 법정은 있어도 양심을 물을 수 있는 법정이 없는 게 오늘의 비극이다. — 안병무

【시 · 문장】

혈통에서 혈통으로
전하며 나타나는 당신의 법을
바르다, 바르다 하옵소서.

— 라이너 마리아 릴케 / 순례의 書

……

法은 노예의 예지다.
기운 없는 조상들이
날카롭게 꾸짖는 목소리다.
손자들은 입을 열고
가냘프고 높은 목청으로
法은 젊은이의 감각이라고.

……

法은 그러나 또 한 번 설명한다면
法은 법률이라고.
그러나 준법하는 학자들 말을 들으면
法은 선도 악도 아니고
法은 다만 범죄일 따름
때와 곳에 따라 벌을 받는 것
法은 사람들이 입는 옷과 같은 것
때와 곳을 가리지 않고—
法은 아침 저녁때 하는 인사 같은 것.

……

法은 사랑처럼
어디 있는지 왜 있는지 모르는 것
사랑처럼 억지로는 못하고
벗어나지도 못하는 것

사랑처럼 우리는 흔히 울지만
사랑처럼 대개는 못 지키는 것.

— 위스턴 오든 / 法은 사랑처럼

그 은혜는 죄수에 주어지고
또 그 은혜로 하여 법과 정의는 발에 짓밟힌다.

— P. 클로델 / 은혜인 뮤즈

상륙 장기 하지 마라 송사 글월 하지 마라
집배야 무엇 하며 남의 원수 될 줄 어찌
나라이 법을 세우셔 죄 있는 줄 모르는다.

— 정철 / 송강가사

남녀유별한 줄 사람마다 알련마는
학문을 모르면 알기 아니 어려우랴
진실로 국법(國法)이 있으니 무별무행(無別無行)하지 마라.

— 낭원군

【속담 · 격언】

▣ 도둑이 없으면 법도 쓸 데 없다. (도둑질이 가장 나쁘다)

— 한국

▣ 겨울이 지나지 않고 봄이 오랴. (세상일에는 무엇이나 다 일정한

질서와 법칙이 있는 것이다) — 한국

▣ 법은 멀고 주먹은 가깝다. (사리를 따지기 전에 완력부터 부린다) — 한국

▣ 법 밑에 법 모른다. (법이 가장 잘 지켜져야 할 법률기관에서 도리어 위법하는 수가 많다. — 한국

▣ 법 모르는 관리가 볼기로 위세 부린다. (실력이 없고 일에 자신이 없으면 공연히 애매한 사람을 치는 것으로써 일을 얼버무린다) — 한국

▣ 법률을 만드는 사람은 엄격을, 법률을 다스려 나가는 사람은 관대함을 신조로 해야 한다. — 중국

▣ 법률은 사소한 일에 관여하지 않는다. — 영국

▣ 천 파운드나 되는 법에는 한 온스의 사랑도 없다. — 영국

▣ 법률이 많으면 많을수록 공정이 적어진다. (The more laws, the less justice.) — 미국

▣ 사람은 빵 한 조각 때문에 법을 범한다. (For a piece of bread that man will transgress.) — 영국

▣ 국가에 법률이 많은 것은 좋지 않은 징후이다. 법률이 적을수록 좋은 법치국. (Many laws in a state are a bad sign.) — 미국

▣ 법을 만드는 사람은 법을 어기는 사람이 되어서는 안 된다. — 영국

▣ 법률이 생기면 어기는 음모가 뒤따른다. — 이탈리아

▣ 재판 전에 청구하는 법률가는 없다. — 이탈리아

▣ 법은 경계를 게을리 하지 않는 자를 돕고, 잠든 자를 돕지 않는다.
— 라틴

▣ 왕이 바라는 것이 바로 법이 바라는 것이다. (국왕의 의사가 곧 법이 된다) — 프랑스

▣ 교수대는 가난한 자들만의 것이다. — 프랑스

▣ 법을 존중하되 재판관을 존중하지 말라. — 유태인

▣ 법을 만드는 사람은 오히려 법을 어기는 데 능통하다.
— 반투族

▣ 법률은 차의 지름대와 같다. 원하는 방향으로 돌릴 수 있다.
— 러시아

▣ 특별법은 보통법에 우선한다. —《법언》

▣ 사회가 있는 곳, 그 곳에 법이 있다. —《법언》

【중국의 고사】

▣ **작법자폐**(作法自斃) : 제가 만든 법에 제가 걸려 죽는다는 뜻으로, 「제가 놓은 덫에 제가 치인다」는 속담과 같다. 상앙은 원래 위(衛)나라 사람이었으나, 진(秦)나라 효공(孝公)에게 등용되어 두 차례의 변법(變法)을 실행하였다. 상앙은 효공의 지지를 받아 귀족의 세습 특권을 폐지하고 군공(軍功)의 크고 작음에 따라 작위를 수여하는 제도를 시행하였고, 연좌법을 시행하였으며, 정전제 폐지, 토지매매 허가제, 도량형 통일 등의 정책을 시행하였다. 새로운 법령이 시행된 지 1년 만에 백성들 사이에 불편하다고 호소하는 자들이

많았다. 이때 태자가 법을 어기는 행위를 하였다. 상앙이 말했다.

「법이 지켜지지 않는 것은 위에서부터 법을 어기기 때문이다.」

그리고는 태자를 처벌하려 하였으나, 태자는 효공의 뒤를 이을 신분이었으므로 차마 형벌을 내릴 수는 없었다. 그 대신 태자의 태부(太傅)인 공자 건(虔)을 처벌하고 스승인 공손고(公孫賈)를 자자형(刺字刑 : 이마에 글자를 넣는 형)에 처했다. 이로부터 백성들이 두려워하여 모두 새 법령을 따르게 되었다.

상앙의 부국강병책에 힘입어 진나라는 경제적 번영을 이루고 강대국의 기초를 닦게 되었다. 그러나 이 과정에서 세습 귀족들의 이익을 침해하여 원성을 많이 사게 되었다. 효공이 죽고 혜왕(惠王)이 뒤를 잇자 귀족들은 상앙이 반란을 꾀한다고 모함하였다.

혜왕은 상앙을 체포하라는 명령을 내렸다. 상앙은 도망치다가 어느 객사에 이르러 묵으려고 하였는데, 상앙을 알아보지 못하는 주인은 신분이 불확실한 사람을 숙박시켰다가는 상앙이 제정한 연좌죄를 범하게 되어 처벌받는다며 거절하였다. 이에 상앙은 이렇게 탄식했다.

「아, 신법(新法)의 피해는 급기야 내 몸에까지 미쳤구나(作法自斃)!」

결국 상앙은 거열형(車裂刑)에 처해졌다. 『자승자박(自繩自縛)』, 『자업자득(自業自得)』과 비슷한 뜻이며, 「제가 놓은 덫에 제가 먼저 걸려든다」라는 속담과도 비슷하다. — 《사기》 상군열전

▣ **약법삼장**(約法三章) : 약법(約法)은 약속한 법이란 뜻이다. 그러나

간단한 법이란 어감을 동시에 주는 말이다. 『약법삼장』은 약속한 법이 겨우 세 가지란 뜻으로, 원래는 진(秦)나라 서울 함양을 점령한 패공(沛公) 유방이 진나라 부로들에게 한 약속을 가리킨 것이다. 지금은 법이 복잡하지 않고 간편해야 한다는 뜻으로 쓰이고 있다. 《사기》 고조본기에 다음과 같은 이야기가 있다.

한(漢) 원년(BC 206) 10월, 유방은 진나라 군사를 쳐서 이기고 수도 함양 동쪽에 있는 패상(覇上)으로 진군했다. 이때 진왕(秦王) 자영(子嬰)은 유방을 멀리 나와 맞으며 황제의 인수와 부절(符節)을 상자에 넣어 올리고 항복을 했다. 장수들 중에는 자영을 죽이자는 사람들이 많았지만 유방은 듣지 않고 다만 감시만을 하게 했다. 다시 진군하여 함양에 입성한 유방은 궁궐의 화려한 모습과 아리따운 후궁의 여자들을 보는 순간 조금도 그곳을 뜨고 싶은 생각이 없었다. 그러나 번쾌와 장양(張良)의 권고로 다시 패상으로 돌아왔다. 패상으로 돌아온 유방은 진나라의 많은 호걸들과 부로들을 불러 모아 놓고 이렇게 말했다.

「여러분들은 진나라의 까다로운 법에 고통을 받은 지 오래다. 진나라 법을 비방하는 사람은 가족까지 죽이고 짝을 지어 이야기만 해도 사형에 처했다. 나는 제후들과 약속하기를, 먼저 관중(關中)에 들어가는 사람이 왕이 되기로 했다. 그러므로 내가 관중의 왕이 될 것이다. 나는 여러분들과 약속한다. 법은 3장뿐이다. 즉, 1. 사람을 죽인 사람은 죽는다(殺人者死). 2. 사람을 상케 한 사람과 도둑질한 사람은 죄를 받는다(傷人反盜抵罪). 3. 나머지 진나라의 법은 모두 없애버린다(餘悉除去秦法). 모든 관리들과 사람들은 다 전과 다름없이 편안히 살기 바란다. 내가 온 것은 여러분을 위해 해독을 제거하려는 것이다. 괴롭히러 온 것은 아니니 조금도 두려워 말라……」

이리하여 사람들은 기뻐하며 유방이 진나라 왕이 되기를 바랐다고 한다. 진나라 궁궐을 불사르고 후궁의 여자와 보화들을 가지고 돌아간 항우와는 대조적이다. —《사기》 고조본기(高祖本紀)

▣ **법지불행자상정지**(法之不行自上征之) : 법이 제대로 시행되지 않는 것은 위에 있는 사람부터 법령을 어기기 때문이다. 솔선수범하여 법을 지켜야 할 윗사람들이 법을 어기기 때문에 아랫사람들도 법을 지키지 않는다는 말이다. 《사기》 상군열전에 있는 이야기다.

법가(法家)의 대표적인 철학자 가운데 한 사람인 상앙(商鞅)이 한 말에서 나왔다. 상앙은 진(秦)나라 효공(孝公) 때 재상으로 있으면서 여러 가지 강력한 법령을 시행하였다. 부국강병의 일환으로 시행하긴 했지만 워낙 위반했을 때 받는 형벌이 엄격했기 때문에 사람들 사이에서 법령에 대한 원성이 날로 높아 갔다. 그러던 어느 날, 태자가 새로 시행한 법령을 어기는 일이 발생했다. 상앙은 좋은 기회다 싶어 즉시 태자를 형벌에 처하려고 하였다.

「법령이 제대로 시행되지 않는 것은 위에 있는 사람들부터 이를 어기기 때문이다. 태자라 해서 면책이 있을 수 없다.」

그러나 대통을 이어갈 태자에게 형벌을 가할 수는 없었기 때문에 대신 태자의 스승인 공자(公子) 건(虔)에게 책임을 물어 처형하고 공손고(公孫賈)에게는 묵형(墨刑)에 처했다. 묵형이란 죄목을 이마에 먹물로 새겨 넣는 형벌이다. 이렇게 되자 백성들 중에서 감히 법령을 어기려는 사람이 없게 되었고 10년이 지나자 진나라에는 좀도둑 하나 나오지 않았다. 또 상앙은 법령에 대해 좋다 나쁘다 말하는 사람은 모두 변방 요새로 내쫓아 버렸기 때문에 그야말로 법령에 맹종하는 사람 이외에는 아무도 없게 되었다.

이런 상앙의 정책에 힘입어 진나라는 일약 천하의 강국으로 발돋움할 수 있었다. 그러나 효공이 죽고 태자가 왕위에 오르자 평소 그의 정책에 대해 반감을 가지고 있었던 태자는 그를 체포해 거열형(車裂刑)에 처하고 말았다. 거열형은 팔다리를 말에 묶어 잡아당겨 찢어 죽이는 형벌이다. ―《사기》 상군열전(商君列傳)

▣ **조령모개**(朝令暮改) : 법령을 자주 고쳐서 갈피를 잡기가 어려움. 아침에 내린 명령이나 법령이 저녁에는 다시 바뀐다는 뜻이다. 현실을 무시하거나 원칙이 서 있지 않고 갈팡질팡하는 처사를 말한다. 꼭 정부의 처사에 한한 것이 아니고, 모든 경우의 일관성 없는 지시 따위를 이렇게 말할 수 있다. 《사기》 평준서에 보면 한문제(漢文帝) 때 일이라 하여,

「흉노가 자주 북방을 침범해 들어와 약탈을 자행하기 때문에 수비하는 군대들이 직접 농사를 짓는 둔병(屯兵) 제도를 실시했다. 그러나 그것만으로는 부족했기 때문에 그 부족량을 충당하기 위한

방법으로, 곡식을 나라에 바칠 사람과 그것을 현지까지 운송할 사람을 공모하여 그 수량과 성적에 따라 벼슬을 주기로 했다.」는 기록이 있다.

이러한 조치를 취하게 된 것은, 문제와 경제(景帝) 두 조정에 걸쳐 어사대부라는 부총리 벼슬에까지 올랐던 조조(鼂錯)의 헌책에 의해서였다. 그는 이 같은 정책을 실시해야 한다고 주장한 상소문 가운데서 『조령모개(朝令暮改)』란 말을 쓰고 있다. 이 말이 나오는 대목을 소개하면 다음과 같다.

「지금 다섯 명 가족의 농가에서는 부역이 너무 무겁기 때문에 여기에 매어 사는 사람이 둘 이상에 이르고, 밭갈이할 수 있는 경우에도 겨우 백 묘를 넘지 못하며, 백 묘의 수확은 백 석을 넘지 못한다. ……관청을 수리하고 부역에 불려 나가는 등…… 사시사철 쉴 날이 없다. ……이렇게 살기 힘든 형편에 다시 홍수와 가뭄의 재난이 밀어닥치고, 뜻하지 않은 조세와 부역에 응하지 않으면 안된다. 조세와 부역은 일정한 시기도 없이 아침에 명령이 내려오면 저녁에는 또 다른 명령이 고쳐 내려온다(朝令而暮改). 전답 잡힐 것이 있는 사람은 반값에 팔아 없애고, 그것도 없는 사람은 돈을 빌려 원금과 같은 이자를 물게 된다. 이리하여 논밭과 집을 팔고 자식과 손자를 팔아 빚을 갚는 사람까지 생겨나게 된다.」

즉 지나친 세금과 부역은 장사꾼과 빚쟁이를 배불리는 결과를 가져오게 되고, 농민들은 농토를 잃게 되므로 세금과 부역을 줄이고, 힘이 있고 재물이 있는 사람에게 곡식을 바치고 벼슬을 사도록 하라는 내용이다.

조조는 부국강병책으로 중앙집권을 꾀한 나머지 제후들 중에 조금만 잘못이 있으면 트집을 잡아 땅을 깎아 직속 군(郡)으로 만들었기 때문에 그것이 화근이 되어 오초칠국(吳楚七國)의 반란을 불러일으키고, 그 자신 그 죄로 인해 죽게 된다.

— 《사기》 평준서(平準書)

▣ **천망회회소이불실**(天網恢恢疏而不失) : 하늘의 그물은 크고 넓어 엉성해 보이지만, 결코 그 그물을 빠져나가지는 못한다는 뜻. 《노자(老子)》 73장의 말이다.

형 집행을 과감하게 하는 자는 사람을 죽이고, 과감하게 하지 못하는 자는 살린다. 이들 둘은 인간적 척도로서는 잘했다고도 하겠고 또 잘못했다고도 할 것이다. 그러나 하늘이 미워하는 바가 무엇이며, 또 왜 미워하는지 그 이유는 아무도 알 수가 없다. 그러므로 성인도 역시 어렵게 여긴다(勇於敢則殺 勇於不敢則活 此兩者 或利或害 天之所惡 孰知其故 是以聖人猶難之). 하늘의 도는 다투지 않아도 잘 이기고, 말하지 않아도 잘 응해주고, 부르지 않아도 스스로 오고, 편안한 태도로 잘 꾸민다. 하늘의 법망은 성기어 소홀해 보이지만 놓치지 않는다(天網恢恢 疏而不失).

천도(天道)는 살리는 것(生)을 좋아하고 죽이는 것(殺)을 미워한다는 것을 노자 특유의 논법으로 설명하고 있다. 즉, 사람을 예사로 죽이고, 단호히 하지 않는 데 용기가 있어서 사람을 살린다. 살리는 것과 죽이는 것 둘 중에는 반드시 하나가 이로움이 있으면 나머지 하나는 해로움이 있다. 그러나 하늘이 미워하는 것은 반드시 죽이는 쪽이다. 그렇다면 단호하게 처리하는 용기로 사람을 죽이는 자는 하늘의 뜻을 배반하는 일이 되므로, 당연히 하늘의 벌을 받아 마땅하다. 그러나 세상 일이 또한 반드시 그렇게 되는 것도 아니다. 사람을 살렸다고 해서 반드시 하늘의 상을 받지는 않는다. 수없이 많은 사람을 죽였는데도 천벌을 받지 않는 자도 있다. 따라서 사람들은 이 살리고 죽이는 두 가지의 이롭고 해로움과 하늘의 미워하는 바가 대체 어느 쪽에 있는지 알지 못한다. 성인마저도 이 점이 또렷하지 못하여 망설이는 것이다. 그러나 긴 안목으로 보면, 이 두 가지의 이로움과 해로움, 하늘의 미워하는 바가 어디에 있는지는 자명하다. 천도는 다투지 않고 이기며, 말하지 않아도 응하며, 부르지 않아도 스스로 와서, 천천히 그러나 잘 도모하는 데 있다. 그러므로 악운(惡運)이 강할 때는 과연 한때는 하늘에 배반해도 벌을 받지 않는 수가 있기도 하다. 그러나 결국은 하늘의 벌을 받을 것이다. 하늘의 그물은 넓고 광대하여 그 그물의 눈이 성기지만 선악의 응보는 반드시 내리고 절대로 실패하는 일이 없다는 뜻이다.

— 《노자》 73장

▣ **읍참마속**(泣斬馬謖) : 제갈량이 눈물을 흘리며 마속을 사형에 처했다는 기록에서 생겨난 말로, 대중을 이끌어 나가고 법을 집행하는 사람은 사사로운 인정을 떠나 공정한 법 운용을 해야 한다는 말로

흔히 인용되는 말이다.

제갈량이 제1차 북벌(北伐)을 했을 때다. 제갈량은 대군을 이끌고 기산(祁山)으로 출격을 하여, 적의 작전을 혼란시키기 위해 장안 서쪽에 있는 미(郿)를 친다고 선언하고 조운(趙雲 : 자룡)과 등지(鄧芝) 두 장수를 기곡에다 진을 치게 했다.

한편 위(魏)의 명제는 남방의 오(吳)나라와의 국경선에 진치고 있던 장합을 불러올려 급히 기산으로 향하게 했다. 장합은 위수(渭水) 북쪽에 있는 요충지인 가정(街亭)에서 촉나라 선봉과 충돌, 이를 단번에 격파하고 말았다. 이 가정의 지휘 책임자가 바로 마속이었다. 그는 제갈량의 지시를 어기고 자기의 얕은 생각으로 임의로 행동했기 때문에 패한 것이다. 제갈량의 작전은 이 가정이 무너짐으로써 완전 실패로 돌아가고 부득이 전면 철수를 해야만 했다.

「한중으로 돌아온 제갈량은 마속을 옥에 가두고 군법에 의해 그를 사형에 처했다. 제갈량은 그를 위해 눈물을 흘렸다. 마속의 나이 그때 서른아홉이었다.」고 《촉지》 마속전에 나와 있다.

또 《촉지》 제갈량전에는 다음과 같이 기록되어 있다.

「마속은 제갈량의 지시를 어기고 자기 멋대로 행동했기 때문에 장합에게 크게 패했다. 제갈량은 한중으로 돌아오자 마속을 죽이고 장병에게 사과를 했다.」

한편 촉나라 서울 성도에서 한중으로 온 장완(蔣琬)이 제갈량을 보고 말했다.

「앞으로 천하를 평정하려 하는 이때에 그런 유능한 인재를 없앴다는 것은 참으로 아까운 일입니다.」

그러자 제갈량은 눈물을 흘리며 말했다.

「손무(孫武)가 항상 싸워 이길 수 있었던 것은 군율을 분명히 했기 때문이다. 이 같은 어지러운 세상에 전쟁을 시작한 처음부터 군율을 무시하게 되면 어떻게 적을 평정할 수 있겠는가.」

이 사건을 《삼국지연의》에서는 보다 재미나게 꾸미면서 한 편 제96회의 사건 제목을 「공명휘루참마속(孔明揮淚斬馬謖)」이라고 했다. 눈물을 뿌렸다(揮淚)는 말은 울었다(泣)는 말로 바뀌어 「읍참마속」이란 말이 널리 쓰이게 된 것이다. —《삼국지》 마속전(馬謖傳)

■ **유치인무치법**(有治人無治法) : 세상을 잘 다스리는 것은 사람에 달려있지 법에 달려 있지 않다. 『다스리는 사람이 있을 뿐, 다스리는 법은 없다』는 뜻으로, 세상을 잘 다스리는 것은 사람에 달려 있지 법에 달려 있는 것이 아니라는 말이다. 《순자》 군도편(君道篇)에 있는 말로서, 세상이 잘 다스려지는 것은 정치를 하는 사람의 착한 마음씨와 올바른 지혜와 끊임없는 노력에 의한 것으로 사람의 행동을 제한하는 법에 의해 이루어지는 것은 아니다. 사람에 의해 법이 통용되는 것으로, 법에 의해 사람이 움직이는 것은 아니라고 했다.

「나라를 어지럽히는 군주는 있어도 어지러운 나라는 없으며, 다스리는 사람은 있어도 다스리는 법은 없다(有亂君 無亂國 有治人 無治法). 예(활의 명인)의 활 쏘는 법은 사라지지 않았지만 예는 이미 없고, 우(禹) 임금의 법은 아직도 남아 있지만 그가 세운 하(夏)나라는 대대로 전해지지 못하였다. 그 까닭은 법은 홀로 존재할 수 없고, 유례는 스스로 행하여질 수 없는 것이기 때문이니, 사람을 얻으면 존속되고 사람을 얻지 못하면 사라지게 마련인 것이다. 법이란 다스림의 끝이요, 군자(君子)는 법의 근원이다. 따라서 군자가 있으면 법이 비록 미비하더라도 두루 미치기에 충분하지만, 군자가 없으면 법이 비록 갖추어져 있다 하더라도 그 시행이 잘못되고 일의 변화에 대응하지 못하여 나라가 어지러워지기 십상이다.」

대표적인 법가(法家)의 한 사람인 전국시대 진(秦)나라의 정치가 상앙(商鞅)은 강력한 법치(法治)를 실시하여 진나라를 강국으로 만들었지만, 그 과정에서 많은 사람들로부터 원한을 사게 되어 실각하였으며, 결국에는 자신이 만든 법에 자신이 죽게 되었다고 한탄하는 지경에까지 이르렀다. 유가(儒家)에서는 이 같은 법치의 한계를 인식하고 인(仁)과 덕(德)을 강조하였다.

법 제도가 아무리 잘 갖추어져 있다 한들 그것을 실행하는 사람들이 올바르지 않다면 제대로 운용될 수 없는 것이니, 『유치인무치법』은 결국 올바른 정치는 잘 구비된 법보다는 그것을 운용하는 사람에게 달려 있다는 말이다. 《중용》 20장에도 같은 내용의 말이 있다. 애공(哀公)이 공자에게 정치에 대해 물었다. 공자는 이렇게 대답했다.

「문왕(文王)과 무왕(武王)의 어진 정치가 책에 다 그대로 실려 있습니다. 그 사람이 있으면 그 정치가 행해지지만, 그 사람이 없으면 그 정치는 없어지게 됩니다. 그러므로 정치를 하는 것은 사람에 있고, 사람을 택하는 것은 임금에게 있습니다.」

진시황은 이사(李斯)의 법률 만능주의에 의해 그가 죽는 그날로 천하가 뒤흔들리고 말았지만, 한패공은 『약법삼장(約法三章)』의 정신으로 위대한 한문화(漢文化)를 대변하는 대제국을 건설하고 그 자손이 수백 년 왕업을 계승할 수가 있었던 것이다. 남의 나라의 자랑스러운 법조문을 빌어다가 아무리 민주적인 좋은 헌법을 만들어도 주권을 행사하는 국민 자체가 그 법정신을 살릴 만한 애국심과 판단력이 없는 한 부질없는 혼란만 따를 뿐이다. 좋은 법을 만들기에 앞서 먼저 좋은 인간을 만들어야 한다.

— 《순자》 군도편

【에피소드】

▣ 4만 달러란 큰돈이 우리가 늘 쓰는 이쑤시개 한 개 때문에 허비되었다. 1907년 지르벨이란 프랑스의 변호사가 파리 리옹 역의 하물예치소(荷物預置所)에 나타나 이쑤시개 한 개를 내놓으면서 찾으러 올 때까지 맡아 달라고 하였다. 사무원은, 「사람을 놀려도 분수가 있지.」 하면서 분연히 거절하였다. 변호사는 공공사업성을 상대로 하여 사무원의 법률 위반을 고소하였다. 소송은 20년이나 계속되었다. 간이재판소에서 지방재판, 고등재판, 최고재판으로 옮겨졌다. 이 기나긴 법석 끝에 최종 판결에서 승리는 변호사에게로 돌아갔고, 4만 달러란 소송비용은 전액 프랑스 국가에서 부담토록 판결되었다. — 리플리 월드 오브 엔터테인먼트 / 믿거나 말거나

▣ 영국에서 1600년경에 있었던 일. 당시 교회를 관할하는 위원회가

있었는데, 그 위원회가 교회 일뿐만이 아니고 국내 정세에까지 간섭하였다. 영국의 재판소에서는 그런 짓을 하는 것은 종무위원회(宗務委員會)의 권한 밖의 일이라 하원에 심리(審理) 금지를 선언했다. 그랬더니 재판소에 불만을 품은 캔터베리 성당의 대주교 밴크로프트는 재판관들을 혼내 주려고, 「재판관은 그 직무를 국왕에게 임명받고 자신이 독단으로 행할 수 있다.」고 말하였다. 국왕이 재판관들을 모아놓고 밴크로프트의 주장을 얘기했더니, 코크라는 재판관이 나와, 「신은 훌륭한 재능을 국왕에게 부여했습니다. 그러나 국왕은 법에 대하여 정통치 못합니다. 법이란 오랫동안의 연구와 경험이 없어서는 이해할 수 없는 것입니다.」라고 말하였다. 국왕이 화를 내자 다시 코크는, 「국왕은 모든 사람 위에 존재합니다. 그러나 신과 법 위에 설 수는 없습니다.」라고 하였다.

▣ 아테네의 법률을 만든 솔론에게 어떤 사람이, 「당신은 이 법이 가장 좋은 법칙이라 생각하고 만들었습니까?」 하고 묻자, 「천만의 말씀, 아테네 사람에게 꼭 맞게 만들었을 따름입니다.」라고 대답했다.

【成句】

▣ 개옥개행(改玉改行) : 법을 변경하면 일도 고쳐야 한다는 뜻. / 《국어(國語)》

▣ 전장법도(典章法度) : 법률제도, 문물.

▣ 방헌(邦憲) : 나라의 법률. / 《서경》

▣ 왕자무친(王者無親) : 비록 임금이라도 국법 앞에서는 사정(私情)으로 일을 처리하지 못함.

▣ 영불허행(令不虛行) : 법령(法令)은 항상 진실하지 않으면 실행할 수가 없다는 뜻. /《관자》

▣ 문무해(文無害) : 법률이 공평하여 사람을 해하지 않는다는 뜻으로 공평한 법관을 이름. 문(文)은 문법(文法), 즉 형법(刑法). /《史記》 소상국세가.

▣ 이종빙상립(吏從氷上立) : 법을 맡은 관리는 얼음 위에 서 있는 청렴한 사람임을 이름.

▣ 금과옥조(金科玉條) : 금옥과 같이 몹시 귀중한 법률이나 규정. / 양웅(揚雄)《극진미신(劇秦美新)》

▣ 명법(明法) : 법률을 밝히는 것. 또 밝은 법률. 당대(唐代)에 있어서의 문관을 등용하던 시험과목의 이름. /《사기》 진시황기.

▣ 삼척(三尺): 법률. 옛날 중국에서 법률을 석 자 길이의 죽간(竹簡)에 기록한 데서 나온 말. /《사기》 혹리열전.

▣ 망목불소(綱目不疎) : 그물코가 촘촘한 것과 같이 법률이 세밀한 것을 말함. /《세설》 언어 상편.

▣ 망주(網周) : 법망이 촘촘하여 죄인을 놓치지 않음을 이름. 주(周)는 밀(密)임. /《도덕지귀론(道德指歸論)》

▣ 무법지법(無法之法) : 특별히 제정한 법이 아니고 자연의 법을 이름. /《전등록》

▣ 지자작법이우자제(智者作法而愚者制) : 천하의 모든 일은 지자(潛

者)가 법을 만들고 우자(愚者)는 이 법에 제어당함을 이름. /《상자(商子)》갱법편.

▣ 파고착조(破觚斲雕) : 모난 것을 없애고 섬세하게 조각한 것을 깎아냄. 혹독한 형벌을 완화하고 복잡한 법률을 간단하게 고쳐 지키기 쉽게 함. /《사기》혹리열전.

자유 freedom 自由

【어록】

▣ 늪에 사는 꿩은 열 걸음에 한 번 쪼고 백 걸음에 한 번 마시지만 새장 속에서 길러지기를 바라지 않는다(澤雉十步一啄 百步一飮 不蘄畜乎樊中). —《장자》

▣ 새의 깃이 무거운 몸을 자유자재로 날아다니게 한다(羽翮飛肉 : 경미한 것도 많이 모이면 유력해짐을 비유하는 말). —《한서》

▣ 지혜(智)의 세계에는 울타리(柵)가 지나치게 많다. 인간은 진리 속에 있을 때만 자유롭다. —《근사록》

▣ 인생은 원래 한갓 꼭두각시놀음이니, 모름지기 그 뿌리를 손에 쥐어야 한다{人生原是一傀儡 只要根蒂在手 : 근본을 손에 쥐어야만 동작을 자유로이 할 수가 있다. 도의(道義)야말로 인생의 근체(根蒂 : 뿌리와 꼭지)가 된다}. —《채근담》

▣ 가령 신체는 노예일지라도 정신은 자유롭다. — 소포클레스

▣ 자유 의지는 도둑의 손이 미칠 수 없는 재보다. — 에픽테토스

■ 자유를 소망하는 자는 남의 힘 속에 있는 것을 원망하거나 겁내지 말 일이다. 왜냐하면 그것은 남의 노예가 되기 때문이다.

— 에픽테토스

■ 자기 자신을 통치할 수 없는 자는 자유로울 수 없다.

— 에픽테토스

■ 항상 죽을 각오를 하고 있는 사람만이 참으로 자유로운 인간이다.

— 디오게네스

■ 현명한 자만이 자유인이고, 비열(卑劣)한 인간은 노예다.

— 디오게네스

■ 인간은 살아가기 위해서는 이성(理性)이든가 노끈을 준비해 두지 않으면 안 된다. — 디오게네스

■ 민주제에 있어서의 자유는 국가의 영광이다. 그러므로 자유인이 살고자 하는 곳은 민주주의의 테두리 안에서 만이다. — 플라톤

■ 민주주의란 자유인이 통치자가 되는 통치 형태이다.

— 아리스토텔레스

■ 신은 모든 인간을 자유인으로서 놓아준다. 자연은 모든 사람을 누구나 노예로 만들지는 않는다. — 아르키다모스

■ 자유로운 자는 누구인가? 자기의 격정을 억제할 수 있으며, 결정도, 죽음도, 쇠사슬도 두려워하지 않으며, 확고히 스스로의 욕망에 저항하고 세속의 명예를 타기(唾棄)할 수 있으며, 성격의 모난 부분이 모두 둥글게 깎여져 그 자신에게만 전적으로 의존하는 현자(賢者)만이 자유로운 것이다. — 호라티우스

▣ 인민의 힘이 최고 지상(至上)인 국가에 있어서만이 자유는 서식할 수 있다. — M. T. 키케로

▣ 너는 자유가 무엇인가고 묻는가? 그것은 그 무엇에도, 그 어떠한 필요에도, 그 어떠한 우연에도 예속되지 않으며 운명을 멀리할 수 있는 것이다. — L. A. 세네카

▣ 자유와 지배자는 쉽게 결합하지 않는다. 자연은 말 못하는 동물에게까지 자유를 준다. — 타키투스

▣ 은혜를 받는 것은 자유를 파는 것이다. — 푸블릴리우스 시루스

▣ 자유를 위해서라면, 명예를 위해서와 같이 생명을 걸 수도 있고 또 걸지 않으면 안 된다. — 세르반테스

▣ 내면적인 자유가 없는 외부적 자유란 무가치한 것이다. 비록 내가 외부적 폭압에 의한 굴복에서 벗어났다 할지라도, 무지 · 죄악 · 이기주의 · 공포 등의 결과 자기 자신의 마음을 지배할 수가 없다면, 그것이 무슨 소용이 있으랴? 나는 다음과 같은 사람만을 자유인이라 부르고 싶다. 즉 그 속에 교만 · 분노 · 태만만이 가득 차 있는 자기 자신이나 자기의 주의에 사로잡힘이 없이, 인류의 행복을 위하여 자기 자신을 희생할 용의가 있는 사람, 그 사람만을 자유인이라 할 수 있다. — G. 보카치오

▣ 나는 고독하다. 나는 자유이다. 나는 나 자신의 왕이다. — 임마누엘 칸트

▣ 서로 자유를 방해하지 않는 범위에서 내 자유를 확장하는 일, 이것이 자유의 법칙이다. — 임마누엘 칸트

■ 신은 인간을 자유롭게 창조했다. 인간은 그 자신의 힘을 현명하게 사용하는 방법을 배우기 위해 자유롭지 않으면 안 된다.

— 임마누엘 칸트

■ 자유란 법률이 허용하는 한에 있어서 모든 것을 할 수 있는 권리이다.

— 몽테스키외

■ 자유를 위해서라면 명예와 마찬가지로 생명을 걸 수도 있으며, 또 걸어야 한다.

— 세르반테스

■ 국민의 자유는 국력에 비례한다.

— 장 자크 루소

■ 자유와 평등, 두 가지를 약속하는 것은 입법자가 아니면 혁명가, 또 공상가가 아니면 사기꾼이다.

— 괴테

■ 자유라는 것은 우리가 자기 자신 속에 지니고 있는 왕국이다.

— H. 그로티우스

■ 세계 역사는 자유의식의 진보이다.

— 게오르크 헤겔

■ 지나치게 많은 자유를 갖는 것은 좋지 않다. 원하는 것 전부를 갖는 것도 좋지 않다.

— 파스칼

■ 쟁기도, 돛도, 토지도, 생명도 자유가 없다면 무슨 소용인가?

— 랠프 에머슨

■ 모든 자유 중에서도 양심에 따라서 자유롭게 알고, 말하고, 논할 자유를 나에게 달라.

— 존 밀턴

■ 아무것도 모르는 인간까지도, 신 자신의 형상을 닮은 모든 인간이 날 때부터 자유였다는 점을 부인할 정도로 어리석지는 않다.

— 존 밀턴

■ 온갖 제한이 사람을 행복하게 한다. 우리들의 시계나 활동영역 혹은 접촉 범위가 좁으면 좁을수록 그만큼 더 우리들은 행복하다. 반대로 그것들이 넓으면 넓을수록 그만큼 더 우리들이 괴로워하고 애태우는 정도가 더해진다. — 쇼펜하우어

■ 자유는 새로운 종교이며, 그것이 전 세계에 퍼질 것은 틀림없다.
— 하인리히 하이네

■ 봄이 무엇인지는 겨울이 되어 비로소 알 수 있다. 가장 뛰어난 5월의 노래는 노변(爐邊)에서 만들어진다. 자유에 대한 사랑은 감옥의 꽃이다. 감옥에 있음으로써 비로소 자유의 가치를 안다.
— 하인리히 하이네

■ 영국인은 자유를 법률상의 처와 같이 사랑한다. 그는 그의 처를 눈에 띄게 애지중지하지는 않으나 필요한 경우에 남편으로서 그 처를 옹호할 각오가 되어 있다. 프랑스인은 자유를 그의 신부처럼 사랑한다. 그는 그녀를 위해 몸을 태우고, 불꽃이 되며, 걷잡을 수 없는 감격을 가지고 그녀의 발아래 몸을 던진다. 그는 그녀를 위해 죽기로써 싸우며, 그녀를 위해서라면 한량없이 어리석은 짓이라도 감행한다. 독일인은 자유를 그의 늙은 할머니처럼 사랑한다.
— 하인리히 하이네

■ 어떠한 인간도 자기 자신의 규율에 따라서 자유로 살고 싶다고 생각한다. — 프리드리히 실러

■ 쇠사슬에 묶여 바르게 걷는 것보다는 자유스럽게 잘못 걷는 편이 더 낫다. — 올더스 헉슬리

▣ 인간은 자유스런 존재로 태어났지만, 곳곳에서 쇠사슬에 묶여 있다. 자기가 남의 주인이라고 생각하고 있는 인간도 실은 그 이상의 노예다. — 장 자크 루소

▣ 아무것도 소유하지 않는 자는 노동의 속박에 있고, 재산을 가진 자는 마음을 많이 쓰는 속박에 있다. — 윌리엄 섬너

▣ 아무리 황금으로 된 족쇄(足鎖)라 할지라도 그것을 좋아할 사람은 아무도 없다. — 존 헤이우드

▣ 그 모든 결점에도 불구하고, 자유는 고귀한 영혼에 대해서는 자유가 없는 훌륭한 사회질서나 양떼의 사회 또는 시계처럼 움직이는 기구보다도 더욱더 매력적인 것이다. — 프리드리히 실러

▣ 자유인이란 자기 생각을 끝까지 따르기를 두려워하지 않는 사람을 말한다. — 레옹 블룸

▣ 자유는 쟁취하는 것이지 주어지는 것이 아니다.
— 조르주 브라크

▣ 자유는 그들 모두가 보편적인 본질을 가지고 있는 인민 개개인에게 미치지 않으면 안 된다. 만약 자유가 특정한 부류의 사람들에게만 보급된다면 그것은 전혀 없는 것만 같지 못하다. 왜냐하면 이와 같은 자유는 자유를 빼앗긴 사람들의 불행을 더욱더 크게 할 뿐이기 때문이다. — 조지프 애디슨

▣ 쇠사슬을 조롱하는 자가 모두 자유라고는 할 수 없다.
— 고트홀드 레싱

▣ 자유라고만 생각하고, 자기를 묶고 있는 줄이 눈에 안 띄는 사람도

적지 않다. — 프리드리히 뤼케르트

▣ 어찌 불멸의 진리를 믿으려 하지 않는가. 자유인은 남의 구원을 위해서만 승리를 거둘 수 있다는 것을? — 존 헤이

▣ 쇠사슬이든 비단 사슬이든 사슬임에는 다를 바 없다.

— 프리드리히 실러

▣ 사람은, 그 자신을 양도할 수 있으나, 그의 자식들은 양도할 수 없다. 그들은 자유인으로서 태어났으며, 그 자유는 그들에게 속한 것이므로 그 자신을 제외한 그 누구도 그의 자유를 빼앗을 권리는 없다. 그 자신의 자유를 포기하는 것은 인간으로서의 자질과 인간의 권리, 나아가서는 인간의 의무까지도 포기하는 것이다. 그러므로 모든 것을 포기한 사람에게 대해서는 그가 누구이든 간에 그에 대한 충분한 보상이란 있을 수 없다. 자유인이여! 우리는「자유는 획득할 수 있으나, 일단 그것을 상실할 경우에는 결코 다시금 회복할 수 없다」는 격언을 명심하라. 자유는 아무런 풍토에서나 자라나는 과실이 아니다. 그러므로 그것은 모든 사람의 손에 닿는 것이 아니다. — 장 자크 루소

▣ 자유주의는 사려분별에 길든 사람들의 확신이며, 보수주의는 공포에 길든 사람들의 불신이다. — 윌리엄 글래드스턴

▣ 예술에 있어서나, 정치에 있어서나, 모든 것에 자유가 없어서는 안 된다. 예술에 있어서는 자유를 필요로 함이 가장 크다. 정치에 자유가 없어서는 바른 정치, 민중의 정치는 실시되지 못한다.

— 투르게네프

▣ 세계의 역사는 자유의식의 진보의 역사 바로 그것이다. ……자유가 언급될 때에는 우리는 항상 그것이 의미하는 바가 실제에 있어서 사적인 이익의 주장인지 아닌지를 신중히 관찰하지 않으면 안 된다. — 게오르크 헤겔

▣ 나에게 자유를 달라, 그렇지 않으면 죽음을 달라! — 패트릭 헨리

▣ 타락한 자유인이란 것은 최악의 노예다. — 가리크

▣ 여윈 자유인이 살찐 노예보다 낫다. — 가리크

▣ 자유는 싹이 트기만 하면 성장이 빠른 나무다. — 조지 워싱턴

▣ 신은 우리에게 생명을 줌과 동시에 자유를 주었다. 그것은 폭력의 손에 의해 파괴될지는 몰라도 분열되지는 않는다. — 토머스 제퍼슨

▣ 자유의 영역은 한 치 한 치 넓혀 가야 한다. — 토머스 제퍼슨

▣ 자유가 소용돌이치는 바다에 파도가 없을 수 없다. — 토머스 제퍼슨

▣ 자유의 나무는 이따금 애국자와 압제자의 피로 신선함을 되찾아야 한다. 그것은 자연의 비료이다. — 토머스 제퍼슨

▣ 자유가 서식하는 곳, 이곳이 바로 나의 고향이다. — 벤저민 프랭클린

▣ 일시적인 안전을 얻기 위해서 본질적인 자유를 포기할 수 있는 인간은 자유도 안전도 누릴 자격이 없다. — 벤저민 프랭클린

▣ 재산을 얻기 위하여 덕을 팔지 말고, 권력을 얻기 위하여 자유를

팔지 말라. — 벤저민 프랭클린

▣ 자유는……소유되기 위해 제한되지 않으면 안된다—일반적으로 부패한 인민 가운데서 자유는 장구히 존속하지 못한다.

— 에드먼드 버크

▣ 자유는 발전이 숨 쉬는 호흡이다. — 잉거솔

▣ 자유는 남에게 주면 줄수록 더 많이 얻게 된다. — 잉거솔

▣ 자유는 진보의 아들이다. — 잉거솔

▣ 건전한 정신을 가진 사람이라면 누구를 막론하고 노예보다도 자유를 선택하는 데에 주저하지는 않을 것이다. — 알렉산더 해밀턴

▣ 자유는 국민이 정부에 관심을 보일 때만 존재한다.

— 우드로 윌슨

▣ 이성(理性)에 대한 존경이 있는 곳에 자유에 대한 존경이 있다. 자유에 대한 존경이 있음으로써 인생은 참으로 아름다운 것으로 생각할 수 있다. — 해럴드 래스키

▣ 오오, 자유여! 얼마나 많은 범죄가 그 이름 밑에서 저질러졌는가!

— 로맹 롤랑

▣ 그는 하나의 자유로운 신앙을 충실히 지키고 있었다. 모든 종교에서 자유롭고, 모든 당파에서 자유로운, 모든 조국에서 자유로운.

— 로맹 롤랑

▣ 쇠사슬에 묶여 바르게 걷는 것보다 자유롭게 잘못 걷는 편이 인간에게는 낫다. — 토머스 헉슬리

▣ 완전한 자유란 사나 죽으나 똑같은 상황에 있을 때 비로소 얻을

수 있다. — 도스토예프스키

▣ 신을 대신하여 인간을 지배하는 세 가지 힘인 돈과, 명예와, 향락과의 관계를 끊었을 때 사람은 비로소 자기의 자유를 느낀다.

— 카를 힐티

▣ 절반은 노예, 그 절반은 자유의 상태에서 이 관계가 영속할 수는 없다고 나는 믿는다. — 에이브러햄 링컨

▣ 타인에 대해 자유를 부인하는 사람은 그 자신도 자유를 누릴 가치가 없다. 그리하여 그는 정당한 신 밑에서는 자유를 오래 지탱하지 못할 것이다. — 에이브러햄 링컨

▣ 목자(牧者)는 양의 목을 물고 있는 이리를 쫓아버렸으니, 양은 목자를 그의 해방자라고 감사한다. 그러나 이리는 똑같은 행동에 대해 목자를 그의 자유의 파괴자로서 비난한다. ……이는 명백히 양과 이리가 자유라는 말의 정의(定義)에 의견의 일치를 보지 못한 것이다. — 에이브러햄 링컨

▣ 우리 자신의 자유와 독립을 지켜주는 보루는 무엇으로 구성되었는가? 그것은 우리의 험준한 흉벽(胸壁)도 아니요, 깎아 세운 듯한 우리의 해안(海岸)도 아니며, 우리의 육군이나 해군도 아니다. ……우리가 의지할 수 있는 것은 신(神)이 우리에게 심어 준 자유에 대한 사랑이다. — 에이브러햄 링컨

▣ 자유라는 말에 대해서 세계는 아직껏 정확한 정의를 내리지 못하고 있습니다. 미국은 바야흐로 그러한 정의의 필요성을 절실하게 느끼게 되었습니다. 우리는 모두 자유를 표명합니다. 그러나 같은

말을 사용하면서도 우리는 같은 뜻을 나타내고 있지 않습니다.

— 에이브러햄 링컨

▣ 잘 교육된 인민만이 항구적으로 자유민이다. — 제임스 매디슨

▣ 국내에 있어서의 자유의 상실은 진실이든 허위이든, 외국으로부터의 위험에 대한 대비에 그 책임을 돌리는 것이 거의 보편적인 진리처럼 되어 있다. — 제임스 매디슨

▣ 정부가 일반적으로 인민과 공통적인 이해관계를 가져야만 한다는 것은 자유의 근본이다. ……자유는 권력의 남용에 의해서와 똑같이 자유의 남용에 의해서도 위험에 빠진다. — 제임스 매디슨

▣ 인간이 자유이기 위해서는 신(神)이 있어서는 안 된다.

— 프리드리히 셸링

▣ 모두 자유가 되기까지는 어느 누구도 완전히 자유로울 수 없으며, 모두가 행복해지기까지는 어느 누구도 완전히 도덕적일 수 없다.

— 허버트 스펜서

▣ 신을 대신하여 인간을 지배하는 세 개의 힘인 돈과 명예와 향락과의 관계를 끊었을 때 사람은 비로소 자기를 자유로서 느낀다.

— 카를 힐티

▣ 자유를 위해 싸우려고 하는 자, 그들은 인류의지 상의 대의를 위하는 것이다. — 윌리엄 쿠퍼

▣ 자유는 인간의 권리이지만 그 실행을 위해서는 사람은 더 위대해질 필요가 있다. — 루이지 안토넬리

▣ 사람들이 겨우 손에 넣은 자유가 흔히 긍지를 가진 사람들에게는

도저히 견딜 수 없는 노예상태로, 즉 어리석고 잔인한 우민군(愚民群)의 지배로 전화했다. — 레오폴트 폰 랑케

▣ 대학은 빛과 자유와 학문의 장소여야 한다.

— 벤저민 디즈레일리

▣ 자유라는 것은, 우선 첫째로 나 자신으로부터의 자유이다.

— D. H. 로렌스

▣ 참된 자유는 지성적이다. 진짜 자유는 훈련된 사유(思惟) 능력 안에 머문다. — 존 듀이

▣ 자유는 힘이다. — 존 애덤스

▣ 자유란 인민들의 일반적인 식견이 없는 한 보존되기 어려운 것이다. — 존 애덤스

▣ 하느님은 자유를 사랑하고 항상 자유를 수호하고 지킬 줄 아는 사람에게만 자유를 주신다. — 다니엘 웹스터

▣ 모욕을 받지 않을 수 있는 사람만이 자유롭다.— 다니엘 웹스터

▣ 종교적 시민적 자유의 진정한 불꽃은 불이 당겨지기만 하면 연소할 것이다. 그것은 인간의 힘으로는 꺼지지 않는다. 그것은 지구 중심에 있는 불처럼 대양에 압도되고, 산악에 짓눌려서 일시적으로는 은폐될지도 모르나 그것의 본래적이고 정복될 수 없는 힘은 대양과 육지를 융기시킬 것이요, ……화산은 폭발하여 그 불꽃을 하늘로 내뿜을 것이다. — 다니엘 웹스터

▣ 자유는 건전한 자제심에 정비례해서 존재한다. 우리를 건드리지 않으려는 자제심이 타인에게 있을수록 우리는 더 자유롭다.

— 다니엘 웹스터

▣ 인간은 가만히 보면 매우 어리석은 점이 하나 있다. 자기에게 있는 자유를 이용하려 하지 않고 자기에게 없는 자유만 원하고 있다.

— 키르케고르

▣ 모든 인간이 자유에 대해 평등한 자격을 가졌다는 것은 아주 크게 위험한 오류이다. 자유란 노력해서 얻은 보상이지, 모든 사람에게 똑같이 무료로 주어지는 축복이 아니다. — 존 컬훈

▣ 자유, 그것은 정의의 제국과 법률의 보장 하에서 인간의 기능을 완전히 발전시키기 위해 인간에게 주어진 힘이다. — 마리 블랑

▣ 인간의 자유를 빼앗는 것은 폭군이나 악법보다도 실로 사회의 습관이다. — 존 스튜어트 밀

▣ 민주주의와 귀족정치, 재산과 평등, 협력과 경쟁 및 그 밖에 실제 생활에 현존하는 모든 대립에 관한 찬부의 의견이 평등한 자유로서 표현되지 못한다면……이 쌍방의 요소는 그들의 적정한 평가—저울의 한쪽이 올라가면 다른 쪽은 반드시 내려가는—를 받을 수 있는 기회를 얻지 못한다. — 존 스튜어트 밀

▣ 유일한 자유는 우리들이 타인의 자유를 빼앗지 않고, 또는 자유를 획득하려는 타인의 노력을 방해하지 않는 한도에서 우리 자신의 방식에 따라 우리 자신의 선을 추구하는 것이다.

— 존 스튜어트 밀

▣ 저 자유의 불꽃……그것은 무지와 전제의 모든 힘으로써도 결코 완전히 끌 수 없으리라. — 제임스 가필드

▣ 진정한 자유는 지성적이다. 진짜 자유는 훈련된 사랑 능력 속에 깃든다. — 존 듀이

▣ 인간은 자유다. 인간은 자유 그 자체다. — 장 폴 사르트르

▣ 오늘날 우리의 자유란, 자유를 위해 싸우는 자유스런 선택 이외에 아무것도 아니다. — 장 폴 사르트르

▣ 자유는 인간의 『존재 의무』이다. 인간은 때로는 자유이며 때로는 노예가 되거나 할 수 없을 것이다. 인간은 항상 전면적으로 자유이든가 혹은 항상 전면적으로 자유가 없든가 그 어느 편인 것이다.
— 장 폴 사르트르

▣ 자유는 외적인 사실 속에 있는 것은 아니다. 그것은 인간 속에 있는 것으로, 자유이고자 바라는 자가 자유인 것이다.
— 파울 에른스트

▣ 나는 생명의 포도주를 믿듯이 인간의 자유를 믿는다.
— 우드로 윌슨

▣ 자유는 언제나 밑에서 작용한 힘이나 인민의 위대한 운동에 의해서 성취되었다. 사악(邪惡)과 압제와 부정을 의식함으로써 발효한 그 힘이나 운동이 자유를 가져오는 것이다. — 우드로 윌슨

▣ 자유는 가끔 어떠한 제한도 가할 수 없을 정도로 광폭하고 다루기 어려울 때가 있다. — 우드로 윌슨

▣ 정치적 자유는 평화 시에만 존재한다. — 우드로 윌슨

▣ 자유는 단순히 인권을 선언함으로써 얻어지는 것이 아니다. 인권 선언을 확고한 행동으로 옮김으로써 비로소 실현되는 것이다.

— 우드로 윌슨

■ 자유의 역사는 저항의 역사이다. 자유의 역사는 정부 권한의 축소의 역사이며, 그 증가의 역사는 아니다. — 우드로 윌슨

■ 나는 자유를 잃은 부강한 나라의 국민이기보다 가난하더라도 자유로운 나라의 국민이 되고 싶다. 자유를 사랑하면 가난하지 않을 것이다. — 우드로 윌슨

■ 자유주의는 그 역사와 전통을 가지고 있다. 사회주의는 그의 공식과 목적을 가지고 있다. 사회주의는 부를 인하하려고 하고, 자유주의는 빈곤을 부로 이끌어 올리려고 한다. 사회주의는 자본을 공격하고, 자유주의는 독점권을 공격한다. — 윈스턴 처칠

■ 인간의 끊임없는 희생만이 값어치 있는 투쟁입니다—자유이기 위한 투쟁 바로 그것입니다. — 린든 B. 존슨

■ 둑이 없고 강이 있겠는가? 오로지 속박 속에서만 자유가 있다.
— 앨런 긴즈버그

■ 개인의 자유란 부자에게 있어서는 사실상의 자유이지만, 가난한 자에게 있어서는 노예생활이었다. ……탐욕에서 민중을 보호할 수 있었던 것은 국회가 국가에 부여한 권력의 덕택이다.
— C. R. 애틀리

■ 이 자유, 이렇게 기다리고 있다는 것, 이렇게 타인으로부터 상처입지 않고 있다는 것, 그것처럼 무의미하고 절망적인 것은 없으리라. — 프란츠 카프카

■ 우리의 마음에 자유가 없고 평화가 없다면 다른 모든 것이 아무리

자유라고 하여도 무슨 소용이 있겠는가—우리 자신의 가장 깊은 곳의 자기만의 것이 까다롭고 탁한 구정물이라면 어떻게 할 것인가. — 헨리 소로

▣ 자유는 항상 위험한 것이다. 그러나 우리가 가지고 있는 것 중에선 가장 안전한 것이다. — 해리 에머슨 포스딕

▣ 자유, 이것은 상상력의 가장 귀중한 속성의 하나이다. — 앰브로즈 비어스

▣ 타인의 자유를 부인하는 이들에게는, 지상에도 또는 그 어느 별나라에도 자유란 있을 수 없다. — 알프레드 허버트

▣ 친구여, 너의 자유를 수호하라. 너희들은 자유가 얼마나 잃어버리기 쉬운 것이며, 그것을 되찾는 것이 얼마나 어려운 일인지, 또 자유를 상실한 후의 타락이 얼마나 무서운 것인지를 거의 알지 못하고 있다. — 윌리엄 잉

▣ 우리의 자유는 빈곤으로부터의 자유, 불안으로부터의 자유, 공포로부터의 자유를 포함하지 않으면 안 된다. 나는 정부와 사적 기업의 이들 공동 목적을 위해 함께 일함으로써 이들의 자유는 가장 잘 확보되리라고 확신한다. — 프랭클린 루스벨트

▣ 개인의 자유에 대한 권리는, 인종을 유지하는 의무의 중요성에 비하여 제이의적(第二義的)인 것이다. — 아돌프 히틀러

▣ 자유는 불멸의 이념으로, 그것은 시대정신과 함께 진부해지거나 사멸하지는 않는다. — 토마스 만

▣ 시와 자유는 같은 것이다. — 보들레르

▣ 유일하고도 가능한 자유는 죽음에 대한 자유이다.

— 알베르 카뮈

▣ 내가 아는 유일의 자유는 정신(精神) 및 행동의 자유다.

— 알베르 카뮈

▣ 참으로 중대한 자유는 단지 하나다. 그것은 경제적인 자유이다.

— 서머셋 몸

▣ 국민이 그 어느 것을 자유 이상으로 평가한다면, 그들은 자유를 상실한 것이다. 그리고 자유보다 높이 평가한 것이 안락이나 금전이라면 그들은 그것까지도 잃어버리게 된다는 것은 아이러니가 아닐 수 없다.

— 서머셋 몸

▣ 꿈꾸는 자유 말고 어떤 다른 심리적 자유가 우리에게 있는가?

— 가스통 바슐라르

▣ 자유는 인간으로부터 연유된 것입니다. 법률이나 제도에서 주어진 것이 아닙니다.

— C. 다로

▣ 나를 감동시키는 것은 자유라는 어휘뿐이다. 이 어휘만이 인류의 낡은 열광주의를 끝없이 유지시킨다.

— 앙드레 브르통

▣ 자유보다 우선하는 것은 없으며, 자유를 뒤틀거나 타락시킬 수 있는 것은 아무것도 없다.

— 월트 휘트먼

▣ 자유를 통하여 사람은 비로소 만물의 영장이 되고, 하느님의 아들이 되며 천사와 대등해지고 모든 존재의 왕이 된다.

— C. V. 게오르규

▣ 제한된 자유는 자유가 아니다.

— C. V. 게오르규

■ 우리는 자유가 아닙니다. 우리는 그렇게 만들어지지 않았습니다. 우리가 태어날 때부터 우리 손에 쥐어진 규칙서가 있습니다. 무덤으로 갈 때까지 우린 거기서 벗어나지 못합니다. 죽었을 때, 오직 그때에 이르러서만 우리는 자유가 됩니다. — E. H. 하워

■ 그리스의 공기는 정말로 신성하고, 자유는 틀림없이 여기서 탄생했다고 나는 생각했다. 나는 세계의 어느 농부나 양치기도 자유를 위해 싸우는 미지의 머나먼 나라의 시련에 대해서 그토록 고민하고 실감나게 의식하지는 못하리라고 생각했다. 자유란 자기가 낳은 딸이나 마찬가지여서, 노르웨이의 투쟁은 그 그리스 양치기의 투쟁이 되었다. — 니코스 카잔차키스

■ 절대적인 자유는 혼돈으로 이끌어가기 때문에 인간은 그런 자유를 옹호할 수가 없다. 만일 인간이 절대적인 자유를 지니고 태어날 수 있다면, 그리고 만일 그가 이 땅에서 쓸모 있는 존재가 되기를 원한다면, 그의 첫 의무는 그 자유의 한계를 짓는 일이다.

— 니코스 카잔차키스

■ 내면적인 자유란 인간이 모든 고난을 극복하고, 이로 말미암아 심화되고 내면화되며 정화되어 조용히 평화스럽게 살 힘을 가지게 된다는 것을 의미한다. — 알베르트 슈바이처

■ 자유는 평화처럼 특정한 사람만이 나누어 가질 수 있는 것이 아니라는 것을 우리 미국 사람은 알고 있습니다. — H. L. 아이커스

■ 우리는 나라를 위해 모든 것을 두려워하지 말고 감행할 수 있어야 합니다. 역사는 절대로 약하고 겁 많은 자에게 오랫동안 자유를 맡

겨 놓지 않기 때문입니다. (대통령 취임사)

— 드와이트 아이젠하워

▣ 자유의 등불이 어둠에 가린 모든 나라로 찾아와, 그 암흑이 끝내 사라져 없어질 때까지 밝게 비춰 주기를 원합니다. (대통령 연임 취임사) — 드와이트 아이젠하워

▣ 우리 개개인 모두가 자유를 신봉할 때 비로소 우리는 자유롭게 될 수 있습니다. — 드와이트 아이젠하워

▣ 자유는 인간의 정신과 위엄의 햇빛이 쏟아져 들어오는 열려진 창문입니다. 그러한 도덕적이고 정신적인 특성의 유지와 하느님의 은혜로 이 나라는 더욱더 위대해질 것입니다. — 허버트 후버

▣ 독재는 지옥처럼 쉽게 정복되지 않는다. 그러나 그 투쟁이 치열할수록 승리의 영광이 더욱 빛날 것이라는 마음의 위안이 우리에겐 있다. 쉽게 얻어지는 것은 귀중하게 여겨지지 않는다. ……자유처럼 신성한 권리가 높이 평가받지 못한다면 정말로 이상한 일이다.

— 토머스 페인

▣ 자유의 축복을 받으려고 하는 사람은 남자답게 자유를 지지하는 고생을 겪어야 한다. — 토머스 페인

▣ 자신의 자유를 확고부동하게 하려는 자는 자기의 적도 그 압박으로부터 지켜 줘야 한다. — 토머스 페인

▣ 현대에 와서 우리가 앓고 있는 병은, 초기의 자유주의자들이 자유란 독재자를 전복시키기만 해서 되는 것이 아니라는 것을 인식하지 못한 데서 유래됩니다. 자유란 권위와 규율과 그 자체에 어울리

는 정부를 필요로 하는 생활양식입니다. — 월터 리프먼

▣ 히틀러가 지배하려고 했던 대중은 오랜 전통의 압박으로부터의 해방에 지도자가 없고 지원자가 없어 고민하고 있었던 대중입니다. 그들은 앙드레 지드와 마찬가지로 자유의 무게가 너무나 짐스러운 걱정거리였던 것입니다. — 월터 리프먼

▣ 사귀는 것은 자유다. 사귀지 않는 것도 자유다. — 베리 골드워터

▣ 제가 아는 자유주의자들이 몇 있습니다. 수혈해 주면 좋겠습니다. (미국 대통령 후보였던 골드워터가 1964년 1월 15일 적십자사에 헌혈하면서, 기자들의 「귀하의 피를 수혈받으면 보수주의자가 되겠습니까?」 하는 질문에) — 베리 골드워터

▣ 사람이 위대해짐이 없이 자유로워질 수 있다. 그러나 아무도 자유로워짐이 없이 위대해질 수는 없다. — 칼릴 지브란

▣ 자유는 책임을 의미한다. 그러므로 대개의 인간은 자유를 두려워한다. — 조지 버나드 쇼

▣ 마조히즘의 목표는 「자기 자신에서 벗어나서 자기를 상실하는 일」 인데, 바꾸어 말하면 『자유라는 짐」 에서 벗어나는 일이 그것이다. — 에리히 프롬

▣ 자유는 사람이 악을 버리고 선을 선택하는 위대한 기회였다—자유는 각성과 노력을 바탕으로 현실적인 가능성을 선택하는 기회였다. — 에리히 프롬

▣ 사람이 자유롭지 않다면 자신의 행동에 책임을 지지 않아도 되므

로 사람은 자유롭다. — 에리히 프롬

▣ 우리가 뽐내는 것은 노예가 되기 위한 자유인가, 아니면 자유롭기 위한 자유인가. — 에리히 프롬

▣ 링컨 대통령이 노예를 해방한 지 벌써 백 년이 경과했지만 아직도 그들의 자손은 완전히 해방되지 않고 있다. — 존 F. 케네디

▣ 진리는 오류보다 강하고 자유는 강제보다 영원하기 때문입니다. (유엔총회 연설) — 존 F. 케네디

▣ 자유는 절대로 어떤 기존 체제의 부분이 될 수가 없다. 그리고 기초체제의 비중이 너무 커지면 자유는 죽는다. — 오쇼 라즈니쉬

▣ 자유의 첫째 조건은 공공연한 저항 행동에 있다. 그것은 육체적 저항이요 폭력적 저항이다. — 안젤라 데이비스

▣ 언제나 자유의 위대한 선물은 한 민족에게 결코 자선을 통해서 주어지지 않습니다. 이것은 정복자라는 이유로 인도를 통치하고 있는 사람들보다 우리가 더욱 도덕적으로 우월하다는 것을 입증할 수 있을 때에야 비로소 오게 될 것입니다. — 마하트마 간디

▣ 표면만의 자유의 이름에 의해서 자유를 분쇄하는 것은 아주 쉽다. — R. 타고르

▣ 자유란, 우리를 강제하는 의무는 우리가 정한다는 뜻이다. — 마이클 샌델

▣ 미국은 평등과 자유 두 명사를 위하여 두 차례의 전쟁을 치러야 했다. — 손문

▣ 그들은 미(美)의 정령(精靈)을 자유라고 일컬었었다. — 홍사용

■ 결혼의 목적은 상대자를 속박하고 견제하고자 함에 있다. 그러나 결국은 자기가 속박되고 마는 것이다. 한 편이 한 편을 얻고, 한 편이 잃는 것이 아니라 쌍방을 다 잃어버리고야 마는 것이다.

— 심훈

■ 사랑은 배고픈 것을 싫어하지마는 그보다 못지않게 남에게 얽매이는 것을 싫어한다. 거지로 배를 곯더라도 감옥에서 배부르기를 원하는 자는 없다. 심히 배가 고픈 순간에는 제 자유를 팔아서라도 목숨을 부지하려 하지마는 한 끼 밥을 먹고 나면 자유를 원하는 것이다. 평등도 그러하다. 사람은 남의 밑에 서기를 괴로워한다. 지금은 낮은 데 있더라도 높이 올라갈 수 있다는 희망이 있어야 산다. 그래서 모든 폭동이나 혁명은 자유와 평등을 얻으려는 데서 온다.

— 이광수

■ 자유야말로 생명의 근본 바탕이다. — 함석헌

■ 자유의 희구 속에서 인간은 창조적일 수 있게 됩니다.

— 김관석

■ 자유는 받는 것이 아니고 스스로 행하는 것이다. — 김성식

■ 그리고 자유에는 본능의 전문적인 조종으로부터 벗어나는 소극적 자유와 창조적인 자기규정에로 나아가는 적극적인 자유가 분간됩니다.

— 최재희

■ 인간은 자유로운 존재다. 그러나 인간의 자유는 이 시간 저 시간을 선택하는 자유가 아니고 자신에게 주어진 시간을 무엇을 향해서 쓰느냐 하는 자유이다.

— 강원룡

▣ 목숨을 버릴 수 있는 자유만이 진정한 자유이다. — 강원룡

▣ 자유의 본질은 자아(自我)의 자기결정이며 자율이다. — 신일철

▣ 내 자유의 끝은 타인의 자유의 시작이다. — 미상

【속담 · 격언】

▣ 절에 간 색시. (몸이 자유롭지 못하고 시키는 대로 해야 하는 처지) — 한국

▣ 고삐 놓은 말. (매였던 굴레에서 풀려나 매우 자유스럽고 거침이 없다) — 한국

▣ 망건골에 앉았다. (어떤 일에 얽매여 꼼짝을 못한다) — 한국

▣ 금사망(金絲網)을 썼다. (얽매임을 당하여 벗어나지 못한다) — 한국

▣ 금사슬은 쇠사슬보다 질기다. (Chanes of gold are stronger than chains of iron.) — 영국

▣ 사람의 눈은 감게 할 수는 있어도 잠들게 할 수는 없다. — 영국

▣ 자유는 획득할 수 있으나, 일단 그것을 상실할 경우에는 결코 다시금 회복할 수 없다. — 영국

▣ 붙들려 있는 왕보다 자유스러운 새가 훨씬 낫다. — 영국

▣ 인간에게 필요한 것은 자유와 구워진 빵. — 프랑스

【시】

어찌하란 말이요, 문에는 감시병이 서 있는데

어찌하란 말이요, 우리는 갇혀 있는데
어찌하란 말이요, 길은 차단되어 있는데
어찌하란 말이요, 도시는 점령되어 있는데
어찌하란 말이요, 여인은 지금 굶주리고 있는데
어찌하란 말이요, 우리는 무기를 빼앗겼는데
어찌하란 말이요, 우리는 서로 사랑했는데.

— 폴 엘뤼아르 / 현대 휴머니스트의 고백

자유는 자유 속에서 성장하였다.
뿌리로부터 개화에 이르기까지, 모든 것이 그 자신의 것이다.
그는 스스로 생각하는 권리를 갖는다.
그것은 고향의 흙덩이처럼 귀중한 것이다.

— J. N. 그리그 / 國王

그들 나에게 자유를 고하네.
나 그대 이름으로
인류를 위해 변호하지 않으리.
어떤 이는 속박과 모욕을
어떤 이는 고뇌와 치욕을
그리고 또 어떤 이는 지상(至上)의 권력과
찬연한 명성을 가지고 태어났다고……
나는 내 전 심령으로 그 교의를 일축하고,

평등한 우애로 모든 인민을 포용함으로써
그들 모두의 자유를 주장하리.

— M. 개리슨 / 萬人을 위한 自由

그러므로 생명은 존귀하고
애정은 더욱 값어치가 크다.
만일 자유를 위해서라면
이 둘도 던져서 괜찮다!

— S. C. F. 샨도르프 / 詩集

학생 때의 나의 공책에,
나의 책상 위에, 그리고 나무들마다 그 위에,
모래 위에, 그리고 눈 위에도
나는 쓴다, 그대 이름을.
내가 읽은 모든 책장 위에,
그리고 공백으로 된 모든 책장 위에
나는 돌과 피와 종이와 재 위에까지도
나는 쓴다, 그대 이름을.
금빛 칠한 조상(彫像) 위에,
병사들의 무기 위에,
그리고 왕들의 관 위에도
나는 쓴다, 그대 이름을.

밀림에도 사막에도 새들 둥지마다,
그리고 금작화(金雀花) 나무마다
내 어린 계절의 메아리 위에도
나는 쓴다, 그대 이름을.
신비스런 밤에도,
일용의 양식인 흰 빵 위에도,
그리고 약혼하였던 계절에게도
나는 쓴다, 그대 이름을.

— 폴 엘뤼아르 / 自由

흘러가는 인생에 꽃을 주고
빛과 향기를 주는 것은 자유뿐
그것 없이는 우리는 잡초일 뿐이다.

— 윌리엄 쿠퍼 / 노동

오직 내가 바라는 것은 자유
너무 많은 것을 바라는 건가?
오직 내가 바라는 것은 자유
과거의 모든 것을 잊기 위함이다.
오직 내가 바라는 것은 자유
모든 눈물과 고통을 날려버리기 위함이지.
오직 내가 바라는 것은 자유
다시는 똑같은 일을 겪지 않기 위함이다.

오직 내가 바라는 것은 자유
내 방식대로 당신을 사랑하기 위하여.
오직 내가 바라는 것은 자유
두려움을 모두 떠나보내기 위해서며.
오직 내가 바라는 것은 자유
당신에게 사랑한다 말하고 싶어서지.
오직 내가 바라는 것은 자유
당신으로부터 「나도 당신을 사랑해요」라고 듣기 위함이네.

— 샨티 스미스 /자유

지금은 남의 땅 빼앗긴 들에도 봄은 오는가
나는 온몸에 햇살을 받고
푸른 하늘 푸른 들이 맞붙은 곳으로
가르마 같은 논길을 따라 꿈속을 가듯 걸어만 간다
입술을 다문 하늘아, 들아
내 맘에는 내 혼자 온 것 같지를 않구나
네가 끌었느냐, 누가 부르더냐, 답답워라
말을 해 다오
바람은 내 귀에 속삭이며
한 자국도 섰지 마라 옷자락을 흔들고
종다리는 울타리 너머 아씨같이 구름 뒤에서 반갑다 웃네
고맙게 잘 자란 보리밭아

간밤 자정이 넘어 내리던 고운 비로
너는 삼단 같은 머리털을 감았구나 내 머리조차 가뿐하다
혼자라도 가쁘게 나가자
마른 논을 안고 도는 착한 도랑이
젖먹이 달래는 노래를 하고
제 혼자 어깨춤만 추고 가네
나비 제비야 깝치지 마라
맨드라미 들마꽃에도 인사를 해야지
아주까리기름을 바른 이가 지심 매던 그 들이라 다 보고 싶다
내 손에 호미를 쥐어 다오
살진 젖가슴과 같은 부드러운 이 흙을
발목이 시도록 밟아도 보고 좋은 땀조차 흘리고 싶다
강가에 나온 아해같이
짬도 모르고 끝도 없이 닿는 내 혼아
무엇을 찾느냐 어디로 가느냐 우서웁다 답을 하려무나
나는 온몸에 풋내를 띠고 푸른 웃음 푸른 설움이 어우러진 사이로
다리를 절며 하루를 걷는다, 아마도 봄 신령이 지폈나 보다
그러나 지금은 들을 빼앗겨 봄조차 빼앗기겠네.

— 이상화 / 빼앗긴 들에도 봄은 오는가

【중국의 고사】

▣ **예미도중**(曳尾塗中) : 꼬리를 진흙 속에 끌고 다닌다는 뜻이다. 부

귀로 인해 속박받기보다는 차라리 가난을 즐기며 자유롭게 사는 편이 낫다는 것을 비유해서 쓰는 문자다.

장자가 복수(濮水) 가에서 낚시질을 하고 있었다. 그러자 초나라 왕이 두 대신을 보내, 「선생님께 나라의 정치를 맡기고 싶습니다.」 하는 뜻을 전하게 했다. 장자는 낚싯대를 잡은 채 돌아보지도 않고 말했다. 「들으니 초나라에는 신구(神龜)라는 3천 년 묵은 죽은 거북을 왕이 비단상자에 넣어 묘당(廟堂) 안에 간직하고 있다더군요. 그 거북이 살았을 때, 죽어서 그같이 소중하게 여기는 뼈가 되기를 원했겠소, 그보다 살아서 꼬리를 진흙 속에 끌고 다니기를 바랐겠소?(寧其死爲留骨而貴乎 寧其生而曳尾塗中乎)」

「그야 물론 살아서 진흙 속에 꼬리를 끌고 다니기를 바랐겠지요.」

「그렇다면 그만 돌아가 주시오. 나는 진흙 속에 꼬리를 끌겠으니.」

이와 같은 형태의 똑같은 뜻을 가진 이야기가 《장자》 열어구(列禦寇)편에도 나온다. 어느 임금이 장자를 초빙했다. 장자는 사신에게 이렇게 말했다.

「당신들은 제사에 쓰는 소를 보았겠지요. 비단옷을 입히고 풀과 콩을 먹이지만, 끌려 태묘(太廟)에 들어가게 되었을 때 그 소가 외로운 송아지가 되기를 바란들 무슨 소용이 있겠소.」

《사기》에는 장자의 이 두 이야기를 하나로 묶어 초위왕(楚威王)이 사신을 보내 장자를 초빙했을 때 장자는 제사에 쓰이는 소를 더러운 도랑에 자유롭게 놀고 있는 돼지새끼에 비유하여, 몇 해 부귀를 누리다가 권력투쟁의 제물이 되는 것보다는 차라리 평민의 몸으로 평생을 아무 일 없이 보내고 싶다면서 거절한 것으로 기록하고 있다. — 《장자》 추수편(秋水篇)

▣ 중국 육조시대에 양나라 도홍경이 어질다는 말을 듣고 양무제가 여러 차례 사람을 보내어 초청했으나 끝까지 나오지 아니하고 소 두 마리를 그려 사자(使者)에게 전했는데, 한 마리는 평원 광야에서 자유로이 풀을 뜯고 누웠고, 또 한 마리는 좋은 굴레를 씌워 가지고 사람이 고삐를 잡고 채질을 하여 몰고 가는 것이었다. 양무제는 이것을 보고 그의 뜻을 알 수 있다 하고 단념했다.

【명연설】

▣ 인간의 기본적 자유는 지켜져야 한다. : ……우리는 장래 인간의 기본적인 네 가지 자유 위에 설 세계가 실현될 것을 대망하고 있습니다. 그 자유라는 것은 첫째, 전 세계에 걸친 언론의 자유. 둘째, 종교의 자유. 셋째. 결핍으로부터의 자유, 즉 모든 국가에 대해서 그 국민의 건전한 평화생활을 보장하는 각국 간의 경제적 양해. 넷째 공포로부터의 자유, 즉 세계 어느 곳에서나 한 나라가 그 이웃나라에 대해서 실제로 침략하지 못하도록 완전한 군비축소를 할 것입니다. — T. 루스벨트

▣ 자유와 번영을 위한 길고 험난한 길 : 미국의 위대함을 다시금 확인하면서 우리는 그 위대함이 결코 저절로 주어진 것이 아니라는 사실을 압니다. 우리의 여정은 결코 지름길이나 작은 성과에 안주하는 길들 중의 하나를 걸어온 것이 아니었습니다. 그 길은 결코 일보다는 여가를 선호하거나 부와 명예의 기쁨만을 추구하는 소심한 자들의 길이 아니었습니다. 오히려 그 길은 위험을 무릅쓰는 이들, 실천하는 이들, 무언가를 만들어 내는 이들의 길이었습니다. 그들 중 몇몇은 유명했지만 대부분은 자신들의 분야에서 드러나지 않은 채 묵묵히 자유와 번영을 위한 길고 험난한 길을 우리와 함께 걸었습니다. — 버락 오바마

【명작】

▣ 자유론(自由論, On Liberty) : 영국의 사상가이며 경제학자인 존 스튜어트 밀(John Stuart Mill, 1806~1873)의 1859년 간행한 철학서. 밀은 벤담의 양적 공리주의와 구분되는 질적 공리주의 사상을 발전시켰으며, 자유주의와 사회민주주의 정치사상의 발전에도 크게 기여하였다. 이 책은 시민의 자유를 논한 고전적 저서로 〈서설(序說)〉, 〈사상과 언론의 자유〉, 〈행복의 한 요소로서의 개성〉, 〈개인에 대한 사회적 권위의 한계〉, 〈원리의 적용〉 등 5장으로 구성되어 있다. 철학 상의 필연론(必然論)에 대한 자유론이 아니라, 시민의 사회적 자유를 논하였고, 국가의 적절한 간섭에 의해서 자유가 가능하며, 「국가의 가치는 결국 그 국가를 구성하는 개인의

가치에 있으며, 개인을 경시하는 국가는 존립하지 못한다」고 단언하고 있다. 이 책은 자유에 관한 사상을 집대성함과 동시에, 19세기 중엽의 자유를 둘러싼 문제점에 대하여 구체적으로 논술한 고전적 명저로 평가된다.

【成句】

▣ 농조연운(籠鳥戀雲) : 새장에 갇힌 새가 구름을 그리워한다는 뜻으로, 속박당한 사람이 자유를 얻고자 함. /《할관자》

▣ 자업자득(自業自得) : 자기가 저지른 일의 과보(果報)를 자기 자신이 받는 일.

▣ 산계야목(山鷄野鶩) : 산꿩과 들오리라는 말로, 천성이 구속받기를 싫어하는 사람을 이르는 말..

▣ 본래무일물(本來無一物) : 【불교】 본래 아무것도 없으므로(本來空) 아무것에도 집착할 것이 없어 모든 것으로부터 자유가 된 심경. /《전등록》

▣ 안보이당거(安步以當車) : 높은 벼슬자리를 원하기보다는 설령 가난하더라도 자유로운 야인(野人)의 처지를 원한다는 것. 안보(安步)는 느긋하고 편안하게 걷는다는 뜻. 제(齊)나라 안촉(顔斶)이 임금으로부터 벼슬을 하라는 권유를 받았으나, 가난하더라도 편안한 마음으로 살고 싶다며 사양하고, 걸어서 천천히 물러갔다는 이야기에서 나왔다. /《전국책》

▣ 자승자박(自繩自縛) : 제 줄로 제 몸을 옭아 묶는다는 뜻으로, 제가

쓴 마음이나 언행으로 말미암아 제 자신이 행동의 자유를 갖지 못하는 일. 자기모순. 또 불가(佛家)에서는 제 마음으로 번뇌를 일으켜 괴로워하는 일을 말한다.

▣ 자유분방(自由奔放) : 생각대로 자유롭게 행동하는 것. 아무런 근거도 없이 하고 싶은 것을 하는 기풍(氣風).

▣ 종횡무진(縱橫無盡) : 자유자재하여 끝이 없는 상태.

▣ 지어농조(池魚籠鳥) : 연못(池) 속의 고기와 농(籠) 속의 새라는 말로서, 자유롭지 못함의 비유.

▣ 처성자옥(妻城子獄) : 아내의 성(城)과 자식의 감옥에 갇혀 있다는 뜻으로, 처자를 거느린 사람은 집안일에 매여 자유로이 활동할 수 없음을 이르는 말.

▣ 천마행공(天馬行空) : 천마가 하늘을 뛰어다닌다는 뜻으로, 자유분방(自由奔放)하여 얽매이는 데가 없음을 비유하여 이르는 말. 또는 문장이나 필치(筆致)가 뛰어나 있음을 형용하는 말. / 《사기》

▣ 추지대엽(麤枝大葉) : 거친 가지와 큰 잎. 문장을 쓰면서 사소하고 거추장스러운 법식(法式)에 얽매이지 않고 자유롭게 글을 짓는 태도를 비유하는 말. / 《주자어록》

▣ 호손입대(猢猻入袋) : 원숭이가 자루 속으로 들어갔다는 뜻으로, 구속이나 제약을 받아 자유롭지 못함을 비유하는 말. 『절에 간 색시』라는 우리말 속담과 비슷한 말이다. / 《귀전록(歸田錄)》

평등 equality 平等

(공평)

【어록】

▣ 「만인은 법 앞에 평등하다.」{법 앞의 평등은 국제연합(UN) 헌장과 세계 인권선언에도 명시되어 있고, 이외에도 세계 거의 모든 국가의 헌법 전문이나 인권선언에 많이 인용되는 문구이다.}

— 국제연합(UN) 헌장

▣ 토지가 고르고 조화되지 않으면 정사가 올바를 수 없다(地不平均調和 則政不可正也). — 《관자》

▣ 균등하면 가난은 없다(均無貧 : 모두가 물질적으로 평등한 생활을 하고 있으면 가난하다는 생각은 없는 것이다). — 《논어》 계씨

▣ 적은 것을 근심하지 않고, 고르지 않은 것을 근심한다(不患寡而患不均 : 물질이 적다고 걱정하지 않는다. 그보다는 모두가 불평등하다, 부당하다고 하는 불만을 지니는 것을 걱정해야 한다. 따라서 정치는 공평해야 하는 것이다). — 《논어》 계씨

▣ 꿈이 평등하므로 도(道)도 평등하다. — 한유(韓愈)

- ▣ 그도 사람이고 나도 사람이다(당송팔대가 중 한 사람인 시인 문장가인 그가 하루아침에 대가가 된 것이 아니다. 어릴 때는 유학자가 될 작정으로 사서오경 등을 공부했는데, 때로는 아무리 공부해도 자신은 공자나 맹자 같은 대학자는 될 수 없다고 생각하여 차라리 공부를 그만두려고 생각한 적도 있었다고 한다. 그러나 그럴 때마다 곧 「그도 사람이고 나도 사람이다.」 그가 할 수 있는 것을 어찌하여 내가 못한단 말인가? 하고 스스로를 질책하고 격려하며 공부를 계속했다). — 한유
- ▣ 정사를 잘 처리하는 자는 미연에 방비하며, 있고 없음을 고르게 하고 부역을 경감시킨다(善爲政者 防於未然 均其有無 省其繇役). — 장구령(張九齡)
- ▣ 평등은 빈부귀천을 가리지 않는 양식이다. —《아함경》
- ▣ 불생불멸의 법이 평등이다. —《방등경》
- ▣ 평등은 말로만 존재할 뿐이다. — 에우리피데스
- ▣ 유일하고도 안정된 국가는 모든 국민이 법 앞에서 평등한 국가이다. — 아리스토텔레스
- ▣ 모든 점에서 인간이 평등하다고 생각하는 사람들 중에서 민주주의는 생겨난다. — 아리스토텔레스
- ▣ 수명의 플루트 연주자가 그 기량에 있어서 동등하다면, 부유하게 태어난 사람에게 더 좋은 플루트를 주어야 할 이유는 없다. 왜냐하면 그들은 플루트를 더 잘 불 수 없을 뿐만 아니라, 더 좋은 악기는 더 나은 기량을 가진 연주자를 위해 남겨 두어야 하기 때문이다.

— 아리스토텔레스

▣ 우리들은 죽음의 순간에 있어서는 모두 평등하다.

— 푸블릴리우스 시루스

▣ 평등은 모든 선의 근원이며, 극도의 불평등은 모든 악의 근원이다.

— 로베스피에르

▣ 사회는 재산의 불평등 없이는 성립되지 않는다. 재산의 불평등은 종교 없이는 성립되지 않는다. — 나폴레옹 1세

▣ 모든 인간은 평등하게 만들어졌다. 또한 모든 인간은 창조주에 의해서 누구에게도 양보할 수 없는 일정한 권리가 부여되었다.

— 토머스 제퍼슨

▣ 모든 인간은 선천적으로 평등하다. 우리들이 오늘날에 볼 수 있는 불평등은 민법(民法)에서 유래하는 것이다. — 토머스 홉스

▣ 사람들은 날 때부터 평등하다. 자연은 사람을 신체 및 정신의 모든 능력에 있어서 평등하게 만들었다. 평등에서 불신이 생긴다. 능력의 이 평등성에서 우리의 목적 달성에 있어서의 희생의 평등성이 생긴다. — 토머스 홉스

▣ 자연은 인간의 육체와 정신의 기능을 평등하게 만들었다. 그리하여 어떤 사람은 가끔 다른 사람들보다 육체적으로 강건하고 정신적으로는 민첩할 수도 있으나 전체적으로 본다면 인간과 인간과의 차이란 별것이 아니며, 다른 사람이 자기와 똑같이 요구하지 않는 이익을 자기 자신을 위해 요구할 수가 있는 것이다. ……그리고 정신의 기능에 있어서는……육체의 강건성(强健性)에 있어서보다

더 큰 평등성을 나는 인간 가운데서 발견한다. — 토머스 홉스

▣ 평등은 인도(人道)의 신성한 법칙이다. — 프리드리히 실러

▣ 여러분은 모두 부자가 되기를 원하는가? 그것은 이 세계에서의 모든 노동의 폐기요 작업의 전적인 조락이다. 왜냐하면 그가 더 많은 것을 가지게 될 때에는 그 게으름쟁이는 평등을 가장하여 아무런 권리도 없으면서 제멋대로 그가 좋아하는 것을 가져갈 것이다. 그때에는 도대체 누가 더 일을 하려고 하겠는가? 이것은 공화국의 번영을 파괴는 나태를 조장할 뿐 공화국을 유지하는 노동의 개선은 아니다. 만약 이와 같은 평등이 있다면 그것은 당신이 지금 막 떠나온 상태보다 더 좋은 상태에 도달하려는 당신의 희망을 빼앗아 버릴 것이다. — J. 체크

▣ 모든 인간의 평등한 권리는 공기를 호흡하는 평등한 권리나 마찬가지로 명백한 것이다. — 헨리 조지

▣ 황제의 영혼도 구두장이의 영혼도 같은 주형(鑄型)에 부어 만들어진 것이다. — 몽테뉴

▣ 평등은 공정의 제1의 요소이다. — 몽테뉴

▣ 인간은 평등하게 태어나지만 평등하게 성장하지는 못한다. — 몽테스키외

▣ 여자는 너(남자)와 같이 동등하게까지 만들지 말라. 그렇게 되면, 너는 곧 궁둥이 밑에 깔릴 것이기 때문이다. — 임마누엘 칸트

▣ 비록 나는 「모든 인간은 본질적으로 평등하다고 위에서 말했으나, 내가 모든 종류의 『평등」을 이해하고 있다고는 할 수 없다. 연령

이나 덕성은 인간에게 정당한 우월성을 부여할 수도 있으며, 역할이나 공적의 탁월함은 어떤 사람을 보통 수준 이상으로 끌어올릴 수도 있을 것이다. ……이 모든 것은 모든 인간이 권한이나 지배의 면에 있어서 서로 평등하다는 것과 일치된다. ……모든 인간에게는 그 어떠한 타인의 의지나 권위에도 종속됨이 없이 그의 생득적(生得的)인 자유를 누릴 수 있는 평등한 권리가 있기 때문이다.

— 존 로크

▣ 평등은 사랑의 가장 굳은 끈이다. — 고트홀드 레싱

▣ 모든 인간은 평등하게 만들어져 있다. 그들은 그 창조주에 의해서 빼앗아서는 안될 고유의 권리가 주어져 있다. — 토머스 제퍼슨

▣ 그 어떠한 사람도 타인의 평등한 권리를 침해할 생득적(生得的)인 권리는 없다. — 토머스 제퍼슨

▣ 평등주의자는 그들 자신의 수준까지 남을 끌어올릴 것을 바라지만, 그들 자신 이상으로 끌어올리려고는 하지 않는다.

— 새뮤얼 존슨

▣ 나 자신 전적으로 만족하고 있는 것은 인간의 교묘한 술책이나 간계에 의한 평등보다는 시간 · 관습 · 재산의 상속 · 축적 · 교환 및 증식과 같은 물건의 자연에서 발생하는 불평등이 공정과 정당한 정책의 기반이 되는 진정한 평등에 더욱 가깝다는 점이다.

— 에드먼드 버크

▣ 인간은 결코 불평 없이 재산이나 권리를 분배할 수는 없다.

— 도스토예프스키

■ 모든 인간이 어떠한 의미에 있어서도, 또 어떠한 때에도 자유스럽고 또 평등하다는 교의(教義)는 전연 근거 없는 픽션이다.

— 토머스 헉슬리

■ 사회적인 평등은 불평등을 무찌를 것입니다. 영국의 귀족적인 것이건 국내의 노예제도의 것이건 간에 무찔러지고야 말 것입니다.

— 에이브러햄 링컨

■ 민주주의적 제도는 그들이 결코 완전히 충족시켜 줄 수 없는 평등에 대한 정열을 일깨워 육성한다. 이 완전한 평등은 그들이 그것을 붙잡았다고 생각하는 바로 그 순간에 인간의 손으로부터 빠져나가 버린다. ……그들 자신의 한계를 초월하는 것이 무엇이거나 간에 그것은 그들의 욕망에 장애가 되므로 그것이 아무리 합법적이라 하더라도 그들의 눈에 불쾌하게 보이지 않는 우월성이란 있을 수 없는 것이다.

— 알렉시스 토크빌

■ 평등이란 자기와 마찬가지로 다른 사람에게도 같은 기회와 권리를 부여하는 일이다.

— 월트 휘트먼

■ 민주주의와 자유는 모든 인간이 그 가운데 신적인 이성(理性)을 가지고 있다는 신성한 진리에 근거하고 있다. ……그것은 평등이며, 유일한 만인의 평등이다.

— 랠프 에머슨

■ 인간은 교회 앞에서 평등하고, 국가 앞에서 평등한 것처럼 서로가 모든 인간 앞에서 평등하다.

— 랠프 에머슨

■ 정의로운 것을 평등이라 부른다. 그러나 평등한 것이 정의는 아니다.

— 랠프 에머슨

▣ 이러한 종류의 정부(순수 민주주의)를 지원한 이론적 정치가는 인류를 정치적 권리에 있어서 완전히 평등하게 만듦으로써, 동시에 그 소유물, 의견, 감정에 있어서도 완전히 평등화시키고 동화시켜야 한다고 그릇 생각했던 것이다. — J. 매디슨

▣ 그 어떠한 경제적 평등도 생물학적인 평등의 작용을 초월할 수는 없다. — 허버트 후버

▣ 평등의 결점은 우리가 그것을 우리의 손윗사람에게만 바란다는 것이다. — H. F. 베크

▣ 인간은 원래 불평등하게 태어났다. 그러기 때문에 그들을 평등하게 다루려고 해도 그것은 무익하다 — 지그문트 프로이트

▣ 친구들끼리는 완전한 평등 속에서 산다. 이 평등은 우선 첫째로, 그들이 서로 만났을 때에 사회상의 모든 상위를 잊는다는 사실로부터 생긴다. — 피에르 보나르

▣ 우리의 목표는 링컨이 지적한 바와 같이 인간은 어떤 면에 있어서는 분명히 평등하지 않으나, 자존심이나 상호 존경에 있어서는 평등해야 하며, 법 앞에서는 평등하지 않으면 안 된다는 주장을 인식하는 것이다. — T. 루스벨트

▣ 평등은 민주주의의 중요한 원리이다. — E. 벨라미

▣ 평등주의는 인습적 불평등, 독단적 특권, 역사적 부정을 제거한 후, 다음에는 공적 · 능력 · 덕성의 불평등에 대해서 모반을 일으켰다. 평등주의는 사랑으로 보이려고 하는 증오다. — 헨리 아미엘

▣ 신 앞에서는 우리들은 똑같이 현명하기도 하고 똑같이 어리석기도

하다. — 알베르트 아인슈타인

▣ 평등한 배당—우리는 강자가 약자를 도와주어야 한다고 생각한다. 사회주의자의 의견은 만인이 평등한 배당을 받기 위해, 강자를 약자의 수준에 저하시켜야 한다고 말한다. 그리고 그들은 평등한 한도 내에서는 그 배당이 적더라도 상관치 않는다. — 윈스턴 처칠

▣ 평등이란 하잘것없는 인간의 유토피아이다. — 지라르댕 부인

▣ 기회균등과 인간 상호간의 존중은 법률상의 문제일 뿐만 아니라 인간의 마음과 정신의 문제이기도 합니다. 왜냐하면 인간이 항상 법에 순종하고 있지는 않기 때문입니다. — 드와이트 아이젠하워

▣ 우린 평등권에 대해서 충분할 만큼 오래 이야기해 왔습니다. 백 년 이상이 될 것입니다. 이제 우리는 다음 역사의 장을 쓸 때가 왔습니다. 법으로 정할 때가 온 것입니다. (1963. 11. 27. 미국국회상하원 합동회의에서의 연설) — 린든 B. 존슨

▣ 사람은 아무에게도 인간적으로 열등하지 않으며, 누구도 인간적으로 우월하지 못하다. 모든 사람은 너의 변신(變身)이다. 남이 지은 죄는 바로 너의 죄이기도 하며, 사람의 무죄가 너하고 무관한 것도 아니다. — 윌리엄 사로얀

▣ 평등은 물질적 자산의 한 조각 한 조각의 양적 균등을 의미해서는 안 되며 소득이 각각 다른 그룹에게 서로 다른 삶의 경험을 창조할 정도로 분화되어서는 안된다는 의미의 평등이 되어야 한다. — 에리히 프롬

▣ 나는 모든 인간은 평등하다고 선동적으로 선언하는 사람들을 비난

한다. 나는 인간은 가치에 있어서 평등하지 않다는 사실을 알 수 있다. — 에리히 프롬

▣ 전부가 같은 평등에 복종하면서 또 한편으로는, 각자는 자기의 생각에 따른다고 믿는다. 마치 근대의 대량생산이 상품의 표준화를 요구하듯이, 사회제도는 인간의 표준화를 요구한다. 이 표준화가 평등이라고 불린다. — 에리히 프롬

▣ 권리의 평등이라는 것은 갖가지 형태에서의 어느 한쪽의 특권, 다른 한쪽의 차별이 배제되는 것입니다. — 요한 바오로 2세

▣ 자유에 대한 거부, 그리고 생계수단의 평등에 대한 거부, 교육 평등에 대한거부, 대의정체(代議政體) 참여권 평등에 대한 거부, 이러한 모든 것이 하나하나 있을 적마다 우리의 위신은 손상을 입습니다. 이와 같은 사실에 우리 목표의 도덕적인 기반이 있습니다. (1964년에 통과된 민권법에 언급하면서) — E. M. 다크센

▣ 동등권과 사회적인 정의에서 표방하는 것과 실천이 일치될 때 비로소 우리는 존경을 받게 됩니다.—그들의 결정사항이 우리의 장래에 영향을 끼치는 그런 국가들의 존경 말입니다.

— 존 F. 케네디

▣ 미국은 여러 나라에서 온, 여러 인종의 사람들에 의하여 성립되어 있다. 모든 사람은 태어나면서 평등하며, 한 사람의 권리가 위협당하면 모든 사람의 권리가 위태롭게 된다는 원리 위에 세워져 있다.

— 존 F. 케네디

▣ 인생이란 공평하지 않다. 이 사실에 익숙해져라. — 빌 게이츠

■ 미국은 평등과 자유 두 명사를 위하여 두 차례의 전쟁을 치러야 했다. — 손문

【속담 · 격언】

■ 신은 바보에게도 행운을 보낸다. (God sends fortune to fools.) — 영국

■ 만민은 평등하게 창조되었다. (All men are created equal.) — 영국

■ 고양이도 왕을 쳐다볼 수 있다. (A cat may look at a king. : 사람은 누구나 평등하다.) — 영국

■ 만인은 잠자리에 들어 있을 때만 평등하다. (All men are on an equality while they are asleep.) — 영국

■ 평등을 찾으려는 사람은 묘지로 가라. (평등이란 지상에 없다) — 영국

■ 태양은 풀잎에도 삼목에도 비친다. — 페르시아

【중국의 고사】

■ **불환과이환불균**(不患寡而患不均) : 적은 것을 걱정하지 않고 고르지 못한 것을 걱정한다.

노나라의 실권자인 계씨(季氏)가 노나라의 속국인 전유(顓臾)를 쳐서 자기 영지로 만들려 했다. 계씨의 가신으로 있는 염유(冉有)와 자로(子路)가 공자에게 이 사실을 보고하자, 공자는 특히 염유

를 지적하여 이렇게 꾸짖었다.

「네가 조종하는 일이 아니냐. 전유는 노나라에 속해 있는 나라인데 이것을 칠 이유가 무엇이란 말이냐?」

그러자 그들은 계씨의 단독 의사로 자기들은 찬성한 일이 없다고 발뺌을 했다. 공자가 다시 그들을 나무라며, 남의 녹을 먹고 그 사람의 잘못을 바로잡지 못한다면 그것이 누구의 허물이겠느냐고 꾸중을 하자, 염유는 이렇게 이유를 말했다.

「전유는 비(費)에 가까이 있고 또 견고한 성이므로 지금 점령하지 않으면 뒷날 반드시 자손들에게 걱정을 끼치게 될 것입니다.」

결국 자기도 그 일에 찬성했다는 변명이 되고 만 셈이다. 공자가 특히 염유만을 꾸짖는 데에는 그만한 이유가 있었다. 자로는 옳지 못한 일에 협력할 사람이 아니란 것을 잘 알고 있었고, 염유는 계씨의 하는 일에 무조건 협력하는 출세 위주의 인물이었기 때문이다. 염유는 계씨를 위해 백성들에게 세금을 더 부과한 일도 있어서, 이때 공자는 「너는 나의 제자가 아니다.」 하고 제자들에게 북을 울려 그의 죄를 성토하라고 한 일까지 있었다.

공자는 염유의 이 말에,

「그러기에 군자는 솔직히 탐이 난다고 말하지 않고, 뭔가 구실을 붙여 자기의 행동을 정당화시키려는 사람을 미워한다.」 하고 꾸짖고, 다시 덧붙여 이렇게 말했다.

「내가 들으니, 나라를 가지고 집을 가진 사람은 적은 것을 걱정하지 않고 고르지 못한 것을 걱정하며, 가난한 것을 걱정하지 않고 편안하지 못한 것을 걱정한다고 했다. 대개 고르면 가난한 사람이 없고, 서로 사이가 좋으면 적은 일이 없으며, 편안하면 서로 넘어지는 일이 없기 때문이다(丘也聞 有國有家者 不患寡而患不均 不患貧而患不安 蓋均 無貧 和 無寡 安 無傾 夫如是故 遠人不服 則修文德以來之 旣來之 則安之).」

그리고 공자는 끝으로,

「나는 두려워하건대, 계씨의 근심은 전유에 있지 않고 담벼락 안에 있을까 한다.」하고 밖으로 욕심을 부리는 사람은 반드시 내부로부터 변란이 생기게 된다는 것을 지적했다.

—《논어》 계씨편(季氏篇)

【에피소드】

▣ 1744년 10월 9일 스웨덴의 몰다우 강을 건널 때, 왕의 총애를 받던 벨델 중위가 전사하였다. 프리드리히 왕은 그 소식을 듣고 흥분하여 급히 전쟁터로 달려가서 근방에 쓰러져 있는 부상병들에게 소리쳤다. 「벨델이 어디에 있느냐? 어디에 있어?」 그 때에 왕의 바로 옆에 있던 발에 심각한 부상을 입은 중위가 있는 힘을 다해 일어서서는 단호한 어조로 대답했다. 「폐하, 여기에 넘어져 있는 전부가 벨델입니다.」

평화 peace 平和

【어록】

▣ 만약 천하를 평화롭게 다스리려고 한다면 오늘날의 세상에서 나를 내놓고 누가 있겠는가(如欲平治天下 當今之世 舍我其誰也)?

— 《맹자》

▣ 길은 가까운데 있거늘, 사람들은 먼 데서 찾는다. 일은 쉬운데 있거늘, 사람들은 어려운 데서 찾는다. 사람마다 부모를 부모로 섬기고 어른을 어른으로 섬기면 온 천하가 화평해지거늘. — 《맹자》

▣ 천하가 태평하고 평화로울 때 전쟁을 잊고 준비하지 않으면 위기를 맞을 수밖에 없다(天下雖安 忘戰必危). — 《사마병법》

▣ 법에 따라 공정하게 일을 보면 상하가 모두 평화롭다(奉公如法 則上下平). — 《사기》

▣ 검을 팔아 소를 사고, 칼을 팔아 송아지를 산다(使賣劍買牛 賣刀買犢 : 전쟁을 그치고 농사를 짓게 함. 곧 평화스런 세상이 됨을 이르는 말). — 《십팔사략》

■ 군자는 화합하되, 휩쓸려 흘러가지는 않는다(君子和而不流).

— 《중용》

■ 사랑에는 두 가지 시련이 있다. 즉, 전쟁과 평화이다.

— 호라티우스

■ 행복한 생활은 마음의 평화에서 성립된다. — M. T. 키케로

■ 나는 정의의 싸움보다도 사악한 평화일지라도 그것을 좋아한다.

— M. T. 키케로

■ 장래에 기대하는 승리보다 지금 확실한 평화가 낫다.

— 티투스 리비우스

■ 불쾌한 평화는 전쟁보다 해롭다. — 타키투스

■ 의로운 사람만이 마음의 평화를 누린다. — 에피쿠로스

■ 평화는 나라를 키워주는 유모이다. — 헤시오도스

■ 집에 진수성찬을 차려 놓고 다투는 것보다 누룽지를 먹어도 마음 편한 것이 낫다. — 잠언

■ 사랑할 때가 있으면 미워할 때가 있고, 싸움이 일어날 때가 있으면 평화를 누릴 때가 있다. — 전도서

■ 평화란, 싸움이 없는 것이 아니고, 그것은 영혼의 힘으로부터 생기는 미덕이다. — 스피노자

■ 진리가 지배하고 있을 때에 평화를 어지럽히는 것이 하나의 범죄인 것과 같이, 진리가 파괴되려고 할 때에 평화에 머무는 것도 역시 하나의 범죄가 아닌가. — 파스칼

■ 두 가지 평화로운 폭력이 있다. 즉 법률과 예의범절이 그것이다.

— 괴테

■ 왕이든 백성이든 자기 가정에서 평화를 찾아내는 자가 가장 행복한 인간이다. — 괴테

■ 평화의 비결은 행복을 기대하지 않는 데 있다. — A. 크라이더

■ 평화는 예술의 보모이다. — 셰익스피어

■ 천국의 평화란 진정 정의롭고 자비로운 전쟁에서 칼을 드는 자들의 것이다. — 셰익스피어

■ 평화와 휴식이 발붙일 수 없는 곳에는 만일을 찾아주는 희망도 결코 찾아오지 않는다. — 존 밀턴

■ 적끼리의 평화는 오래가지 않는다. — 앙드레 드 셰니에

■ 평화를 유지하는 최선책은 전쟁 발발 당사자가 자기를 교수형에 합당한 자라고 느끼는 일이다. — 토머스 칼라일

■ 평화는 항상 아름답다. — 월트 휘트먼

■ 전쟁에서는 강자가 약자라는 노예를, 평화 시에는 부자가 가난한 자라는 노예를 만든다. — 오스카 와일드

■ 너희가 평화를 구하려면 그것은 새로운 싸움의 준비로서의 그것이지 않으면 안된다. 긴 평화보다도 짧은 평화를 구하라.

— 프리드리히 니체

■ 평화와 명상이 있는 곳에는 불안도 의심도 없다. — 프란체스코

■ 법은 평화의 원동력이고, 돈은 전쟁의 뒷받침이다.

— 프랜시스 베이컨

■ 평화는 전쟁보다 좋다. 그것은, 평시에는 자식들이 아버지들을 매

장하지만, 전시에는 아버지들이 자식들을 매장하기 때문이다.

— 프랜시스 베이컨

▣ 노동 가운데 평화가 깃들고, 노고 가운데 안식이 깃든다.

— 퐁트넬

▣ 전쟁준비는 평화를 지키는 가장 유효한 수단의 하나이다.

— 조지 워싱턴

▣ 혁명가는 무덤 속에서만 평화를 발견한다. — L. A. 생쥐스트

▣ 평화는 탐욕에 대항하는 힘의 잠재적인 암묵리의 도덕적 승리다.

— 폴 발레리

▣ 평화란 그 과정이 창조와 사랑의 행위들로 이루어진 전쟁이라고 말했다. 그러므로 평화란 소위 말하는 전쟁이라는 것보다 더 복합체적이고 더 난삽한 것이다. 마치 생(生)이 죽음보다 더 심오하고 더 어두운 것처럼. 그런데 생명의 잉태와 그 기원이 이미 태어나 세상에 적응하고 있는 존재보다 더 신비롭고 불가사의한 것과 같이, 평화의 기원과 시작은 평화로운 상태보다는 좀 더 불분명하다.

— 폴 발레리

▣ 평화를 이룩하였으면 그 이자로 평화를 유지해야 한다.

— 올리버 크롬웰

▣ 평화는 세상의 모든 축복 중에서 가장 가치 있는 것이다.

— 새뮤얼 콜리지

▣ 한길 옆에서 햇볕을 쬐고 있는 거지, 그가 지니고 있는 평화감은 어떤 왕이라도 쉽게 얻을 수 있는 것은 아니다. — 애덤 스미스

■ 평화가 오면 국민은 행복해지고 사람들은 나약해진다.

— 보브나르그

■ 평화를 지향하는 전쟁은 굉장히 좋다. 새로운 전쟁을 초래하는 평화는 대단히 나쁘다. — 프리드리히 로가우

■ 누구나 행복을 추구한다. 평화, 이것이야말로 이 지상에서 행복에 접근하는 최대의 지름길이며, 게다가 누구나 손에 넣을 수 있는 것이다. — 카를 힐티

■ 평화—두 개의 전쟁의 시기 사이에 개재하는, 서로 속이는 시기.

— 앰브로즈 비어스

■ 으뜸가는 근본적 자연법칙은 평화를 추구하고 따르는 것이다.

— 토머스 홉스

■ 사람들을 평화로 향하게 하는 여러 정념(情念)은 죽음의 공포이며, 쾌적한 생활에 필요한 것에의 욕망이며, 그 근로에 의해서 그것들을 얻으려고 하는 희망이다. — 토머스 홉스

■ 평화라는 것은 단지 전쟁 후의 휴식에 지나지 않습니다. 그러니 평화를 전쟁보다 자연스럽다고는 할 수 없습니다. — D. H. 로렌스

■ 법의 목적은 평화, 이에 이르는 수단은 투쟁이다.

— 루돌프 폰 예링

■ 힘의 균형이 아니라 힘의 공유, 조직적인 경쟁이 아니라 조직적인 공동의 평화가 있어야 한다. — 우드로 윌슨

■ 승리 없는 평화이어야 한다. — 우드로 윌슨

■ 외교관계를 유지하는 이유는 쌍방에 인사를 나누기 위해서가 아니

라 평화를 확보해 두기 위해서다. — 윈스턴 처칠

▣ 나는 철면피한 악보다는 오히려 평화를 위한 위선을 좋다고 본다. — 윈스턴 처칠

▣ 평화는 이상이다. 평화는 다시 말할 필요도 없이 복잡한 것, 불안정한 것, 위협당하고 있는 것이다. — 헤르만 헤세

▣ 평화는 천국의 원시상태도 아니고, 합의에 의해서 질서 지어진 공동생활의 한 형태도 아니다. 평화는 우리들이 익히 아는 것이 아니므로, 다만 탐구하고 예감하고 있을 따름이다. — 헤르만 헤세

▣ 평화는 힘으로 유지될 수 없다. 그것은 이해에 의해서 달성될 수 있을 뿐이다. — 알베르트 아인슈타인

▣ 평화를 위해서가 아니면 싸우지 않는다. — 토머스 매콜리

▣ 어느 한 나라의 평화도 다른 나라의 평화 없이 보증될 수 없다. 서로 결합된 이 좁은 세계에서는 전쟁도, 평화도, 자유도 서로 연대(連帶)하고 있는 것이다. — 자와할랄 네루

▣ 만일 평화가 명예에 의해서 유지될 수 없다면 그것은 이미 평화가 아니다. — 버트런드 러셀

▣ 타협에 의한 평화는 오래 가지 않는다. — 조지 버나드 쇼

▣ 인류에게서 애국주의자를 없앨 때까지는 평화로운 세계는 오지 않을 것이다. — 조지 버나드 쇼

▣ 영원한 전쟁에서 인간은 위대하게 되었고, 영원한 평화에서 인간은 멸망하게 되었다. — 아돌프 히틀러

▣ 평화는 많은 처사(處事)가 한 군데에 집중해서 이루어진 것이며,

도덕적 행위의 소산이며, 복음의 메시지에 의거한 윤리원칙의 소산이며, 복음에 의하여 강화된 소산입니다. — 요한 바오로 2세

▣ 평화는 항상 체득되어야 하는 것입니다. 그러므로 평화를 지향한 실습이 행해져야만 합니다. — 요한 바오로 2세

▣ 평화는 헌장(憲章)이나 동맹만으로 유지되지 않는다. 그것은 사람들의 마음속에 뿌리를 내려야 한다. — 존 F. 케네디

▣ 전쟁의 준비를 하는 것만이 평화의 준비를 할 수 있다고 하는 것은 통탄할 사실이다. — 존 F. 케네디

▣ 세계평화는 한 나라의 평화와 마찬가지로 이웃을 사랑하는 것만을 지향하는 것이 아니다. 더 필요한 것은 참고 견디면서 공통의 생활을 하고 정의와 평화를 위한 비판에 귀를 기울이는 일이다.

— 존 F. 케네디

▣ 자신을 갖고, 두려움 없이 우리는 인류 파멸의 전략을 향해서가 아니라, 평화의 전략을 향해서 계속 노력합니다. (1963년 UN 총회에의 연설) — 존 F. 케네디

▣ 평화는 결국에 있어서 근본적으로는 인권이 짓밟힐 염려가 없이 생활을 영위할 수 있는 권리, 자연이 주는 대로의 공기를 호흡할 수 있는 권리, 장래의 세대가 건전한 생존을 계속할 수 있는 권리의 문제가 아닐까. — 존 F. 케네디

▣ 평화는 우리의 참된 목표다. 평화 앞에서는 다른 모든 노력은 그 광택(光澤)을 잃는다. — 존 F. 케네디

▣ 평화에 대한 보다 끈덕진 위협은 하나의 커다란 원자력 전쟁이 아

니고 일련의 소규모적인 전쟁이다. — 존 F. 케네디

▣ 평화는 여러 가지 의견을 점차로 바꾸어 밝은 장애를 천천히 붕괴시키고 새로운 기구를 조용히 쌓아올린다고 하는, 날마다, 주마다, 달마다의 과정이다. 평화의 추구가 여하히 소박한 것이라 할지라도, 이 추구는 계속하지 않으면 안 된다. — 존 F. 케네디

▣ 과학에 의하여 해방된 암흑의 파괴력이 계획적으로 또는 우발적으로 전 인류를 자기 파멸로 떨어뜨리기 전에 새롭게 평화에의 탐구를 시작하지 않으렵니까. (대통령 취임연설) — 존 F. 케네디

▣ 사랑할 때는 마음의 평화가 있을 수 없다. 자기가 확보한 이점도 더한 욕망의 새로운 출발점 이외엔 아무것도 아니기 때문이다.

— 마르셀 프루스트

▣ 기(旗)를 들고 축하하라고 했지만, 아무도 그렇게는 하지 않았다. ……전쟁은 끝났어도 평화는 시작되지 않은 것이다.

— 장 폴 사르트르

▣ 평화는 항구적인 보루이어야 한다. — 유럽의 어느 병사

▣ 기원전 1500년부터 서기 1860년까지 영구적인 평화의 보장을 전제로 하는 평화조약이 약 8천 건이나 체결됐으나 그 효력이 지속되기는 평균 2년 정도에 불과했다. — 에리히 프롬

▣ 평화란 것은 인간의 세계에는 존재하지 않는다. 억지로 평화라 불리고 있는 것은 전쟁이 끝난 직후, 또는 아직 전쟁이 시작 안된 때를 말하는 것일 뿐이다. — 노신

▣ 평화는 일종의 포화상태다. 포화상태가 오래 계속됨에 따라 우리

는 그 포화에 일종의 권태를 느끼지 않을 수 없게 되었다.

— 정비석

▣ 갈등을 거치지 아니한 평화는 없다. 마치 전쟁을 통하지 않고 평화를 쟁취할 수 없다는 국방론(國防論)을 연상케 한다. 이것이야말로 「병 주고 약 주는 격」이 아니고 무엇인가. — 신일철

▣ 아내, 이 세상에 아내라는 말같이 정답고 마음이 놓이고 아늑하고 평화로운 이름이 또 있겠는가. 천 년 전 영국에서는 아내를 피스위버(peace-weaver)라고 불렀다. 평화를 짜 나가는 사람이란 말이다. — 피천득

▣ 농부는 평화를 사랑하는 것이 아니라 싸움에 지쳐 있기 때문에 평화롭게 보일 따름이다. — 이어령

【속담 · 격언】

▣ 평화로운 가정에는 행복이 제 발로 찾아온다. — 중국

▣ 적에게는 적이어야 한다. 평화를 사랑하는 사람에게는 한층 평화를 사랑하는 사람이 되어라. — 몽고

▣ 마음이 평화로우면 어느 마을에 가서도 축제처럼 즐거운 일들을 발견한다. — 인도

▣ 낮에는 밤의 꿈자리가 평안하도록 행위 하라. 그리고 청춘시대에는 노년에 평화하도록 행위 하라. — 인도

▣ 전쟁은 도둑을 만들고, 평화가 그를 교수형에 처한다.

— 서양속담

▣ 평화를 원하면 전쟁을 대비하라. — 영국

▣ 평화가 깃들인 곳에 신이 있다. — 영국

▣ 평화는 행복의 극치다. — 영국

▣ 마음의 평화는 아무것도 바라지 않는 데 있다. — 아라비아

【시】

나를 당신의 도구로 써 주소서
미움이 있는 곳에 사랑을
다툼이 있는 곳에 용서를
분열이 있는 곳에 일치를
의혹이 있는 곳에 신앙을
그릇됨이 있는 곳에 진리를
절망이 있는 곳에 희망을
어두움에 빛을
슬픔이 있는 곳에
기쁨을 가져오는 자 되게 하소서
위로받기보다는 위로하고
이해받기보다는 이해하며
사랑받기보다는 사랑하게 하여 주소서
우리는 줌으로써 받고
용서함으로써 용서받으며
자기를 버리고 죽음으로써

영생을 얻기 때문입니다.

— 프란체스코 / 평화의 기도

나 이제 일어나 가리, 이니스프리로.
가지 얽고 진흙 발라 조그만 초가 지어
아홉 이랑 콩밭 일구어, 꿀벌 치면서
벌들 잉잉 우는 숲에 나 홀로 살리.
평화는 천천히 아침의 베일로부터
귀뚜라미 우는 곳으로 방울져 내려온다.
밤중조차 환하고, 낮엔 보랏빛 어리는 곳
저녁에는 방울새 날개소리 들리는 거기.
나 이제 일어나 가리, 밤에나 또 낮에나.
호수 물 찰랑이는 그윽한 소리 듣노라.
맨 길에서도, 회색 포장길에 선 동안에도
가슴에 사무치는 물결 소리 듣노라.

— 윌리엄 예이츠 / 이니스프리의 호도(湖島)

나는 비둘기가 깃드는 곳을 모두 알고 있다
가장 자연스런 곳, 그곳은 사람의 머리.

정의와 자유와 사랑은
놀라운 열매를 낳았다
행복이란 맛이 있기 때문에

결코 상하지 않는 열매를

우리는 쉼을 피하리라
우리는 잠을 피하리라

우리는 곧 새벽과 봄을 붙잡으리라
우리는 나날과 계절을 준비하리라
우리의 꿈의 크기만 한 세월을

우리의 노래는 평화를 부르고
우리의 대답은 평화를 위한 행동이다

평화로 머리가 가득 찬 인간은 희망의 관(冠)을 쓴다.

— 폴 엘뤼아르 / 平和의 얼굴

평화, 평화!
그는 죽지 않았다.
자는 것도 아니다—
그는 인생의 꿈에서 깨어났다.

— 퍼시 셸리 / 아도나이스

때는 봄
날은 아침
아침은 일곱 시
산허리에

이슬은 방울방울
종달새는 공중을 날고
달팽이는 나뭇가지에
하느님은 하늘에 계시니
온 세상이 태평.

— 로버트 브라우닝 / 비파의 노래

【중국의 고사】

▣ **고복격양**(鼓腹擊壤) : 중국의 요(堯)임금과 순(舜)임금이 다스렸던 시대는 태평성대라 부를 만큼 매우 살기 좋았던 때라고 전한다. 어느 날, 요임금은 자기를 천자로 받들기를 원하는지, 또한 세상이 잘 다스려지고 있는지를 살피기 위해 평복을 입고 시찰을 했다. 그 때 저쪽 길가에 한 노인이 두 다리를 쭉 뻗고, 한쪽 손으로는 배를 두드리며 한쪽 손으로는 흙덩이를 치며 장단에 맞추어 노래를 부르고 있었다. 이 『고복격양(鼓腹擊壤)』은 배를 두드린다는 고복(鼓腹)과 흙덩이를 친다는 격양(擊壤)을 한데 붙여 태평을 즐기는 대명사로 쓰이기도 하고, 또 강구동자(康衢童子)니 격양노인(擊壤老人)이니 하여 함께 태평의 예로 들기도 한다. 그 노인이 부른 노래는 이런 것이었다.

「해가 뜨면 일하고(日出而作) / 해가 지면 쉬며(日入而息) / 우물 파서 마시고(耕田而食) / 밭을 갈아먹으니(鑿井而飮) / 임금 덕이 내게 무슨 소용 있으랴(帝力何有于我哉).」

시의 내용을 풀어 보면, 해가 뜨면 일하고 밤이 되면 편히 쉰다. 내 손으로 우물을 파서 물을 마시고 내 손으로 밭을 갈아 배불리 먹고 사는데, 임금이 내게 무슨 소용이 있으며, 정치가 다 무슨 필요가 있느냐는 뜻이다. 공기와 태양의 고마움을 모르는 농촌 사람이 사실은 더 행복한 것이다. 정치의 고마움을 알게 하는 정치보다는 그것을 느끼지 못하는 정치가 정말 위대한 정치인 것이다.

—《십팔사략(十八史略)》

▣ **강구연월**(康衢烟月) : 번화한 거리에서 달빛이 연무에 은은하게 비치는 모습을 형용하는 말로서, 태평성대의 평화로운 풍경을 나타내는 말이다. 『강구(康衢)』는 번화한 네거리를 뜻하며, 『연월(煙月)』은 달빛이 연무(煙霧)에 은은하게 비치는 모습을 형용한다. 《열자》 중니편에 나오는 『강구요(康衢謠)』에서 유래한 말이다.

『강구요』는 요임금이 나라를 다스린 지 50년이 되어 민심을 살피려고 나온 길에 어느 번화한 네거리에서 놀고 있던 아이들이 불렀다는 노래다. 그 가사는 「우리가 이렇게 잘 살고 있는 것은 모두가 임금의 지극한 덕이네. 우리는 아무것도 모르지만 임금이 정하신 대로 살아간다네(立我烝民 莫匪爾極 不識不知 順帝之則).」라는 것으로, 요임금의 치세를 찬양하는 내용이다. 여기서 유래하여 『강구연월』은 태평성대의 평화로운 풍경을 비유하는 성어로 사용된다.

—《열자(列子)》 중니편

▣ **가화만사성**(家和萬事成) : 집안이 화평하면 모든 일이 잘 풀린다.

우리의 입에 오르내리는 한자성어 중에는 한문시에서 유래한 것이 많다. 『소문만복래(笑門萬福來)』니 『가화만사성』이니 하는 것도 한문시 중의 한 구절이다. 「입은 화의 문(口是禍之門)이요, 혀는 몸을 베는 칼(舌是斬身刀)」이라고 하는 데서 「화는 입으로부터 나오고 병은 입으로부터 들어간다(禍自口出 病自口入)」라는 문자가 생겼다. 그런데 그 입에서 웃음이 나올 때는 모든 어려움은 웃음과 함께 사라지고 그 대신 기쁜 일이 찾아오게 된다. 그야말로 웃음은 화를 돌려 복을 만드는 전화위복의 좋은 약이라고 볼 수 있다. 『가화만사성』도 같은 내용을 달리 표현한 말이라고 할 수 있다.

가정이 화목하지 않고서는 어찌 그 집에 웃음꽃이 필 수 있겠는가? 가정이 화목함으로써 남편은 집 걱정을 하지 않고 자기 일에 열중할 수 있고, 아내는 남편을 믿고 즐거운 마음으로 집안일을 보살피고 아이들을 돌보게 된다. 《대학》에 「몸을 닦아 집을 가지런히 한다(修身齊家)」란 말이 있다. 결국 집안을 평화롭게 하여 항상 웃음꽃이 집 밖까지 활짝 피게 하는 일일 것이다. 내 집이 화평하면 이웃과도 사이가 좋게 되고, 이웃도 내 집을 본받아 함께 화목해질 수 있다. 집을 가지런히 한 뒤에라야 나라도 다스리고 천하도 편하게 한다는 치국평천하(治國平天下)의 길도 결국 이 『가화만사성』 다섯 글자에 집약되어 있다 할 것이다. — 《대학(大學)》

■ **소국과민**(小國寡民) : 나라도 작고 백성도 적은 것이 『소국과민』이다. 이른바 약소국가를 가리킨 말 같은데, 실은 그것이 아니고 가

장 평화롭고 이상적인 사회를 가리켜 한 말이다. 이것은《노자》 제 80장에 나오는 노자가 그린 이상사회다.

「나라는 작고 백성은 적으며 여러 가지 기구가 있어도 쓰지 않게 된다. 백성들은 생명이 중한 것을 알아 멀리 떠나가는 일도 없고, 배며 수레가 있어도 타고 갈 곳이 없으며, 무기가 있어도 쓸 곳이 없다. 백성들도 다시 옛날로 돌아가 글자 대신 노끈을 맺어 쓰게 하고, 그들의 먹는 것을 달게 여기고, 그들의 입는 것을 아름답게 여기며, 그들의 삶을 편안히 여기고, 그들의 관습을 즐기게 한다. 이웃 나라끼리 서로 바라보며 닭울음과 개 짖는 소리가 서로 들리지만, 백성들은 늙어 죽도록 서로 가고 오는 일이 없다.」

부드럽고 약한 것을 소중히 여기고 무위(無爲)와 무욕(無慾)을 강조하고 있는 노자가, 그의 이상사회를 그려 본 것이 이『소국과민』이다. 노자의 사상을 많이 띠고 있는 도연명(陶淵明)의《도화원기(桃花源記)》에 나오는『무릉도원』도 이 노자의『소국과민』 사상에서 나온 것으로 볼 수 있다.

제1차 세계대전 후로 대두되고 있는 다원적 국가관(多元的國家觀)도 이『소국과민』의 사상이 다소 깃들어 있다고 보아야 할 것이다. 또 오늘날 중립을 지키며 평화롭게 살아가고 있는 작은 나라들을 볼 때『소국과민』 주의가 세계평화를 가져올 수 있는 유일한 길인 것도 같다.

—《노자》 제80장

【명연설】

▣ 이것은 나의 진정한 소망입니다. 사실 전 인류의 절실한 소망이기도 합니다. 오늘의 이 엄숙한 기회로 하여, 더 나은 세계가 과거의 피와 살육을 딛고 이루어지기를 바랍니다. 그것은 믿음과 이해의 기초 위에 세워지는 세계이며, 인간의 존엄성과 인간이 가장 소중히 여기는 자유와 인내와 정의에 대한 소망이 달성되기 위해 헌신하는 세계입니다. 우리 모두 함께 평화가 이 세상에 다시 찾아오며 하느님이 언제까지나 평화를 보존해 주시기를 기도합시다. (일본의 항복 조인식에서) — 더글러스 맥아더

【에피소드】

▣ 1964년도 노벨평화상을 받은 마틴 루터 킹 목사는 기자와의 일문일답에서 이렇게 말했다. 기자 :「만약 목사님께서 문자 그대로 무인도에 귀양 가게 되어 성경 이외의 단 한 권의 책을 가지고 간다면 어떤 책을 가지고 가겠습니까?」 킹 목사 :「어려운 질문입니다. 성경책 말고 한 권의 책이라……. 생각해 봅시다. 예, 나는 플라톤의 《공화국》을 가져가겠소. 이 책이 다른 어떤 책보다도 역사에 대한 통찰력을 보여준다고 생각합니다. 어떤 의미에서는 이 책 속에는 모든 창조적인 생각이 언급되어 있습니다. 나는 신학이나 철학에 관심을 갖는 사람이나, 내가 깊은 관심을 가지고 있는 이 책 속에서 모든 문제의 핵심이 설명되어 있다는 것을 깨달을 것이라고 생각합니다.」

【명작】

▣ 전쟁과 평화(Voina i mir) : 러시아가 낳은 위대한 작가 톨스토이(Lev Nikolayevich Tolstoi, 1828~1910)의 1864~1869년에 쓴 최대 장편소설. 전 4편과 에필로그로 되어 있다. 전반에는 중심인물인 귀족들의 생활과 국외에서의 전투, 후반에서는 국내에서의 전투와「어떻게 살 것인가」하는 사상적 문제가 다루어져 있다. 이 작품은 역사소설과 예술소설의 훌륭한 융합이다.

우선 러시아 건국 이래의 일대 역사적 사건인 1812년 전쟁을, 아우스터리츠, 볼로디노, 셴그라벤 등 각지의 주요 전투를 비롯하여 모스크바 소실(燒失), 프랑스군 퇴각에 이르기까지를 상세하고도 높은 예술성과 명확성으로써 묘사하여 단순한 역사소설로서도 러시아 문학뿐만 아니라 세계문학에서 최고의 위치를 점하고 있다.

작자는 개인의 무력(無力)을 강조하는 독자적 숙명론을 사관(史觀)의 밑바닥에 깔고 있으며, 『검의 영웅』나폴레옹을 전면적으로 부정하고, 그와 대조시켜 플라톤 카라타예프라는 한낱 농부를 『정신적 영웅』으로서 찬양한다. 등장인물은 수백 명을 헤아리는데, 그들은 나폴레옹(惡)과 카라타예프(善)를 양극으로 하여 그 사이에 배열되어 있다고 할 수 있다. 예술소설로서 볼 때 작가는 여기에 보르콘스키와 로스토프 양가의 귀족을 중심으로 각각 작가가 사랑하는 인물들을 등장시켜 각자의 슬픔·기쁨·고민 등 많은 생활을 통하여 유례없는 가정소설적인 요소를 짜 넣음으로써 이것이 이 소설로 하여금 한낱 역사소설의 영역을 넘어서 세계 최고의 고

전적 지위를 점하게 하였다.

안드레이 공작과 피에르 베즈호프와는 특히 중요한 주인공들이다. 명예욕이 강하고 현실적이어서 전형적인 귀족 인텔리겐치아인 안드레이 공작은 아우스터리츠 전투에서 부상한 뒤로 삶의 허무감에 사로잡혀 현실생활에서 후퇴하였다가 마침내 죽는다. 소냐도 마찬가지이다. 이에 대하여 피에르 베즈호프는 많은 곤란과 모색 끝에 인생의 목적은 사는 데 있다는 삶의 철학을 깨닫고, 역시 삶의 화신같이 발랄한 나타샤와 함께 새생활의 길을 떠난다. 이는 작가 톨스토이의 신혼 당시의 밝은 『옵티미즘(낙천주의)』의 반영이다.

안드레이 공작이 작가가 제시한 『삶』이란 과제에 대해 명백하게 부정적인 해답을 내려 마이너스 방향으로 간 탓으로 멸망한 데 대하여, 피에르는 긍정적인 해답을 내려 플러스를 향한 일보를 크게 내디뎠기 때문에 행복한 새 생활을 얻을 수 있었다. 처참한 전쟁을 그려 가면서도 작품에서 의외로 밝은 청춘의 기쁨을 느낄 수 있는 것도 이러한 이유 때문이다.

【成句】

▣ 함포고복(含哺鼓腹) : 배불리 먹고 배를 두들긴다는 뜻으로, 백성이 잘 사는 평화로운 모습을 형용하는 말. / 《장자》

▣ 고침안면(高枕安眠) : 베개를 높이 하여 잠을 잘 잠. 아무 근심 없이 편안하게 잘 잠. / 《사기》

▣ 만성동취(萬姓同醉) : 온 백성들과 함께 취하여 즐김.

▣ 무위이치(無爲而治) : 인덕(人德)이 있는 위정자라면 특별한 정치적 수완을 발휘하지 않더라도 유능한 인재를 얻어 저절로 세상이 평화롭게 다스려진다는 뜻. 이 말은 노자(老子)의 『무위이화(無爲而化)』와는 달리 적재(適材)를 적소(適所)에 두어 그 능력을 발휘시킨다면 임금 자신은 특별히 작위(作爲)를 농(弄)할 것 없다는 것이다. / 《논어》

▣ 발란반정(撥亂反正) : 난을 평정해 평화로운 세상으로 바꿈. 발은 다스리다의 뜻. 반은 되돌리다. / 《춘추공양전》

▣ 언무수문(偃武修文) : 전쟁이 끝나고 평화롭게 됨의 비유. 문(文)은 무(武 : 군사)에 대한 말로, 정치 · 학문 · 예술 및 외교 등을 가리킨다. / 《서경》

▣ 작소대리정(鵲巢大理庭) : 대리(大理)는 사법(司法)을 관장하는 관청을 말한다. 태평한 세상에는 형이 행해지지 않으므로 옥(獄)에도 까치가 집을 지을 정도가 된다는 뜻으로, 세상이 평화롭고 죄인이 없는 것을 비유하는 말. / 《당서》

▣ 지과(止戈) : 전쟁을 그치는 것. 어지러운 세상을 평화롭게 함의 비유. 과(戈)는 가지가 있는 창. 전(轉)하여 전쟁의 뜻으로도 쓴다. 또 예부터의 자원설(字源說)로서 『무(武)』자는 『과(戈)』와 『지(止)』의 합자로 보고, 『지과(止戈)』가 그 본뜻으로 해석되어 왔다. / 《좌전》

▣ 함이농손(含飴弄孫) : 엿을 입에 물고 손자를 데리고 논다는 뜻으

로, 은퇴하여 손자를 돌보는 생활. 또 평화로운 가정생활을 즐기며, 정치에 관여하지 않음을 형용하여 이르는 말. / 《후한서》

▣ 형조불용(刑措不用) : 형벌을 폐하여 집행하지 않는다는 뜻으로, 나라가 잘 다스려져 죄 짓는 사람이 없어져 평화롭고 안정되어 있음을 비유하는 말. / 《사기》

▣ 동락승평(同樂昇平) : 군신이 함께 태평세월을 즐김.

▣ 요천순일(堯天舜日) : 태평한 시세(時世)를 일컬음.

▣ 노사태평(老事太平) : 늙어 태평을 누림.

▣ 성대의관(聖代衣冠) : 태평한 시대의 문화와 예의바른 풍속.

▣ 경운지서(慶雲之瑞) : 오색의 구름이 보이는 천하태평의 상서 (祥瑞).

▣ 천리동풍(千里同風) : 온 천지에 같은 바람이 분다는 뜻으로, 태평한 세상을 이름.

▣ 매검매우(賣劍買牛) : 칼을 팔아 소를 산다 함이니, 도둑의 무리가 없어져서 모두 평화롭게 농사짓게 되었음을 이르는 말. / 《한서(漢書)》

▣ 귀마방우(歸馬放牛) : 말과 소를 놓아 주고 부리지 않는다 함이니, 전쟁이 끝나고 평화로운 시절이 된 것을 이름. / 《상서(尙書)》

▣ 초만영어(草滿囹圄) : 감옥에 풀이 무성하다는 말로, 정치가 잘 행해져서 죄인이 없음을 이름. / 《수서(隋書)》

▣ 대하성연작상하(大廈成燕雀相賀) : 밝은 정치 하에 평안히 살게 되는 백성의 즐거움의 비유. / 《회남자》.

- ▣ 문념무희(文恬武嬉) : 천하가 태평하여 문무(文武) 관리가 편안하고 즐겁게 놂. / 한유
- ▣ 태평지세풍불명조(太平之世風不鳴條) : 천하가 잘 다스려지면 기후도 순조로워진다는 것. / 《춘추》
- ▣ 태평인낙덕이오형(太平人樂德而惡刑) : 태평한 세상 사람은 덕을 행하기를 즐기고 형법에 저촉됨을 싫어함. / 《당서》

정치 politics 政治

【어록】

▣ 정치는 항상성이 있는 것을 귀하게 여긴다(政貴有恒 : 정책이 자주 바뀌고, 정치인의 생각이 자주 바뀌어서는 안 된다는 말이다. 정치인의 지조가 중시되는 이유는 여기에 있다). —《상서(尙書)》

▣ 의심이 쌓이면 도모할 바를 그르치고, 태만과 소홀은 정사를 황폐시킨다(蓄疑敗謀 怠忽荒政). —《상서》

▣ 정치는 민심을 따르는 데서 흥성하고, 민심을 거스르는 데서 쇠폐한다(政之所興在順民心 政之所廢在逆民心). —《관자(管子)》

▣ 몸을 닦지 않는다면 어찌 한 인간으로서 기대할 수 있으며, 개인을 수양하지 않는다면 어찌 한 집안으로서 기대할 수 있으며, 한 집안을 다스리지 않는다면 어찌 한 고을로서 기대할 수 있으며, 한 고을을 다스리지 않는다면 어찌 한 국가로서 기대할 수 있겠는가. —《관자》

▣ 나무는 먹줄을 따라 바르게 켤 수 있고, 왕은 간언에 따르면 성군

이 될 수 있다{木從繩則正 后從諫則聖 : 군주에겐 필히 쟁신(爭臣 : 바른 말을 하는 신하)이 있어야 한다}. —《효경》

■ 가혹한 정치는 범보다 더 무섭다(苛政猛於虎). —《예기》

■ 조정(朝政)의 일은 사사로이 의논하는 법이 아니다(公事不私議). —《예기》

■ 천하에 꺼리는 일이 많으면 백성은 더욱 가난해진다{天下多忌諱而民彌貧 : 기휘(忌諱), 즉 백성의 행동을 규제하는 금령은 원래는 백성을 선도하기 위한 것이다. 그것이 너무 세세하고 많게 되면 그 결과는 오히려 백성의 가난을 더하게 하는 것이 된다}. —《노자》

■ 정치는 다스려져야 좋고, 일의 처리는 능숙한 것이 좋고, 행동은 시기에 맞는 것이 좋지만, 물처럼 겸손해서 다투지 않을 때 비로소 허물이 없을 수 있다. —《노자》

■ 큰 나라를 다스리는 것은 작은 생선을 삶는 것과 같다(治大國 若烹小鮮 : 생선을 삶을 때에는 그저 삶아지는 그대로 두어야 한다. 들쑤시거나 뒤집거나 해서 손을 쓰게 되면 살이 부서져서 그 형태를 잃게 된다. 큰 나라를 다스리는 데에는 쓸데없는 법률을 만들거나 술책을 부리게 되면 돌이킬 수 없는 분란이 일게 된다. 무엇이든 가만히 두면서 지켜보는 것이 가장 좋은 정치란 뜻이다). —《노자》

■ 사람을 다스리고 하늘을 받드는 일에는 아끼는 것만한 것이 없다{治人事天 莫若嗇 : 사람을 다스리는 것은 정치이고, 하늘을 섬기는 것은 양생(養生)의 도(道)이다. 정치의 근본이나 양생의 도의

근본이나 모두 아껴야 한다}. —《노자》

▣ 가장 좋은 것은 아래에서 그것이 있다는 것을 알고만 있는 것이다 {太上下知有之 : 태상(太上), 즉 최상의 정치라는 것은 백성이 위에 누군가가 있다는 것만 알고 있을 뿐 그 혜택을 모르는 정치다}. —《노자》

▣ 정(政)이란 정(正)이다. 당신이 바르게 다스리면 백성들은 누가 감히 부정을 저지르랴. —《논어》

▣ 진실로 제 몸을 바르게 하면 정사(政事)를 베풂이 무엇이 어려우며, 제 몸을 바르게 못하면 인민을 어찌 바르게 하리요. —《논어》

▣ 법률로써 이끌고, 형벌로써 다스리면 백성들은 이 그물만 벗어나려 하여 부끄러움을 모른다. 그러나 덕으로써 인도하고, 예의로써 다스리면 그들은 부끄러움을 알고, 나아가 올바른 사람이 되려 한다. —《논어》

▣ 덕으로써 다스림은 마치 북극성이 제 자리에 있으면서 여러 별들이 한결같이 두 손을 맞잡고 공경하는 것과 같다. —《논어》

▣ 자공이 정치에 대하여 묻자, 공자께서 대답하기를, 「식량을 풍족히 하며 군비를 충족하게 하여 백성을 믿게 하는 것이다」 했다. —《논어》

▣ 천하에 정도가 서 있으면 정사가 대부에 있을 리 없고, 천하에 정도가 서 있으면 서민이 정치를 논하지 아니한다. —《논어》

▣ 대체로 정치란 너그럽게만 할 경우 백성들은 게을러지게 마련이니

백성이 게을러지면 반드시 이들을 모질게 다스려야 한다. 또 너무 모질게 다스릴 경우에는 백성들이 잔약해지니, 백성들이 잔약할 때에는 이와 반대로 반드시 너그러운 정치를 써야 하는 법이다. 이렇게 하여 너무 모질 때에는 너그러운 것으로 이를 제어하고 너무 너그러우면 모진 것으로 제어해서, 모질고 너그러운 것을 서로 알맞게 한다면 정치가 화평하게 되는 법이다. —《공자가어》

▣ 정치란 덕으로 해야 하며 법으로 해야 한다. 이 덕과 법은 백성을 다스리는 도구로서 마치 말을 모는 데 자갈과 굴레가 있어야 하는 것과 마찬가지다. 즉 임금은 사람, 관리는 말고삐, 형법은 채찍에 비유할 수 있다. 남의 임금이 되어서 정치를 하자면 그 고삐와 채찍을 바로잡아야 하는 것이다. —《공자가어》

▣ 천하의 인심에 위반되는 것이면 왕도라 할 수 없다. —《장자》

▣ 어진 정치는 반드시 경계로부터 시작되는 것이다. 백성들이 먹고 사는 데 어렵지 않고 죽음에 임하여도 아무런 유감이 없게 해준다면, 이것이 곧 왕도를 실천하는 시작인 것이다. —《맹자》

▣ 선정(善政)은 백성의 재물을 얻고, 선교(善敎)는 백성의 마음을 얻는다. —《맹자》

▣ 걸주(桀紂)가 천하를 잃은 것은 그 인민을 잃은 까닭이다. 그 인민을 잃은 것은 그 민심을 잃은 까닭이다. 천하를 얻는 데는 방법이 있다. 그 인민을 얻으면 곧 천하를 얻을 수 있다. 그 인민을 얻는 데는 방법이 있다. 그 민심을 얻으면 곧 인민을 얻을 수 있다. 그 민심을 얻는 데는 방법이 있다. 인민이 갖고 싶어 하는 것을 모아

다 주고 인민이 싫어하는 것을 베풀지 않도록 할 뿐이다.

—《맹자》

▣ 다스리는 사람은 있지만 다스리는 법은 없다(有治人無治法 : 세상을 잘 다스리는 것은 사람에 달려 있는 것이지 법에 달려 있는 것이 아니라는 말). —《순자》

▣ 하늘을 법도로 삼는 것보다 더 좋은 것은 없다(莫若法天 : 정치를 하는 데 있어 하늘의 법도를 따르는 것 이상 좋은 방법은 없다. 하늘은 공평하고 만물을 애육한다. 이런 하늘의 법도를 정치의 법도로 삼으면 틀림이 없을 것이다). —《묵자》

▣ 한 눈으로 보는 것보다는 두 눈으로 보는 것이 더 잘 보이고, 한 귀로 듣는 것보다는 두 귀로 듣는 것이 더 잘 들린다{一目之視也 不若二目之觀也 一耳之聽也 不若二耳之聽也 : 천하의 모든 백성의 실정을 보고 진실 된 소리를 듣는 것이 나라를 다스리는 요도(要道)가 된다}. —《묵자》

▣ 한 사람이 있으면 하나의 주장이 있고, 두 사람이 있으면 두 개의 주장이 있다. 사람은 제각기 이의(異議)가 있다. 이것이 나라가 어지러워지는 원인이다(一人則一義 二人則二義 : 한 나라나 한 집안을 다스리려면 통일된 주장이 있어야 된다). —《묵자》

▣ 위에서 정치를 폄에 있어서, 아래의 실정을 얻으면 다스려지고, 아래의 실정을 얻지 못하면 혼란해진다(上之爲政 得下之情則治 不得下之情則亂). —《묵자》

▣ 오늘날의 세상 군자들은 작은 것은 알면서도 큰 것은 알지 못한다

(今天下之士君子 知小而不知大 : 정치를 하는 데나 자신의 처신을 하는 데나 일의 대소와 경중을 알지 못한다. 이것이 몸을 망치고 나라를 그르치는 근본이 된다). — 《묵자》

▣ 일은 사방(온 나라)에 있지만 요해는 중앙에 있다. 성인이 요해를 틀어쥐면 사방이 다 힘을 낸다(事在四方 要在中央 聖人執要 四方來效). — 《한비자》

▣ 물이 흐르면 곧 고기가 숨 가빠지고, 정치가 가혹하면 곧 백성이 들뜬다. — 《회남자》

▣ 너그러움으로 준열함을 보충하고, 준열함으로 너그러움을 보충하면 정사가 조화롭게 펴진다(寬以濟猛 猛以濟寬 政是以和). — 《좌전》

▣ 전횡하는 자는 고립되고, 간하는 말을 막는 자는 막힌다. 고립되고 막힌 정치는 나라가 망할 풍조이다(專己者孤 拒諫者塞 孤塞之政 亡國之風也). — 《후한서(後漢書)》

▣ 개가 밤에도 짖지 않고 백성은 구실아치를 볼 수 없다{狗不夜吠民不見吏 : 가급인족(家給人足)하여 도둑이 없어 개가 밤에 짖지 않고, 구실을 잘 내어 체납하는 자가 없으므로 관리도 재촉하러 오지 아니함}. — 《십팔사략》

▣ 배가 한쪽으로 치우치면 온전히 나아갈 수 없다(偏重其可行乎 : 나라를 다스리는 것도 이와 같다고 할 수가 있다). — 《십팔사략》

▣ 백성의 입을 막는 것은 냇물을 막는 것보다 어렵다(防民之口 甚於防川 : 백성에게 언론의 자유를 주어 자기 생각을 마음대로 표현할

수 있도록 하여야 한다는 말로서, 백성의 언론의 자유를 빼앗았을 때는 더욱 더하다). —《십팔사략》

▣ 정치의 요지는 오직 사람을 얻는 데 있으며, 인재를 쓰지 않으면 다스려내기 어렵다(爲政之要 惟在得人 用非其才 必難致治).

—《정관정요》

▣ 정치에서 사람을 소모하는 것은 의술에서보다 더 심하다(政之費人也甚於醫 : 정치에서 백성들의 생명을 소모하는 것이 의술에서 오진하여 사람의 생명을 잃게 하는 것보다 더 엄중하다).

— 소식(蘇軾)

▣ 정치에는 낡은 것과 새 것이 없으므로 백성에게 편리한 것을 근본으로 한다(政無舊新 以便民爲本). — 소철(蘇轍)

▣ 학교는 나라정치의 근본이다(學校 王政之本也).

— 구양수(歐陽修)

▣ 옛날에는 학교교육을 정치로 삼았다(古者以學爲政).

— 소철(蘇轍)

▣ 옛날 명덕(明德)을 천하에 밝히려는 이는 먼저 그 나라를 다스렸고, 그 나라를 다스리려는 이는 먼저 그 집안을 바로잡았고, 그 집안을 바로잡으려는 이는 먼저 그 몸을 닦았고, 그 몸을 닦으려는 이는 먼저 그 마음을 바르게 했고, 그 마음을 바르게 하려는 이는 먼저 그 뜻을 성실하게 했고, 그 뜻을 성실하게 하려는 이는 먼저 그 앎을 투철히 했나니, 앎을 투철히 함은 사물을 구명함에 있다.

—《대학》

▣ 백성들로 하여금 감히 말 못하게 하여 울분만 들끓게 한다(使天下之人 不敢言而敢怒 : 천하의 사람들의 입을 봉하여 불평불만을 말하지 못하게 하였으나 모든 사람의 마음속에는 노여움을 지니게 만들었다). —《문장궤범》

▣ 남는 데서 덜어내어 모자라는 데에 보탠다{損有餘 補不足 : 여유가 있는 자로부터 무겁게 거둬들이고 없는 자에게 보충해 준다. 이것이 하늘의 뜻이고 정치의 요도(要道)이다}. —《문장궤범》

▣ 정치의 성패는 사람에 달려 있나니 사람을 취함은 몸으로써 할 것이요, 몸을 닦음은 도로써 할 것이요, 도를 닦음은 인(仁)으로써 할 것이다. 인(仁)은 『인(人)』이니 친족을 친애함이 크고, 의(義)란 『의(宜)』이니 어진 이를 높임이 크다. 친족에 대한 친애의 강쇄(降殺)와 어진 이에 대한 높임의 등차(等差)가 예(禮)의 발생 근거다. —《중용》

▣ 첫째는 권력을 다 행사해서는 안 되며, 둘째는 복을 다 누려서는 안 되며, 셋째는 규율을 다 시행해서는 안 되며, 넷째는 좋은 말을 다 해서는 안 된다(勢不可使盡 福不可受盡 規矩不可行盡 好語不可說盡). —《경세통언》

▣ 글을 잘 쓰면 한 몸을 적셔줄 따름이지만, 정치를 잘 하면 천하 만물에 혜택을 준다(文章止於潤身 政事可以及物). —《송사》

▣ 천자(天子)는 나라를 다스림에 생각을 괴롭히고, 거지는 음식을 얻으려고 부르짖는다. —《채근담》

▣ 물이 흐리면 꼬리를 젓는 고기가 없고, 정치가 가혹하면 놀며 즐기

는 선비가 없다(水濁 則無掉尾之魚 政苛 則無逸樂之士).

— 《등석자(鄧析子)》

▣ 정치는 불을 대하듯이 할 일이다. 화상을 입지 않기 위해서는 가까이 가선 안 되고, 동상(凍傷)을 입지 않기 위해서는 멀리 떨어져선 안 된다. — 안티스테네스

▣ 오늘날 정치를 하는 것은 이미 학식이 있는 사람이나 성품이 바른 사람은 아니다. 불학무식(不學無識)한 깡패들에게나 알맞은 직업이 정치다. — 아리스토파네스

▣ 부유하다고 스스로 생각하고 있는 백성을 다스리는 것처럼 어려운 일은 없다. 반면 운명에 시달려 피폐(疲弊)한 사람들을 다스리는 것처럼 쉬운 일은 없다. — 《플루타르크 영웅전》

▣ 정치에 있어서는 현명한 정의의 사람이 절대적인 권력과 좋은 운을 가졌을 때가 아니면 진실로 위대하고 고귀한 업적을 세우지 못한다. — 《플루타르크 영웅전》

▣ 정치에서는 인간의 신체와 마찬가지로 가장 무거운 병은 머리에서부터 발생한다. — 플리니우스 2세

▣ 군주정치는 참주정치로, 귀족정치는 과두정치로, 민주정치는 무정부상태로 타락한다. — 폴리비오스

▣ 정치의 참 목적은 자유의 실현에 있다. — 스피노자

▣ 정치가를 만드는 것은 탁월한 통찰력이 아니라 그들의 성격이다.

— 볼테르

▣ 법률에만 복종하는 정치가 최상의 정치다. — 볼테르

■ 정치에 있어서는 세습(世襲)의 권리에 의해서 다스리는 어리석은 임금 한 사람 쪽이, 권세를 탐내어 서로 때리는 무수의 어중간히 영리한 자보다도 위험성이 적다. — 파스칼

■ 공화정치는 사치로 끝나고, 군주정치는 빈곤으로 끝난다.
— 몽테스키외

■ 정치에 있어서도, 실생활에서와 같이 무엇보다도 우선 실현 가능한 것을 요구할 것이다. — 하인리히 하이네

■ 국민에게 자치(自治)를 가르치는 것이 가장 좋은 정치다.
— 괴테

■ 나는 정치적 실책을 미워한다. 왜냐하면, 그것은 기백만의 인민을 불행과 참혹에 빠뜨려 괴롭히기 때문이다. — 괴테

■ 정치에 있어서도 참다운 성인은 백성의 복을 위하여 백성을 채찍질하며 죽이는 사람이다. — 보들레르

■ 정치의 가장 큰 노력이 그만큼 많은 사람들의 평안을 희생해서 몇 사람의 행복한 사람들을 만드는 것이라면, 정치란 것은 기뻐해야 할 것인가. — 보브나르그

■ 정치란 지배자와 민중 사이에 맺어지는 단순한 계약이다.
— 장 자크 루소

■ 프랑스에서는 정치를 노스탤지어아적이든가 아니면 유토피아적인 것으로 생각하고 있다. — 레몽 아롱

■ 사람이 정치에 관계하는 이상 몸소 전면에 나서야 한다. 그러므로 경우에 따라서는 암살당하는 것도 각오해야 한다. — 나폴레옹 1세

■ 모든 자유정체(自由政體)는 정당정치이다. — 제임스 가필드

■ 다스리지 않는 정부일수록 좋은 정부다. — 헨리 소로

■ 만일 우리가 일일이 워싱턴의 지시를 받고 씨를 뿌리고 거두고 한다면 곧 빵의 부족 현상을 초래할 것이다. — 토머스 제퍼슨

■ 과오를 개혁하려는 자에게 순교의 횃불을 들어주는 점에서 정치는 종교와 같다. — 토머스 제퍼슨

■ 국민의, 국민에 의한, 국민을 위한 정치. — 에이브러햄 링컨

■ 모든 국민을 잠시 속일 수는 있다. 얼마간의 국민을 언제까지나 속일 수는 있다. 그러나 모든 국민을 언제까지나 속일 수는 없다. — 에이브러햄 링컨

■ 백인이 자기 자신을 통치하는 것은 자치정부입니다. 그러나 자기 자신을 통치하며 또 남을 통치할 때는 독재입니다. ……누구도 상대방의 동의 없이 남을 통치할 만큼 훌륭하지는 못합니다. — 에이브러햄 링컨

■ 사람은 정치에 관련을 갖지 않으려 해도 허사다. 정치 쪽에서 관련해 온다. — 몽탈랑베르

■ 누구나 자신의 지적 능력 안에서 정치를 이해한다. — 아르망 리슐리외

■ 도덕적으로 나쁜 것은 모두 정치적으로도 옳지 못하다. — 다니엘 오코넬

■ 정치가 어찌 그리 비싸게 치게 됐는지, 요사이는 낙선하는 데에도 막대한 돈이 필요하다. — 윌 로저스

■ 정치가는 양털을 깎고, 정상배는 가죽을 벗긴다. — A. 오맬리

■ 정상배는 다음 선거를 생각하고, 정치가는 다음 시대를 생각한다. — 제임스 클라크

■ 정치 행동은 하나의 사회를 도와 가능한 한 좋은 미래를 탄생시키는 산파이어야 한다. — 앙드레 모루아

■ 정치와 통치는 타협의 기술이요, 한 가지 관심사를 다른 관심사와 저울질하는 기술이다. — 헨리 3세

■ 정치는 대중이 의당 자기와 관련되는 일에 참여하지 못하도록 막는 기술이다. — 폴 발레리

■ 정치학은 엄청난 과학이 아니다. — 비스마르크

■ 국회로 가는 정치가가 있는가 하면, 감옥으로 가는 정치가도 있다. — 윌리엄 피트

■ 대개 정치는 준비가 필요 없다고 생각되는 유일한 직업일 것이다. — 로버트 스티븐슨

■ 정치에 있어서는 영예는 없다. — 벤저민 디즈레일리

■ 참된 민주 정치가는 선(善)에는 보수적, 악(惡)에는 급진적이다. 그 의미에서는 혁명가다. — 벤저민 디즈레일리

■ 전답에는 한 개의 정치가 나고 유지된다. 여기서는 연령이 전부다. — 알랭

■ 어떠한 뛰어난 정치적 수완을 써서도 남의 사상을 황금의 행위로 속이는 것은 불가능하다. — 허버트 스펜서

■ 정치에 있어서 관용은 최고의 지혜는 아니다. — 에드먼드 버크

■ 정치 형태의 논의는 바보에게 맡기는 것이 좋다. 가장 잘 시행되는 게 최선의 정치다. — 알렉산더 포프

■ 가장 위대한 정치가는 가장 인간적인 정치가다. — 포이에르바하

■ 정치의 목적은 선을 행하기는 쉽고 악을 행하기는 어려운 사회를 만드는 데 있다. — 윌리엄 글래드스턴

■ 정치도 또한 인생의 밝은 면밖엔 모르는 것 같은 사람들의 손에 의해서 행하여질 때에는 시원찮은 직업이다. — 카를 힐티

■ 지식인은 정치가를 경멸하고, 정치가는 지식인을 경멸한다. — 로맹 롤랑

■ 폭정(暴政)을 전복하려고 하는 자는 우선 폭군에게 시중 들지 않으면 안 된다. — 시메옹 베르뇌

■ 모든 일에 대해서 「그럼에도 불구하고」라고 말할 수 있는 확신 있는 인간만이 정치에 대한 『적』을 갖는다. — 막스 베버

■ 정치, 즉 수단으로서의 권력과 강제력에 관계하는 인간은 악마의 힘과 계약을 맺는 것이다. — 막스 베버

■ 정치적으로 성숙한 국민만이 자주적인 국민이다. — 막스 베버

■ 정치란 정열과 관찰력을 함께 가지고 굳은 판자에 힘들여 구멍을 조금씩 뚫어 가는 작업이다. 이 세상이 자기가 제공하려고 하는 것에 비하여 엄청나게 천하고 바보 같아 보여도 「그래도 또」 하고 소리치고 결코 좌절되지 않는 자, 오직 그런 자만이 정치라는 직업을 가질 수 있다. — 막스 베버

■ 정치란 공적인 기회에 윤리적 이성(理性)을 적용하는 것이다.

— 로베르트 분젠

▣ 「자기가 모두다. 다른 것은 아무 소용 없다」—이것이 독재정치, 귀족정치와 그 지지자의 사고(思考)다. 「자기는 남이다. 남은 자기다」—이것이 민중과 그 지지자의 정치다. 이제부터는 각자가 결정하라. — S. 샹포르

▣ 정치학은 엄정한 과학은 아니다. — 비스마르크

▣ 분노는 정치에 걸맞은 정신상태가 못 된다. — 비스마르크

▣ 정치는 배울 수가 있는 학문이 아니라고 말하고 싶다. 정치는 기술이지, 각오가 없는 자는 멀찍이 있는 편이 낫다. — 비스마르크

▣ 정치는 물리(物理)보다 더 어렵다. — 알베르트 아인슈타인

▣ 굶주린 사람은 좋은 정치고문이 될 수 없다.

— 알베르트 아인슈타인

▣ 정치와 인간의 운명은 이상도 없고 위대함도 없는 자들에 의하여 만들어진다. 자기 자신 속에 위대함을 지닌 자들은 정치를 하지 않는다. 만사가 이와 마찬가지다. 그러나 이제는 자기 내부에 새로운 인간을 창조하는 것이 문제이다. — 알베르 카뮈

▣ 잘못 통치된 국가를 위한 첫째의 특효약은 통화팽창이다. 둘째는 전쟁이다. 두 가지 모두 일시적 번영을 가져오기도 하며 영원한 파멸을 가져오기도 한다. 그러나 이 두 가지는 정치적 · 경제적 기회주의자들의 피신처가 된다. — 어니스트 헤밍웨이

▣ 정치란 국가에 봉사하는 강력한 지성(知性)의 철저한 헌신(獻身)에서 나오는 고귀하고 명확하고 일관된 목표의 실현을 지향한 단

호하고 치열한 전진을 가리킨다. — 우드로 윌슨

▣ 국가를 위해 최선을 다하는 사람이 즉 당을 위해 최선을 다하는 사람이다. — 러더퍼드 헤이스

▣ 현대의 정치는 그 밑바닥을 볼 때 인간의 투쟁이 아니라 힘의 투쟁이다. — 헨리 애덤스

▣ 인간 본성에 대한 지식은 정치교육의 시작이고 마지막이다. — 헨리 애덤스

▣ 정책에 의견 차이가 있습니다. 원칙엔 차이가 없습니다. — 윌리엄 매킨리

▣ 노름과 세계정치에는 친구란 없다. — 프랭크 듄

▣ 비가 온 것을 자기 당의 공로인 것처럼 말한다면 가뭄을 반대당의 탓으로 돌린들 하등 놀랄 것이 없습니다. — D. W. 모로

▣ 신문의 톱기사에 나오고 싶으면 누굴 비난하면 된다. 특히 정치를 하고 있으면 그렇다. — 해리 트루먼

▣ 정치가 존재하지 않는 곳에서의 정치적 혁명이란 헛되이 지름길만을 택하는 것과 같다는 것. 그리고 잘못된 길이 짧게 보일지는 모르지만 그 길로는 목표점에 이르지 못하고 오직 슬프게도 발만 상하게 될 뿐이라는 것을 깨달았다. — R. 타고르

▣ 당신이 정치에 손을 대고 있으면서 어느 방으로 들어갔을 때, 누가 당신을 지지하고 누가 당신을 반대하고 있는지 구별하지 못한다면 당신은 직업을 잘못 선택한 것이다. — 린든 B. 존슨

▣ 운이라든가 우연이 정치를 지극히 흥미로운 것으로 만들고 있다.

정치란 엄격한 원칙에 지배되어 있는 것 같지만 항상 무엇이 아니면 누군가가 끼어들어 그 방향을 달리하게 만든다. 인간행동의 통상적인 반응조차도 대통령선거에 있어서는 예측대로 안 되는 것 같다. — 제임스 레스턴

▣ 정치에서도 사람의 경우와 마찬가지로 시기와 운이 근본적인 중요성을 지닌다. — 제임스 레스턴

▣ 정치는 죽음이다. 정치는 정부에 의해서 발명된 것이다.
— 바츨라프 니진스키

▣ 혁명에 성공하면 정치가가 되고, 실패하면 범죄인이 된다.
— 에리히 프롬

▣ 정치란, 그것이 형태는 어떠하든 어떤 종류의 사람들이 협동하고 또 다른 사람들에게는 반대하면서 추진하는 행동이다. 이해의 합치 또는 불합치에서 기초되어 있는 연대관계(連帶關係)는 투쟁이나 적대행위의 관계와 똑같이 인간이 인간에 대한 전체적인 태도를 규정하는 것이다. — 장 폴 사르트르

▣ 정치 행동은 하나의 사회를 도와주고 될 수 있는 한 행복한 미래를 남게 할 산파이어야 한다. 정치의 역할은 모자(母子)를 구출하는 것이다. — 앙드레 모루아

▣ 정치란 승부를 정하는 것이 아니고 진실한 일이다.
— 윈스턴 처칠

▣ 정치의 대개혁—총명한 행위를 우행(愚行)만큼 빠르고 쉽게 확대시킬 수 있다면 그것이 정치의 대개혁이다. — 윈스턴 처칠

- ▣ 전쟁에서는 단 한 번 죽으면 되지만, 정치에서는 여러 번 희생당해야 하는 것이 다를 뿐이다. — 윈스턴 처칠
- ▣ 어떤 특정 민족에게 있어서 정치란 개인이 생계를 꾸려 나가는 일과 똑같은 것이다. 그것은 애국심에 대한 그 민족의 사업적 소질이 발휘되는 마당이다. 사업에 항상 반대가 따르는 것처럼 정치도 잘 싸우는 민족주의의 자기이익에 관심을 두어 왔다. 무기를 만들어 내고, 거짓 서류를 날조하는 일이 그 주요 활동이었다. 군비경쟁의 부담은 빠른 속도로 증가해 가고 있으며, 그 끝은 시야에 들어오지 않고 세계평화에의 전망은 보이지 않는다. — 마하트마 간디
- ▣ 우리는 민주주의를 환호한다. 다양성을 인정하고, 비판을 허용하기 때문이다. 이 두 가지면 충분하다. — 에드워드 포스터
- ▣ 정치적 자유도 우리의 마음이 자유롭지 않으면 우리에게 자유를 주지 못한다. — R. 타고르
- ▣ 정치는 더럽고 장사는 천하다. 그리고 인생은 험하다. 그러므로 직업으로 그 인간을 판단하는 것은 공정하지 않다. — 임어당
- ▣ 임금은 천지가 만물 낳는 그 마음을 마음 삼아 백성에게 차마 못할 것은 하지 않는 정치를 행하여, 천하사경(天下四境)의 백성으로 하여금 모두 기뻐하여 우러러보기를 자기들 부모처럼 한다면, 편안하고 부유하고 존영(尊榮)한 즐거움을 길이 누릴 것이며, 위태하고 망하고 무너질 근심이 없을 것이니, 위(位)를 인(仁)으로 지키는 것이 마땅하지 않은가. — 정도전
- ▣ 강토가 아무리 넓다 하더라도 한집안처럼 보여야 하고, 만인이 아

무리 많다 하더라도 갓난아이처럼 사랑해야 한다. — 정도전

▣ 아! 진시황과 수양제가 연구를 정밀하게 하고 힘써 생각하여, 나라를 보전하려 노력하고 멸망을 염려하였다면, 진과 수의 나라꼴이 어찌 그 꼴에 그치고 말았겠는가. 이런 까닭에 유능한 임금은 지독한 정치를 할 즈음에도 먼저 그 패할 바를 도모하고, 그 위대한 바를 생각하여, 작은 일이 크게 벌어지지 않도록 반드시 방비하고 작은 일이 점차 번지지 않도록 미리 막아 화(禍)의 싹으로 하여금 인순(因循)에서 자라지 못하도록 하였다. 그렇게 한 뒤에야 몸이 편안하고 국가도 보전할 수 있기 때문이다. — 김시습

▣ 나라를 다스리는 도를 알고자 하면, 마땅히 임금의 직책이 하늘을 대행하여 백성을 다스리는 것과 어진 이를 등용하여 백성을 기르는 것임을 알아야 할 것입니다. — 양성지

▣ 언로(言路)의 통하는 것과 막히는 것이 가장 국가에 관계되니, 통하면 다스려져서 편안하고 막히면 어지러워져서 망하는 것입니다. — 조광조

▣ 정치는 책임이 재상에게 있으니, 재상이 성심으로 공무를 받들면 다스리는 효험이 반드시 나타나는 것입니다. — 조광조

▣ 정치를 하는 도리는 백성의 마음을 순히 하는 것보다 더 큰 것이 없다. — 김정국

▣ 신(臣)이 엎드려 생각하옵건대, 정치는 시(時)를 아는 것을 귀중히 여기고, 사업은 실(實)을 힘쓰는 것을 요체로 하는데, 정치하는 데 시의(時宜)를 모르고 사업을 당해서 실효를 힘쓰지 않으면, 비록

성군(聖君)과 현신(賢臣)이 서로 만났어도 치적은 이루지 못하옵니다. — 이이

▣ 옛날에는 정치가 아래에서 위의 순서로 되었으나 지금은 그와 정 반대로 정치를 위에서 아래로 하기 때문에 아래에서 위로가 『반역』으로 되어 있다. — 정약용

▣ 백성을 다스린다는 것은 백성을 기르는 것(牧民)이다. — 정약용

▣ 군주는 오직 하늘을 대신하여 만물을 다스려야 하는 것인데, 만일 사물이 질서를 잃고 혼란상태에 빠졌음에도 이를 바로잡아 정리하지 못한다면 이는 군주의 직분을 다하지 못하는 것이 됩니다. — 정약용

▣ 판단력을 혼란케 하고 비판의 척도를 마비시키는 정치는 국민의 생활, 국민의 도의는커녕 국민 일반의 상식조차 저하시키는 죄를 범하는 것이라 할 것이다. — 마해송

▣ 국민은 여론(輿論)을 만들어 낼 수 있으나, 직접 정치에 참여하지는 않는다. — 송지영

▣ 정치는 정권쟁탈을 목표로 하여 행해지는 일종의 권력투쟁의 형태이고, 또 그것이 국가의 행정 권력을 추축(樞軸)으로 하여 집권자들의 집약된 의사를 국민 전체에게 침투시켜 어느 정도 규격화(規格化)된 국민의 행동을 강요하는 사회통제 수단인 것이다. — 최현배

▣ 어느 국가든지 정치를 운용하는 지배계급이 부패하여져 그 책임을 다하지 못할 때는 다른 새 계급이 교대하여 정치를 지배하게 되나

니, 이것이 이른바 혁명이란 것으로, 그 묘용(妙用)이 국력의 피폐를 건지고 사회의 정체(停滯)를 막음에 있다. — 문일평

▣ 이성을 잃은 정치, 궤도를 떠난 정치, 거꾸로 가는지 곤두박질을 하는지 알 길조차 없는 해괴한 정치, 이러한 정치가 있다면 세상에 이보다 더 두렵고 원수스럽고 기막힌 경우도 있을까? — 김동명

▣ 무릇 정치행위란 어떠한 경우에든 결국 그 사람의 인격의 반영 이외의 딴 것일 수는 없다. 나쁜 사람은 나쁜 정치를, 좋은 사람은 좋은 정치를 하기 마련이다. 우매한 인간에게서 현명한 정치를 바란다거나, 무지한 자에게서 지혜로운 정치를 기대한다는 것은 인과법리(因果法理)에 어긋나는 턱없는 욕심일 뿐이다. — 김동명

▣ 정치라는 것은 설득과 인내로써 적을 삶아서 내 사람을 만드는 데 있는 것이지 불평을 말하는 국민을 적으로 몰아치면 그것은 정치(政治)가 아니고 정치(征治)요, 그 결과는 묻지 않아도 알 수 있다. — 김성식

▣ 좋은 정치라는 것은 부정이 쉽게 행해질 수 없는 사회를 건설하는 것이다. 이뿐만이 아니라 더 나아가서 민중의 마지막 한 사람까지를 국가 전체처럼 소중히 돌보는 정치를 목표로 하지 않으면 안 된다. — 유달영

▣ 정치는 마술이 아니다. 모든 것을 한꺼번에 개선할 수는 없다. — 이병주

▣ 브레인 워싱(brain washing, 洗腦)—정치는 인간을 파블로프의 개처럼 만든다. — 이어령

【속담 · 격언】

▣ 법률을 만드는 사람은 엄격을, 법률을 다스려 나가는 사람은 관대함을 신조로 해야 한다. — 중국

▣ 펜은 검보다 강하다. (The pen is mightier than the sword. : 武보다 文이 보다 강력한 힘을 발휘할 수 있다는 뜻. 더구나 여론정치가 기본인 민주주의에서는 일개 기자의 논설이 정권을 좌우할 수 있는 강대한 영향력을 발휘한다. — 영국

▣ 정치가가 아무 말 없을 때는 무언가가 있다. 그가 무슨 말이 있을 때는 아무것도 없다. (When a politician says nothing, it means something. When he says something, it means nothing.)

— 영국

▣ 한 가지 거짓말은 거짓말이고, 두 가지 거짓말도 거짓말이나, 세 가지 거짓말은 정치인 것이다. — 유태인

【시 · 문장】

밝고 밝은 덕 세상에 있으며
혁혁하게 하늘에 계시도다.
덕 없이 하늘은 믿기 어려워
보존하기 어려울손 임금의 자리
천자 자리에 있던 은나라 적자
천하를 다스리지 못하였느니라.

— 《시경》 대아

켄터키에서는, 산들은 가장 거만하게 우뚝 솟고
천둥은 가장 크게 울리고, 풍경은 가장 장려하다.
그리고 정치는 가장 저주받는다.

— J. H. 멀리건 / 켄터키에서

신(臣)이 들으니, 왕자(王者)가 조종(祖宗)의 덕에 근본하여 자손에게 남겨줄 규모를 굳게 할 적에 정치는 인(仁)으로 근본을 삼고 예(禮)는 효도로써 먼저 하니, 인으로 백성을 건져 주는 성의(誠)를 넓히고 효도로써 선대를 높이는 전례(典禮)를 거행한다. 홍범(洪範)에 이른바 백성에게 공평하여 편당(偏黨)이 없음을 본받고 주시(周詩)에 이른바 효자가 길이 끊어지지 아니함을 준수하여 몸을 닦아서 종자가 좋지 않다는 기롱을 면하고 제사를 받드는 데는 정성으로 깨끗이 하여 은혜가 뭇 백성에게 두루 흡족하고 덕의 향기가 하늘에 높이 사무친다. 그러나 무왕(武王)처럼 더위에 상한 백성에게 부채질을 하여 주고 우왕(禹王)처럼 죄인을 보고 우는 것도 중생을 생사(生死)의 고해(苦海)에서 건져 줌만 못하고, 시조(始祖)를 하늘에 짝하여 제사지내고 선왕(先王)을 상제(上帝)에 짝하여 받든 주공(周公)의 효성도 어찌 선령(先靈)을 극락의 국토로 인도하여 모심과 같으리오. 이러므로 조상과 자손을 위함은 실로 삼보(三寶)를 숭상하여 받드는 데에 있는 줄을 알겠다.

— 최치원 / 사산비문(四山碑文)

【중국의 고사】

■ **고복격양**(鼓腹擊壤) : 태평 무사함을 즐김. 공자가 《서경(書經)》

이란 역사책을 편찬할 때, 많은 전설의 임금들을 다 빼버리고 제일 첫머리에 제요(帝堯)를 두었다. 천황씨(天皇氏)·지황씨(地皇氏)·인황씨(人皇氏)는 물론 복희(伏羲)·신농(神農) 황제에 관한 전설적인 이야기는 전혀 비치지 않았다. 요임금(帝堯)이 순임금(帝舜)에게 천하를 전하고 순임금이 우(禹)에게 천하를 전해 준 것만을 크게 취급했다. 그리고 공자와 맹자는 이 요와 순 두 임금을 가장 이상적인 인물로 떠받들었다.

공자는 제자 자공(子貢)이,「만일 널리 백성에게 베풀고 대중을 사랑하면 어질다고 말할 수 있겠습니까?」하고 물었을 때,「어찌 어질다 뿐이겠느냐. 요순도 오히려 그렇게 못한 것을 안타까워했느니라(何事於仁 堯舜 其猶病諸).」라고 대답하여 요임금과 순임금처럼 백성에게 널리 베풀고 대중을 사랑한 사람이 없다는 것을 간접적으로 암시했다.

그 요임금이 천하를 다스린 지 50년이 되었을 때, 아직도 그는 천하가 과연 잘 다스려지고 있는지 자신이 없었다. 맹자가 말했듯이, 닭이 울면 잠이 깨어 착한 일 하는 데만 마음을 쓰고 있었던 만큼 만족할 줄을 몰랐을 것이다. 그래서 하루는 요임금이 아무도 모르게 평민 차림으로 거리에 나가 직접 민정을 살펴보기로 마음먹었다. 강구(康衢)라는 넓은 거리에 이르렀을 때, 한 젊은이가 노래를 부르며 놀고 있었다. 예나 지금이나 노래란 것은 마음속에 있는 감정을 그대로 표현하는 것이므로, 그때그때 유행하는 노래를 들어 보면 세상이 어떻게 돌아가고 정치를 어떻게 하는지 알 수 있는 것이다. 요임금은 걸음을 멈추고 젊은이가 부르는 노래를 유심히 들었다.

「우리 뭇 백성들을 살게 하는 것은(立我蒸民) / 그대의 지극함 아닌 것이 없다(莫非爾極). / 느끼지도 못하고 알지도 못하면서(不識不知) / 임금의 법에 따르고 있다(順帝之則).」

우리 모든 백성들이 안정된 생활을 해나가고 있는 것은, 어느 것 하나 임금님의 알뜰한 보살핌과 사랑 아닌 것이 없다. 임금님은 인간의 본성에 따라 우리를 도리에 어긋나지 않게 인도하기 때문에 우리는 법이니 정치니 하는 것을 염두에 두거나 배워 알거나 하지 않아도 자연 임금님의 가르침에 따르게 된다는 뜻이다.

아이들의 이 노래에 요임금은 자못 마음이 놓였다. 과연 그럴까 하고 가슴이 뿌듯하기도 했다. 요임금은 다시 발길을 옮겼다. 그러자 저쪽 길가에 한 노인이 두 다리를 쭉 뻗고, 한쪽 손으로는 배를 두드리며 한쪽 손으로는 흙덩이를 치며 장단에 맞추어 노래를 부르고 있었다. 배를 두드린다는 고복(鼓腹)과 흙덩이를 친다는 격양(擊壤)을 한데 붙여 태평을 즐기는 대명사로 쓰이기도 하고, 또 강구동자(康衢童子)니 격양노인(擊壤老人)이니 하여 함께 태평의 예로 들기도 한다. 그 노인이 부른 노래는 이런 것이었다.

「해가 뜨면 일하고(日出而作) / 해가 지면 쉬며(日入而息) / 우물 파서 마시고(鑿井而飮) / 밭을 갈아먹으니(耕田而食) / 임금 덕이 내게 뭣이 있으랴(帝力何有於我).」 시의 내용을 풀어 보면, 해가 뜨면 일하고 밤이 되면 편히 쉰다. 내 손으로 우물을 파서 물을 마시고 내 손으로 밭을 갈아 배불리 먹고 사는데, 임금이 내게 무슨 소용이 있으며, 정치가 다 무슨 필요가 있느냐는 뜻이다. 공기와 태양의 고마움을 모르는 농촌 사람이 사실은 더 행복한 것이다. 정치의 고마움을 알게 하는 정치보다는 그것을 느끼지 못하는 정치가 정말 위대한 정치인 것이다. —《십팔사략(十八史略)》

▣ **가정맹어호(苛政猛於虎)** : 가혹한 정치는 호랑이보다 무섭다. 공자의 말씀에 「가혹한 정치(苛政)는 범보다 무섭다」고 한 말이 있다. 하루는 공자가 제자들과 함께 태산(泰山) 부근을 지나가고 있었다. 그 때 어디선가 여인의 울음소리가 들려왔다. 이상하게 여긴 제자들이 울음소리를 따라가 보았다. 그곳에는 한 부인이 세 개의 무덤 앞에서 슬피 울고 있는 것이었다. 공자는 수레에 조용히 앉아 있다가 제자인 자로(子路)를 보내 연유를 물어 보라고 했다.

「부인의 울음소리를 가만히 들으니, 아무래도 여러 번 슬픈 일을 당한 것 같은데, 무슨 사연이라도 있습니까?」 부인은 울음을 그치고 대답했다. 「네, 이곳은 범의 피해가 아주 심한 곳입니다. 오래 전에는 제 시아버지께서 범에게 물려 돌아가셨고, 얼마 전에는 제 남편 또한 범에게 물려 죽었는데, 이번엔 제 자식이 또 범에게 물려 죽고 말았습니다.」 공자는 부인의 말을 듣자, 「그러면 어째서 이 무서운 고장을 떠나지 못하는 거요?」 하고 반문했다. 그러자 부인이 대답했다. 「그래도 이 고장에는 가혹한 정사(政事)가 없기 때문이지요.」

공자는 자못 느낀 바가 있어 제자들을 유심히 둘러본 뒤 말했다. 「너희들은 명심해 두어라. 가혹한 정치는 백성들이 범보다도 더 무서워한다는 것을.」 가혹한 정치란, 백성들을 달달 볶아 못 견디게 하는 정치를 말한다. 『가렴주구(苛斂誅求)』란 바로 『가정(苛政)』의 구체적인 설명이라 하겠다. 낼 힘도 없는데 시도 때도 없이 거둬들이는 것이 『가렴』이고, 정당한 법적 근거도 없이 강제성을 띤 요구가 『주구』인 것이다. 범에게 물려 죽을 때는 죽더라도 우선 아침저녁으로 시달릴 걱정을 않게 되니 순진하고 선량한 백성들은 첫째 마음이 편한 것이다.

이 이야기의 배경은 춘추시대 말엽이다. 이때 노(魯)나라에서는 대부(大夫) 계손씨(季孫氏)가 조정의 실권을 쥐고 흔들며 혹독한 정치를 하고 있었다. 이렇다 보니 자연 백성들은 덜 가혹한 지방을 찾아 이곳저곳으로 내몰리게 되고 말았다. 위정자를 잘못 만나면 도무지 피해나갈 구멍도 없이 수탈을 당하는 일이 예사였다. 범이야 조심하면 되지만 가렴주구는 조심해서 될 일이 아니기 때문이다.

— 《예기(禮記)》

■ **무항산무항심**(無恒產無恒心) : 항산이 없으면 항심이 없다는 말로, 생활이 안정되지 않으면 바른 마음을 견지하기 어렵다는 말이다. 주(周)의 난왕(赧王) 8년(BC 307) 경, 맹자는 그 이념인 왕도정치를 위하여 여러 나라를 유세하며 돌아다녔으나, 어느 나라에서도 그 의견이 용납되지 않아 고향인 추(鄒, 산동성)로 되돌아왔다. 그

무렵 등(縢, 산동성)이라는 소국에서는 정공(定公)이 죽고 그 아들 문공(文公)이 즉위하였다. 문공은 전부터 맹자에게 사숙하고 있던 까닭에 맹자를 초빙하여 정치의 고문을 삼았다. 문공은 나라를 어떻게 다스리면 좋으냐고 물었다. 맹자도 문공의 정열에 감격하여 당당하게 자기 견해를 말하였는데, 이것이 유명한 정전설(井田說)이다. 그 요지는 이렇다.

《시경》 가운데, 「봄에는 파종으로 바쁘니, 겨울 동안에 가옥의 수리를 서둘러라.」 하고 경계한 시가 있는데, 국정도 우선 민중의 경제생활의 안정으로부터 시작된다. 항산(恒產) 즉 일정한 생업과, 항심(恒心) 즉 변치 않는 절조와의 관계는, 「항산이 있는 자는 항심이 있고, 항산이 없는 자는 항심이 없다.」라고 말할 수 있다. 항심이 없으면 어떠한 나쁜 짓이라도 하게 된다. 민중이 죄를 범한 후에 처벌하는 것은 법망을 쳐 놓는 것과 마찬가지다.

옛날 하(夏)는 1인당 50무(畝), 은(殷)은 일인당 70무, 주(周)는 백 무의 밭을 주어 그 10분의 1을 조세로 받아들였다. 하의 법은 공법(貢法)이라 하여, 수년간의 평균수입을 잡아 일정액을 납부시켰기 때문에 풍년이 들면 남아돌아가고, 흉년 들어 부족해도 납부시키는 결점이 있었다. 은의 법은 조법(助法)이라 하여, 사전(私田)과 공전(公田)으로 나누어 공전에서의 수확을 납부시켰다. 주의 법은 철법(撤法)이라 하지만, 조법을 이어받고 있는 점을 고려한다면, 조법이야말로 모범이라 할 수 있겠다.

이리하여 맹자는 『항산』을 구체화한 후, 다음으로 『항심』을 기르는 방법으로서 학교에 있어서의 도덕교육을 강조하고 있다. 이어 문공은 신하인 필전(畢戰)에게 정전법(井田法)에 대하여 질문토록 한 일이 있는데, 여기서 맹자는 조법을 더욱 명확하게 말하고 있다. 국가는 군자(君子 : 치자)와 야인(野人 : 피치자)으로 성립되는데, 그 체제를 유지하자면 먼저 군자의 녹위(祿位)를 세습제로 하여야 한다. 야인은 조법에 의한 9분의 1의 세를 납부토록 한다. 그러기 위하여, 10리 사방의 토지를 우물 정(井)자 형으로 구분하여, 9백 무는 여덟 집이 각각 백 무씩 사유토록 한다. 공전(公田)의 공동작업이 끝난 후 각자의 밭일을 한다. 민중은 상호 부조의 체제가 이루어지기 때문에 토지를 떠나려 하지 않게 된다.

이상에 의하여 분명해진 바와 같이 이 정전법은 원시 공산적인 것이었으리라는 것이다. 그러나 그 전제로 치자(治者)와 피치자(被治者)를 구별하는 주장은 후세의 지배계급에 의하여 맹자가 존경을 받게 된 최대의 이유가 되었다. 「항산이 없으면 항심이 없다.」라는 말은 《맹자》 등문공편에 보이지만, 양혜왕편에도 나온다. 「창고가 찬 연후에 예절을 안다(倉廩實則知禮節)」와 같이 공·맹의 주장이 단순한 수신(修身)만이 아니었던 것을 말해 준다.

— 《시경》 양혜왕편

■ **도탄지고**(塗炭之苦) : 극도로 곤궁한 고통. 「도탄지고에 빠졌다」는 말이 있다. 이 도탄은 한 개인의 고통보다는 많은 대중들의 경우에 쓰인다. 「나는 도탄에 빠져 있다」고 하면 좀 어색하지만, 「우리는

도탄에 빠져 있다」고 하면 실감 있게 들린다. 원래가 이 도탄이란 말이 대중의 고통을 비유해서 한 말이었다. 도(塗)는 진흙이란 뜻이고, 탄(炭)은 숯불을 뜻한다. 몸이 자유롭게 움직일 수 없는 진흙 수렁에 빠져 있고, 이글이글 타오르는 숯불 속에 들어 있다면 그 고통이 얼마나 크겠는가.

《서경》 중회지고에, 「……유하의 어두운 덕으로 백성이 도탄에 빠졌다(民墜塗炭)」고 한 구절이 나온다. 은(殷)나라 탕(湯)임금은 걸(桀)을 내쫓고 천자가 되자, 무력혁명에 의해 천하를 얻게 된 것을 부끄러워하며, 「나는 후세 사람이 내가 한 일을 가지고 구실을 삼을까 두렵다.」고 말했다. 그러자 좌상(左相) 중회가 글을 지어 탕임금을 위로한 것이 『중회지고(仲虺之誥)』다.

글의 내용은 이렇다.

「슬프다, 하늘이 사람을 내었으나, 사람에게는 욕심이 있어 이를 이끌어 줄 지도자가 없으면 곧 혼란을 가져오게 된다. 그러므로 하늘은 총명한 임금을 낳아 이들을 올바로 이끌게 한다. 그런데 하(夏)나라 걸임금은 어둡고 덕이 없어 백성들이 진흙과 숯불 속에 빠지게 되었다. 그래서 하늘은 임금에게 용기와 지혜를 주어, 모든 나라들을 법도로써 바로잡게 하고, 우(禹)임금의 옛 영토를 이어받게 했다. 지금은 우임금의 옛 제도를 따라 천명에 순종하는 것이 마땅할 뿐이다.」

즉 중회는 탕임금의 무력에 의한 혁명을 정당한 것으로 보고, 걸임금의 학정에 신음하는 백성들의 견딜 수 없는 고통을 덜어 주는 것이 위대한 덕을 가진 사람의 당연히 해야 할 책무라는 것을 강조하여 탕임금의 주저하는 마음을 격려했던 것이다.

— 《서경》 중회지고

■ **의식족이지예절(衣食足而知禮節)** : 입고 먹는 것이 넉넉해야 예의니 체면을 알게 된다. 「……창고가 차 있으면 예절을 알고 의식이 족하면 영욕을 안다(倉廩實則知禮節 衣食足則知榮辱)」고 한 말이, 앞뒤 것이 각각 반씩 합쳐져서 생겨난 말이다. 결국 같은 내용의 긴 말을 보다 쉽고 짧게 만들었다는 점에서 이 말이 널리 보급된 것으로 볼 수 있다. 원래 이 말은 《관자》에 있는 말인데, 《관자》는 관중(管仲)이 지은 것으로 되어 있지만 실상은 그의 사상적 계통을 이은 사람들에 의해 훨씬 뒤에 된 것으로 보고 있다. 그러나 이 《관자》 속에 나오는 기록들은 그가 실제로 한 말과 행한 일들이 많이 수록되어 있다고 보아 좋을 것이다.

아무튼 모든 정치적 기반을 경제에 둔 관중은 이론가로서 또 실제 정치인으로서 후대에 미친 영향이 컸다. 내 배가 고프면 남의 배고픈 것을 동정할 여지가 없고, 먹고 입는 문제를 해결하지 못하면 명예 같은 것이 그다지 중요하게 느껴질 리가 없다. 《맹자》에도 「떳떳한 생활이 없으면 떳떳한 마음을 가질 수 없다」 고 했다. 입고 먹는 것이 넉넉해야 예의니 체면이니 하는 것을 알게 된다고 한 이 말은 참으로 불변의 진리를 잘 나타낸 말이라 할 수 있다.

— 《사기》 관안열전, 화식열전

■ **재덕부재험**(在德不存險) : 나라가 안전한 것은 임금의 덕에 달려 있지 산천이 험한 것에 있지 않다는 말. 오기(吳起)는 위(衛)나라 사람으로 용병의 술을 좋아했다. 일찍이 증자(曾子)에게서 배우고, 노(魯)나라 임금을 섬겼다. 나중에 오기는 위문후(魏文侯)를 섬기게 되어, 서하(西河) 태수로 있으면서 많은 전공을 세웠다. 그러다가 문후가 죽자 다시 문후의 뒤를 이은 무후(武侯)를 섬기게 되었다.

어느 날, 무후는 오기와 함께 서하에 배를 띄우고 좌우 산천을 구경하며 내려갔다. 한 중간쯤 가서 무후는 오기를 돌아보며 이렇게 말하며 못내 자랑스러워했다. 「참 아름답구려. 산과 물이 이토록 천험의 요새를 이루고 있으니 이야말로 위나라의 보배가 아니겠소?」 그러자 오기가 말했다. 「나라의 보배는 임금의 덕에 있지 산천의 험한 것에 있는 것이 아닙니다(在德不在險).」 그리고는 옛날 역사를 들어 모든 나라들이 망한 것은 지리가 험하지 않아서가 아니라 임금이 백성을 사랑하지 않고 정치를 올바로 하지 않았기 때문이란 것을 설명했다. 그리고 나서 다시 이렇게 말했다.

「이런 것으로 보아도 나라의 보배는 임금의 덕에 있는 것이지 험준한 요새에 있는 것이 아님을 알 수 있습니다. 만약 임금이 덕을 쌓지 않으신다면 이 배 안에 있는 사람들도 모두 적국인이 되는 것입니다(舟中敵國).」 무후는 오기의 이 말에 크게 감명을 받고 그를 다시 서하태수로 임명했다는 것이다. 그러나 실상 오기는 덕이 있는 사람은 아니었다. ―《사기》 손자오기열전

▣ **시위소찬(尸位素餐)** : 분수에 걸맞지 않는 높은 자리에 앉아 하는 일 없이 공으로 녹만 받아먹음. 시위의 시(尸)는 시동(尸童)을 말한다. 옛날 중국에서는 조상의 제사를 지낼 때, 조상의 혈통을 이은 어린아이를 조상의 신위(神位)에 앉혀 놓고 제사를 지냈다는데, 그때 신위에 앉아 있는 아이가 시동이다.

영혼이 아무것도 모르는 어린아이에게 접신(接神)하여 그 아이의 입을 통해 먹고 싶은 것도 먹고 마시고 싶은 것을 마시게 하려는 원시적인 신앙에서 생겨난 관습이었던 것 같다.

『시위』는 그 시동이 앉아 있는 자리다. 그러므로 아무것도 모르면서, 아무 실력도 없으면서 남이 만들어 놓은 높은 자리에 우두커니 앉아 있는 것을 가리켜 『시위』라고 한다. 『소찬』의 소(素)는 맹탕이란 뜻이다. 『소찬(素饌)』이라고 쓰면 고기나 생선 같은 맛있는 반찬이 없는 것을 뜻하고, 『소찬(素餐)』이라고 쓰면 공으로 먹는다는 뜻이 된다.

그러므로 『시위소찬』이라고 하면 분수에 걸맞지 않는 높은 자리에 앉아 아무 하는 일 없이 공으로 녹(祿)만 받아먹는 것을 이르는 말이다.

국가나 단체나, 한 세력이 오랜 기간 계속해서 주권을 장악하게 되면 자연 이 시위소찬의 현상이 나타나기 마련이다. 이것이 부패의 요인이 되고 멸망의 계기가 된다. 이른바 능률화의 운동은 이 『시위소찬』의 요소를 몰아내는 운동이라 할 수 있다.

— 《한서》 주운전

■ **도불습유(道不拾遺)** : 선정이 베풀어져 세상이 잘 다스려지고, 백성들의 도덕심이 높음의 형용. 『노불습유(路不拾遺)』라고도 한다. 나라가 태평하고 민심이 순박해서 남의 것을 탐내지 않는 사회가 된 것을 단적으로 표현한 말이다. 원래는 선정(善政)의 극치를 표현해서 한 말이었는데, 상앙(商鞅)의 경우와 같이 법이 너무 엄해서 겁을 먹고 길에 떨어진 것을 줍지 못하는 예도 있었다.

공자가 노나라 정승으로 석 달 동안 정치를 하게 되자, 송아지나 돼지를 팔러 가는 사람이 아침에 물을 먹이는 일이 없고, 길에 떨어진 것을 줍는 사람이 없었다고 전한다. 돼지나 소에게 물을 먹여 팔러 가지 않는다는 것은 오늘의 우리 도축업자들이 곱씹어 봐야 할 말이다. 또 정나라 재상 자산(子産)은 공자가 형처럼 대했다는 훌륭한 정치가였는데, 그는 정승이 되자 급변하는 정세를 잘 파악하여 국내의 낡은 제도를 개혁하는 한편, 계급의 구별 없이 인재를 뽑아 쓰고, 귀족에게 주었던 지나친 특권을 시정하여 위아래가 다 같이 호응할 수 있는 적당한 선에서 모든 정책을 이끌어 나갔기 때문에 나라가 태평을 이루어 도적이 자취를 감추고 백성들이 길에 떨어진 것을 줍지 않게 되었다고 한다.

《한비자(韓非子)》 외저설좌상편(外儲說左上篇)에 보면 자산의 정치성과에 대한 이야기가 나온다. 정나라 임금 간공(簡公)은 자기 스스로의 부족함을 자책하는 한편, 새로 재상에 임명된 자산에게 모든 정치를 바로잡는 책임을 지고 과감한 시책을 단행할 것을 당부했다. 그래서 자산은 물러나와 재상으로서 정치를 5년을 계속했는데, 나라에는 도적이 없고(國無盜賊), 길에는 떨어진 것을 줍지 않았으며(道不拾遺), 복숭아와 대추가 거리를 덮고 있어도 이를 따 가는 사람이 없었으며, 송곳이나 칼을 길에 떨어뜨렸을 때도 사흘 후에 가 보면 그 자리에 그대로 있었고, 3년을 흉년이 들어도 백성이 굶주리는 일이 없었다고 했다.

맹자는 말하기를, 「사람은 물과 불이 없으면 못 산다. 그런데 밤에 길 가던 사람이 물과 불을 청하면 안 줄 사람이 없는 것은 너무도 흔하기 때문이다. 만일 먹을 것이 물과 불처럼 흔하다면 어느 누가 착하지 않을 수 있겠는가.」라고 했다. 도적을 없애는 근본 문제도, 길에 떨어진 것을 줍지 않게 되는 까닭도, 역시 그 바탕은 먹는 문제를 해결해 주는 데 있다.

— 《한비자(韓非子)》 외저설좌상편(外儲說左上篇)

■ **혜이부지위정**(惠而不知爲政) : 맹자가 정나라 재상 자산(子産)을 평해서 한 말로서, 백성들에게 은혜롭기만 했지 정치할 줄을 몰랐다는 말이다. 《맹자》 이루하(離婁下)에 있는 전문을 소개하면 다음과 같다. 자산(子産)이 정나라 재상으로 있을 때 수레를 타고 지나다가 발을 벗고 물을 건너가는 사람을 보고 수레에 태워 건네 준 일이 있었다. 맹자는 이 기록을 보고 이렇게 평했다.

「자산은 인정은 많았지만 정치는 할 줄 몰랐다(惠而不知爲政). 늦가을인 11월에는 사람이 건너다닐 수 있는 다리를 놓고, 첫겨울인 12월에는 수레가 지나다닐 수 있는 다리를 놓는다. 그러면 백성들은 물을 건너는 데 고통을 느끼지 않는다. 군자가 정치를 바르게 하면, 밖에 나갈 때 사람을 피하게 하는 것도 당연한 일이다. 그런데 어떻게 모든 사람을 일일이 건네 줄 수 있겠는가. 그렇기 때문에 정치하는 사람이 사람마다 기쁘게 해주려면 날이 또한 부족한 법이다(故 爲政者 每人悅之日亦不足矣).」

자산은 명재상으로 천하에 이름이 높았었다. 그가 재상으로 있는 동안 정나라는 국제적으로 침략을 받은 일도 없었고 국내적으로 어려움을 겪은 일도 없었다. 그가 죽었을 때는 임금에서부터 온 국민이 위아래 없이 그의 죽음을 아까워하고 슬퍼했었다. 공자 같은 분도 자산을 형처럼 섬겼다고 한다. 그러나 맹자의 평도 정당한 것이었다.

백성들이 추운 겨울에 발을 벗고 내를 건너는 일이 없도록 장마철이 지나는 즉시 다리를 놓도록 만들어 주었어야만 했다. 자기가 보지 않는 곳에 얼마나 많은 사람이 차가운 물에 발을 넣고 건너는가를 알았어야만 했다. 나라의 힘으로든 고을의 힘으로든, 또 마을 사람의 힘으로든 힘에 맞게 편할 도리를 강구하도록 이끌어 주는 것이 정치란 것을 맹자는 말하고 있는 것이다. 「사람마다 기쁘게 해주는(每人悅之)」 일은 못한다 하는 말도 맹자의 이 말에서 나온 말이다.

— 《맹자》 이루하(離婁下)

▣ 자공(子貢)이 물었다. 어떻게 하면 선비라고 할 수 있습니까?」 공자께서 말씀하셨다. 「언제나 수치심을 가지고 자기의 언행을 욕되

게 하지 않고, 사방에 외교사절로 나가면 임금이 명한 바 사명을 다하여 왕명을 욕되게 하지 않으면 선비라 할 수 있다.」 자공이 또, 「감히 여쭙겠습니다만, 그 다음가는 사람은 어떠합니까?」 하고 묻자 공자께서, 「일가친족들로부터 효자란 칭찬을 받고, 온 마을 사람들로부터 우애롭다고 칭찬을 받는 사람이다.」 자공이 또, 「감히 여쭙겠습니다. 그 다음가는 사람은 어떠합니까?」 하고 묻자 공자께서, 「말하면 반드시 실행하고 실행하면 반드시 성과를 거두면 막막하고 강직하기만 하여 소인이라 하겠으나, 그래도 역시 그 다음쯤은 갈 수 있는 사람이다.」

자공이 다시, 「오늘날 정치를 맡고 있는 사람들은 어떻습니까?」 하고 묻자, 공자께서 말씀하셨다. 「아! 한 말들이밖에 안 되는 작은 기량을 가진 사람이야 논할 바 못 된다.」

— 《논어》 자로편

▣ 우(禹, 기원전 2070년경)는 중국 고대의 전설적인 군주로 하(夏)나라의 창시자이다. 이름은 문명(文命), 대우(大禹), 하우(夏禹), 융우(戎禹)라고도 하며 성은 사(姒)였다가 하왕조를 창시한 후 성을 하후(夏后)로 했다. 아버지는 곤이며 곤의 아버지는 오제의 하나인 전욱(顓頊)이다. 따라서 우는 전욱의 손자이다. 또 전욱은 황제의 손자이므로 우는 황제의 고손자가 된다. 도산 씨의 딸에게 장가가 계(啓)라는 아들을 두었다. 우는 인덕을 가져 사람들에게 존경받는 인물이었다. 또 탁월한 정치 능력을 가지고 있었다. 그러나 그럼에

도 불구하고 스스로를 자랑하지 않았다. 아마도 전설적인 인물이기 때문에 이러한 성인으로서 그려지는 것으로 보인다.

요(堯)의 시대에 우는 치수(治水) 사업에 실패한 아버지의 뒤를 이어 순에게 천거되는 형태로 황하의 치수를 맡았다. 9년 홍수 때에 우는 치수하느라고 천하를 돌아다니는데, 자기 집 앞을 세 번 지나면서도 들어가지 않았다. 가정 역시 돌보지 않았으며, 신체는 반신불수가 되었고 손발의 살갗이 텄다고 한다. 禹라는 문자는 본래 도마뱀이나 악어, 용의 모습을 그린 상형문자로, 우의 기원은 황하에 살던 물의 신이라고 보기도 한다.

우는 즉위 후에 한동안 무기의 생산을 중단하고 궁전의 재 증축을 재고하였으며 관문이나 시장에 걸려있는 여러 세금을 면제하였다. 그리고 지방에 도시를 만들고 번잡한 제도를 폐지해 행정을 간략화 했다. 그 결과 중국 안에서는 물론 밖에서까지도 조공을 요구해 오게 되었다. 또한 우는 많은 하천을 정비하였고 주변의 토지를 경작해 초목을 키웠으며 중앙과 동서남북의 차이를 기(旗)로써 사람들에게 나타냈고 옛 방식도 답습해 전국을 나누고 구주를 두었다. 우는 검약 정책을 취해 스스로 솔선해 행동했다.

【명작】

▣ 군주론(君主論, II Principe) : 르네상스기(期) 이탈리아의 정치이론가 마키아벨리(Niccolò Machiavelli, 1469~1527)의 저서로서, 정치학의 중요한 고전이다. 군주의 통치기술을 다룬 것인데, 군주

가 국가를 통치 · 유지하기 위해서는 무엇보다도 권력에 대한 의지 · 야심 · 용기가 있어야 하며, 필요하면 불성실 · 몰인정 · 잔인해도 무방하고, 종교까지도 이용해야 한다고 주장하였다.

이 책은 후세에 『마키아벨리즘』이라 불리게 된 권모술수주의(權謀術數主義)를 주장하였다 하여 비난의 대상 및 위험한 서적으로 취급되었다. 그러나 당시 분열과 외국의 간섭으로 인한 정치적 혼란상태에 빠진 이탈리아를 강력한 군주에 의하여 구하고자 한 저자의 애국심의 발로라고 보는 견해가 유력하며, 근대 정치학을 개척한 획기적 문헌으로 높이 평가된다.

【成句】

▣ 간국지기(幹國之器) : 국가를 다스릴 기량이 있음을 뜻함. /《후한서》

▣ 애민지치(愛民至治) : 백성을 사랑하여 지성으로 다스림.

▣ 경세지재(經世之才) : 나라를 잘 다스릴 수 있는 재주.

▣ 경세도량(經世度量) : 세상을 잘 다스릴 수 있는 품성.

▣ 제세안민(濟世安民) : 세상을 구제하고 백성을 편안케 함.

▣ 경제(經濟) : 경세제민(經世濟民)의 준 말로, 세상을 다스리고 백성을 구제함. /《문중자(文中子)》

▣ 음여정통(音與政通) : 음악과 정치 사이에 서로 관계가 있음을 이름. /《예기》 악기편.

▣ 유치인무치법(有治人無治法) : 법이란 사람에 의해서 활용되는 것

이기 때문에 나라를 다스리는 사람은 있지만 다스리는 법은 없다는 말. / 《순자》 군도편(君道篇).

▣ 치군택민(致君澤民) : 신명(身命)을 버려 임금을 섬기고 백성에게 은택이 미치게 함.

▣ 태평치화(太平治化) : 태평하게 다스림.

▣ 보국안민(輔國安民) : 나라 일을 돕고 백성을 편안하게 함.

▣ 계전만리(階前萬里) : 만 리나 되는 먼 곳도 계단 앞과 같다는 말로, 임금이 지방정치의 좋고 나쁨을 통효(通曉)하고 있음의 비유.

▣ 경륜(經綸) : 천하를 사리에 맞도록 다스림. / 《역경》

▣ 주약신강(主弱臣强) : 임금이 약하고 신하가 억셈. 곧, 임금은 명목만 있고 신하가 실권을 장악하는 일.

▣ 강구연월문동요(康衢煙月聞童謠) : 나라가 잘 다스려지고 세월이 좋아서 길거리에 세상의 태평함을 노래하는 동요가 들린다는 것. / 《열자》

▣ 야무도현(野無道賢) : 현자(賢者)가 모두 벼슬에 뽑혀 민간에 없음. / 《서경》

▣ 정국(靖國) : 나라를 태평하게 다스림. / 《좌씨전》

▣ 곽휘건단(廓揮乾斷) : 과단성 있는 정치를 행함.

▣ 조롱국병(操弄國柄) : 나라의 권력을 잡은 자가 경솔하게 정사 (政事)를 번롱(翻弄)함.

▣ 작문정치(作文政治) : 시정 방침만 늘어놓고 시행하지 못하는 정치를 비꼬아서 이르는 말.

■ 정관즉민만(政寬則民慢) : 정치가 너무 관대하면 백성이 위정자를 어려워하지 않고 태만해짐을 이름. /《좌씨전》

■ 필세이후인(必世而後仁) : 정치의 치적은 장기간의 교화로써 성과를 올릴 수 있다는 뜻. 1세(一世)는 30년을 이름. /《논어》

■ 묘모(廟謨) : 백성을 다스리는 방략(方略).

■ 소의간식(宵衣旰食) : 날이 밝기도 전에 일어나 정복을 입고, 해가 진 후에 저녁밥을 먹는다는 뜻. 임금이 정사(政事)에 부지런함을 비유한 말.

■ 천하지소이평자정평야(天下之所以平者政平也) : 천하가 태평하려면 정치를 공평하게 해야 함을 이름. / 자화자

■ 치국약누전(治國若鎒田) : 나라를 다스리는 술법은 농부가 김매는 것과 같이 백성을 해롭게 하는 자를 제거하는 데 있음. /《회남자》

■ 치대국약팽소선(治大國若烹小鮮) : 조그만 생선을 삶는데, 너무 수저 같은 것으로 휘저으면 생선이 뭉개지므로 나라를 다스리는 데도 정사를 번거롭게 하지 말고 자연에 맡기라는 뜻. /《노자》

언론 media 言論

【어록】

▣ 백성의 입을 막는 것은 냇물을 막는 것보다 어렵다(防民之口甚于防川 : 백성에게 언론의 자유를 주어 자기 생각을 마음대로 표현할 수 있도록 해야 한다). — 《국어》 주어(周語)편

▣ 이 세상에서 가장 아름다운 것은 언론의 자유다. — 디오게네스

▣ 영국이 진정한 하나의 자유국가가 된 것은 이 언론의 자유 때문이다. 영국이 계몽되지 않았다면 자유롭지 못했을 것이며, 또 각 시민이 그가 원하는 바를 표현할 권리를 갖지 못했다면 계몽될 수가 없었을 것이다. — 볼테르

▣ 나는 당신의 말에 찬성하지 않지만, 그러한 말을 할 당신의 권리를 목숨을 걸고 보호할 것이다. — 볼테르

▣ 검열을 사용하여 요구하는 것은 권력자이며, 언론의 자유를 구하는 것은 신분이 낮은 사람들이다. — 괴테

▣ 언론의 자유를 부르짖는 것은 그것을 남용하려는 인간뿐이다.

— 괴테

■ 언론의 자유는 다시 이용될 수 있는 자유를 최대 자극함으로써 인간의 지식에 더 많은 것을 가져다준다. — 프랜시스 베이컨

■ 정부가 언론의 자유를 억압하려고 하면 할수록 거기에 대한 저항은 더욱더 집요한 것이다. 일반적으로 인간은 그들이 진리라고 믿고 있는 견해가 법률에 저촉되는 죄로서 판정되는 경우처럼 견디기 어려운 것은 없다고 생각한다. — 스피노자

■ 자유로운 언론과 집회를 금지하는 것은 사회에 비교적 사소한 손해를 주는 것을 막기 위한 수단으로서는 부적당할 뿐만 아니라 너무나 가혹한 수단이다. — L. D. 브란다이스

■ 자유로운 언론의 억압을 정당화하기 위해, 자유로운 언론이 실행된다면 중대한 해악이 결과되리라는 이론은 두려워할 만한 타당한 근거가 있다.……중대한 해악의 위구만으로써는 언론과 집회의 자유를 억압할 수 있는 정당한 이유가 되지 못한다. 지난날 인간은 마녀를 두려워하여 그들을 화형에 처한 일이 있다. 불합리한 공포의 구속으로부터 인간을 해방하는 것이 언론의 기능이다.

— L. D. 브란다이스

■ 언론이 자유롭고 누구나 글을 읽을 수 있는 곳에서는 모든 사람이 안전하다. — 토머스 제퍼슨

■ 언론은 주로 그 허구적 측면 때문에 인기가 있다. 언론이 보여주는 삶과 현실의 삶은 전혀 다르다. — G. K. 체스터턴

■ 나는 언제나 최대의 언론 자유는 가장 안전한 것이라고 생각하는

사람들 중의 하나이다. 어떤 사람이 바보인 경우 취할 수 있는 최선의 방법은 그가 마음대로 지껄이게 하여 그 자신이 바보라는 사실을 널리 광고케 하는 것이다. — T. W. 윌슨

▣ 우리에게는 세 가지 보물이 있다. 그것은 언론의 자유, 양심의 자유, 그리고 그 두 가지를 결코 사용하지 않는 현명함이다.

— 마크 트웨인

▣ 좋은 신문이란 혼잣말을 지껄이는 것이다. — 아서 밀러

▣ 대통령은 4년 동안, 언론은 영원히 미국을 지배한다.

— 오스카 와일드

▣ 현대 언론의 장점은 교육을 받지 못한 사람들의 의견을 보도하여 우리가 사회의 무지와 계속해서 접촉하도록 해주는 것이다.

— 오스카 와일드

▣ 언론 자유의 가장 엄정한 보호는 극장에서 거짓으로 불이 났다고 고함을 질러 공포를 불러일으키는 인간을 보호하지 않는 것이다.

— O. W. 홈스

▣ 인간의 기본적인 자유는 말과 표현의 자유, 신앙의 자유, 결핍에서 벗어날 자유, 공포에서 벗어날 자유다. — 프랭클린 루스벨트

▣ 저널리즘은 빠져나올 수 있다는 보증만 있으면 무엇에든지 앞장서서 목을 디민다. — 쥘 자냥

▣ 문학은 두 번 읽어야 알아들을 글을, 언론은 단번에 알아듣는 글을 쓰는 기술이다. — C. V. 코널리

▣ 법률만으로는 표현의 자유가 보장될 수 없다. 모든 사람이 처벌받

지 않고 자기 견해를 표현하기 위해서는 국민 전체의 관용의 정신이 반드시 필요하다. — 알베르트 아인슈타인

▣ 편집자란 밀과 왕겨를 갈라놓고는 왕겨를 인쇄하는 자다.

— 아들레이 스티븐슨

▣ 미국은 언론의 자유의 나라입니다. 세계 어느 나라도 그보다 더 자유스러운 데가 없습니다. 우리나라에서도 그러하지 못합니다. 언론의 자유를 우리는 열심히 발전시키고 가장 혐오스러운 상태로 되어 가고 있는데도 말입니다. — 윈스턴 처칠

▣ 언론인들은 사실이 아니라고 알면서도 사실인 것처럼 말한다. 그들은 그렇게 오랫동안 말하면 그것이 사실이 될 것이라는 희망을 품고 있다. — 아널드 베넷

▣ 언론의 자유라고 해서 입 밖에 내는 모든 말이 사람들에게 자동적으로 진지하게 받아들여져야 하는 권리가 있는 것은 아닙니다. 진지하게 다루어지는 것은 그 내용에 달려 있습니다.

— 휴버트 험프리

▣ 전국적인 토론이 국가의 분열이라고는 조금이라도 생각해서는 아니 됩니다. — 린든 B. 존슨

▣ 뉴스가 없다는 것은 반가운 뉴스다. 언론인들이 없다는 것은 더욱 반가운 뉴스다. — N. 벤틀리

▣ 나는 전 세계의 지식인들에게 상상의 자유를 위해 궐기할 것을 호소한다. 이 자유는 나의 저서나 생명보다 훨씬 더 중대한 것이다.

— 살만 루시디

▣ 언로(言路)의 통하는 것과 막히는 것이 가장 국가에 관계되니, 통하면 다스려져서 편안하고 막히면 어지러워져서 망하는 것입니다.

— 조광조

▣ 군주는 언론을 맡은 관리들이 자기에게 바른 말을 솔직하게 못하는 것을 두려워해야 한다. — 조광조

▣ 군주는 머리고 대신들은 배며 언론을 맡은 관리들은 눈과 귀다.

— 이황

▣ 언론의 자유, 투표의 자유, 다수결에 대한 복종, 이 세 가지가 곧 민주주의다. — 김구

▣ 흔히 언론인들처럼 남을 존경하려 하지 않는 중환자도 드물다. 그들의 직업이 그들을 그렇게 변질시켜 놓는다. 좀처럼 감동을 하지 않는다. 충격도 받지 않는다. 아무도 존경하려 하지 않는다. 그들에겐 그저 『그 사람』이 있을 뿐이다. — 유주현

▣ 언론이란 무엇이냐? 그것은 한 사회의 발전을 표현하는 것이다. 언론은 결코 진공상태에서 생겨지지 않는다. — 김관석

▣ 언론이 진실을 보도하면 국민들은 빛 속에서 살 것이고 언론이 권력의 시녀로 전락하면 국민들은 어둠 속에서 살 것이다.

— 김수환

【중국의 고사】

▣ **목탁**(木鐸) : 나무로 만든 방울. 세상 사람을 깨우쳐 인도할 만한 사람이나 기관을 이르는 말이다. 목탁이란, 겉이 금속이고 속대는

나무로 되어 있는 커다란 방울로, 문사(文事)의 포고를 낼 때에 울려 사람을 모으는 것이었다. 신문의 날이 되면 『신문은 사회의 목탁』 운운하는 말이 흔히 눈에 뜨인다. 신문이 사회에서 계몽의 역할을 한다는 뜻이다.

『목탁』은 보통 불가(佛家)에서 많이 쓰이지만, 그 이전에 유가(儒家)에서 이 말을 사용했다.

공자가 모국인 노(魯)나라를 떠나 위(衛)나라 국경 가까이에 있는 의(儀)라는 곳에 다다랐을 때, 이곳 관문을 지키는 봉인(封人)이 공자에게 면회를 청하며, 공자의 제자들에게 「여러분께서는 조금도 안타까워하실 필요가 없습니다. 천하가 어지러운 지 이미 오래인지라, 하늘이 장차 선생님으로 목탁을 삼으실 것입니다.」라고 말하며 공자의 제자들을 위로했다.

목탁은 혀가 나무로 된 방울을 말한다. 쇠로 만든 것을 옛날에는 금탁이라고 했다. 옛날에는 대중의 관심을 집중시키기 위한 방법으로 금탁과 목탁을 사용했다. 즉 관에서 군사와 관련이 있는 일을 백성들에게 주지시킬 때는 담당 관원이 금탁을 두들기며 관의 지시와 명령을 대중에게 전달했다. 또 군사가 아닌 일반 행정이나 문교에 관한 사항을 전달할 때는 목탁을 두들기며 관원이 골목을 돌곤 했다. 이 관습에서 목탁이란 세상 사람을 깨우쳐 인도할 만한 사람이나 기관을 나타내게 되었다. —《논어》 팔일편

■ **방민지구심우방천**(防民之口甚于防川) : 백성의 입을 막는 것은 냇

물을 막는 것보다 어렵다는 뜻으로, 백성에게 언론의 자유를 주어 자기 생각을 마음대로 표현할 수 있도록 해야 한다는 말이다.

《국어》 주어(周語)편에 있는 말이다.

서주의 여왕(厲王)은 폭정이 극심해 백성들의 원망을 샀다. 소목공(召穆公)이 여왕에게 여러 차례 간언하였으나 듣지 않았다. 여왕은 폭정을 그만두기는커녕 위(衛)나라에서 무당을 불러다 점을 쳐서 불만을 품은 자들을 색출하게 하여 처단하였다. 백성들은 공포에 눌려 아무 저항도 하지 못하였다. 여왕은 이를 두고 태평성대라고 하면서 자신에 대해 나쁘게 말하는 사람이 하나도 없다고 득의양양하였다. 이에 소목공이 간했다.

「지금은 진정한 태평성대라고 할 수 없습니다. 백성의 뭇 입을 막는 것은 냇물을 막는 것보다 어려운 일입니다(防民之口甚于防川). 냇물을 둑으로 막았다가 무너지면 상하는 사람이 많아질 것이니 백성도 이와 마찬가지입니다. 그러므로 냇물을 지키는 자는 물이 잘 흐르도록 물길을 터주고, 백성을 위하는 자는 자유롭게 말할 수 있도록 해주어야 합니다.」

그러나 여왕은 말을 듣지 않고 폭정을 계속하였다. 결국 견디다 못한 백성들이 민란을 일으켜 여왕은 왕위에서 쫓아내고 체(彘)라는 땅으로 귀향을 보냈다.

『방민지구심우방천』은, 임금은 백성들에게 언론의 자유를 주어 자유롭게 표현할 수 있도록 해야 하며, 나아가 무력으로 언론을 통제하면 더 큰 화를 불러올 수 있음을 의미하는 고사성어로 사용된

다. —《국어》 주어(周語)편

【成句】

▣ 곡필(曲筆) : 바른대로 쓰지 않고 사실을 왜곡해서 기록함. /《위서(魏書)》

▣ 언로(言路) : 말길. 신하들이 임금에게 말을 올릴 수 있는 길.

전쟁 war 戰爭

(싸움)

【어록】

▣ 아무리 훌륭한 병기도 그것은 상서롭지 못한 흉기일 뿐이다{佳兵者 不祥之器 : 무기란 상서롭지 못한 기물이니 군자의 기물이 아니며, 부득이하여 그것을 사용한다 하여도 담담한 마음을 상책으로 여긴다. 싸움에 이기더라도 자랑하지 않으니, 승리를 자랑한다면 사람 죽이기를 즐기는 것이다. 무릇 살인을 즐기는 정치가들은 천하에서 뜻을 얻을 수 없다}. —《노자》

▣ 감히 한 치(寸)를 나아가지 않고, 물러날 때에는 한 자(尺)를 물러난다(不敢進寸 而退尺 : 어떻게 전쟁을 시작하는가보다는 어떻게 전쟁을 끝낼 것인가에 뜻을 두어야 한다. 공격에만 뜻을 두고 싸운다면 반드시 전쟁에 패하고 만다). —《노자》

▣ 춘추시대에는 의로운 전쟁이 없었다(春秋無義戰). —《맹자》

▣ 군사를 사용하여 전쟁을 벌이는 근본은, 백성들을 하나로 뭉치게 하는 데 있다(用兵攻戰之本 在乎壹民). —《순자》

▣ 검을 팔아 소를 사고, 칼을 팔아 송아지를 산다(使賣劍買牛 賣刀買犢 : 전쟁을 그치고 농사를 짓게 함. 곧 평화스런 세상이 됨을 이르는 말). ―《순자》

▣ 오로지 이기는 일에만 성급해서, 패했을 경우의 일은 잊어서는 안 된다(無急勝而忘敗 : 전쟁의 수습을 잘못해서는 모처럼의 전승도 아무 효과를 얻지 못한다). ―《순자》

▣ 가령 한 번의 전쟁에 승리를 거두었다고 하자. 결국 얼마의 이익을 얻었는가 묻고 싶다. 통계를 내 보면 손실이 더 많았을 것이다. 몇 리의 성곽을 빼앗기 위하여 수만의 인명을 소모하고, 얻은 것이란 겨우 폐허화된 하나의 성터일 뿐. 이 얼마나 고통스러운 일인가. ―《묵자》

▣ 굶주림이 전쟁을 부르고, 질병이 전쟁을 부르고, 노역이 전쟁을 부르고, 혼란이 전쟁을 부른다(饑召兵 疾召兵 勞召兵 亂召兵). ―《한비자》

▣ 전쟁이란 나라의 대사로서, 생사의 땅이고 존망의 갈림길이므로 잘 살피지 않을 수 없다(兵者 國之大事出有因 生死之地 存亡之道 不可不察也). ―《손자(孫子)》

▣ 다섯 가지의 일로 근본을 삼고, 계산으로써 비교하며, 또 그 각각의 세세한 정황을 살펴야 한다{經之以五事 校之以計 而索其情 : 전쟁을 함에 있어서 오교(五校)의 계(計), 즉 다섯 가지 검토할 요소가 있다. 첫째 도(道), 둘째 천(天), 셋째 지(地), 넷째 장(將), 다섯째 법(法), 다섯 가지다. 그 가운데서 도(道)는 지도자의 뜻과 민심

이 일치해야 비로소 서는 것. 천(天)은 계절의 모든 것. 지(地)는 지리(地理). 장(將)은 지휘자. 법(法)은 군대의 편성과 규율. 이상 다섯 가지를 적과 우리 편과 교합(校合)하여 어느 것이나 적보다 우위에 있을 때 그 전쟁은 비로소 승리할 수 있고, 어느 하나라도 열세라면 패전을 면치 못한다}. —《손자》

▣ 전쟁에 임한 지휘자는 군주의 명령이라도 그대로 받지 않을 경우도 있다(君命有所不受 : 장수가 전쟁에 임했을 때는 임금의 명령도 받지 않을 수가 있다. 전쟁을 치를 때에는 상황에 따라 장수는 임금의 명령이라도 듣지 않을 수 있다). —《손자》

▣ 바람처럼 빠르게, 숲처럼 고요하게, 불길처럼 맹렬하게, 산처럼 묵직하게(其疾如風 其徐如林 侵掠如火 不動如山 : 진격할 때에는 바람처럼 빠르고, 멈추게 되면 숲처럼 조용하게, 침략할 때에는 타는 불처럼 맹렬하게 하고, 일단 수비를 하게 되면 산처럼 움직이지 않는다. 이것이 전진에 임하고 있는 군의 태세다). —《손자》

▣ 백전백승은 최선이 아니요, 싸우지 않고 적을 굴복시키는 것이 최선의 방법이다(百戰百勝 非善之善者也 不戰而屈人之兵 善之善者也). —《손자》

▣ 전쟁의 요체는 이기는 데 있지, 오래 끄는 데 있지 않다(兵貴勝 不貴久 : 전쟁에서 가장 중요한 것은 이기는 것이다. 그것도 속전속결이 중요하다. 질질 끌어서는 피폐해지고 만다). —《손자》

▣ 용병의 방법은 적국을 온전하게 두고 이기는 것이 최상책의 용병이고, 적을 파괴하여 이기는 것은 차선책의 용병이다(用兵之法 全

國爲上 破國次之). —《손자》

▣ 편안함으로써 피로해지기를 기다린다(以佚待勞 : 싸움을 잘하는 사람은 남을 내게로 끌어들이고, 내가 남에게 끌려 다니지 않는다). —《손자》

▣ 창(戈) 쓰기를 그친다(止)는 뜻이 무(武)자이다{止戈爲武 : 무(武)라는 글자는 과(戈)와 지(止)를 합한 글자다. 간과(干戈), 즉 전쟁을 그치게 하는 것이 무(武)의 원뜻이다}. —《좌전》

▣ 때때로 싸우면 백성이 곧 지치고, 때때로 이기면 곧 임금이 교만해진다. —《여씨춘추》

▣ 나라가 흥성하도록 하는 것은 농사와 전쟁이다(國之所以興者 農戰也). —《상군서(商君書)》

▣ 나라가 강대해도 전쟁을 좋아하면 반드시 망하고, 천하가 평안해도 전쟁을 잊으면 반드시 위험에 처한다(國雖大 好戰必亡 天下雖安 忘戰必危). —《사기》 사마양저열전

▣ 말 위에서 천하를 얻었지만, 말 위에서 천하를 다스릴 수는 없다(馬上得之 寧可以馬上治之 : 무력으로 천하를 얻을 수 있으나 그것만으로 천하를 다스릴 수 없다는 뜻).

—《사기》 역생육고열전(酈生陸賈列傳)

▣ 두 호랑이가 다투어 싸우면 작은 것은 반드시 죽고 큰 것은 반드시 다친다. —《전국책》

▣ 전쟁은 오래 끌면 이롭지 않다. 전쟁이란 불과 같아서 그치지 않으면 스스로를 태운다(久則不利 兵猶火也 不戢將自焚也).

— 《삼국지》

▣ 전쟁에서는 신속한 것이 으뜸이다(兵貴神速).

— 《삼국지》 위서(魏書)

▣ 나라에는 늘 군사가 있지만 전쟁터에는 늘 이기는 군사가 없고, 땅 위에는 험한 곳이 영원히 있지만, 수비에는 영원한 우세가 없다(國有常衆 戰無常勝 地有常險 守無常勢). — 《삼국지》

▣ 이기고 지고 것은 병가에서 늘 있는 일이다(勝敗乃兵家常事).

— 《수호전(水滸傳)》

▣ 온 나라가 전쟁에 빠져드니, 백성이 어찌 나무를 하고 풀 뜯기를 즐기랴. 그대에게 부탁하노니 후를 봉하는 일을 말하지 말라. 한 장수가 공을 이루면 만 명의 뼈가 마른다(澤國江山入戰圖 生民何計樂樵蘇 憑君莫話封侯事 一將功成萬骨枯). — 조송(曹松)

▣ 준비가 되어 있으면 후환이 없고, 전쟁을 잊으면 위태로워진다(有備無患 忘戰必危). — 장구령(張九齡)

▣ 천하가 태평스러워도 전쟁을 잊어서는 안 된다(天下雖平 不敢忘戰). — 소식(蘇軾)

▣ 승리는 원한을 가져 패한 사람은 괴로워 누워 있다. 이기고 지는 마음 모두 떠나서 다툼이 없으면 스스로 편안하다. — 《법구경》

▣ 전쟁은 남자의 일이다. — 호메로스

▣ 평시에 있어서의 현명한 자는 앞으로 있을지 모를 전쟁에 미리 대비한다. — 호메로스

▣ 전쟁을 재미있어 하는 것은 무경험자뿐이다. — 핀다로스

■ 전쟁은 그 수행에 있어서 악한 사람보다 언제나 선량한 사람만을 학살한다. — 소포클레스

■ 다툼에는 두 사람이 있어야 한다. — 소크라테스

■ 전쟁과 극빈은 국제(國制)의 전복을 강제하고, 법률을 개변한다. — 플라톤

■ 전쟁은 평화를 위해서 있는 것이며, 노동의 의무는 한가한 때의 권태로 말미암아 있고, 필수 유용한 것은 숭고한 것을 위해서 있지 않으면 안 된다. — 아리스토텔레스

■ 전쟁의 목적은 평화다. — 아리스토텔레스

■ 전쟁은 유일무이의 진정한 외과(外科) 학교이다. — 히포크라테스

■ 사랑에는 두 가지 시련이 있다. 즉, 전쟁과 평화이다. — 호라티우스

■ 전쟁을 두려워하는 것은 전쟁 그 자체보다도 나쁘다. — L. A. 세네카

■ 분노는 전쟁의 아들이다. — L. A. 세네카

■ 전쟁에서는 필요한 것이면 정의(正義)에 어긋나지 않는다. — 타키투스

■ 전쟁이 비참한 평화보다는 낫다. — 타키투스

■ 어디서 전쟁을 할까 생각하지 말고 어떻게 전쟁에 이길까 생각하라. 전쟁이란 이기면 자연히 멀리 물러가며, 지면 문전에 찾아오는 것이다. — 《플루타르크 영웅전》

■ 세상의 모든 것은 서로 끌고 밀고 하는 성질이 있는 까닭에 항상

그 사이에 마찰이 생기며, 이 성질은 가까운 것일수록 더욱 심하다. —《플루타르크 영웅전》

■ 칼로 사람을 죽이는 것보다 말로 전쟁을 무너뜨리는 편이 명예스럽다. — 아우구스티누스

■ 우리들은 인간의 본성 속에 싸움의 세 개의 주된 원인을 발견한다. 첫째 경쟁, 둘째 불신, 셋째 명예다. 경쟁이란 원인에 의해서 인간은 먹이를 구하여 침략한다. 불신이 있기 때문에 안전을, 명예를 지키는 것 때문에 평판을 구하여 침략한다. — 토머스 홉스

■ 남과 싸움을 하지 않도록 경계하라. 그러나 일단 싸움을 시작했으면 상대방이 당신을 경계할 만큼 철저하게 하라 — 셰익스피어

■ 전쟁의 활력은 돈뿐이다. — 프랑수아 비용

■ 전쟁은 만물의 아버지, 만물의 왕이다. 그것은 어떤 자들을 신으로 하고, 어떤 자들을 인간으로 나타낸다. 또 어떤 자들은 노예로 하고, 어떤 자들은 자유인으로 한다. — 히폴리토스

■ 전쟁은 전쟁을 낳고, 복수는 복수를 부른다. 이에 반하여 호의는 호의를 낳고 선행은 선행을 가져온다. — 에라스무스

■ 전쟁은 동물이 하는 것이 적합한 일이다. 그런데 어떤 동물이고 인간처럼 전쟁을 하는 것은 없다. — 토머스 모어

■ 국가는 군대를 억지로 살인자로 만들지 않으면 안 되므로, 억지로 전쟁을 구하지 않으면 안 된다. — 토머스 모어

■ 많은 싸움이 지나 쌍방이 모두 피곤하여 이윽고 평화가 왔다. 한데 국민은 무얼 얻었는가? 세금, 과부, 의족(義足), 그리고 빚.

— 토머스 모어

▣ 전쟁은 전부 훔치는 것을 목적으로 한다. — 볼테르

▣ 명백한 부정은 음흉한 부정만큼은, 그리고 전쟁의 부정은 평화의 부정만큼은 중요하지 않다. — 몽테뉴

▣ 어쩔 수 없을 때의 싸움은 정당하고, 무기 이외에 희망이 없을 때는 무기도 또한 신성하다. — 마키아벨리

▣ 전쟁은 인류를 괴롭히는 최대의 질병이다. — 마르틴 루터

▣ 법은 평화의 원동력이고, 돈은 전쟁의 뒷받침이다.

— 프랜시스 베이컨

▣ 전쟁이란 것은 가장 비천하고 죄과가 많은 무리들이 권력과 명예를 서로 빼앗는 상태를 말한다. — 레프 톨스토이

▣ 혼담(婚談)과 전쟁에 있어서는 온갖 전략이 허용된다.

— B. 플레처

▣ 전쟁을 비난해서 말하면, 전쟁은 승자를 바보로 하고 패자를 나쁘게 한다. 전쟁을 변호해서 말하면, 앞에 말한 두 개의 작용의 그 어느 경우에서도 야만이 되게 하고, 그것에 의해서 보다 자연적으로 하게 한다. — 프리드리히 니체

▣ 전쟁은 자존심의 아들이며, 자존심은 부자(富者)의 딸이다.

— 조나단 스위프트

▣ 한 사람을 파괴하는 것은 법에 의해서 살인자다. 그런데도 몇 천이란 인간을 살해하는 것은 외견상 좋은 이름이 주어진다. 전쟁은 영광의 기술이며, 불멸의 명성을 준다. — 에드워드 영

▣ 전쟁이 나쁜 것이라고 인정하고 있는 한, 전쟁은 항상 그 매력을 가질 것이다. 그러나 그것이 비속한 것이라고 생각될 때에는, 전쟁은 일시적인 것으로 그칠 것이다. — 오스카 와일드

▣ 전쟁은 파괴의 과학이다. — C. G. 애버트

▣ 인간이 조금만 덜 돌았더라면 전쟁으로부터 생기는 비극에서 벗어났을 것이다. — 앙드레 지드

▣ 전쟁은 왕(王)들의 거래다. — 존 드라이든

▣ 폭력과의 관계에는 전연 참가하지 않고 온갖 박해로 고통받는 것을 각오한다면 전쟁은 없어질 것이다. 그것이 전쟁을 없애는 유일한 방법이다. — 아나톨 프랑스

▣ 전쟁과 도박은 헛되이 정력을 소비하거나 모든 것에 기대를 거는 일 없이 정확한 기회를 포착케 하는 확률의 계산을 가르쳐준다. — 아나톨 프랑스

▣ 전쟁은 심심할 때에 하는 가장 좋은 요법이다. — 알랭

▣ 싸움에는 확실히 어느 정도 도박적인 면이 있다. 싸움을 만드는 것은 권태(倦怠)이다. 그 증거로는, 싸움만을 좋아하는 사람은 일이나 근심이 가장 없는 인간에 국한되어 있다. — 알랭

▣ 전쟁의 원인은 명예와 권태 가운데 있다. — 알랭

▣ 전쟁은 종속만큼 부담이 무겁지 않다. — 보브나르그

▣ 인간은 자기의 명예를 잃지 않을 정도로 전쟁의 목적이 관철되기까지 계속 위험에 몸을 맡기고 있을 만한 자는 거의 없다. — 라로슈푸코

▣ 한쪽에만 잘못이 있으면 싸움은 오래 가지 못할 것이다

— 라로슈푸코

▣ 전쟁을 도구로서 기획하는 정치가들은, 자기의 무능을 자인하고 당파의 투쟁의 계산자로서 전쟁을 이용하는 정당 정치가들은 죄인이다. — 윌리엄 섬너

▣ 전쟁은 다만 다른 수단을 갖고 하는 정치의 계속이다.

— 클라우제비츠

▣ 인류가 인류의 은혜자들보다도 파괴자들에게 대해서 변치 않고 칭찬을 아끼지 않는 한, 전쟁은 결국 야심의 가장 큰 추구가 될 것이다. — 에드워드 기번

▣ 전쟁—평화의 기술이 내놓는 부산물. 국제친선의 시기에 정치 정세가 최대의 위험에 직면한다. — 앰브로즈 비어스

▣ 전쟁을 방지하는 가장 확실한 길은 전쟁을 겁내지 않는 일이다.

— 필립 랜돌프

▣ 전쟁이건 연애건 결말을 내리기 위해서는 세심하게 자기 자신을 살펴볼 필요가 있다. — 나폴레옹 1세

▣ 아들이 없는 사람은 전쟁이 무엇인지 모른다.

— 조제프 드 메스트르

▣ 전쟁은 활발하고 훌륭한 역사를 만든다. — 토머스 하디

▣ 전쟁에 의해서 가져오게 된 것은, 또 전쟁에 의해서 가져가게 될 것이다. — 조제프 주베르

▣ 국가가 있는 곳에 전쟁은 그치지 않는다. — 에드먼드 버크

▣ 전쟁은 무서우리만큼 격렬하여 개인의 가치는 『예술을 위한 예술』 보다도 한층 더 실속 없고 무익한 것으로 생각되는 정도지만, 그래도 나는 다른 무수한 사람들과 한가지로 아직도 전쟁에 집착하고 있다. 그것도 구원을 받을 수 있을 정도의 가치가 있다고 생각되는 그 무엇에 무슨 수를 쓰더라도 매달리지 않으면 안 되기 때문이다. — 앨런 루이스

▣ 우리들은 이제 전쟁을 보지 않기를 원한다. 왜냐하면 나의 의견으로는 좋은 전쟁도 없거니와 나쁜 평화도 없기 때문이다.

— 벤저민 프랭클린

▣ 궂은 날씨의 본성이 한두 번 내리는 비에 있는 것이 아니라 며칠을 잇달아 비가 오려는 경향에 있는 것처럼, 전쟁의 본성도 실제의 싸움에 있는 것이 아니라 그 반대적 현상에 대한 보증이 없는 기간 동안 줄곧 거기에 기울어지는 공공연한 경향에 있는 것이다. 그 밖의 기간은 모두 평화인 것이다. — 토머스 홉스

▣ 올바른 전쟁은 그것을 지지하는 데 임해서 많은 액수의 돈을 필요로 하지 않는다. 왜냐하면 올바른 전쟁을 행하는 사람들은 대개 무보수로 수행하기 때문이다. 그러나 올바르지 못한 전쟁을 위해서는 사람들의 신체와 영혼의 양쪽이 좋게 받아들여지고, 거기다 그들을 위해서 가장 좋은 무기가 주어지지 않으면 안 된다.

— 존 러스킨

▣ 인간의 운명이 시작된 이래 전쟁은 언제나 있었다. 전쟁이 이 세상에서 근절된다고 생각하는 것은 평화가 순간적으로 계속되었기 때

문에 일어난 착각에 지나지 않는다. 많은 사람들이 괴테적인 정신에 철저하지 않는 한 전쟁은 영원히 계속될 것이다.

— 헤르만 헤세

▣ 영원한 전쟁에서 인간은 위대하게 되었고, 영원한 평화에서 인간은 멸망하게 되었다. — 아돌프 히틀러

▣ 전쟁이란 전염병이다. — 프랭클린 루스벨트

▣ 장래의 전쟁을 지휘하는 것은 공급일 것이다. — 윈스턴 처칠

▣ 전쟁에는 결단, 승리에는 아량, 패배에는 다시 도전할 투혼(鬪魂), 평화에는 선의(善意)를 가져야 한다. — 윈스턴 처칠

▣ 전쟁이 끝난 후의 일을 예언하려는 장군은 그리 현명하지 못하다. 전쟁은 커튼과 같이 미래를 가리고 있다. 커튼이 걷히면 비로소 무대의 장면을 알 수 있다. — 윈스턴 처칠

▣ 어떠한 전쟁도 이미 승리자에게 전리품(戰利品)을 갖다 주는 일은 없다. — 로버트 이든

▣ 무엇을 가지고 사람들은 전쟁을 하는가—모든 사람이 알고 있는 것을 가지고, 전쟁을 원치 않는 사람들의 절망을 가지고, 무엇 하나도 출정을 강요하는 것이라곤 없어도 고립되지 않으려고 출정하는 사람들의 자기 사랑을 가지고, 이제는 직장도 없어서 참전하는 사람들의 굶주림을 가지고, 아래와 같은 많은 고상한 감정들을 가지고, ① 고통 속에서의 연대의식, ② 표현되고 싶지 않은 모멸의 감정, ③ 증오의 부재, 이 모든 것들이 비열하게 이용되고, 이 모든 것이 죽음으로 이끌려 간다. — 알베르 카뮈

■ 가장 어려운 전쟁은 사물에 관한 전쟁이 아니라, 입심 좋은 이상가가 사물에 관해서 지껄인 허황한 소리에 관한 전쟁, 다시 말하면 종교전쟁이야. — 올더스 헉슬리

■ 전쟁은 이겨야 한다. 왜냐하면 패배는 전쟁에서 일어날 수 있는 어떤 사태보다도 더 비참한 사태를 초래하기 때문이다.

— 어니스트 헤밍웨이

■ 옛적엔 모국을 위해서 죽는 것은 마음 편하고 그럴 듯한 것이 라고 씌어졌으나, 근대 전쟁에서는 전사(戰死)가 마음 편하고 그럴 듯한 것은 아무것도 없다. 여러분은 개처럼 죽을 것이다.

— 어니스트 헤밍웨이

■ 우리들 다시 돌아온 자, 전쟁에서 살아남은 자들은 이탈리아를 다스릴 권리를 요구한다. — 베니토 무솔리니

■ 새로운 전쟁이란 무엇을 의미하는지를 잠시 마음에 그려 본다. 만일 전쟁이 일어나면 그것은 과거의 어떤 전쟁보다 더 끝이 없이 광대한 범위에 걸쳐서의 가장 비참한 파괴를 의미한다. 이것은 거의 의심할 여지가 없다. 그것은 인류, 도시, 몇 세대에 걸쳐 인류가 건설해 온 것의 파괴를 의미할 뿐 아니라, 예를 들면 식량생산의 감퇴를 의미할 것이다. — 자와할랄 네루

■ 전쟁은 개가 벼룩을 털듯이 지구가 인간을 털어내는 자연적 현상이다. — 장 콕토

■ 전쟁준비를 하는 것만이 평화의 준비를 할 수 있다고 하는 것은 통탄할 사실이다. — 존 F. 케네디

▣ 단순히 전쟁이 없다고 하여 평화롭다고 할 수 없습니다. 단순히 경기후퇴가 아니라고 해서 경제성장을 뜻하는 것은 아닙니다.

— 존 F. 케네디

▣ 온 세상의 이곳저곳에서 아침저녁으로 전쟁의 위협이 우리들 머리 위에 떠돌고 있다. — 존 F. 케네디

▣ 인류는 전쟁에 종지부를 찍지 않으면 안 된다. 그러지 않으면 전쟁이 인류에게 종지부를 찍을 것이다. — 존 F. 케네디

▣ 우리는 전쟁의 무기가 우리를 파멸시키기 전에 이 무기들을 폐기하지 않으면 안 된다. — 존 F. 케네디

▣ 전쟁 중에 사람은 자유이다. 그리나 이미 도박에 걸려 있다. 전쟁은 그 곳에 있다. 도처에 있다. 나의 모든 생각과 히틀러의 모든 말과 고메스의 행위 전체가 전쟁이다. 그러나 그 전체를 계산할 자는 아무도 없다. 그것을 할 수 있는 신은 존재하지 않는다. 그러나 전쟁은 존재한다. — 장 폴 사르트르

▣ 전쟁에서는 승리에 대신하는 것은 아무것도 없다.

— 더글러스 맥아더

▣ 전쟁의 진정한 목표는 살인이며, 그것도 대규모의 살인이다. 적의 시체더미가 목표인 것이다. — 엘리아스 카네티

▣ 사람들(기성세대)은 우리를 배반했다. 상상할 수 없을 만큼 배반했다. 우리가 아직 어렸을 때 이들은 전쟁을 일으켰다. 우리가 더 자랐을 때 우리에게 전쟁얘기를 하였다. 언제나 이들은 전쟁에 열중하였다. 그리고 우리가 자라자 이들은 우리를 위해서 전쟁을 마련

해 놓고 있었다. 20세 남짓한 젊은이에게 이들은 어디로 간다는 말도 없이, 지옥으로 보낸다는 말도 없이 전쟁터로 보냈다.

— 볼프강 보르헤르트

▣ 전쟁은 폭력, 황폐화와 도둑질—전쟁은 늘 그런 것을 수반한다.

— C. V. 게오르규

▣ 전쟁을 일으키는 장본인은 바로 정치인들이다. 전쟁이란 이들 정치인의 악의보다는 그들이 맡은 문제를 서툴게 처리하는 데서 빚어진 경우가 흔하다. — 에리히 프롬

▣ 제1차 세계대전 이후 파괴의 가능성은 놀랄 만큼 증대하였고, 전쟁으로 인하여 영향을 받는 사람들의 범위는 어떤 예외도 없이 모든 사람들에게 미칠 정도로 확대되었다. 그 결과 전쟁의 위협은 하나의 악몽처럼 되었고, 그 악몽은 실제로 모든 사람들의 생활을 그늘지게 하여 커다란 공포와 무력감을 증대시켜 왔다.

— 에리히 프롬

▣ 전쟁은 유럽에 난 부스럼 자국. — M. 루카이서

▣ 전쟁이 일어나면 시인은 시집을, 법률가는 법률집을, 학생은 책을 내려놓는다. 시인은 전쟁이 끝난 뒤에야 참된 시구를 읊조리게 될 것이요, 법률가는 사람들이 자기들끼리 다툴 수 있는 시간을 갖게 될 때에야 자기의 법률 책에 눈을 돌릴 기회를 얻게 될 것이다.

— 마하트마 간디

▣ 전쟁은 우리의 마음을 가리고 있는 베일을 찢어버렸다.

— R. 타고르

- ▣ 신의는 언제고 변개(變改)할 수 없지만 전쟁에는 고정된 법칙이 없다. — 정도전
- ▣ 대개 전쟁이란 위험한 일이니, 나가면 죽을 근심이 있고, 물러서면 살아날 이치가 있는 것인즉, 인정이 죽음을 겁내고 삶을 좋아하지 않는 자가 없다. — 정도전
- ▣ 대한 동포로서 적의 관리 된 자를 퇴직할 것도 다 평화적 전쟁이오. 일반 국민으로 하여금 적에게 납세를 거절하고 대한민국 정부에 납세케 할 것, 일본의 기장(旗章)을 사용치 않고 대한민국의 기장을 사용할 것, 가급적 일화(日貨)를 배척할 것, 일본 관청에 송사(訟事), 기타의 교섭을 단절할 것—이런 것도 다 평화적 전쟁이오. 이것도 힘 있는 전쟁이 아닙니까. — 안창호
- ▣ 전쟁이 빚어낸 비극 중에서도 호소할 길 없는 가장 큰 비극은 죽음으로 해서, 혹은 납치로 해서 사랑하고 의지하던 이를 잃은 그 슬픔이다. — 김소운
- ▣ 전쟁! 일체를 무(無)에 환원시키는 전쟁! — 김동환
- ▣ 도대체 전쟁이 나쁘며, 옳건 그르건 싸움이 나쁘다. — 손우성
- ▣ 어떤 명분이 있어도 전쟁은 졸렬한 수단이란 평을 면할 길은 없다. — 이병주
- ▣ 전쟁이란 현상적으로 보아 사람이 사람을 죽이려는 의지의 표현이지만, 바꿔 생각하면 사람이 저마다 악착같이 살아 보려는 의지의 표현이라고 할 수 있을는지 모른다. — 선우휘
- ▣ 전쟁은 사회적 동물인 인간의 투쟁본능의 한 표현이다.

— 김정진

▣ 싸움은 이겨서 이기는 것이 아니라 저도 졌다 하지 않음으로 이긴다. — 함석헌

▣ 전쟁을 거부하기 위해서는 그 전쟁에 대비하는 또 하나의 전쟁을 생각하지 않으면 안 되는 아이러니가 우리의 현실이다. — 이어령

【속담 · 격언】

▣ 싸움해 이(利)한 데 없고 굿해 해(害)한 데 없다. (액을 쫓는 굿은 암만 해도 괜찮으나 싸움은 절대로 할 것이 못 된다) — 한국

▣ 닭싸움하듯. (별로 크게 으르지도 못하고 하나가 치면 또 다른 하나가 치고 서로 엇바꿔서 상대방을 치고 하는 싸움의 비유) — 한국

▣ 고래 싸움에 새우 등 터진다. (남의 싸움에 상관없는 사람이 해를 입는다는 뜻) — 한국

▣ 갈치가 갈치 꼬리 문다. (동류끼리 서로 못살게 해친다는 뜻) — 한국

▣ 백두산이 무너지나 동해수가 메어지나. (싸우려면 결판이 날 때까지 해보겠다는 말) — 한국

▣ 가난이 싸움이다. (모든 싸움의 원인은 가난에 있다는 말) — 한국

▣ 가는 방망이 오는 홍두깨. (남을 해치려고 하다가 제가 도리어 더 크게 화를 입게 된다는 뜻) — 한국

▣ 사나운 개 입 성할 날 없다. (사람도 사나우면 남에게 상처를 입히는 대신 자기도 항상 온전한 날이 없다는 뜻) — 한국

▣ 대가리가 터지도록 싸운다. (몹시 심하게 서로 때리고 치며 싸운다는 말) — 한국

▣ 망둥이 제 동무 잡아먹는다. (동류나 친척끼리의 싸움을 이름) — 한국

▣ 개똥이 무서워 피하나 더러워 피하지. (행실이 나쁜 사람과는 다투느니보다 피하는 것이 낫다는 뜻) — 한국

▣ 쇠가 쇠를 먹고 살이 살을 먹는다. (친족이나 동류끼리 서로 다투는 것을 이름) — 한국

▣ 대장 혼자서는 전쟁이 안 된다. — 일본

▣ 최초의 일격으로 싸움은 절반이 정해진다. (The first blow is half the battle. : 기선제압) — 영국

▣ 전쟁은 지옥의 귀신이다. — 영국

▣ 사랑과 전쟁에는 모든 수단이 정당하다. (All is fair in love and war.) — 영국

▣ 전쟁이 시작되면 지옥의 문이 열린다. — 영국

▣ 전쟁은 죽음의 축연. — 영국

▣ 양치는 사람이 서로 싸우면 늑대에 획득물이 생긴다. — 영국

▣ 싸움할 때는 두 사람이 필요하다. — 영국

▣ 싸움의 시작에 가는 것보다 식사가 끝나는 자리에 가게 되는 것이 낫다. — 영국

▣ 그림과 전쟁은 멀리 떨어져서 보라. — 영국

▣ 전쟁 마당에서는 불행이 꽃핀다. — 독일

▣ 부정(不正)한 평화일지라도 옳은 전쟁보다는 낫다. — 독일

▣ 한 나라의 국민을 멸망케 하는 것—기근, 질병, 그리고 전쟁. — 로마

▣ 대지(大地)가 원하는 것은 전사의 피가 아니라 인간의 땀이다. — 프랑스

▣ 한 사람이 싸울 생각이 없으면 서로 싸움은 일어나지 않는다. — 스페인

▣ 전쟁이 일어나면 악마는 지옥의 영역을 넓혀 간다. — 스페인

▣ 전쟁이나 연애나 이기는 자가 늘 정당하다. — 스페인

▣ 전쟁은 스스로 불을 붙인다. — 스페인

▣ 참된 사랑과 썰매와 매 사냥은 오래 가지 않는다. — 폴란드

▣ 전쟁은 가시덤불 속에서 젖을 짜이는 암소다. — 반투族

▣ 싸움을 벌인 사람이 그 뒤처리를 하는 일은 별로 없다. — 반투族

▣ 싸우는 사람과는 싸우라. 그러나 평화를 사랑하는 사람은 평화롭게 두라. — 힌두스탄

▣ 이웃이 자기를 어떻게 생각하고 있는지를 알고 싶거든 이웃과 다투어 보면 안다. — 로디지아

▣ 만약 상대방을 물어뜯을 수 없으면 이(齒)를 드러내서는 안 된다. — 유태인

■ 싸움은 내(川)와 같다. 한번 자그마한 내가 생기면 큰 내가 되어 또다시 작은 내로는 되돌아갈 수 없다. — 유태인

【시 · 문장】

거만과 반역에 가득 찬 마음만을
우린 전쟁의 탁자 위에 놓으리라.

— 샤를 페기 / 이브

여름내 품고 다닌 그 슬픔
멜빵 그리고 거친 천 조각
수류탄, 삽 또는 철모,
홈이 파진 칼
말없는 등의 피를 찾는
슬퍼하는 살찐 까마귀 일곱
빨간 소나무 가지에서 떨어지네
일곱의 꽃들은 또
탱크 지나간 자취 위에

— 한스 벤더 / 젊은 兵士

승패는 병가도 기약할 수 없다
부끄러움을 안고 참는 이것이 사나이
강동의 자제는 호걸이 많다

땅을 말아 거듭 오면 알 수도 없었을 것을

— 두목(杜牧) / 오강정

엄마는 전쟁이 끝나면 너를 호강시킨다 하나
언제 전쟁이 끝날 것이며
나의 어린 딸이여, 너는 언제까지나
행복할 것인가.
전쟁이 끝나면 너는 더욱 자라고
우리들이 서울에 남은 집에 돌아갈 적에
너는 네가 어데서 태어났는지도 모르는
그런 계집애.
나의 어린 딸이여
너의 고향과 너의 나라가 어데 있느냐
그 때까지 너에게 알려 줄 사람이
살아 있을 것인가.

— 박인환 / 어린 딸에게

저 묘지에서 우는 사람은 누구입니까.
저 파괴된 건물에서 나오는 사람은 누구입니까.
검은 바다에서 연기처럼 꺼진 것은 무엇입니까.
인간의 내부에서 사멸된 것은 무엇입니까.
전쟁이 뺏어간 나의 친우는 어데서 만날 수 있습니까.

슬픔 대신에 나에게 죽음을 주시오.
인간을 대신하여 세상을 풍운으로 뒤덮어 주시오.
건물과 창백한 묘지 있던 자리에
꽃이 피지 않도록.
하루의 일 년의 전쟁의 처참한 추억은
검은 신이여
그것은 당신의 주제일 것입니다.

— 박인환 / 검은 신이여

전쟁이 일어났다. 전쟁은 어디에 있는가? 믿어야 할 뉴스와 읽어야 할 포스터 외에 어디에서 이 사건의 징조를 발견할 것인가? 전쟁은 새파란 바다 위에 펴진 푸른 하늘에도, 매미의 울음소리에도, 초원의 느릅나무에도 존재하지 않는다. 또 알지에 거리의 빛의 발랄한 약동도 전쟁은 아닌 것이다. — 알베르 카뮈

나는 역사를 뒤넘길 때마다 유취관(遊就館 : 일본 靖國神社 안의 무기 박물관)을 상기하지 않을 수 없다. 과거의 복도에는 어두컴컴한 속에 갖가지의 정의가 진열되어 있다. 청룡도(靑龍刀)와 비슷한 것은 유교가 가르치는 정의일 것이다. 기사(騎士)의 창칼과 비슷한 것은 기독교가 가르치는 정의일 것이다. 여기에 굵다란 곤봉이 있다. 이것은 사회주의자의 정의일 것이다. 저기 술이 달린 장검(長劍)이 있다. 저것은 국가주의자의 정의일 테지. 나는 그러한 무기를 바라보면서 수많은

전쟁을 상상하고는 절로 심장의 고동이 높아지는 수가 있는데, 그러나 아직 행인지 불행인지, 나 자신 그 무기의 하나를 손에 잡고 싶어 한 기억은 없다. — 아쿠타카와 류노스케 / 《난장이의 語錄》

【중국의 고사】

▣ **건곤일척**(乾坤一擲) : 승패와 흥망을 걸고 단판걸이로 승부나 성패를 겨룸. 당나라 때 문장으로 첫손을 꼽는 한유(韓愈 : 자는 퇴지, 768~824)의 칠언절구로 된 『과홍구(過鴻溝)』라는 제목의 시가 있다.

용은 지치고 범도 고달파 강과 들을 나누니
억만창생의 목숨이 보전케 되었네.
누가 임금의 말머리를 돌리게 하여
참으로 한번 던져 하늘 땅을 걸게 만들었던가.

龍疲虎困割川原 億萬蒼生性命存 용피호곤할천원 억만창생성명존
誰勸君王回馬首 眞成一擲賭乾坤 수권군왕회마수 진성일척도건곤

한유가 홍구라는 지방을 지나가다가 초·한(楚漢) 싸움 때의 옛일이 생각나 지은 시다. 진시황(秦始皇)이 죽자 폭력에 의한 독재체제는 모래성 무너지듯 무너지고, 몸을 피해서 숨어 칼을 갈고 있던 무수한 영웅호걸들은 벌떼처럼 들고 일어났다. 마침내 천하는 항우(項羽)와 유방(劉邦) 두 세력에 의해 양분되었는데, 그 경계선이 바로 이 홍구였다. 홍구는 지금 가로하(賈魯河)로 불리며 하남

성 개봉(開封) 서쪽을 흐르고 있다. 항우와 유방은 이 홍구를 경계로 해서 동쪽을 항우의 초나라로 하고, 서쪽을 유방의 한나라로 하기로 결정을 보았던 것이다. 이리하여 일단 싸움은 중단이 되고 억만창생들도 숨을 돌리게 되었는가 했는데, 유방의 부하들은 서쪽으로 돌아가려는 유방의 말머리를 돌려, 항우와 천하를 놓고 최후의 승부를 결정짓는 도박을 하게 되었던 것이다.

『건곤』은 하늘과 땅이란 뜻이고, 『일척』은 한 번 던진다는 뜻이다. 다시 말해서, 이기면 하늘과 땅이 다 내 것이 되고, 지면 하늘과 땅을 다 잃게 되는 도박을 한다는 뜻이다. 유방이 걸고 한 것은 사실 글자 그대로 하늘과 땅이었지만, 지금에 와서 우리들이 쓰고 있는 뜻은, 무엇이든 자기의 운명(모든 것)을 걸고 흥망 간에 최후의 모험 같은 것을 하는 것을 『건곤일척(乾坤一擲)』이라고 한다. 또 원문은 하늘과 땅을 걸고 한 번 던진다는 뜻이었는데, 하늘과 땅을 직접 내던지는 것 같은 강한 뜻을 풍기기도 한다.

— 한유 / 과홍구

▣ **권토중래**(捲土重來) : 한번 패했다가 세력을 회복하여 땅을 휘말아 들어오듯 다시 쳐들어옴. 당 말기의 대표적 시인 두목(杜牧)의 칠언절구 『오강정시』에 나오는 말이다.

승패는 병가도 기약할 수 없다
부끄러움을 안고 참는 이것이 사나이
강동의 자제는 호걸이 많다

땅을 말아 거듭 오면 알 수도 없었을 것을

勝敗兵家事不期 包羞忍恥是男兒 승패병가사불기 포수인치시남아
江東子弟多豪傑 捲土重來未可知 강동자제다호걸 권토중래미가지

오강은 지금의 안휘성 화현 동북쪽, 양자강 오른쪽 언덕에 있다.

이 시는 이곳을 지나가던 두목이, 옛날 여기에서 스스로 목을 쳐 죽은 초패왕 항우를 생각하며 읊은 것이다. 항우를 모신 사당이 있어 『오강묘(烏江廟)의 시』라고도 한다. 항우는 해하(垓下)에서 한 고조 유방과 최후의 접전에서 패해 이곳으로 혼자 도망쳐 왔다. 이때 오강을 지키던 정장(亭長)은 배를 기슭에 대 놓고 항우가 오기를 기다리다가 항우가 나타나자 이렇게 말했다. 정장은 파출소장과 비슷한 소임이다. 「강동 땅이 비록 작기는 하지만, 그래도 수십만 인구가 살고 있으므로 충분히 나라를 이룰 수 있습니다. 어서 배를 타십시오. 소인이 모시고 건너겠습니다.」

강동은 양자강 하류로 강남이라고도 하는데, 항우가 처음 군사를 일으킨 곳이기도 하다. 정장은 항우를 옛 고장으로 되돌아가도록 권한 것이다. 그러나 항우는, 「옛날 내가 강동의 8천 젊은이들을 데리고 강을 건너 서쪽으로 향했는데, 지금 한 사람도 남아 있지 않다. 내 무슨 면목으로 그들 부형을 대한단 말인가?」 했다. 항우는 타고 온 말에서 내리자, 그 말은 죽일 수 없다면서 이를 정장에게 주었다. 그리고는 뒤쫓아 온 한나라 군사를 맞아 잠시 그의 용맹을 보여준 뒤 스스로 목을 쳐 죽었다.

이 때 항우의 나이 겨우 서른, 그가 처음 일어난 것이 스물넷이었으니까, 7년을 천하를 휩쓸고 다니던 그의 최후가 너무도 덧없고 비참했다. 두목은 그의 덧없이 죽어간 젊음과 비참한 최후가 안타까워 이 시를 읊었던 것이다. 「항우여, 그대가 비록 패하기는 했지만, 승패라는 것은 아무도 얘기할 수 없는 것이다. 한때의 치욕을 참고 견디는 것, 그것이 사나이가 아니겠는가. 더구나 강동의 젊은 이들에게는 호걸이 많다. 왜 이왕이면 강동으로 건너가는 힘을 기른 다음 다시 한 번 땅을 휘말 듯한 기세로 유방을 반격하지 않았던가. 그랬으면 승패는 아직도 알 수 없었을 터인데……」 하는 뜻이다.

— 두목(杜牧) / 오강정시

■ **와우각상쟁**(蝸牛角上爭) : 『와우각상쟁(蝸牛角上爭)』은 달팽이 뿔 위의 싸움이란 말이다. 우주의 광대한 이치에서 지구상의 전쟁을 굽어보았을 때의 비유라고 할 수 있다. 《장자》에 나오는 이야기로, 위혜왕(魏惠王)과 제위왕(齊威王)은 서로 침략을 않기로 맹약을 했는데, 위왕이 먼저 배신을 하자 혜왕은 자객을 보내 위왕을 죽이려 했다. 그러자 혜왕의 신하 공손연은 정정당당하게 군사를 일으켜 제나라를 칠 것을 주장했다. 그러나 계자(季子)라는 신하는 무고한 백성들만 괴롭히게 될 것이라고 이를 말렸다. 혜왕이 어느 쪽 말을 들어야 할지 몰라 망설이고 있는데, 재상 혜자(惠子)가 대진인(戴晋人)이란 사람을 시켜 혜왕을 만나게 했다. 대진인이 혜왕을 보고 말했다.

「왕께서는 달팽이란 것을 알고 계십니까?」

「알고 있소.」

「그 달팽이의 왼쪽 뿔에는 촉(觸)씨라는 사람이, 그리고 오른쪽 뿔에는 만(蠻)씨라는 사람이 나라를 세우고 있는데, 언젠가 서로 영토를 놓고 싸워 죽은 사람이 만 명에 달했고, 달아나는 적을 보름이나 추격한 끝에 돌아온 일이 있습니다.」

「무슨 그런 거짓말을?」

「그럼, 그 거짓말을 참말로 만들어 보이겠습니다. 왕은 이 우주가 사방과 위 아래로 끝이 있다고 생각하십니까?」

「그야 끝이 없지.」

「그러시면 마음을 그 끝없는 세계에 놀게 하시고 사람이 실제로 오고 갈 수 있는 나라들을 생각해 보십시오. 아마 그것이 있는 듯 없는 듯 작게 보일 것입니다.」

「그야 그렇겠지.」

「그들 나라 가운데 위라는 나라가 있고, 위나라 안에 대량(大梁)이란 도성이 있고, 그 도성 안에 임금님이 계십니다. 우주의 끝없는 것에 비교해 볼 때, 임금과 달팽이 뿔 위의 만씨와 서로 다른 것이 있겠습니까?」

「다른 것이 없지.」

대진인이 물러가자 혜왕은 넋을 잃고 앉아 있었다. 뒤이어 혜자가 들어오자 혜왕은, 「그 손은 정말 위대하다. 성인이라도 그에게는 미치지 못하리라!」 하고 감탄했다는 것이다.

이 우화에서 『와우각상(蝸牛角上)』이니 『와각지쟁(蝸角之爭)』이니 하는 말이 나오게 된 것인데, 이 『와우각상쟁』이란 말이 그대로 나와 있는 것은 백낙천의 시 『대주(對酒)』에서다.

달팽이 뿔 위에서 무슨 일을 다투리오.
석화 빛 가운데 이 몸을 붙이노라.

蝸牛角上爭何事　와우각상쟁하사
石火光中寄此身　석화광중기차신

하고 읊은 데서 처음 이 말을 보게 된다.

—《장자》

■ **병사지야**(兵死地也) : 전쟁은 죽느냐 사느냐가 걸린 곳이다. 병(兵)은 여러 가지 뜻이 있다. 군대란 뜻도 있고, 무기란 뜻도 있고, 전쟁이란 뜻도 있다. 여기서는 전쟁이란 뜻이 강하다. 그러나 전부를 합친 것으로 보는 것도 좋을 것 같다. 그것이 한자의 특색이다. 즉 군대니 전쟁이니 하는 것은 죽느냐 사느냐 하는 문제가 걸려 있는 곳이란 뜻이다.

전국시대 말기 조(趙)나라에 조사(趙奢)라는 명장이 있었다. 조사는 원래 세무관리였다. 식객을 3천이나 거느린 것으로 유명한 사군(四君) 중의 한 사람인 평원군(平原君)의 집에서 나라에 바치는 세금을 내지 않았다. 조사가 독촉을 했으나 밑에서 일보는 책임자들이 평원군의 세도를 믿고 이를 거부했다. 조사는 법으로 그들을 다스렸다. 국법을 어기고 조세를 횡령했다는 죄목으로 아홉 사람을 죽였다. 왕의 친동생이었고 또 재상이었던 평원군은 조사의 방약무인한 태도에 분노를 참을 수가 없어 당장 조사를 잡아다가 그를 죽이려 했다. 조사는 성난 평원군에게 태연한 모습으로 이렇게 말했다.

「조나라의 귀공자이신 군께서 만일 나라의 법을 시행하지 않는다면 법은 곧 그 권위를 잃게 됩니다. 법이 권위를 잃게 되면 나라는 곧 약해지고 맙니다. 나라가 약해지면 제후들이 곧 침략해 올 테니 그때는 조나라는 없어지게 됩니다, 그때 군께서는 오늘의 부귀를 어떻게 누릴 수 있겠습니까?」

원래 도량이 넓기로 유명한 평원군은 곧 잘못을 사과하고, 그를 나라의 세금을 맡아 다스리는 장관으로 추천했다. 조사가 장관이 되는 그 날로 권문세가의 탈세행태가 일소되고, 가난한 백성들에 대한 세금이 훨씬 가벼워지며 국고 수입은 훨씬 늘게 되었다.

그 뒤 진나라가 한나라를 치기 위해 조나라 알여(閼與)로 침입해 왔다. 조왕은 염파를 비롯한 많은 대장과 대신들을 모아 놓고 차례로 알여를 구원할 수 있느냐고 물었다. 모두 길이 멀고 좁고 험해서 구원하기 어렵다고 대답했다. 그러나 조사만은 이렇게 대답했다. 「길이 멀고 좁고 험하다는 것은 비유하면 두 쥐가 구멍 안에서 싸우는 것과 같은 것으로 용맹이 있는 쪽이 이기기 마련입니다.」 그래서 왕은 조사를 대장으로 임명하여 알여를 구원하게 했다. 조사는 여기에서 강한 진나라 군사를 맞아 크게 승리를 거둠으로써 일약 천하에 명성을 떨치게 되었고, 돌아와 재상과 동급인 지위에 오르게 되었다.

그런데 조사에게는 조괄(趙括)이라는 아들이 있었다. 어릴 때부터 병서를 좋아해서 아버지 조사와 병법을 놓고 토론을 하면 조사가 항상 이론에 밀리곤 했다. 그러나 한번도 아들을 칭찬하는 일이 없었다. 그 부인이 까닭을 묻자 조사는 이렇게 말했다.「전쟁은 죽는 곳이다. 그런데 괄은 그것을 쉽게 말하고 있다(兵死地也 而括易言之). 조나라로 하여금 괄을 대장으로 임명하지 않도록 하면 다행이거니와, 만일 기어코 대장으로 임명한다면 조나라 군사를 패하게 만들 사람은 괄이 될 것이다.」

조사가 죽고 진나라가 다시 침략해 왔을 때, 조나라 왕은 조괄의 어머니의 반대 호소를 듣지 않고 그를 대장으로 임명했다. 과연 괄은 조사의 예언대로 크게 패했다. 조나라 군사 40만이 떼죽음을 당하고 조나라는 멸망의 길을 재촉하게 되었다. 책에서 배운 지식을 가지고 아는 체하는 사람 치고 실질적인 사업 면에 어둡지 않은 사람이 없는 것도 이런 이치에서일 것이다.

— 《사기》 염파인상여열전

▣ **마혁과시**(馬革裹尸) : 말의 가죽으로 시체를 쌈. 곧 전사(戰死)함을 이름. 전쟁터에 나가 적과 싸우다가 죽고 말겠다는 용장의 각오를 가리켜 한 말이다. 마원은 후한 광무제 때 복파장군(伏波將軍)으로 지금의 월남인 교지(交趾)를 평정하고 돌아온 용맹과 인격이

뛰어난 명장이었다. 교지에서 돌아온 그는 신식후(新息侯)로 3천 호의 영지를 받았으나, 다시 계속해서 남부지방 일대를 평정하고, 건무(建武) 20년(44년) 가을, 수도 낙양으로 개선해 돌아왔다.

이때 마원을 환영하기 위해 많은 사람들이 성 밖으로 멀리 나와 그를 맞았는데, 그 속에는 지모가 뛰어나기로 유명했던 맹익(孟翼)도 있었다. 맹익은 많은 사람들 사이에 판에 박은 축하의 인사만을 건넸다. 그러자 마원은 맹익을 보고 이렇게 말했다. 「나는 그대가 가슴에 사무치는 충고의 말을 해줄 것으로 기대하고 있었다. 겨우 남과 똑같은 인사만을 한단 말인가. 옛날 복파장군 노박덕(路博德 : 한무제 때 사람)은 남월(南越)을 평정하여 일곱 군(郡)을 새로 만드는 큰 공을 세우고도 겨우 수백 호의 작은 영토를 받았다. 그런데 지금 나는 하잘것없는 공을 세우고도 큰 고을을 봉읍으로 받게 되었다. 공에 비해 은상이 너무 크다. 도저히 이대로 오래 영광을 누릴 수는 없을 것 같다. 그대에게 무슨 좋은 생각은 없는가?」

맹익이 좋은 생각이 나지 않는다고 대답하자, 마원은 다시 말을 계속했다. 「지금 흉노와 오환(烏桓 : 東胡의 일종)이 북쪽 변경을 시끄럽게 하고 있다. 이들을 정벌할 것을 청하리라. 사나이는 마땅히 변경 싸움터에서 죽어야만 한다. 말가죽으로 시체를 싸서 돌아와 장사를 지낼 뿐이다(以馬革裹尸 還葬耳). 어찌 침대 위에 누워 여자의 시중을 받으며 죽을 수 있겠는가?」

마원이 남방에서 개선해 돌아온 지 한 달 남짓 되어, 때마침 흉노와 오환이 부풍군(扶風郡 : 섬서성)으로 쳐들어왔다. 마원은 기다린 듯이 나가 싸울 것을 청했다. 허락을 받은 그는 9월에 일단 낙양으로 돌아왔다가 3월에 다시 싸움터로 나가게 되었는데, 이때 광무제는 백관들에게 조서를 내려 마원을 다 같이 환송하도록 명했다고 한다. 이 뒤로 「말가죽에 싸여 돌아와 장사를 지낼 뿐이다」란 말이 싸움터에 나가는 장수의 참뜻을 가리키는 말이 되었다고 한다.

— 《후한서》 마원전

▣ **승패병가상사(勝敗兵家常事)** : 이기고 지는 것에 크게 개의치 말고 최선을 다하는 것이 중요하다. 상대가 없는 싸움은 없다. 하나가 이기면 하나가 지기 마련이다. 승패는 동시에 성립된다. 승패가 없이 비긴다는 것은 드문 일이요, 또 정상이 되지 못한다. 전쟁을 직업처럼 알고 있는 병가(兵家)로서는 이기고 지고 하는 것을 당연한 것으로 알고 있어야 한다. 『승패는 병가의 상사』란 말은 바로 이것을 말하는 것이다. 전쟁이나 경쟁이나 경기나 그 밖의 모든 사회활동에 있어서 성공과 실패란 것은 언제나 따라다니기 마련이다. 그러므로 승리나 성공을 거두었다고 해서 과히 기뻐할 것도 없는 일이며, 또 패배나 실패를 맛보았다고 해서 절망하거나 낙심할 필요도 없는 것이다.

『승패는 병가상사』란 말은 옛날 역사적 기록에 자주 나오는 말이다. 특히 전쟁에 패하고 낙심하고 있는 임금이나 장군들을 위로하기 위해 항상 인용되곤 하는 먼 옛날부터 전해진 말인 것 같다. 패배나 실패를 염두에 두지 않는 싸움처럼 무모한 싸움은 없다. 꼭 이긴다, 꼭 성공한다 하고 일을 시작하는 사람처럼 어리석은 사람은 없다. 성공했을 때와 실패했을 때를 똑같이 염두에 두고 그 다음의 대책을 강구해 두지 않는 사람은 비록 성공을 해도 그 성공을 성공으로 끝맺기가 어려운 법이다. 그러나 두 경우를 다 염두에 두고 만일의 경우에 대비한 사람이라면 비록 실패를 했더라도 그 실패는 성공의 밑거름이 되는 것이다.

결국 승패 자체가 문제가 아니라, 그 승패에 임하는 자세와 승패를 맛본 뒤의 마음가짐이 더욱 중요한 것이다. 『승패는 병가상사』란 말은 위에 말한 여러 가지 뜻을 다 포함하고 있다. 기뻐하지도 낙심하지도 말고, 당연히 있을 수 있는 일이라는 태연한 생각과 앞으로의 대책에 보다 신중을 기하라는 뜻이다. 위로와 훈계와 격려와 분발을 모두 뜻하는 말이다. —《당서(唐書)》 배도전(裵度傳)

■ **병문졸속**(兵聞拙速) : 전쟁은 졸렬하여도 빨리 끝내야 한다는 뜻. 춘추전국시대의 병법가 손자는, 전쟁은 지구전이 아닌 속전속결로 결판을 내야 한다고 하였다. 손자가 속전속결을 주장한 이유는 지구전을 치를 때의 폐단을 명확히 알기 때문이다. 지구전의 폐단을 손자는 다음과 말하고 있다.

「수레 천 대, 병사 수십만, 수십만 병사의 식량 등이 소요되는 대규모 전쟁을 치르려면 막대한 비용이 필요하다. 이런 전쟁에서 비록 승리하더라도 장기전은 병사들을 피폐하게 할 뿐만 아니라 사기도 떨어뜨린다. 또한 병사들을 계속 전쟁터에 머물게 하면 국가의 재정 상태는 걷잡을 수 없을 정도로 악화될 것이다. 병사들이 곤궁에 빠져 있고, 사기 또한 저하된 상태에서 공격하면 실패하기 쉽다. 실패한 공격은 곧 국력이 소모된다는 것이다. 그러면 이때를 호시탐탐 노리고 있는 주변 국가의 공격을 받아 돌이킬 수 없는 치명적인 타격을 입으며, 결국 아무리 지혜로운 군사전략가 또는 정치가가 등장하여도 사태를 수습하지 못한다.」

그래서 손자는 짧은 기간에 모든 전력을 한 곳에 모아 싸우는 것이 가장 합리적이고 효율적인 싸움이라고 주장하였다. 병문졸속은 전쟁이 장기전으로 접어들면 적군뿐만 아니라 아군의 인적, 물적인 피해도 만만치 않으므로 빨리 끝내면 끝낼수록 좋다는 뜻이다.

— 《손자(孫子)》 작전편

▣ **초가벌진**(楚可伐陳) : 초나라는 진나라를 정벌할 수 있다는 뜻으로, 지나치게 혹사하여 힘을 약화시키는 경우 또는 숨어 있는 단점을 찾아내는 안목을 비유하는 말이다. 초(楚)나라의 장왕(莊王)은 춘추시대에 중국의 패권을 다툰 춘추오패(春秋五覇)의 한 사람이다. 장왕은 진나라를 정벌할 생각을 품고 사람을 보내 상황을 정탐하도록 하였다. 그는 돌아와 「진나라는 정벌할 수 없습니다.」라고 보고하였다. 장왕이 그 까닭을 묻자, 그는 「진나라는 성곽을 높이 쌓고 구덩이를 깊이 파서 방어태세를 잘 갖추고 있습니다. 또 식량도 충분히 축적해 놓은 상태이고, 나라 안이 평안하기 때문입니다.」라고 대답하였다.

그러자 장왕은 오히려「진나라를 정벌할 수 있다(陳可伐也). 진나라는 작은 나라인데 식량을 많이 축적해 놓았다고 하니 이는 백성들로부터 거두어들인 세금이 많다는 것이고, 세금을 많이 거둬들였다면 백성들이 그 임금을 원망하는 마음이 있을 것이다. 성곽을 높이 쌓고 구덩이를 깊이 팠다면 거기에 동원되어 백성들의 힘이 고갈되었을 것이다.」라고 말하였다. 그리고는 군대를 이끌고 공격하여 진나라를 손에 넣었다.

여기서 유래하여『초가벌진』은 소국인 진나라가 전쟁에 대비하느라 지나치게 국력을 낭비하여 결국 초나라에 정벌당한 것처럼 지나치게 혹사함으로써 오히려 힘이 약해진 경우를 비유하는 말로 사용된다. 또 장왕이 겉으로는 방비태세를 잘 갖춘 것처럼 보이는 진나라의 허점을 간파한 것과 마찬가지로 장점 속에 숨겨져 있는 단점을 찾아내는 안목을 비유하는 말로도 쓰인다.

—《설원(說苑)》

▣ **풍림화산**(風林火山) : 상황에 따라 군사를 적절히 운용해야 승리할 수 있다는 손자의 병법.「바람처럼 빠르게, 숲처럼 고요하게, 불길처럼 맹렬하게, 산처럼 묵직하게」라는 뜻으로, 기회가 왔을 때, 상황에 따라 군사를 적절하게 운용하여야 승리를 거둘 수 있다는 말이다.

중국의 대표적인 병법서《손자(孫子)》군쟁(軍爭)편에 있는 말이다. 군쟁편은 전쟁에서 기선을 제압하여 승리를 취하는 방법에 대하여 논하고 있다. 그 가운데 다음과 같은 내용이 있다.

「병법은 적을 속여 운용하고, 이익에 따라 움직이며, 병력을 나누기도 하고 합치기도 함으로써 변화를 꾀한다. 그러므로 군사를 움직일 때는 질풍처럼 날쌔게 하고, 나아가지 않을 때는 숲처럼 고요하게 있고, 적을 치고 빼앗을 때는 불이 번지듯이 맹렬하게 하고, 적의 공격으로부터 지킬 때는 산처럼 묵직하게 움직이지 않아야 한다(故其疾如風 其徐如林 侵掠如火 不動如山). 숨을 때는 검은 구름에 가려 별이 보이지 않듯이 하되, 일단 군사를 움직이면 벼락이 치듯이 신속하게 해야 한다. 우회하여 공격할 것인지 곧바로 공격할 것인지를 먼저 아는 자가 승리할 것이니, 이것이 군사를 가지고 싸우는 방법이다.」

따라서 『풍림화산』은 전광석화처럼 빠른 기동성과 과묵한 인내가 있어야 한다. — 《손자》 군쟁편

【에피소드】

▣ 영국의 작가 스티븐슨 사우워드는 제2차 세계대전이 일어나는 날을 8년이나 앞서서 예언하였다. 이 기이하게도 바로 맞힌 진실한 예언은 그가 1931년에 내놓은 《용감한 사람》이라는 책에서였는데, 거기에는 「1939년 9월 3일, 일요일에 제2차 세계대전이 일어난다.」라고 하였는데, 바로 그대로 전쟁은 일어났다.

▣ 아프리카로 선교하러 간 슈바이처가 어느 날 유럽에서 일어나는

전쟁 이야기를 토인들에게 해주었다. 식인종의 한 노인이 「한 열 명 정도 죽이는가요?」라고 물었다. 슈바이처가 「아니오, 헤아릴 수 없을 정도로 많이 죽이지요.」 하고 대답하자, 노인은 말했다. 「백인은 죽은 사람은 먹지도 않는다면서 왜 아깝게 그런 짓을 한담!」

【신화】

▣ 라오다메이아는 트로이전쟁 때 트로이군 사령관 헥토르의 화살에 맞아 첫 전사자가 된 용장 프로테실라오스의 아내. 그녀는 신혼 초에 남편을 원정 보내고 나서 하도 외롭고 남편이 그리워 남편의 납상(蠟像)을 만들어 침대 속에서 껴안고 잤다. 그런데 남편의 전사 소식을 받았다. 꿈같기만 했다. 한탄 끝에 그녀는 신에게 애원했다. 세 시간이라도 좋으니 남편과 한 번만 다시 만나게 해달라고. 제우스신은 그 애원을 들어주어, 헤르메스 신이 망령(忘靈) 세계로 내려가 그녀 남편의 망령을 찾아다가 그 납상 속에 넣어 주었다. 납상은 곧 살아 있는 남편으로 변했다. 꿈같은 현실의 감미로운 세 시간이 지나자, 그녀는 남편 품에 안긴 채 스스로 가슴을 찔러 남편의 망령을 뒤따랐다.

【명작】

▣ 바람과 함께 사라지다(Gone with the Wind) : 미국의 작가 마거릿 미첼(Margaret Mitchell, 1900~1949)의 1936년 출판한 장편소설. 작자의 유일한 작품으로 1,000페이지가 넘는 대작이다. 집

필에 10년(1926~1936)이 걸렸고, 1936년에 출판되어 1937년 퓰리처상(賞)을 받았다. 남북전쟁과 전후의 재건을 배경으로 급변하는 사회상을 자상하게 묘사하면서 아름답고 억센 남부 여성 스칼렛 오하라가 황폐한 시대를 힘차게 살아가는 모습, 연약한 이상주의자 애슐리 윌크스에 대한 스칼렛 오하라의 사랑, 물질주의적이며 행동가인 레트 버틀러와의 애증 등을 한데 엮은, 간결한 문체와 정교한 묘사가 돋보이는 작품이다.

이 소설은 발행 후 1년 동안에 150만 부가 팔렸으며, 10여 개 국어로 번역되어 세계적인 화제를 불러일으켰다. 또, 1939년 빅터 프레밍 감독이 비비안 리(스칼렛 역), 클라크 게이블(레트 역) 주연으로 영화화하였다. 한편 1991년 미국 소설가 A. 리플리가 속편격인《스칼렛》을 써서 40여 개국에서 번역되었다.

【成句】

▣ 간과(干戈) : 방패와 창. 전(轉)하여 전쟁에 쓰는 병기(兵器)의 총칭. 전쟁을 비유하는 말로 쓰이기도 함.

▣ 효시(嚆矢) : 사물의 처음. 옛날 군진(軍陣)에서는 제일 처음에 울리는(嚆) 화살을 쏘아 전쟁을 시작하였다는 데서 나온 말. /《장자》

▣ 병불염사(兵不厭詐) : 싸움에 있어서는 계책을 써야 할 뿐만 아니라 계책을 쓰는 일을 부끄러워하거나 싫증을 내지 말아야 한다는 뜻으로, 전쟁에서 많은 계책을 써서 상대를 어지럽히고 승리를 거

두는 것이 상책이라는 말. / 《후한서》

▣ 회계지치(會稽之恥) : 중국 춘추시대에 월왕(越王) 구천(勾踐)이 오왕(吳王) 부차(夫差)와 회계산에서 싸우다 생포되어 굴욕적인 강화를 맺은 고사에서 전쟁에 패한 치욕. 뼈에 사무쳐서 잊을 수 없는 치욕을 이르는 말. / 《사기》

▣ 갑주생기슬 연작처유악(甲冑生蟣蝨 燕雀處帷幄) : 갑주에 이와 서캐가 살고, 제비와 참새가 장막에 집을 짓는다. 곧 전쟁이 오래 계속됨을 비유하는 말. / 《한비자》

▣ 마수시첨(馬首是瞻) : 옛날 전쟁터에서 병사들이 장수의 말머리를 따라 이리저리 움직였듯이, 한 사람의 의사를 좇아 일사불란(一絲不亂)하게 행동하는 것을 비유한 말. / 《좌전》

▣ 공성약지(攻城略地) : 성을 치고 땅을 점령함.

▣ 병불혈인(兵不血刃) : 병장기에 피를 묻히지 않았다는 뜻으로, 군사상의 작전이 순조롭게 진행되어 피를 흘리지 않고 승리를 거두었음을 비유하는 말. / 《순자》

▣ 과혁지시(裹革之屍) : 가죽에 싼 시체라는 뜻으로, 전쟁에서 싸우다 죽은 시체를 일컫는 말.

▣ 언무수문(偃武修文) : 무기를 창고에 넣어 두고 학문을 닦는다는 뜻으로, 난리를 평정하고 교화에 힘씀을 이르는 말. 문(文)은 무(武 : 군사)에 대한 말로 정치 · 학문 · 예술 및 외교 등을 가리킨다. / 《서경》

▣ 천시불여지리(天時不如地理) : 전쟁을 함에 있어 설사 때가 이편에

유리하다 할지라도 적이 이편보다 유리한 지형을 차지하고 있으면 승리할 수 없다는 말. / 《맹자》 공손추.

▣ 여병말마(厲兵秣馬) : 병장기를 갈고 군마를 살지게 먹이다. 전쟁 준비를 완벽하게 갖추는 것을 비유하는 말. / 《좌전》

▣ 정족지세(鼎足之勢) : 솥발처럼 셋이 맞서 대립한 형세.

▣ 유혈표저(流血漂杵) : 흐르는 피가 절구공이를 띄운다는 뜻으로, 전쟁이 매우 처절함을 비유하는 말. / 《맹자》

▣ 망풍이미(望風而靡) : 멀리 바라보고 놀라서 싸우지도 않고 흩어져 달아남. 높은 덕망을 듣고 우러러 사모하여 반항하거나 반역하려는 마음을 버리고, 스스로 돌아서서 따라오거나 복종함. / 《한서》

▣ 융마생교(戎馬生郊) : 군마(軍馬)가 국경에서 태어난다는 뜻으로, 이웃나라와의 사이에 전쟁이 끊이지 않음을 이르는 말. / 《노자》

▣ 차전차주(且戰且走) : 한편으로 싸우면서 또 한편으로는 달아남.

▣ 창이미추(瘡痍未瘳) : 칼에 벤 상처가 아직 낫지 않았다는 뜻으로, 전쟁이 끝난 지 아직 일천(日淺)함을 비유하는 말. / 《한서》

▣ 도재간과(倒載干戈) : 전쟁이 끝났음을 이름이니, 옛날에 싸우러 나갈 때는 병기 차에다 칼날을 앞으로 하여 싣고 싸움이 끝나 돌아올 때는 칼날을 뒤로 하여 실었다는 데서 나온 말. / 《예기》

▣ 국수대호전필망(國雖大好戰必亡) : 나라가 강대하여도 전쟁을 즐기면 반드시 망한다는 뜻으로, 싸움을 좋아하는 나라는 망한다는 것을 경계하는 말.

▣ 병귀선성후실(兵貴先聲後實) : 전쟁에서 처음에는 적에게 공갈(恐喝)을 함으로써 싸우지 않고 이겨야 되며, 만부득한 경우에만 무력으로 공격해야 한다는 뜻.

▣ 병련화결(兵連禍結) : 전란이 장구하게 계속하여 좀처럼 끝나지 않는 것을 이름. / 《한서》 흉노전.

▣ 지과(止戈) : 전쟁을 그치는 것. 어지러운 세상을 평화롭게 함의 비유. 과(戈)는 가지가 있는 창. 전(轉)하여 전쟁의 뜻으로도 쓴다. 또 예부터의 자원설(字源說)로서 『무(武)』자는 『과(戈)』와 『지(止)』의 합자로 보고, 『지과(止戈)』가 그 본뜻으로 해석되어 왔다. / 《좌전》

영웅 hero 英雄

【어록】

▣ 연작이 어찌 홍곡의 뜻을 알리오{燕雀安知鴻鵠之志哉 : 연작(燕雀)은 제비와 참새, 혹은 작은 새를 일컬으며 소견이 좁은 사람을 비유한다. 홍곡(鴻鵠)은 큰 기러기나 고니, 포부가 큰 사람을 비유한다. 즉 제비나 참새 따위가 어찌 기러기나 고니의 뜻을 알겠느냐는 말로 곧 평범한 사람이 영웅의 큰 뜻을 알리가 없다는 뜻}.

— 《사기》 진섭세가(陳涉世家)

▣ 두 영웅은 함께 설 수 없다(兩雄不俱立). — 《사기》 역생열전

▣ 시대에 영웅이 없으니 보잘 것 없는 것들이 이름을 날린다(時無英雄 使竪子成名). — 《진서(晉書)》

▣ 시무(時務)를 아는 것을 영걸(英傑)이라 한다. — 제갈량

▣ 고인(古人)의 재(才)는 오늘날의 사람의 재에 다름은 아니고, 오늘날의 소위 영걸(英傑)은 옛날의 소위 성(聖) 신(神)에 해당한다(옛 성현이라고 반드시 진실이라고는 할 수 없다). — 왕충(王充)

▣ 비구름을 얻은 교룡(蛟龍)이 하늘로 오른다. 언제까지나 작은 못 안에 있을 수가 없다{蛟龍得雲雨 終非池中物 : 영웅은 때를 얻으면 큰 뜻을 이루게 된다. 교룡(蛟龍)은 상상의 동물로 뱀과 비슷한데 때를 못 만나 뜻을 이루지 못한 영웅호걸을 비유한 말}.

— 《십팔사략》

▣ 잘 다스려진 세상에서는 능력 있는 신하가 될 것이요, 어지러운 세상에서는 간사한 영웅이 될 것이다{治世能臣 亂世姦雄 : 후한 말 관상 잘 보기로 이름이 높았던 허소(許劭)가 조조의 인물을 평해 한 말}.

— 《십팔사략》

▣ 세상 영웅엔 정한 주인 없다(世上英雄本無主 : 분발해 노력하면 누구나 영웅으로 될 수 있다는 뜻).

— 이하(李賀)

▣ 그림 같은 강산이여, 한때 얼마나 많은 영웅호걸 불렀던가(江山如畵 一時多少豪傑).

— 소식(蘇軾)

▣ 때를 만나면 하늘과 땅 모두 힘을 도와주지만, 운수가 없으면 영웅의 계략도 있으나마나다(時來天地皆同力 運去英雄不自謀).

— 나은(羅隱)

▣ 영웅이란 가슴에 큰 뜻을 품고 있고, 뱃속에 좋은 계책을 가지고 있으며, 우주를 싸고 감출 기모(機謀)와, 천지를 삼켰다 토했다 할 웅심대지를 가진 자이다(英雄者 胸杯大志 腹有良謀 有包藏宇宙之機 呑吐天地之大志者).

— 《삼국연의(三國演義)》

▣ 부귀해도 들뜨지 않고 빈천해도 즐기는 자, 이 지경에 이르러야 남아장부 호걸이고 영웅이라네(富貴不淫貧賤樂 男兒到此是豪雄).

— 정호(程顥)

▣ 전장에서 수천의 적에게 이기는 것보다도 하나의 자기 자신에게 이기는 사람이야말로 실로 전사(戰士) 중의 최상이라 할 것이다.

— 《법구경》

▣ 하늘의 기틀은 헤아릴 수 없다. 눌러서 펴고 펴서는 누르나니, 이 모두 다 영웅을 번롱(飜弄)하고 호걸을 기복(起伏)하게 한다. 그러나 군자는 천운이 역으로 오면 순으로 받고 편안할 때 위태함을 생각하는지라. 하늘도 그 재주를 부릴 수가 없는 것이다.

— 《채근담》

▣ 명성은 영웅적 행동의 향기다. — 소크라테스

▣ 영웅은 큰 죄와 큰 덕을 겸하고 있다. —《플루타르크 영웅전》

▣ 사치와 영웅은 같은 고장에서 태어나지 않는다. — 키로스

▣ 가장 위대한 영웅은 누구일까. 자기의 욕망을 지배하는 자다.

— 바르트리하리

▣ 박해를 받음은 영웅의 운명이다. — 볼테르

▣ 겁 많은 자는 정말로 죽기 전에 몇 번이고 죽으나, 용기 있는 자는 죽음을 한 번밖에 맛보지 않는다. — 셰익스피어

▣ 영웅이 아니면 영웅을 알 수가 없다. — 괴테

▣ 옛 성루 위에 높이, 영웅의 기개 높은 혼은 선다. — 괴테

▣ 영웅은 영웅의 세계에서만이 영웅일 수 있다. — 너대니얼 호손

▣ 선한 영웅이 있듯이 악한 영웅이 있다. — 라로슈푸코

▣ 영웅이란 시종일관 자기를 집중하는 인간이다. — 보들레르

▣ 역사의 중심은 위대한 인물을 중심으로 벌어지고 있으며, 범인(凡人)들은 영웅을 위해 필요하다. — 토머스 칼라일

▣ 오늘날에는 행동의 영웅이란 없다. 절망과 고난의 영웅만이 있을 뿐이다. — 토머스 칼라일

▣ 어떠한 영웅도 최후에는 실패하는 인간으로 된다.
— 랠프 에머슨

▣ 자기 신뢰는 영웅적 자질의 본질이다. — 랠프 에머슨

▣ 영웅은 보통사람보다 용기가 많은 것이 아니다. 그저 다른 사람보다 5분 정도 더 오래 용기를 지속시킬 수 있을 뿐이다.
— 랠프 에머슨

▣ 영웅적인 행위란 느껴서 행동하는 것이지 이치를 따져 가며 행동하는 것은 아니다. — 랠프 에머슨

▣ 이 세상 넓은 싸움터에서, 인생의 야영지에서, 어리석고 몰리는 소처럼 되지 말라! 원컨대 분투하는 영웅이 되어라!
— 헨리 롱펠로

▣ 영웅적인 행위는 육체에 대한 혼의 승리다. — 헨리 아미엘

▣ 영웅심이란, 육체에 대한, 즉 공포에 대한 정신의 빛나는 승리이다.
— 헨리 아미엘

▣ 영웅도 용자(勇者)에게 어울리는 환경이 없이는 영웅이 되지 못한다. — 너대니얼 호손

▣ 고인은 우리들에게 영웅 서사시의 모범을 남겼다. 그 중에서 영웅이 역사의 흥미의 전부를 이루고 있다. 그러므로 우리들은 이러한

종류의 역사는 이 인간시대에서 아무런 의미도 가지지 않는다는 사고방식에 길들 수가 없다. — 레프 톨스토이

▣ 영웅이란 전쟁만을 일삼는 인간이며, 위인이란 모든 직업을 할 수 있는 인간, 재판소·군대·서재·궁정 등 어디서나 훌륭히 해내는 인간이라고 생각된다. 그러나 그 양자를 합쳐도 한 사람의 청렴한 사람에게는 못 미친다. — 라브뤼예르

▣ 오늘의 영웅은 우리들의 기억에서 어제의 영웅을 밀쳐내 버리지만, 곧 내일의 후계자에 의해서 치환되고 만다. — 워싱턴 어빙

▣ 영웅의 영광은, 기아와 비참을 외국인에게 가져가게 하는 것이 아니고, 그것들을 나라를 위해서 참고 견디는 것이다. 즉, 죽음을 주는 것이 아니고, 죽음을 가벼이 여기게 하는 것이다.

— 보브나르그

▣ 개인의 역량이 탁월한 시대는 이미 사라졌다고 생각한다. 국민이나 당파나 집단 그 자체가 영웅이다. — 하인리히 하이네

▣ 사상 또는 힘으로써 이긴 사람들을 나는 영웅이라고 부르지 않는다. 마음으로써 위대했던 사람들을 영웅이라고 부른다.

— 로맹 롤랑

▣ 영웅이란 자기가 할 수 있는 일을 한 사람이다. 그런데 범인(凡人)은 그가 할 수 있는 일을 하지 않고, 할 수도 없는 일을 바라고만 있다. — 로맹 롤랑

▣ 영웅적인 드라마—즉 충분히 인간적이며, 인간적인 것을 충분히 부여하는 것이다. — 로맹 롤랑

▣ 신앙은 하나의 영웅적인 힘이다. 그 불꽃은 인간의 몇 개의 봉화를 태운 데 불과하다. 봉화의 불길도 얼마간 진정된다. — 로맹 롤랑

▣ 자기의 운명을 짊어질 수 있는 용기를 가진 자만이 영웅이다. — 헤르만 헤세

▣ 인간애 없이 어떻게 영웅일 수 있을까. — 고트홀드 레싱

▣ 행위의 영웅이란 것은 없다. 다만 체념과 고뇌의 영웅이 있는 것이다. — 알베르트 슈바이처

▣ 영웅적인 사람은 자기에게 맞지 않는 관습이나 전례나 권위로부터 편한 마음으로 벗어난다. — 월트 휘트먼

▣ 한 사람의 살해는 암살을 낳고, 백만의 살해는 영웅을 낳는다. — 찰리 채플린

▣ 영웅으로서의 영광은, 자신에 대한 자부심처럼 승리자로서의 그가 쓰러진 적 앞에 섰던 순간순간이 합쳐짐으로써 생겨난다. 그의 불가침성이 불러일으키는 우월감 때문에 그는 경탄의 대상이 된다. 이러한 우월감은 그의 적에 대해 그가 갖는 불공평한 이점으로 생각되지 않는다. 그는 그에게 굴복하지 않는 모든 사람에 대해서 무조건 도전한다. 그는 싸우고, 승리하고 또 죽인다. 그는 자기의 승리를 모으는 것이다. — 엘리아스 카네티

▣ 그것은 전적으로 타의에 의한 것이었어. 적이 내 배를 격침시켰던 거야. (「대통령 각하께서는 어떻게 전쟁영웅이 되셨습니까?」라는 소년의 질문에 대해서) — 존 F. 케네디

▣ 우리가 영웅을 찬양하는 것은 우리도 할 수만 있다면 그들의 사는

방식대로 살고 싶다고 마음속 깊이 느끼기 때문이다. 그러나 두려움 때문에, 우리는 그런 방식으로 살 수 없다고 믿는다. 오로지 영웅들만이 그렇게 살 수 있다고 우리는 믿는다. 영웅은 우상(偶像)이 되고 우리는 우리 자신의 움직일 수 있는 능력을 이들 우상에게 넘겨주고 우리 자신은 현재의 장소에 그대로 머문다. 「우리는 영웅이 아니다」라는 이유를 내세우면서. — 에리히 프롬

▣ 역할이 영웅을 찾고 있다. — 나세르

▣ 영웅은 죽음을 직시한다. 단순한 죽음의 이미지가 아니라 현실의 죽음을 직시한다. 위기에 직면하여 고귀한 행동을 취한다는 것은, 말하자면 무대에서 훌륭하게 영웅을 연기한다는 것이 아니라, 오히려 죽음 그 자체를 직시할 수 있다는 것을 말한다.

— 비트겐슈타인

▣ 너는 의리를 위하여 죽는 졸병이 될지언정 사욕을 위하여 사는 영웅이 되지 말라. — 이광수

▣ 가장 큰 영웅심을 잉태한 사람이 가장 권력을 좋아한다.

— 이희승

▣ 적절한 영웅심은 멋과 관계가 있는 것이다. 따라서 그러한 영웅적 허세는 처세상 바람직한 일이기도 하다. — 조동화

【속담 · 격언】

▣ 누더기 속에서 영웅 난다. (가난하고 천한 집에서 훌륭한 인물이 나왔을 때) — 한국

▣ 낳는 놈마다 장군(將軍)이다. (어떤 집안에 큰 인물이 잇달아 나올 때) — 한국

▣ 근시(近侍)의 입장으로는 영웅이 없다. (No man is a hero to his valet. : 주인의 결점을 빤히 알고 있는 근시의 눈에는 아무리 위대한 군주라도 별로 실감이 나지 않는다) — 영국

▣ 두 사람의 영웅은 나란히 있을 수 없다. — 영국

▣ 자신(自信)은 영웅적 자질의 뿌리다. — 영국

▣ 한 사람을 죽이면 악한(惡漢)이라 불리고 만인(萬人)을 죽이면 영웅이 된다. — 영국

▣ 영웅은 고난이 닥쳤을 때만 알려진다. — 영국

▣ 범에서 범의 새끼가 나고, 영웅에게서 영웅이 태어난다. — 러시아

▣ 영웅이 되기 위한 첫걸음은 용기를 갖는 일이다. — 유태인

【시 · 문장】

청산(靑山)아, 말 물어 보자 고금(古今) 일을 네 알리라
만고영웅(萬古英雄)이 몇몇이나 지내었노
이후에 묻는 이 있거든 나도 함께 일러라.

— 김상옥

천지(天地)는 언제 나며 흥망을 뉘 아더니
만고영웅이 몇이나 지나거니

아마도 일편명월(一片明月)이 네나 알까 하노라.

— 무명씨

부호가 되고 영웅이 되고자 함은 인류 향상의 욕망이다. 그러나 부호와 영웅은 도연(徒然)의 산물이 아니라 상당한 노력과 분투를 쌓아야 얻는 것이니, 부호는 부호 될 만한 근면이 있고, 영웅은 영웅 될 만한 분투가 있음이거늘, 다만 타인의 이성(已成)한 굉공대업(宏功大業)의 미명에만 유연(流涎)하여 부호는 되고자 하되 근면을 피하고, 영웅은 되고자 하되 분투를 싫어하면 세상에서 어찌 타태(惰怠)의 사람에 일확천금(一攫千金)의 부가 있을 것이며, 퇴굴(退屈)의 사람에게 좌수영명(坐受榮名)의 영웅이 있으리오. — 한용운 / 조선청년에게

【중국의 고사】

▣ **양웅불구립**(兩雄不具立) : 두 영웅이 함께 설 수 없으며, 반드시 싸워서 어느 한 쪽이 쓰러지거나 둘 다 쓰러진다는 뜻. 《사기》 역생육고열전에 있는 이야기다. 전한(前漢)을 건국한 유방이 아직 패공(沛公)으로 불릴 무렵, 진류현 사람 역이기(역생)가 유방을 찾아왔다. 패공은 마침 평상에 걸터앉아 두 여자에게 발을 씻기고 있었는데, 그 자세로 역생을 인견했다. 역생은 방으로 들어가서 양손은 읍을 할 뿐 절도 하지 않고 말했다.

「족하께서는 진(秦)나라를 도와 제후들을 치려는 겁니까, 아니면 그 제후들을 이끌고 진나라를 치려는 겁니까?」

패공은 큰 소리로 꾸짖으며 말했다. 「이 글이나 파먹는 선비 놈아! 천하 사람들이 오랫동안 진나라 놈들에게 고통을 받아왔기 때문에 제후가 연합해서 진나라를 치는 판인데, 어찌하여 진나라를 도와 제후를 친다는 둥 지껄이는 거냐!」

역생이 말했다. 「도당을 모으고 의병을 합쳐서 무도한 진나라를 꼭 쳐부수겠다면 다리를 내밀고 걸터앉아서 연장자를 맞는 일은 없어야 할 거요.」

이 말을 듣자, 패공은 발 씻기를 그치고 일어서서 의관을 갖추고 역생을 상좌에 앉힌 다음 사과했다. 역이기가 말했다.

「『하늘을 하늘로 아는 자는 왕업을 성취할 수 있고, 하늘을 하늘로 알지 못하는 자는 왕업을 성취할 수 없다. 왕자(王者)는 백성을 하늘로 알고, 백성은 먹을 것을 하늘로 안다(王者以民人爲天 而民人以食爲天).』라는 말이 있습니다. 오창(敖倉 : 진나라 때 오산에 세운 큰 식량창고)에는 여러 해에 걸쳐 여러 나라로부터 곡물을 운송하여 그 산혈(山穴)에 저장한 곡식이 굉장히 많이 있다고 들었습니다. 초나라가 형양을 함락시키면서도 오창을 굳게 지키지 않고, 또 별안간 군사를 이끌고 동쪽으로 나오고, 단지 죄를 지어 변방으로 쫓겨난 병사들로 성고를 지키도록 한 것은 정말로 하늘이 한나라를 도운 것이라 하겠습니다. 지금이야말로 초나라를 깨뜨릴 적기이거늘, 한나라가 오히려 퇴각함으로써 기회를 스스로 포기하는 것은 신이 가만히 생각해 보아도 잘못된 일입니다. 두 영웅은 양립할 수 없는 것입니다(兩雄不俱立). 한나라와 초나라가 서로 대치만 할 뿐 결전을 하지 않는다면 백성은 안정을 찾지 못하고 천하는 동요할 것입니다.」

유방은 이 충고를 받아들여 초를 토멸하기로 계획을 바꿨다. 나라에 두 명의 왕이 있을 수 없으므로 한쪽을 반드시 멸해야 된다는 뜻으로 쓰인 말이다. —《사기》 역생육고열전

▣ **역발산기개세(力拔山氣蓋世)** : 힘이 산이라도 뽑아 던질 만하고 세상을 덮을 정도로 기력이 웅대함. 이 말은 용력과 패기를 말한 항우의 자기 자랑이었지만, 그 뒤로 이 『발산개세(拔山蓋世)』란 말은 항우를 상징하는 대명사처럼 되었고, 또 힘과 용맹을 표현하는 말로 흔히 인용되곤 한다. 항우가 한패공(漢沛公) 유방을 맞아 해하(垓下)에서 최후의 결전을 하던 날 밤이었다. 군대는 적고 먹을 것마저 없는데, 적은 겹겹이 둘러싸고 있다. 게다가 항우를 놀라게 한 것은 포위하고 있는 적군들이 사방에서 초나라 노래를 부르고 있는 것이었다(四面楚歌).

「이제는 다 틀렸다. 적은 이미 초나라 땅을 다 차지하고 만 모양이다. 그렇지 않고서야 초나라 사람들이 이토록 많이 적에 가담할 수가 없지 않은가?」 최후의 결심을 한 항우는 장수들과 함께 결별의 술자리를 베풀었다. 그 자리에는 항우가 항상 진중에 함께 데리고 다니던 사랑하는 우미인(虞美人)도 함께 했다. 항우에게는 우미인처럼 늘 그와 운명을 같이하다시피 한 오추마(烏騅馬)로 불리는 천리마가 있었다. 오추마를 추(騅)라고 불렀다. 술이 한잔 들어가

자 항우는 감개가 더욱 무량했다. 슬픔과 울분이 한꺼번에 치밀어 올라 노래라도 한 수 읊지 않고는 견딜 수 없었다.

「힘은 산을 뽑고 기상은 세상을 덮었는데(力拔山兮氣蓋世) / 때가 불리하니 추마저 가지 않누나(時不利兮騅不逝) / 추마저 가지 않으니 난들 어찌하리(騅不逝兮可奈何) / 우(虞)야, 우야, 너를 어찌하리(虞兮虞兮奈若何).」 항우가 노래를 몇 곡 부르는 동안 우미인은 화답을 했다. 항우는 눈물이 몇 번이나 넘쳐흘렀다. 좌우에 있는 사람들은 그의 슬퍼하는 모습을 바로 쳐다보지 못했다.

노래를 마치고 항우는 우미인을 혼자 남아 있으라고 이렇게 위로하며 권했다. 「너는 얼굴이 아름다우니, 패공의 사랑을 받아 살아날 수 있을 것이다.」 그러나 우미인은 항우를 따라가겠다면서 단검을 받아 들고는 스스로 목숨을 끊고 만다. 남편의 짐이 되지 않기 위해서였다. 이 노래는 『발산기개세지가(拔山氣蓋世之歌)』라고도 하고, 『우혜가(虞兮歌)』라고도 한다. — 《사기》 항우본기

▣ **국사무쌍**(國士無雙) : 한 나라에 둘도 없는 훌륭한 인물. 천하제일의 인물. 『국사(國士)』란 나라의 선비, 즉 전국을 통한 훌륭한 인물을 말한다. 이 말은 소하(蕭何)가 한신을 가리켜 말한 데서 비롯된 것이다. 한신은 회음(淮陰, 강소성) 사람으로, 젊었을 때는 집이 몹시 가난한데다가 농사일이나 글공부 같은 데는 별로 관심이 없이 하늘을 날고 싶은 큰 뜻만을 품고 다녔기 때문에 생활이 말이 아니었다.

언젠가 한신이 강가에서 낚시를 하고 있는데, 한신의 배고픈 기색을 본 한 무명 바래는 일을 하는 노파가 자기가 먹으려고 싸가지고 온 점심을 그에게 주었다. 그 노파는 무명을 바래러 나올 때마다 수십여 일을 두고 매일같이 한신에게 점심밥을 나눠 주었다. 한신이 감격한 나머지 이렇게 말했다. 「언젠가는 이 은혜를 갚을 날이 반드시 있을 겁니다.」 그러자 노파는 성난 얼굴로 핀잔하듯 말했다. 「대장부가 스스로의 힘으로 밥을 먹지 못하는 것이 딱해서 그랬을 뿐, 뒷날 덕을 보려고 그런 것은 아니니, 아예 그런 말은 마시게.」

언젠가는 또 한신이 회음 읍내를 거닐고 있는데, 읍내 푸줏간의 한 젊은이가 갑자기 그의 앞을 가로막으며 이렇게 말했다. 「이봐, 자넨 덩치도 크고 제법 칼까지 차고 다니지만, 실상은 겁이 많은 녀석일 게야. 죽는 게 두렵지 않거든, 어디 그 칼로 나를 찔러 봐. 만일 그럴 용기가 없거든 내 바짓가랑이 밑을 기어서 지나가야 해.」 한신은 난처했다. 한참 바라보던 끝에 엎드려 철부지 녀석의 다리 밑으로 슬슬 기어 나갔다. 온 장바닥 사람들이 한신의 겁 많은 행동을 보고 크게 웃었다.

뒷날, 한신은 초나라 왕이 되어 돌아왔을 때, 무명 바래던 노파에게는 천금을 주어 옛 정에 감사하고, 옛날의 그 젊은이에게는 중위(中尉)라는 수도경비관 벼슬을 내리고는, 여러 장수들을 보며 이렇게 말했다. 「이 사람은 장사(壯士)다. 그 때 나를 모욕했을 때, 내가 어찌 죽일 수 없었겠는가. 다만 죽일 만한 명분이 없었기 때문에 참고 따랐을 뿐이다.」이것은 한신이 지난 날 자기에게 설움을 준 사람들의 불안한 마음을 없애 주기 위한 하나의 계책일 수도 있었을 것이다. 또 일단은 무슨 조치가 있어야만 할 일이었기 때문에 이왕이면 자신의 아량을 보여주는 길을 택했던 것이리라.

실상 천하를 상대하는 한신으로서는 그런 철부지 소년의 탈선행위가 깜찍스럽게도 보였을 것이다. 이것은 뒷날 이야기이고, 한신이 처음 벼슬을 한 것은 항우 밑에서였다. 기회 있을 때마다 항우에게 의견을 말해 보았으나, 전연 상대조차 하려 하지 않았다. 항우는 자기 힘만 믿고 인재를 구할 생각이 없었으며, 또 그만한 눈도 없었다. 한신은 항우 밑에서 도망쳐 멀리 유방을 찾아 한나라로 들어갔다. 한나라 장군 하후영(夏侯嬰)에게 인정을 받아 군량을 관리하는 치속도위(治粟都尉)에 임명되었는데, 이 때 승상인 소하와 알게 되었다. 소하는 한신을 한고조 유방에게 여러 번 추천했으나 써 주지 않았다. 역시 사람 보는 눈이 없었던 것이다.

이윽고 항우의 세에 밀려 유방이 남정(南鄭)으로 떠나게 되자, 군대와 장수들이 실망 끝에 자꾸만 빠져 달아났다. 이에 한신도 더 바랄 것이 없어 그들 뒤를 따랐다. 승상 소하는 한신이 도망갔다는 말을 듣자, 유방에게 미처 말할 사이도 없이 허둥지둥 한신의 뒤를 쫓았다. 소하까지 도망쳤다는 소문이 유방의 귀에 들어갔다. 유방은 두 팔을 잃은 기분으로 어쩔 줄 몰랐다. 소하를 누구보다도 신뢰하고 있었기 때문이다. 이틀 뒤 소하가 한신을 데리고 돌아왔다.

고조는 한편 반갑고 한편 노여웠다.「어찌하여 도망을 했는가?」「도망친 것이 아니라, 도망친 사람을 붙들러 갔던 겁니다.」「누구를 말인가?」「한신입니다.」「거짓말. 수십 명의 장수가 달아나도 뒤쫓지 않던 그대가, 한신을 뒤쫓을 리가 있는가?」그러자 소하는 이렇게 대답했다.

「다른 장수라면 얼마든지 보충할 수 있습니다. 그러나 한신만은 국사로서 둘도 없는 사람입니다(至如信者 國士無雙). 왕께서 한중(漢中)의 왕으로 영영 계실 생각이라면 한신 같은 사람은 필요가 없습니다. 그러나 천하를 놓고 겨룰 생각이시면 한신을 빼고는 상의할 사람이 없습니다.」이리하여 한신은 소하의 강력한 추천으로 대장군에 임명되어 마침내 항우를 무찌르고 천하를 통일하는 공을 세웠던 것이다. — 《사기》 회음후열전

▣ **일장공성만골고**(一將功成萬骨枯) : 한 사람 장군의 공은 무수한 병사의 희생 끝에 이루어진다. 한 장수가 공을 세우면 만 명의 군사가 뼈를 들판에 버리게 된다는 말이다. 이것은 《삼체시》 안에 수록되어 있는 조송의 칠언절구 『기해세(己亥歲)』의 마지막 글귀다.

「못의 나라 강과 산이 싸움의 판도에 들었으니(澤國江山入戰圖) / 산 백성이 어찌 나무를 하고 풀 뜯는 것을 즐길 생각을 하리오(生民何計樂樵蘇). / 그대에게 부탁하노니 후를 봉하는 일을 말하지 말라(憑君莫話封侯事) / 한 장수가 공이 이뤄지면 만 명의 뼈가 마른다(一將功成萬骨枯).」

이 시는 황소(黃巢)의 난이 한창이던 당희종(唐僖宗) 건부 6년

(879년)에 해당한 기해년에 지은 것으로 보인다.

황소는 마침내 양자강을 건너 북상했다가 정부군에 크게 패해 강동(江東)으로 달아나게 되었다. 이때 정부군이 만일 계속해서 추격만 했으면 난은 완전히 평정될 수 있었다. 그러나 이 때 정부군을 지휘하던 장군은, 「국가는 일단 위급한 때에는 장병들을 사랑하고 상주기를 아끼지 않지만 일단 태평한 세월이 오면 장병들은 헌신짝처럼 버림을 당하고 심하면 없는 죄까지 받게 된다. 그러므로 전쟁이 끝나지 않도록 적을 살려두어야만 한다.」 하고 황소의 군사를 완전 섬멸하는 것을 고의로 회피하고 있었다.

이때가 바로 기해년이다. 조송의 시는 어쩌면 이 장군의 그런 이기적인 태도에 분개해서 지은 것일지는 모른다. 그러나 보통 알고 있는 이 글귀의 뜻은 무수한 생명의 숨은 희생 위에 한 사람의 영웅이 탄생하게 되는 전쟁의 잔학성과 모순성을 말한 것이다. 못의 나라는 비습한 땅이란 뜻으로 황소가 달아난 양자강 하류지방을 말한 것이리라. 싸움의 판도는 전쟁 지역을 말한다. 나무하고 풀뜯는 것을 즐길 생각을 하지 못한다는 것은 생업에 종사할 수 없는 전쟁의 시달림을 말한 것이다. 후(侯)를 봉하는 일은 곧 공을 세우는 일을 말한다. 그 결과 황소는 다시 세력을 회복하여 이듬해에는 수도 장안을 함락시키고 황제라 일컫게 된다. 다시 3년 뒤에는 정부군에 패해 동쪽으로 달아났다가 그 이듬해 패해 죽는다. 당나라도 이 난으로 20년쯤 지나 망한다. — 《삼체시(三體詩)》

■ **잠룡물용(潛龍勿用)** : 아무리 천하를 통일할 역량과 포부를 간직한 영웅이라도 아직은 시기가 아니므로 가만히 숨어 있고 나오지 말라는 뜻. 《주역》 건괘(乾卦) 초효(初爻)의 효사(爻辭)에 있는 말이다. 잠룡(潛龍)은 땅 속 깊이 숨어 있는 용이란 뜻이다. 물용(勿用)은 쓰지 말라는 말이다. 건(乾)은 하늘을 말하고 순양(純陽)을 뜻한다. 양(陽)은 밝고 따뜻하고 뻗어 오르는 기운을 말한다. 그래서 하늘에 날아오르는 용으로서 이를 상징한다. 초효는 여섯 개 효 가운데 맨 아래 있는 효를 말한다. 맨 아래 있는 양기는 아직 땅 속 깊숙이 들어 있는 양기로 얼음이 풀릴 시기가 되어야만 비로소 움직이게 된다. 그것은 장차 하늘을 날아오를 용이 아직 때가 되지 않아 땅속 깊숙이 숨어 있는 것과 같다. 봄에 싹이 틀 씨앗이 꽁꽁 얼어붙은 땅 속 깊숙이 묻혀 있는 것과도 같다. 아무리 천하를 통일할 역량과 포부를 간직한 영웅이라도 아직은 시기가 아니므로 가만히 숨어 있고 나오지 말라는 뜻으로 풀이된다.

어떤 일을 놓고 점을 쳤을 때 이 건괘 초효가 나오면 그것은 더 좀 시기를 기다리라는 경고가 된다. 다음 효인 이효(二爻)에는 「나타난 용이 밭에 있으니 대인을 보는 것이 유리하다(見龍在田 利見大人)」고 했다. 움직이기 시작하란 뜻이다. 또 넷째 효에는 「혹 뛰어서 못에 있어도 허물이 없다(或躍在淵 無咎)」고 했다. 일을 착수해도 상관없다는 말이다. 그래서 다섯 번째 효에 가서는, 「나는 용이 하늘에 있으니 대인을 보는 것이 유리하다(飛龍在天 利見大人)」고 했다. 활동하라는 뜻이다.

그리고 마지막 효에 가서는「높이 오른 용이니 뉘우침이 있다(亢龍有悔)」고 했다. 적당한 정도에서 그치지 못하고 너무 지나친 행동으로 나가면 반드시 실패를 보게 된다는 뜻이다. 이렇게《주역》은 자연의 이치를 끌어다가 사람의 일을 비유하고 있다. 그것은 막연한 신비적인 예언이 아니고 사리를 따라 판단하는 과학적인 예언이다. 우리들이 흔히 쓰는 말은 이『잠룡물용』과『항룡유회(亢龍有悔)』란 말이다. —《주역(周易)》건괘(乾卦)

■ **연작안지홍곡지지**(燕雀安知鴻鵠之志) :「제비와 참새 같은 것이 어찌 하늘 높이 날려는 기러기의 마음을 알 수 있겠느냐?」라는 말로서, 멀리 하늘을 날아오를 포부를 가지고 있는 영웅호걸의 큰 뜻을 평범한 사람들이 어떻게 이해할 수 있겠느냐 하는 비유다.

군웅이 할거해서 해마다 수십만의 생명을 전쟁으로 죽게 한 긴 전국시대가 종막을 고하자 통일천하의 위대한 업적을 이룩한 진시황(秦始皇)은 전쟁을 영원히 없애기 위해 무기라는 무기를 다 거두어 불에 녹여 없애는 한편 사상과 이론을 통일할 목적으로 반체제적인 서적을 불사르고 사람들을 구덩이에 묻어 죽이는 이른바『분서갱유(焚書坑儒)』를 감행했다. 그리고는 북쪽에 있는 이민족들의 침입을 막기 위해 만리장성을 쌓고, 자기 자손이 천만 대나 계속 황제노릇을 하게 된다는 전제 아래, 자기가 첫 황제, 즉 시황제가 되고 그 다음부터는 2세, 3세로 부르게 하는 새 제도를 창립했다.

그러나 시황의 그런 꿈은 그가 죽는 그 순간에 무너지고 겨우 2

세 황제로서 진나라 제국은 멸망하고 만다. 이 진나라 제국을 멸망으로 몰고 가는 첫 봉화를 올린 것이 진승(陳勝)이었다. 「연작안지홍곡지지!」 하고 탄식을 한 것은 바로 이 진승이다.

《사기》 진섭세가에는 그 첫머리에 이렇게 씌어 있다.

진승은 양성(陽城) 사람으로 자를 섭(涉)이라 했다.……진섭은 젊었을 때 사람들과 함께 남의 집 농사일을 도와주고 품삯을 받아 생활을 했다. 어느 날, 동료들끼리 밭을 매고 있을 때, 진승은 갑작스레 괭이를 내던지고 언덕으로 올라가 잠시 동안 창연히 하늘을 우러러보았다. 그의 가슴은 진(秦)의 압정에 대한 분통과 자기들의 비참한 환경에 대한 원한으로 가득 차 있었다. 그러나 그의 가슴은 또한 장래에 대한 야망에 불타고 있었던 것이다. 잠시 후, 그는 동료들을 돌아보며 말했다.

「우리 다 같이 이 뒷날 부귀를 하게 되거든 오늘의 이 정리를 잊지 않기로 합시다.」

그러자 주인이 웃으며 대답했다.

「품팔이하는 신세에 대체 부귀가 무슨 놈의 부귀인가?」

말한 본전도 못 찾게 된 진섭은 크게 한숨을 내쉬며 말했다.

「제비와 참새가 어찌 기러기의 마음을 알겠는가?(燕雀安知鴻鵠之志).」

《사기》의 같은 편에, 「임금과 장군과 재상이 어찌 씨가 따로 있겠는가(王侯將相 寧有種乎).」 하고 말한 것도 이 진승이다.

— 《사기》 진섭세가(陳涉世家)

■ **월단평**(月旦評) : 인물 평. 월조평(月朝評)이라고도 한다. 이조시대에는 단(旦)이 태조 이성계(李成桂)의 임금이 된 뒤의 이름이었기 때문에 글자를 본래대로 읽지 않고 조(朝)와 같은 글자로 읽었기 때문이다. 원단(元旦)을 『원조』라고 읽은 것도 역시 같은 이유에서였다. 이른바 촉휘(觸諱)라는 것으로, 임금의 이름을 함부로 부르지 못하는 제도 때문이었다.

후한(後漢) 말기, 여남(汝南 : 하남성)에 관상 잘 보기로 이름이 높았던 허소(許劭)라는 사람이 있었다. 그는 종형 되는 허정(許靖)과 함께 즐겨 고을 사람들의 인물을 평했는데, 매달 초하루마다 인물에 대한 평을 달리하여 발표했기 때문에 여남에서는 월단평이란 속어가 생기게 되었다는 것이다. 즉 「매달 초하루의 평」이란 말인데, 그것은 곧 인물평이란 말로 통하게 되었다는 이야기다.

허소의 이 같은 인물평이 당시는 상당히 높이 평가되고 있었으므로 《삼국지》의 영웅 조조(曹操)가 그를 찾아가 상평을 청한 것은 유명한 이야기로 전해지고 있다. 허소는 조조에게 상평해 줄 것을 거부했다. 그러자 조조는 평을 해주지 않으면 죽이겠다고 위협을 했다. 허소는 조조를 좋지 못한 인간으로 보았기 때문에 평을 거부한 것이었는데, 막상 위협을 받고 보니 뭐라고 말을 하지 않을 수가 없었다.

「그대는 올바르고 태평스런 세상에서는 간사한 도적이 될 것이요, 어지러운 세상에서는 영웅이 될 것이다(君淸平之姦賊 亂世之英雄)」라고 했다. 《후한서》 허소전에 있는 이야기다. 조조는 허소의 이 같은 평에 몹시 만족해하며 돌아갔다고 한다. 그런데 《십팔사략》에는 허소가, 「그대는 잘 다스려진 세상에서는 능력 있는 신하가 될 것이요, 어지러운 세상에서는 간사한 영웅이 될 것이다(子治世之能臣 亂世之姦雄).」라고 말한 것으로 되어 있다. 아무튼 조조가 기뻐한 것은 『난세의 영웅』이란 말이었던 것 같은데, 보통 《십팔사략》의 말이 널리 알려지고 있다. — 《후한서》 허소전

【명연설】

▣ ……우리 앞에 펼쳐진 길을 생각할 때면 우리는 바로 이 순간에도 머나먼 사막과 산악지대에서 순찰활동을 하는 용감한 미국인들을 감사하며 기억합니다. 알링턴 국립묘지에 잠들어 있는 영웅들이 시대를 아우르며 우리들에게 끊임없이 속삭여주듯 오늘날의 그들 또한 우리에게 뭔가 할 말이 있을 것입니다. 그들이 단지 자유의 수호자이기 때문에서가 아니라 자기 자신들보다 더 위대한 무엇으로부터 의미를 찾으려는 봉사정신을 몸소 체화했기 때문에 우리는 그들에게 경의를 표합니다. 그리고 한 세대를 규정지을 만한 순간인 지금 이 순간, 우리 모두의 마음에 깃들어야 할 정신이야말로 정확히 바로 이 봉사정신입니다…… (미국 제44대 대통령 취임연설) — 버락 오바마

【명작】

▣ 니벨룽의 노래(Das Nibelungenlied) : 독일문학의 제1차 황금시대인 중세의 영웅 서사시. 독일 기사문학(騎士文學)의 최대걸작일

뿐만 아니라, 독일문학 고전의 최고봉의 하나로 꼽히는 작품이다. 정확한 작품성립 연대와 작자는 미상이나, 12세기 후반에 도나우강(江)의 지리에 밝은 오스트리아의 기사이거나 음유시인(吟遊詩人)에 의해 씌어진 것이라고 추측되며, 1200~1205년경에 씌어졌다고도 한다. 소재로는 민족대이동 시대에 있었던 영웅설화가 전승되어 여러 형태가 이 작품에서 집대성되었다고 해석하는 설이 유력하다.

영웅 지크프리트와 군터 왕(王)의 누이동생 크림힐트와의 결혼, 그에 얽히는 군터 왕(王)과 프룬힐트와의 결혼, 하겐의 배반에 의한 지크프리트의 암살이 화려한 정경 묘사로서 표현되어 있다. 후반은 아주 판이하게 음울한 분위기 가운데 이야기가 펼쳐진다. 크림힐트는 훈족의 국왕 에첼과 결혼하여 지크프리트의 원수를 갚을 것을 결의한다. 이렇게 해서 흉노국(匈奴國)에 초청된 부르군트의 사람들과 훈족 간의 사투가 벌어져 마침내는 양(兩) 민족이 모두 멸망한다는 것이다.

게르만 민족 이동기의 영웅을 소재로 한 이 서사시에는 전후반 각각 저자가 참고로 한 작품이 따로 있었다고 보이며 그 구성 면이나 내용의 균형이 잡혀 있는 점에서 중세기 최대 걸작 중의 하나이다. 특히 화려하고 호사스러운 궁정사회를 배경으로 중세의 기사도덕(명예와 충성)을 게르만 민족의 영웅주의에 결부시키고 있는 점은 주목할 만한 점이다.

【成句】

▣ 교룡운우(蛟龍雲雨) : 비구름을 얻은 교룡(蛟龍 : 전설상의 용)은 하늘로 비상(飛翔)한다고 하는 것. 곧 영웅이나 풍운아가 기회를 얻어 대활약함을 비유하는 말. 세(勢)를 타고 비약하는 모습. / 《삼국지》 오지(吳志).

▣ 마혁과시(馬革裹屍) : 말의 가죽으로 자기 시체를 싼다는 뜻으로, 옛날에는 전사한 장수의 시체는 말가죽으로 쌌으므로 전쟁에 나가 살아 돌아오지 않겠다는 뜻을 이르는 말. / 《후한서》

▣ 당비당거(螳臂當車) : 자신의 형편에 어울리지 않게 영웅호걸(英雄豪傑)로 행세하거나, 도저히 막을 수 없는 사태나 세력에 대항하려는 무모한 행동의 비유. / 《회남자》

▣ 독안룡(獨眼龍) : 애꾸눈. 외눈의 영웅을 비유해 이르는 말이다. 그 영웅이란 당(唐)나라 말 황소(黃巢)의 난을 진압하는 데 공을 세운 이극용(李克用)을 일컫는다. / 《자치통감》

▣ 맹호복초(猛虎伏草) : 풀숲에 웅크리고 있는 사나운 호랑이란 뜻으로, 영웅은 한때는 숨어 있지만 언젠가는 반드시 세상에 드러나게 마련임을 비유하는 말. / 이백(李白).

▣ 영웅소견약동(英雄所見略同) : 영웅들이 보는 바는 대체로 동일하다는 말.

▣ 양호상투(兩虎相鬪) : 두 마리의 호랑이가 서로 싸운다는 뜻으로, 두 영웅, 또는 두 강국이 서로 싸움을 비유하는 말. / 《사기》

▣ 와룡봉추(臥龍鳳雛) : 때를 얻지 못하고 웅크리고 있는 영웅이나

큰 인물을 가리킨다. 또는 우수한 소년의 비유. 와룡(臥龍)은 누워 있는 용으로, 아직 풍운(風雲)을 만나지 못해 하늘로 오르지 못하고 땅에 숨어 은둔하고 있는 용을 말한다. 일찍이 초야에 은둔하는 영웅에 비유. 봉추(鳳雛)는 봉황의 새끼로, 장래 큰 인물이 될 소질을 가진 영재의 의미. / 《자치통감》

▣ 용양호시(龍驤虎視) : 용과 같이 하늘 높이 오르고, 범이 먹이를 노려보듯 천하를 바라다봄. 곧 영웅의 일세(一世)를 웅시(雄視)하는 태도를 이름. / 《삼국지》 촉지.

▣ 운증용변(雲蒸龍變) : 구름이 뭉게뭉게 일어나는 틈을 타서 뱀이 용으로 변하듯이, 영웅호걸이 시기를 얻어 활약함의 비유. / 《사기》

▣ 풍운지지(風雲之志) : 영웅호걸이 어진 임금을 만나 시운(時運)을 타고 공명을 세우고자 하는 소망. 용(龍)이나 호랑이가 풍운의 힘을 얻어 기세가 붙듯이 시세를 잡으려고 하는 것. 또 명군(明君)과 현인(賢人)의 만남을 『풍운지회(風雲之會)』라 한다. / 《역경》

▣ 호부우(虎負嵎) : 범이 산모퉁이를 등지고 선다는 뜻으로, 영웅이 한 지방에 할거(割據)함을 비유하는 말. 또 매우 용맹스런 모양을 형용하여 이르는 말. / 《맹자》

▣ 호소(虎嘯) : 범이 큰 소리로 울부짖음. 곧 영웅이 때를 만나 떨쳐 일어남을 비유하는 말. / 《북사》

▣ 횡삭부시(橫槊賦詩) : 창을 가로로 끼고 시를 짓는다는 뜻으로, 말을 탄 채로 창을 겨드랑이에 끼고 시를 짓는 모습에서 영웅이 진중

(陣中)에서도 문아(文雅)하고 풍류(風流)로움을 이르는 말. 위(魏)나라 조조가 오나라를 칠 때 적벽에서 시를 지은 고사에서 나온 말. 영웅의 마음이 활달함을 이름. / 소식 『전적벽부』

▣ 개세영웅(蓋世英雄) : 위력이나 기상이 세상을 뒤엎을 만한 영웅.

▣ 일세지웅(一世之雄) : 그 시대에 대적할 자가 없을 만큼 뛰어난 사람.

▣ 난세지영웅(亂世之英雄) : 소란한 시대의 영웅이라는 말. 『난세지영웅 치세지간웅(亂世之英雄 治世之奸雄)』이라고 해서 조조를 가리켜 한 말. / 《후한서》 허소전.

▣ 맹호재심산백수진공(猛虎在深山百獸震恐) : 사나운 범이 깊은 산중에 있으면 온갖 짐승은 공포에 떤다는 뜻으로, 영웅호걸이 적소를 얻으면 중인(衆人)이 우러러보고 추종함의 비유. / 사마천.

▣ 식시무자재호준걸(識時務者在乎俊傑) : 뛰어난 사람은 그 시대에 시급히 하여야 할 일을 안다는 말. / 《삼국지》 촉지.

▣ 영웅미사심(英雄未死心) : 영웅이 그의 뜻을 이루지 못하고 중도에서 죽었으나, 그 마음만은 죽지 않고 살아 있다는 뜻. / 마자재 『악왕묘시(岳王墓詩)』

▣ 영웅기인(英雄忌人) : 영웅은 자기보다 더 잘난 사람은 가까이하지 않으려 한다. 영웅은 공명(功名)을 세우기 위하여 남을 시기함. / 《삼국지》

▣ 초로간웅(草露奸雄) : 풀잎의 이슬 같은 간사한 영웅이라는 뜻으로, 하찮은 영웅.

리더십 leadership 指導力

(지도자)

【어록】

▣ 강과 바다가 모든 골짜기의 왕이 될 수 있는 까닭은 그들보다 낮은 곳에 잘 처해 있기 때문이다. 그래서 모든 골짜기의 왕이 될 수 있는 것이다(江海所以能爲百谷王者 以其善下之 故能爲百谷王 : 사람도 자기를 항상 낮은 곳에다 두게 되면 거기에서 모든 사람들의 가르침을 얻을 수 있고, 또한 인망도 흘러 들어와서 실력을 쌓을 수가 있다).
— 《노자》 66장

▣ 세 사람이 같이 길을 가면 반드시 나의 스승(지도자)이 있다(三人行必有我師 : 어디라도 자신이 본받을 만한 것은 있다는 말).
— 《논어》 술이편

▣ 장수의 한 마디 잘못 내린 명령에 군사가 파멸되고 제 몸도 잃는다(將失一令而軍破身死).
— 《여씨춘추》

▣ 닭의 입이 될지언정 소의 꼬리는 되지 말라(寧爲鷄口勿爲牛後 : 큰 인물을 추종하는 것보다는 작은 집단의 우두머리가 되는 것이 낫

다는 말). —《사기》 소진열전

▣ 용감한 장수가 지혜로운 장수만 못하고, 지혜로운 장수가 학식 있는 장수만 못하다(爲將者 有勇不如有智 有智不如有學).

—《동주열국지(東周列國志)》

▣ 밤은 나의 벗, 우리의 지도자는 절망이다. — 베르길리우스

▣ 서투른 양치기는 양떼를 망쳐 버린다. — 호메로스

▣ 이성(理性)과 판단력은 지도자가 되는 요소다. — 타키투스

▣ 사람들은 폭풍을 만났을 때 수로(水路) 안내자의 가치를 인식한다.

— L. A. 세네카

▣ 사자에게 영도되는 수사슴 떼는 수사슴에 영도되는 사자 떼보다 무섭다. —《플루타르크 영웅전》

▣ 폭력에 의하여 사람을 정의로 이끌기는 물론 가능하다. 그러나 그렇다고 해서 사람들을 폭력에 따르게 함이 정의라고는 말할 수 없다. — 파스칼

▣ 리더를 배우려거든 사리에 맞게 묻고 조심스럽게 듣고, 침착하게 대답하라. 그리고 더 할 말이 없으면 침묵하기를 배워라.

— 라파엘로

▣ 위인은 소인(小人)을 다루는 솜씨로써 그 위대함을 보여 준다.

— 토머스 칼라일

▣ 행복한 사람은 자신을 다스릴 줄 아는 사람이다. 없는 것 가운데서 있는 것을 찾아내고, 가난 속에서도 만족함을 찾아내는 기술을 갖고 있는 사람이다. — 볼테르

▣ 일단 시민들의 신임을 상실하면 두 번 다시 그들의 존경을 받지 못하게 됩니다. — 에이브러햄 링컨

▣ 위대한 지도자는 국민에게 그들의 이익이 그들의 생각과는 다른 데 있음을 인식시킨다. — 벤저민 프랭클린

▣ 모든 지도(direction)는 방향전환(redirection)이다. — 존 듀이

▣ 불행을 만났을 때, 병에 걸렸을 때, 육체적으로나 정신적으로 파국에 직면했을 때에 사람들은 지도자를 찾는다.
— 스타니슬라프 노이만

▣ 민중을 위해서 제일 큰 소리로 말하는 사람이 참말로 민중의 행복을 제일 많이 걱정하고 있다고 생각하는 것은 대체로 잘못이다.
— 마키아벨리

▣ 나는 사람의 열의(熱意)를 불러일으키는 능력이 있는데, 이것이 나에게 가장 소중한 보배이다. 타인의 장점을 키우기 위해서는 칭찬과 격려가 가장 좋은 방법이다. 윗사람한테 야단을 맞는 것처럼 향상심을 저해하는 것은 없다. — 찰스 슈와브

▣ 인간이 발전하는 결정적인 순간이란 어느 시대에도 있는 법이다. 그러므로 일체의 지도자가 무용(無用)한 것이라고 선언하는 혁명적인 정신운동은 적당한 것이다. 즉, 아직 아무 일도 일어나지 않고 있는 것이다. — 프란츠 카프카

▣ 다스리는 자가 어떤 사람을 어떤 직무에 임명하는 경우, 그 직무에 더 적합한 다른 사람이 있을 때는, 그는 신에 대해서 죄를 범하는 것이고 국가(國家)에 대해서도 죄를 범하는 것이다.

— 존 스튜어트 밀

▣ 인간이 현명해 지는 것은 경험에 의한 것이 아니고 경험에 대처하는 능력에 의한 것이다. — 조지 버나드 쇼

▣ 국가조직과 경제체제를 지도하는 사람들은 난폭하게 뛰는 말을 탄 사람과 같다. 그들에게는 말을 부릴 힘이 없다. 그저 안장 위에 앉아 있는 것만으로 뽐낼 뿐이다 — 에리히 프롬

▣ 그대의 모든 재능과 지식은 남을 돕기 위한 수단이라고 생각하라. 힘센 자나 현명한 자에게는 그 힘과 총명이 약한 자를 지도하고 이끌기 위하여 주어진 것이다. 그것으로써 약한 자를 압박하기 위하여 주어진 것이 아니다. — 존 러스킨

▣ 리더십이란 인간의 사이를 넓혀 주고 높은 업적을 달성케 하며, 보통의 레벨을 넘어선 인격을 도야시키는 데 있다. — 피터 드러커

▣ 지도자들이 국민을 잘 인도하지 못할 때 그것에 대신하는 다른 지도자가 프랑스의 밑바닥에서 튀어나옵니다. (제2차 세계대전 중 스타크 제독에게 한 편지 중에서) — 샤를 드골

▣ 오늘날 우리에게 필요한 것은 만족감이 아니라 용기이며 세일즈맨십이 아니라 지도력이다. 지도력의 단 하나의 유효한 테스트는 앞장서는 능력, 왕성한 기백으로 앞장서는 능력이다.

— 존 F. 케네디

▣ 지도자는, 정치 부문에 있어서만 태만의 책임을 문책당하는 것이지, 국민 전체의 태만에 대해서 문책을 당하는 것은 아니라고 나는 믿는다. (하버드대학 졸업논문 중에서) — 존 F. 케네디

▣ 영도자의 마지막 시련은 자신의 신념과 그것을 계승하는 의지를 후에 따르는 사람들 가슴 속에 심는 일입니다. — 월터 리프먼

▣ 우리 시대의 가장 위대한 영도자가 우리 시대의 가장 비열한 행위로 인해 쓰러졌습니다. (케네디의 암살이 있었던 5일 후, 상하원 합동회의에서의 연설) — 린든 B. 존슨

▣ 일본 지도자의 원형은 많은 커넥션과 복잡한 내막 교섭의 능력을 가진 인간이었다. — 로버트 스칼라피노

▣ 효율적 리더십은 무엇보다 가치가 있는 것을 선별하는 과정이다. 효율적인 경영이란 원칙을 세우고, 실행하는 것이다. — 스티븐 코비

▣ 리더십은 리더 자신의 도덕성과 정의와 책임감 없이는 시작조차 꿈꿀 수 없는 것이다. — 마이클 샌델

▣ 이미 좋은 지도자가 있으면 지도자가 되려고 생각해서는 안 된다. 그러나 좋은 지도자가 없는 곳에서는 자신있는 자라면 지도자가 되도록 노력해볼 일이다. — 유태인

▣ 지도자를 구하지 말라. 벗을 구하라. — 노신

▣ 대체 예로부터 세도의 승침(昇沈)이나 인심의 선악이 모두 윗사람으로부터 인도되지 않음이 없었다. — 박지원

▣ 백성들이 어리석다고 하여 그들을 속여서는 안되며, 백성들이 천하다고 해서 그들을 업신여겨서는 안 된다. 인주(人主)가 이러한 점을 잘 지켜 나가면 천자(天子)가 되지만 그렇지 못하면 필부(匹夫)가 되고 만다. — 이수광

▣ 지도자가 되기 위해 한 가지 더 필요한 것은 그의 불변성(不變性)을 가진 의지력이다. 즉 덕(德)이요 절조(節操)이다. — 이광수

▣ 지도자를 택할 줄 알고, 복종할 줄 알고, 보조할 줄 알고, 경애할 줄 아는 것은 공민(公民)의 지도자에 대한 4대 덕(德)이요, 4대 자격이다. — 이광수

▣ 지도자를 택할 때에 친소(親疎) 원근(遠近)과 차당피당(此黨彼黨)의 관념을 떠나서 전 군중의 이해를 표준하고 공평 정직한 맘으로 할 것입니다. — 안창호

▣ 한 민족의 지도자로 받들 사람이 없다면 나라의 앞길도 어두울 수밖에 없다. 지혜로운 눈과 뜨거운 마음으로 지도자를 찾는 일은 사회인이나 국민의 의무이기도 하다. — 이원수

▣ 지도자일수록 과학적 정확성과 예술적 정서를 가져야 한다는 말이다. — 피천득

▣ 한 사회나 역사는 언제나 위대한 지도자를 필요로 한다. 그러나 참다운 지도자는 항상 가장 많은 사람들에게 자유와 행복을 주겠다는 책임감 밑에 그 위대함이 인정되어야 한다. 만일 그렇지 못하다면 나폴레옹의 위대함, 히틀러적인 영웅심의 노예가 될 우려도 없지 않다. — 김형석

▣ 지도자는 남을 두려워하며 자신을 두려워한다. — 김관석

▣ 인간관계에서 신뢰가 가장 중요하듯 리더십도 신뢰의 형성이 가장 중요하다. — 안철수

【속담 · 격언】

▣ 기운이 세면 소가 왕 노릇 할까. (지략이 없이 힘만 가지고는 지도자의 위치에 설 수 없다) — 한국

▣ 소꼬리보다 닭대가리가 낫다. (남의 지휘를 받기보다는 아무데서나 지도적 위치에 서는 것이 낫다) — 한국

▣ 세 사람이 함께 길을 걸으면 그 중의 한 사람이 지도자가 되어야 한다. — 중국

▣ 말은 고삐 다루는 솜씨로 기수를 알아차린다. — 터키

▣ 양 떼의 우두머리도 다른 양과 같은 동물이다. — 그리스

▣ 강물 가운데서 말 갈아타기. (To change horses in midstream. : 위기에 직면해서 지도자를 바꾸다가는 오히려 화를 자초할 수 있다) — 영국

▣ 우두머리가 되는 사람은 다리(橋梁)가 돼라. — 영국

▣ 훌륭한 사냥개를 키워낼 수 있는 사람은 훌륭한 사냥꾼이다. — 프랑스

▣ 양치기가 많아지면 양떼 모는 일이 소홀해진다. — 독일

▣ 모두의 기호를 살려 지은 집에는 지붕이 없다. — 스웨덴

▣ 우두머리의 교체는 바보들을 기쁘게 한다. — 루마니아

▣ 양치기가 없는 50마리의 암양들은 무리를 짓지 않는다. — 러시아

▣ 말의 갈기를 잡지 못하면 꼬리를 잡으려 해도 되지 않는다. — 세르비아

■ 배는 육지를 멀리 떠나서는 사공의 것이다. — 세르비아

■ 중년 여자가 일곱이나 있는 집안에서는 어린아이의 머리가 납작해진다. — 페르시아

■ 악랄한 우두머리는 악인들에게서 기대를 모으고, 선량한 사람들의 두려움의 대상이 됨으로써 자연히 분간이 된다. — 페르시아

■ 우두머리가 없으면 일이 잘 안되지만, 우두머리가 둘이면 더욱 안 된다. — 니그리치아

■ 새 손잡이는 손에 상처를 내기 쉽다. — 반투족

【중국의 고사】

■ **태산북두**(泰山北斗) : 태산과 북두칠성이라는 뜻으로, 모든 사람들이 존경하는 뛰어난 인물을 비유하는 말 또는 학문이나 예술 분야의 권위자나 대가를 비유하는 말. 『태산』은 중국 문화의 중심지인 황하 유역에서 멀리 동쪽으로 어디서나 우러러보게 되는 높은 산이다. 『북두』는 북두칠성(北斗七星)으로 북쪽 하늘에 위치하여 모든 사람들이 우리러보는 별이다. 『태산북두』란 말은, 태산처럼 북두칠성처럼 사람들이 우러러보는 그런 존재란 뜻이다. 지금은 어떤 계통의 권위자를 가리켜 『태두』라는 말을 쓴다.

한유(韓愈)는 중국 당나라 때의 문학자 · 사상가로, 이백, 두보, 백거이와 함께 당나라의 대표적 4대 시인의 한 사람이며, 당송팔대가(唐宋八大家)로 꼽히는 중국 제일의 문장가이다. 그는 25세 때 진사과에 급제한 뒤 벼슬이 이부상서(吏部尙書)까지 되었으나

황제가 관여하는 불사(佛事)를 극간하다가 조주자사(潮州刺史)로 좌천되었다. 천성이 강직했던 한유는 그 후에도 여러 차례 좌천과 파직을 당하기도 했는데, 만년에 이부시랑(吏部侍郎)을 지낸 뒤 57세의 나이로 죽었다.

한유는 순탄하지 못했던 벼슬살이와는 달리 학문과 사상 분야에서 뚜렷한 업적을 남겼다. 친구인 유종원 등과 고문운동을 제창하여, 고문이 송대 이후 중국 산문 문체의 표준이 되게 했으며, 그의 문장은 그 모범으로 알려지는 등 후세에 영향을 주었다. 사상 분야에서는 도교와 불교를 배격하고 유가의 사상을 존중하여 공자 이래의 유학을 왕성하게 하는 데 힘써 송대 이후의 도학(道學)의 선구자가 되었다. 그 결과 후학들로부터 존경과 찬사를 받게 되었다.

이 한유에 대해 《당서(唐書)》 한유전의 찬(贊)에 다음과 같이 평가하고 있다. 「당나라가 일어난 이래 한유는 육경(六經)의 문장으로 여러 학자들의 스승이 되었다. 한유가 죽은 뒤로, 그의 학설이 크게 세상에 행해지고 있어, 학자들이 그를 우러러보기를 태산북두처럼 했다고 한다(自愈沒 其言大行 學者仰之 如泰山北斗云).」 여기서 『태산북두』는 위를 우러러본다는 뜻과 벗들에게 존경받고 숭앙받는 사람이란 뜻으로 굳어지게 된 것이다.

— 《당서(唐書)》 한유전

▣ **삼인행필유아사**(三人行必有我師) : 세 사람이 같이 가면 반드시 나의 스승이 있다는 뜻으로, 어디라도 자신이 본받을 만한 것은 있다

는 말. 《논어》 술이편에 나오는 말이다.

「세 사람이 길을 같이 걸어가면 반드시 내 스승이 있다. 좋은 것은 본받고 나쁜 것은 살펴 스스로 고쳐야 한다(三人行必有我師焉 擇其善者而從之 其不善者而改之).」『삼인행필유아사』는 좋은 것은 좇고 나쁜 것은 고치니 좋은 것도 나의 스승이 될 수 있고, 나쁜 것도 나의 스승이 될 수 있다는 뜻이다. 다음의 글을 보더라도 공자 자신도 나면서부터 아는 사람이 아니라고 하였다.

「내가 나면서부터 저절로 도를 아는 것이 아니라 옛 것을 좋아하여 부지런히 찾아 배워 알게 되었을 뿐이다(我非生而知之者 好古敏以求之者也).」 원문 해석도 반드시 어디를 갈 때만이 아니라 행동할 때도 반드시 나의 스승이 있다는 뜻이며, 하찮은 것에서도 배울 것이 있다는 뜻도 포함되어 있다. —《논어》 술이편

▣ **계구우후**(鷄口牛後) : 큰 단체의 꼴찌가 되어 붙좇기보다는 작은 단체의 우두머리가 되어라. 「차라리 닭의 머리가 될지언정 소 엉덩이는 되지 말라」라고 하는 것이 「영위계구(寧爲鷄口)언정 무위우후(無爲牛後)하라」는 말이다. 예부터 내려오는 속담을 소진(蘇秦)이 인용한 말이다.

주(周)의 연왕(燕王) 35년(BC 334), 소진은 6국이 연합해서 진나라에 대항해야 한다는 합종(合縱)의 외교정책을 들고 연나라와 조나라 임금을 설득시킨 다음, 조나라 숙후(肅侯)의 후원을 얻어 한나라로 가게 되었다. 소진은 한(韓)나라 선혜왕(宣惠王)을 먼저

이렇게 달랬다. 「한나라는 지형이 천연적인 요새로 되어 있고 훌륭한 무기들을 생산하고 있으며, 군사들은 용감하기로 이름나 있습니다. 이러한 유리한 조건과 대왕의 현명한 자질로써 공연히 진나라의 비위만 맞추려 한다면 천하의 웃음거리밖에 될 것이 없습니다.」

선혜왕은 소진의 말에 다소 자신감이 생겼다. 그런 기미를 본 소진은 끝에 가서 이렇게 부추겼다. 「대왕께서 서쪽으로 진나라를 섬기면 진나라는 한나라에 땅을 요구하게 될 것입니다. 금년에 요구를 들어 주면 명년에 또 요구를 하게 될 것입니다. 이렇게 주다 보면 나중에는 줄 땅이 없게 되고, 주지 않으면 지금까지 준 것이 아무 소용이 없이 화를 입게 될 것이 아닙니까? 또 대왕의 땅은 끝이 있지만, 진나라의 요구는 끝이 없습니다. 끝이 있는 땅을 가지고 끝이 없는 요구를 들어 주지 못하면 이것이 이른바 「원한을 사서 화를 맺는다」는 것으로, 싸우기도 전에 땅부터 먼저 주게 되는 것입니다. 신이 듣건대, 속담에 이르기를, 「차라리 닭의 주둥이가 될지언정 소 엉덩이는 되지 말라(寧爲鷄口 無爲牛後).」고 했습니다. 대왕의 현명하심으로 강한 한나라의 군사를 가지고 계시면서 소 엉덩이의 이름을 갖는다는 것은, 대왕을 위해 부끄러운 일이 아닐 수 없습니다.」

이 말에 선혜왕은 소진이 예기했던 대로 분연히 안색을 변하며, 발끈 성이 나서 눈을 부릅뜨고 손을 뻗어 칼을 어루만지며 하늘을 우러러보고 탄식하여 말했다. 「과인이 아무리 못났지만 진나라를 섬기는 일은 하늘이 무너져도 있을 수 없다.」 어쨌든 간에 이와 같이 하여 이해가 상반되는 6국을 일시적이나마 결합시킨 것은 소진의 꿈이라 아니할 수 없다. 그러나 이것이 도리어 진의 책동을 초래하여 『합종』 성립의 이듬해에 제나라와 위나라가 진나라의 사주를 받아 조를 쳐 파탄을 가져오게 했다.

『계구우후(鷄口牛後)』의 계구는 닭의 머리, 우후는 소의 꼬리를 말하는데, 「닭의 머리는 작으나 존귀하고, 소의 꼬리는 크나 비천하다」 즉 「작은 것의 머리가 될지언정 큰 것의 꼬리가 되지 말라」라는 뜻이다. —《사기》 소진열전

■ **수도호손산(樹倒猢猻散)** : 나무가 넘어지면 그 나무에서 살던 원숭이들이 흩어진다는 뜻으로, 우두머리가 망하면 그 수하들도 덩달아 낭패를 보게 된다는 말이다.

명나라 때 도종의(陶宗儀)가 편찬한 《설부》에 실려 있는 이야기다. 중국 송(宋)나라 때의 세도가 조영(曺詠)과 여덕신(厲德新)의 고사(故事)에서 유래되었다. 호손(猢猻)은 중국 호북성에 있는 원숭이다.

송나라 고종 때 조영(曺詠)은 간신 진회(秦檜)의 환심을 사서 연달아 승진하여 시랑(侍郎)의 벼슬까지 올랐다. 고위 관리가 된 뒤로 많은 사람들이 그와 관계를 맺고 잘 보이려고 하자 조영은 매우 거만해졌다. 그런데 조영의 손위 처남인 여덕신만은 조영의 벼슬이 높아진 뒤에도 그를 대하는 태도가 전과 다름없었다.

여덕신은 조영이 진회에게 아부하여 승진한 것을 알고 있기에 그 결말이 좋지 못할 것이라 생각해서 더불어 어울리지 않았다. 조영은 고을의 관리에 불과한 여덕신이 자신에게 머리를 조아리지 않는 데 앙심을 품고 그의 잘못을 들춰내려고 하였다. 그러나 여덕신의 처신이 흠 잡을 데가 없으므로 손을 쓸 도리가 없었다.

그러다가 진회가 죽자 그를 추종하던 무리들은 모두 실각하였고, 조영도 신주(新州)로 좌천되었다. 여덕신은 『수도호손산(樹倒猢猻散)』이라는 제목의 부(賦)를 지어 조영에게 보냈다. 내용은 진회를 큰 나무에 비유하고, 조영과 그 밖에 추종하는 무리를 나무에 기생해 사는 원숭이들에 비유하여, 권세를 믿고 백성을 괴롭히는 악행을 폭로하였다. 큰 나무가 쓰러져서 원숭이들도 사방으로 흩어져버리니 온 나라가 기뻐할 일이라고 하였다.

여기서 유래하여 『수도호손산』은 권력자가 실각하면 그 추종자들도 패가망신(敗家亡身)하는 것을 비유하는 성어로 쓰이게 되었다. 마찬가지로 기업이 망하면 그 구성원이 일자리를 잃고 흩어지게 되는 경우도 여기에 해당된다. —《설부(說郛)》

【에피소드】

▣ 현인(賢人)으로서 유명한 랍비 슈멜케는 어느 도시에서 지도자가 되어 달라고 하여 초대되었다. 그는 그 도시에 닿아 여관에 들자 방안에 들어박혀 몇 시간이 되어도 나오지를 않았다. 환영회의 시간은 다 되어 가고 그 환영회의 절차에 대해서 의논할 일도 있고

하여 그 도시의 대표가 걱정이 되어 방으로 찾아갔다. 문 앞에 서자 랍비는 방안을 이리저리 왔다 갔다 하며 뭔가 소리 높이 외치고 있는 것 같았다. 잘 들어 보니까, 「랍비 슈멜케, 당신은 훌륭하다!」「랍비여, 당신은 천재다!」「당신은 우리들 평생의 지도자이다!」라고 자기 자신에게 소리치고 있었다.

10분쯤 듣고 있다가 그 도시의 대표는 방안으로 들어갔다. 그리고는 랍비가 어째서 이러한 기묘한 행동을 하고 있는 것인지에 대해 물어 보았다. 랍비는 대답했다.

「나는 나 자신이 빈말이라든지 추켜세우는 말에 약하다는 것을 잘 알고 있소. 오늘밤은 모두가 최대의 찬사로써 나를 추켜세울 것이오. 그러므로 그에 익숙해지려 하는 것이오. 게다가 누구라도 자기가 자기를 칭찬하는 우스꽝스러움은 알고 있는 법이오. 그러므로 지금 말하고 있는 것과 같은 것을 내가 오늘밤 또 듣게 된다면, 그것을 그대로 받아들이지 않아도 될 것이 아니겠소.」

【成句】

▣ 영수(領袖) : 집단의 우두머리. 영(領)은 깃. 수(袖)는 소매를 말하는데, 둘 다 남의 눈에 띄기 쉽다는 데서 전(轉)하여 사람들의 위에서는 대표자 · 두목의 비유로 쓰인다. / 《진서》

▣ 영장(靈長) : 신묘하고 인지(人知)를 초월하며, 헤아릴 수 없는 힘을 지닌 가장 뛰어난 것. 만물의 우두머리란 뜻으로, 인류 · 인간을 말한다. 원래는 물을 가리킨다. / 곽박(郭璞)《강부(江賦)》

▣ 일세목탁(一世木鐸) : 세상 사람들을 가르치고 이끄는 사람. 사회의 지도자. 신문의 논설위원 등의 경칭 또는 자칭. 목탁은 금속제의 방울로 안의 혀가 나무로 만들어져 있는 것. 고대 법령을 전달할 때 울려서 민중을 모았다. 공자를 세간의 목탁에 비유했던 말. 즉 안의 혀가 금속으로 된 금령(金鈴)은 전진(戰陣)을 고하는 때에 사용했다. / 《논어》

▣ 간국지기(幹國之器) : 국가를 다스릴 기량이 있음을 이름. / 《후한서》

▣ 용장약졸(勇將弱卒) : 용감하고 강한 대장의 부하에게는 약하고 비겁한 병사는 없다. 즉 지도자의 용기나 신념이 그 집단 · 조직의 힘을 크게 좌우한다는 의미. / 소식 《연공벽제사(連公壁題詞)》

▣ 태산양목(泰山梁木) : 당대의 지도자 · 현인(賢人)을 숭앙하는 말. 태산(泰山)은 산동성에 있는 명산(名山). 양목(梁木)은 집의 들보라는 뜻으로, 가장 요긴한 부분. / 《예기》

▣ 천택납오(川澤納汚) : 남의 위에 선 자는 포용하는 아량이 있어야 함을 이름. / 《좌씨전》

▣ 일맹인중맹(一盲人衆盲) : 한 소경이 여러 소경을 거느림. 지도자가 좋지 못하여 모두 방황함을 뜻함.

역사 歷史

【어록】

▣ 공자께서 《춘추(春秋)》를 완성하니 나라를 어지럽히는 신하와 어버이를 해치는 자식들이 두려워하게 되었다{孔子成春秋而亂臣賊子懼 : 공자가 살았던 시기는 춘추시대로서, 도의가 땅에 떨어지고 세상이 쇠해 각종 사설(邪說)이 들끓어 신하가 임금을 죽이고, 자식이 어버이를 해치는 일이 생겨났는데, 공자가 이를 바로잡기 위해 천자(天子)의 일을 다룬 《춘추》를 완성함으로써 비로소 난신적자들이 두려워하게 되었다고 맹자는 말한 것이다. 이처럼 나라를 어지럽히는 신하와 어버이를 해치는 자식을 가리켜 『난신적자』라고 한다}. —《맹자》

▣ 은(殷)나라의 거울은 먼 데 있지 않다. 전대인 하(夏)나라에 있다{殷鑑不遠 在夏后之世 : 망국의 선례(先例)는 바로 전대(前代)에 있다는 뜻}. —《맹자》

▣ 나를 알아주는 것도 《춘추》뿐이요, 나를 죄 주는 것도 오직 《춘추》

뿐이다{知我者其惟春秋乎 罪我者其惟春秋乎 : 나는(공자) 이 세상의 난신적자(亂臣賊子)에 필주(筆誅 : 남의 죄악이나 과실을 글로써 책망함)를 가하고자 《춘추》를 썼다. 이 뜻을 알아주는 것은 《춘추》일 것이다. 또 사람이 죄를 받는다는 천자의 권력을 범한 월권한 나를 벌해 줄 수 있는 것도 역시 《춘추》일 것이다. 자기가 지은 《춘추》에 대해 공자가 한 말이다}. — 《맹자》

▣ 《서경(書經)》을 모두 믿는 것은 《서경》이 없는 것만 못하다{盡信書則不如無書 : 《서경》에는 과장된 표현이 적지 않으므로 그것을 읽을 때에는 반드시 잘 비판해서 읽어야 한다. 분별없이 모두 믿는다면 고대의 성왕들을 오해하게 되기 쉬우므로 《서경》을 몰랐던 것만 못한 결과를 초래하기 쉬울 우려가 있다는 것. 지금은 모든 것을 고서(古書)나 전인(前人)들의 경험에만 의존해서는 안 됨을 비유하는 말}. — 《맹자》

▣ 사람이 태어나 예부터 누군들 죽음이 없겠는가? 일편단심 머무르게 하여 역사에 빛나게 하리라(人生自古誰無死 留取丹心照汗靑 : 사람의 삶이란 자고로 죽지 않는 이는 없다. 적으나마 충성된 진심을 세상에 머물게 하여 역사에 비추고자 한다). — 《십팔사략》

▣ 시는 역사보다 더 철학적이고 근엄하며 더 중요한 무엇이다. 역사가 말해 주는 것은 독특한 것들이지만, 시가 말해 주는 것은 보편적인 성격을 띠고 있기 때문이다. — 아리스토텔레스

▣ 오래 전의 역사란 세월의 경과로써 어두워졌으므로 진실을 알아내기란 여간 어려운 일이 아니다. 그리고 그 시대의 명사들에 대한

아침으로 흔히 사실이 흐려져 있기 때문이다.

— 《플루타르크 영웅전》

▣ 역사는 영원히 되풀이된다. — 투키디데스

▣ 역사란 전례가 가르치는 철학이다. — 디오니시오스

▣ 역사가 기록되는 것은 얘기하기 위해서이지 증명하기 위한 것은 아니다. — 퀸틸리아누스

▣ 로마는 하루에 이루어지지 않았다. — 세르반테스

▣ 역사가 없는 나라의 국민은 행복하다. — 체사레 베카리아

▣ 나는 행위를 칭찬하지 않는다. 내가 칭찬하는 것은 인간의 정신이다. 행위는 정신의 겉옷에 지나지 않는다. 역사는 인간 정신의 낡은 탈의장에 지나지 않는다. — 하인리히 하이네

▣ 그 연대기를 읽어서 지겨워지는 사람은 행복하다. — 몽테스키외

▣ 역사는 법률로 밝히고, 법률은 역사로 밝혀야 할 것이다.

— 몽테스키외

▣ 모든 인간의 생활에는 역사가 있다. — 셰익스피어

▣ 클레오파트라의 코가 조금만 더 낮았더라면 세계의 역사는 달라졌으리라. — 파스칼

▣ 세계 역사는 단지 위인들의 전기에 불과하다. — 조지 바이런

▣ 역사 작품을 쓰는 비결은 무시해야 할 사항을 아는 데 달려 있는 기술(記述)이다. — 앰브로즈 비어스

▣ 이 세상에 있어서 대사건의 역사는 거의 죄악의 역사에 불과하다. 속인(俗人)들과 사기꾼들의 야심에 의하여 공포 분위기에 휩싸이

지 않았던 세기(世紀)는 거의 없었다. — 볼테르

▣ 모든 역사는 거짓말이다. — 볼테르

▣ 역사를 기록하는 것은 과거에서 벗어나는 하나의 방법이다. — 괴테

▣ 역사가의 의무는 진실과 허위, 확실과 불확실, 의문과 부인을 분명히 구별하는 일이다. — 괴테

▣ 역사가는 회고하는 예언자이다. — A. 슐레겔

▣ 훌륭한 역사가는 어느 시대 어느 나라에도 속하지 않는다. — 프랑수아 페늘롱

▣ 역사는 인간을 슬기롭게 만들며, 시간은 인간을 재치 있게 하며, 수학은 인간을 정밀케 하며, 자연과학은 인간을 심원하게 하며, 윤리학은 인간을 중후하게 하며, 논리학과 수사학은 논쟁에 능하게 한다. — 프랜시스 베이컨

▣ 역사는 일반적으로 정부가 얼마나 나빴는지를 말해 줄 뿐이다. — 토머스 제퍼슨

▣ 좋건 나쁘건 세계가 입에 올리지 않는 사람이 가장 행복합니다. — 토머스 제퍼슨

▣ 역사는 과거의 사람들을 평가함으로써 사람들로 하여 미래를 판단케 한다. — 토머스 제퍼슨

▣ 펜은 검보다 강하다. — 불워 리튼

▣ 역사는 경험되고 기록될 수 있는 사실의 전달이다. — 새뮤얼 콜리지

▣ 이제 그는 역사에 속한다. (에이브러햄 링컨의 죽음에)

— E. M. 스테이션

▣ 역사는 전설로 퇴색한다. 사실은 의심과 이론(異論)으로 구름이 낀다. 비석의 비문은 삭아 가고, 조상(彫像)은 대좌(臺座)에서 굴러 떨어진다. 대원주(大圓柱)이건, 아치이건, 피라미드이건 모래를 쌓아 올린 것밖에 더 되느냐. 거기에 새겨진 묘비명도 결국은 먼지 위에 쓰인 글에 지나지 않는가? — 워싱턴 어빙

▣ 세계의 사상(事象)을 모두 신의 역사로 표상(表象)하는 것, 이것이 종교다. — 프리드리히 슐라이어마허

▣ 역사란 예언이 적힌 두루마리 족자를 펴 놓은 것에 지나지 않는다.

— 제임스 가필드

▣ 진정한 뜻의 역사란 없다. 있는 것은 오로지 전기(傳記)이다.

— 랠프 에머슨

▣ 암살자는 세계의 역사를 바꾸지 못했다. — 랠프 에머슨

▣ 역사의 쓰임은 현시점과 그 임무에 가치를 부여하는 데 있다.

— 랠프 에머슨

▣ 역사를 분석함에 있어 너무 완전하려고 하지 말라. 주어진 원인들이 흔히 지극히 피상적인 것이기 때문이다. — 랠프 에머슨

▣ 지금까지의 모든 사회의 역사는 계급투쟁의 역사다.

— 카를 마르크스

▣ 역사는 앞으로의 전망을 별빛으로, 좀 더 나을지라도 이지러지는 달빛 정도를 우리에게 비춰 줄 따름이다. — R. 초트

■ 인생의 항로는 바다와 같다. 사람은 왔다 가고, 밀물은 차고 빠진다. 이것이 역사의 전부이다. — J. 밀러

■ 나를 공박하는 사람들이, 역사가가 으레 질문할「그것이 사실인가?」라는 말을 왜 하지 않는지 나는 항상 놀라지 않을 수 없습니다. — A. M. 슐레징거

■ 역사란 명확해진 경험이다. — 존 로널드 로얼

■ 과거도 현대적인 뜻을 지닌다. 지나간 역사에서 살아남아, 그 유형을 뭇 사람 가슴과 인생 속에 발견하는 그러한 것들만이. — 존 로널드 로얼

■ 인류사가, 실패에 돌아간 계획과 실망에 끝난 희망과의 이야기 이상이었던 적은 거의 없다. — 새뮤얼 존슨

■ 역사는 인생의 방면보다도 악의 방면을 한층 강하게 그려낸다. — 장 자크 루소

■ 역사는 이루어진 소설이며, 소설은 이루어질 수 있는 역사이다. — 콩쿠르 형제

■ 역사는 대개 공무(公務)에 의해서 창작되는 것입니다. — 프란츠 카프카

■ 나의 지식으로 하여금 늘 역사를 읽게 하여 반성함이 있도록 하라. 이것이 유일한 진실의 철학이다. 또 그로 하여금 탁월한 군인의 역사를 읽게 하라. 이것이 전술을 배우는 데 유일한 옳은 방법이다. — 나폴레옹 1세

■ 역사란 합의 위에 성립하는 만든 이야기 이외의 무엇이겠는가.

— 나폴레옹 1세

■ 세계 역사는 자유의식의 진보다. — 게오르크 헤겔

■ 세계사는 세계 법정이다. — 게오르크 헤겔

■ 세계사는 세계 심판이다. — 프리드리히 실러

■ 역사의 기록이 공백인 국민은 복될진저. — 토머스 칼라일

■ 역사는 소문을 증류한 것이다. — 토머스 칼라일

■ 역사가는 뒤돌아보는 예언자다. — A. 슐레겔

■ 역사가란 과거부터 말해 오는 망령의 무리다.

— 에른스트 호프만

■ 치욕, 치욕, 치욕, 이것이 인간의 역사이다. — 프리드리히 니체

■ 사물의 처음을 찾는 것으로써 사람은 그 다음을 알게 된다. 역사가는 뒤돌아보는 것으로 사물을 본다. 드디어는 뒤돌아보는 것을 믿게 시리 된다. — 프리드리히 니체

■ 행복한 여자에게는 행복한 나라처럼 역사가 없다.

— 조지 엘리엇

■ 당신은 당신 자신의 개인의 역사를 관찰해야 한다. 역사의 의미는 항상 당신의 현재에 있다. 당신은 그것을 관객의 눈으로 보지 말고 오직 책임 있는 결단을 가지고 보아야 한다. — 루돌프 불트만

■ 역사는 단순한 가십에 지나지 않는다. — 오스카 와일드

■ 누구나 역사를 만들 수 있지만, 위대한 자만이 역사를 쓸 수 있다.

— 오스카 와일드

■ 부분적인 역사란 단연코 있을 수 없다. 어떠한 역사도 세계사여야

하고, 소재의 한 토막을 역사적으로 다루는 것도 다만 역사 전체에 관련시킬 때 비로소 가능해지는 것이다. — 노발리스

▣ 역사가 가리키고 있는 바에 의하면 모든 음모는 상류계급이나 왕과 간신들에 의해 계획되고 있다. — 마키아벨리

▣ 인간은 세계사의 중요한 담당자이며, 세계사는 인류의 운명의 집합에서 나온다. — 프란츠 브렌타노

▣ 거짓말을 내포하지 않은 역사책은 퍽 권태롭다.

— 아나톨 프랑스

▣ 초자연적인 것이 나타날 때 역사가는 그것을 거부해서는 안된다.

— 아나톨 프랑스

▣ 역사란 「나고, 괴로워하고, 죽는다」 란 세 개의 사실의 자각도 기록도 아니다. — 아나톨 프랑스

▣ 전쟁은 시끄럽고 팽팽한 역사를 만들고, 평화는 빈약한 읽을거리를 만든다는 것이 나의 지론(持論)이다. — 토머스 하디

▣ 역사는 언제든지 패자에게 등을 돌리고 승자를 옳다고 하는 것이란 사실을 잊어선 안 된다. — 슈테판 츠바이크

▣ 온갖 역사는 천국과 지옥의 양 극단 사이에 있는 세계의 진동의 기록에 지나지 않는다. 한 기간이란 것은 그 흔들이의 한 번 흔들리는 것에 지나지 않는데도 각 시대의 사람들은 세계가 항상 움직이고 있기 때문에 진보하고 있다고 생각한다. — 조지 버나드 쇼

▣ 인류사는 기호(記號)의 역사, 다시 말해서 종교의 역사이다.

— 알랭

▣ 우리들은 역사의 관찰자이기 전에 우선 역사적 존재이다.

— 빌헬름 딜타이

▣ 역사 없인 자유가 없고, 또 그와 반대로 자유 없인 역사가 없다.

— E. H. 카

▣ 역사의 임무는 인간의 모험에 의미를 부여하는 것입니다. 신들이 그랬던 것처럼. — 앙드레 말로

▣ 역사의 목적은 과거의 실례에 의해서 우리들의 욕망이라든가 행동을 이끄는 것과 같은 지식을 가르치는 데 있다. — 월터 롤리

▣ 인간의 역사는 그 근본에 있어서 창조의 역사이다.

— 허버트 조지 웰스

▣ 인류사는 본질적으로는 사상사(思想史)다. — 허버트 조지 웰스

▣ 역사는 인간 자신이 그 대상이다. 역사에 내재하는 조건의 하나는 역사가 인간을 파악하고, 이해하고 알리도록 애쓰는 일이다.

— 레오폴트 폰 랑케

▣ 역사는 농업과 같이, 높은 언덕에서가 아니고 골짜기에서, 즉 탁월한 인간에서가 아니고 평균적인 사회 수준에서 양분을 섭취하는 것이다. — 호세 오르테가이가세트

▣ 모국의 역사의 참된 연구는, 세계사와 그 법칙과를 비교하고 관련시켜 고향을 바라보는 일일 것이다. — 야코프 부르크하르트

▣ 세계사는 부단한 투쟁이 낳은 영원한 인간극에 다름 아니다.

— 쥘 미슐레

▣ 세계의 역사는 일반적인 세론에 대한 권력투쟁에 지나지 않는다.

권력이 세론에 따를 때는 강하고, 그것에 거역할 때는 붕괴한다.

— A. V. 비니

▣ 역사란 언제나 동떨어진 원인에서 기묘한 결과를 가져오는 것이다.

— T. S. 엘리엇

▣ 역사가는 다만 사물의 경과를 써 두고 평가하지 않으면 안 되는 것뿐이며, 스스로 사물의 결정에 참여해서는 안 된다.

— 프리드리히 마이네케

▣ 역사라는 이름의 눈먼 수레에 갇혀 있는 그들, 그들의 행동이나 희망은 병 안에 가득 갇힌 파리 떼의 소리처럼 뜻 없는 것이었다.

— 렉스 워너

▣ 역사는 실로 그 대부분이 인류의 범죄 · 우행(愚行) · 재난의 등기부에 지나지 않는다. — 에드워드 기번

▣ 세계의 역사는 매일 매일 빵과 버터를 찾는 인간의 기록이다.

— 헨드릭 빌렘 반 룬

▣ 과거는 정적이 되어 버린다. 그것은 역사이며, 역사의 사실은 변할 수 없다. ……사람은 과거에서 배울 수 있고 과거를 귀중히 여길 수 있지만, 그러나 그것을 변경시킬 수는 없다. — 펄 벅

▣ 역사가 없는 국가가 행복하다는 것은 저속한 거짓말입니다. 영광된 역사가 있는 나라야말로 행복된 나라입니다. — T. 루스벨트

▣ 조그마한 문학작품을 쓰기 위해서도 막대한 역사가 필요하다.

— 헨리 제임스

▣ 우리의 역사라고 부르는 것이 『문명』 사회에 있어서의 역사인 만

큼 문명 속에 어떤 것이 역사의 여명기에까지 거슬러 올라가는 것은 당연한 일이다. 그러나 만일 역사라는 말로 지구상에 인간이 살아온 전 기간을 의미한다면 문명을 낳은 기간은 인간의 역사와 같은 길이가 아니라 인류의 전 생애의 불과 2퍼센트, 50분의 1을 차지할 뿐이다. 그래서 우리 문명은 우리의 목적에서 본다면, 결국 서로 동시대의 것으로 간주할 수 있다. — 아널드 토인비

▣ 우리가 역사에서 배우는 것은 우리가 아직도 배우지 못하고 있다는 사실뿐이라고 합니다. 그러나 그럴 의사만 있으면 우린 배울 수 있을 것입니다. 이 비극적인 사건에서 우리가 배워야 할 것은 틀림없이 있을 것입니다. (당시 대법원장인 그가 존 F. 케네디에게 바치는 頌辭) — 얼 워렌

▣ 나는 역사나 박물관을 싫어한다. 그것들은 무덤과 같기 때문이다. — 바츨라프 니진스키

▣ 천재는 하나의 유전적 기회이고, 역사는 하나의 혼란된 소란이지만, 그러나 삶은 지속한다. — 허버트 리드

▣ 역사가는 문학과 철학을 역사적으로 다룬다. 또 철학자는 역사와 문학을 철학으로 다룬다. — 노드롭 프라이

▣ 예로써 역사책에서 전개해 보여주는 『원인과 결과』에 관한 얘기만큼 따분한 것은 없다. 그것처럼 전도되고 피상적인 생각은 없다. —그렇다고 해서 「그런 얘기는 따분하고 어리석다」는 지적이 그 얘기를 중단시키지도 않을 것이다. — 비트겐슈타인

▣ 역사의 대부분을 통해 인간에 대한 인간의 이용(利用)이 인간을 비

뚫어지게 하였다. 이러한 것이 인간에게 천부적인 것이라고 믿는다면 이는 마치 불모의 땅에 씨를 뿌리고는 그것이 자라나지 않는다고 불평하는 것이나 마찬가지다. — 에리히 프롬

▣ 인간 그 자체는 끊임없이 계속되는 인간 노력의 가장 중요한 창조체요 완성체인데, 우리는 그런 노력의 기록을 역사라고 부른다.

— 에리히 프롬

▣ 인간은 다만 역사에 의해서만 만들어지는 것이 아니라, 역사 또한 인간에 의해 창조된다. — 에리히 프롬

▣ 대부분의 사람들이 양이라면 왜 인간의 생활은 양의 생활과 다른가? 인간의 역사는 피로 쓰여 왔고, 거의 예외 없이 인간의 의지를 굽히게 하기 위해 힘을 사용해 온, 계속적인 폭력의 역사이다.

— 에리히 프롬

▣ 역사를 읽는 일은 즐거움이다. 그러나 그보다도 더 마음을 끌고 흥미 있는 것은 역사를 만드는 데 참여하는 일이다.

— 자와할랄 네루

▣ 역사에 대해서 「만일……이라면」이라든가, 가능성이라는 것을 고려하는 것은 부질없는 노력이다. — 자와할랄 네루

▣ 인간의 역사는 학대받는 자의 승리를 참을성 있게 기다리고 있다.

— R. 타고르

▣ 어느 곳에서든지 역사 자체가 똑같은 양식을 정확히 되풀이한다면 이는 완전히 기회를 낭비하는 것이리라. — R. 타고르

▣ 나를 처벌하라. 그것은 문제가 아니다. 역사는 나에게 무죄를 선고

할 것이다. — 피델 카스트로

■ 한비(韓非)에 의하면, 역사는 정지하는 것도 아니며 역류하는 것도 아니며 그저 발전하는 것이다. — 장기윤

■ 붓을 잡고 정직하게 씀은 사관(史官)의 직무다. — 이이(李珥)

■ 세 살적 버릇이 여든까지 간다. 오백 년 전에 있던 우리 조상들의 장처 단처는 오늘날 우리 중에도 너무도 분명하게, 너무도 유사하게 드러난다. 그 성질이 드러나게 하는 것까지도 퍽이나 오백 년을 새에 두고 서로 같다. 우리가 역사를 읽는 재미가 여기 있는지도 모른다. — 이광수

■ 미래 역사는 장래의 흥망과 장래의 성쇠와 장래의 인물 우열이 역력소소(歷歷昭昭)히 우리의 장래 일들을 예선(豫先) 지도하여 실지 준비에 전심 용력케 하나니 그 효과가 어찌 과거사에 비할까. — 이상재

■ 정당하여야 할 물건이 너무 부정당하게 쓰이기 잘하는 것 중에 『역사』라는 우심(尤甚)한 일물(一物)이 있다. — 최남선

■ 역사의식이 없는 사람에게는 아무리 어마어마한 변화라도 아무런 의의가 없어 보이고 그런 사람에겐 변화는 있으나마나 한 것이 된다. 하나의 우연한 사실로밖에 달리 보아지지 않을 것이다. 그러나 역사의식을 가지고 보면 모든 변화에는 인과(因果)관계가 있음을 알 수 있다. 겉으로 보기에는 우발적 사건이요 우연적 변화와 같으나 그 내면에는 모두 역사적 인과가 존재해 있음을 알게 된다. — 김성식

■ 문화는 역사의 덩어리요, 역사는 문화의 근원이다. 다른 말로 바꾸면 문화는 역사의 열매요, 역사는 문화의 뿌리다. 역사가 있는 곳에 문화가 있고, 문화가 있는 곳에 역사가 있는 것이다.

— 김성식

■ 역사의 연구에는 자료와 방법 이외에 사관(史觀)이 있어야 한다. 사관을 세우는 데는 깊은 연구가 필요하고, 또한 사관의 수립을 위한 보조학문이 많이 요청되고 있다. — 백낙준

■ 역사의 철학을 확립하는 것은 우리의 사관(史觀)을 확립하는 길이요, 역사의 과학을 실천하는 것은 근대사학(近代史學)의 과학적 방법에 의한 연구를 의미하는 것이다. — 이상백

■ 역사는 두 가지로 남는다. 하나는 뒤에 남는 것이요, 다른 하나는 속에 남는 것이다. 보통 일반으로 역사라 할 때는 뒤에 남는 역사를 가리켜 하는 말이다. 조국의 흥망, 인민의 변동, 전쟁의 승패, 산업의 성쇠, 학문예술의 융체(隆替) 들은 다 과거의 사실로 남아 있어, 혹은 기록으로 혹은 유물로 후세에 전하게 된다. 그러나 역사는 기록으로 남거나 유물로 전하게 되는 그것만이 아니다. 그 밖에도 현재의 산 사실로 생명의 속에 남아 있는 것이 또 있다. 그것은 마치 소화된 음식같이, 효과를 나타내는 신체운동같이 그 원형 그대로를 다시 볼 수 없으나 산 생명으로 민족적 존재 안에 남아 있어서 그 체격으로 되고 얼굴생김으로 되며, 마음씨 성격으로 되고, 풍속신앙으로 되는 것이다. — 함석헌

■ 역사는 소중한 인류의 체험이며 시대의 창조이다. 역사는 반드시

의미를 가져야 하며, 의미가 없는 것이 역사가 될 수는 없다.

— 유달영

▣ 나라의 자랑은 역사의 자랑이며, 역사의 자랑은 곧 인물의 자랑이다. — 유달영

▣ 역사에는 일반적으로 설화적 · 교훈적 · 법칙적 인식이 있으며 역사에 관심을 갖고 독서를 계속하면 이 목적은 절로 달성할 수 있다. 역사는 우리에게 비단 『재미』만 주지 않고 『교훈』을 주며 앞날에 대한 방향, 즉 역사적 법칙 같은 것도 깨우쳐 준다. 역사란 엄격한 의미에서 『오늘』의 이해를 위해 있는 것이다. — 송건호

▣ 역사는 말을 하지 않는다. 그러나 역사 속에는 무한의 진리가 내포되어 있기 때문에 지혜의 눈과 용기의 입을 가진 모든 사람들로 하여금 언제나 말하게 한다. 그리고 그들의 음성이 역사를 지켜 온 것이다. — 김형석

▣ 역사의 과정은 산봉에서 산봉에로 비약하는 것이 아니라, 지세를 따라 연면히 흐른다. — 김태길

▣ 역사는 신의 역사도 아니요, 자연의 역사도 아니요, 인간의 역사다. 역사는 인간에 의해 만들어진 제3의 세계다. — 안병욱

▣ 서양사, 서양예술은 3박자로 춤춘다. 역사는 역사가 치료한다.

— 최인훈

▣ 역사란 흘러가 버린 시간이 아니라 괴어 있는 시간, 미래를 향해 도리어 흘러 내려오는 그런 시간이다. — 이어령

▣ 나는 역사의 신(神)을 믿는다. — 김용옥

【시 · 문장】

삼천 년의 역사에서
배울 것을 모르는 자는
아는 것도 없이 암흑 속에 있어라
그날 그날 산다 해도.

— 괴테 / 東西시집

【중국의 고사】

▣ **춘추필법**(春秋筆法) : 대의명분을 밝혀 세우는 사필(史筆)의 준엄한 논법을 비유하여 이르는 말. 이 말은 《춘추》의 문장에는 공자(孔子)의 역사비판이 나타나 있다고 하는 데서 비롯된 것으로, 중국의 경서(經書) 《춘추》와 같은 비판적인 태도로 오직 객관적인 사실에만 입각하여 기록하는 것을 의미한다. 일명 『춘추직필(春秋直筆)』이라고도 한다.

《춘추》는 중국 고대의 사서(史書)로 춘추시대 노(魯)나라 은공(隱公) 초년(BC 722)부터 애공(哀公) 14년(BC 481)에 이르기까지 12대 242년간의 연대기이다. 《맹자(孟子)》에 따르면 기원전 5세기 초에 공자가 엮은 것으로 전해진다. 노나라 242년간의 사적에 대하여 간결한 사실(史實)을 적고, 선악을 논하고 대의명분을 밝혀 그것으로써 천하 후세의 존왕(尊王)의 길을 가르쳐 천하의 질서를 유지하려 한 것으로 전해진다. 이 표현법이 『춘추필법』으로 일컬어졌으며, 『춘추삼전(春秋三傳)』으로 불리는 《춘추공양전(春秋公

羊傳)》, 《춘추곡량전(春秋穀梁傳)》, 《춘추좌씨전(春秋左氏傳)》 세 주석서가 바로 그것으로, 편년체(編年體) 서술의 시조로 평가된다.

공자는 춘추시대 말기의 사람으로 노나라 태생이다. 그가 살던 시대는 하극상과 약육강식이 만연했던 시대였다. 공자는 그 시대의 혼란상을 보면서 저마다 자기 직분을 잃고 있기 때문이라고 판단하여, 「임금은 임금, 신하는 신하, 부모는 부모, 아들은 아들다워야 한다(君君, 臣臣, 父父, 子子).」라고 말하여 각자의 직분을 지켜야 함을 강조했다. 그리고 과거를 거울삼아 기강이 무너진 천하를 바로잡아야겠다는 취지로 《춘추》를 집필하게 되었다.

사건을 기록하는 기사(記事), 직분을 바로잡는 정명(正名), 칭찬과 비난을 엄격히 하는 포폄(褒貶)의 원칙을 세워, 여기에 어긋나는 것은 철저히 배격했으며, 오직 객관적인 사실에 입각하여 자신의 판단에 따라 집필하였다. 특히 선왕(先王)의 업적을 평가할 때에도 이 원칙은 예외 없이 지켜졌다. 오직 정사(正史)를 기록한다는 신념으로 외압에도 굴하지 않고 버텨 편년체의 효시인 《춘추》를 완성했다.

여기에서 비롯하여 대의명분을 좇아 객관적인 사실에 입각하여 준엄하게 기록하는 논법을 『춘추필법』이라 부르게 되었다. 이와 유사한 의미로 『동호지필(董狐之筆)』이라는 말이 있다. 이 말은 춘추시대 진(晉)나라의 사관인 동호(董狐)가 당시의 사실을 숨기지 않고 사실대로 직필함을 일컫는 말이다.

▣ **동호지필(董狐之筆)** : 오류나 결함을 조금도 숨기지 않고 있는 그대로 공정하게 기록하다. 『동호지필』은 특히 포폄(褒貶)이 분명한 춘추필법(春秋筆法) 같은 사필(史筆)을 비유할 때 흔히 쓰인다.

춘추시대 진(晋)의 문공이 세상을 떠나고 양공이 즉위한 뒤 조순(趙盾)이 재상으로 있으면서 많은 치적을 쌓았다. 당시 사람들은 조순과 그의 아버지 조최를 진나라의 공신으로 칭찬을 아끼지 않았다. 그러나 두 부자의 성격은 판이하게 달랐다. 《춘추좌씨전》 문공 7년에 어떤 사람이 대부 호사고에게 물었다. 「조최와 조순은 어떤 사람인가?」 호사고가 대답했다. 「조최는 겨울날의 해와 같고, 조순은 여름날의 해와 같다(趙衰 冬日之日也 趙盾 夏日之日也).」

여기서 하일(夏日)과 같은 뜻으로 추상(秋霜)이란 말도 많이 쓰이는데, 모두가 정직하고 인격이 높은 사람을 가리키는 말로서 『하일추상(夏日秋霜)』이라고도 한다. 양공이 죽은 뒤 어린 나이로 즉위한 진영공은 아주 어리석고 포학한 임금이었다. 예컨대 그는 높은 정자 위에서 지나가는 행인을 활로 쏘아 맞히는 놀이를 도락으로 삼았고, 요리사가 국을 맛이 없게 조리했다고 해서 죽여버리기까지 하는 위인이었다. 이에 재상 조순이 여러 차례 간언했지만 왕은 듣지 않을 뿐만 아니라 세 번이나 조순을 죽이려다가 실패하였다. 결국 신변의 위협을 느낀 조순은 외지로 나가 잠시 피신을 하게 되었다.

그러던 중 조순의 사촌형인 조천(趙穿)이 진영공이 도원에서 술에 만취한 틈을 타서 심복을 시켜 감쪽같이 시해하고 말았다. 이에 조순은 즉시 도성으로 돌아와 진성공을 세우고 계속 재상 직을 맡아보게 되었다. 그 후 사관인 동호가 이 사실을 역사에 기록할 때 「조순이 임금을 시해하였다」고 써넣었다. 그 기록을 본 조순은 깜짝 놀라 급히 동호를 찾아가 일이 그렇게 된 연유를 장황하게 늘어놓았다. 그러자 동호가 질책하는 어조로 조순을 꾸짖었다. 「대인께서는 일개 재상의 몸으로 당시 달아나기는 했지만 국경을 넘어가지 않았으며, 또 돌아와서도 죄인들을 징벌하지 않았으니, 이 죄를 대인께서 지지 않으면 누가 책임져야 하겠습니까?」

《춘추좌씨전》 선공 2년에서는 이 사실을 서술하면서 「동호는 옛날 훌륭한 사관으로 사건의 진실을 왜곡하지 않았다.」고 평한 공자의 말을 인용하고 있다. 동시에 공자는 조순에 대해서도 「옛날 훌륭한 대부였던 조선자(즉 조순)는 억울하게 죄명을 뒤집어쓰게 되었는데 안타까운 일이다. 만일 그가 본국을 떠났더라면 아무 책임도 없었을 것이다.」라고 말했다는 것이다. 이렇게 해서 나중에 공정한 사관을 칭송할 때면 동호라고 하게 된 것이다.

— 《춘추좌씨전》

▣ **천도시비**(天道是非) : 하늘이 가진 공명정대함을 한편으로 의심하면서 한편으로 확신하는 심정 사이의 갈등을 드러내는 말. 하늘의 뜻이 과연 옳으냐, 그르냐. 이는 곧 옳은 사람이 고난을 겪고, 그른 자가 벌을 받지 않는 것을 보면서 과연 하늘의 뜻이 옳은가, 그른가 하고 의심해 보는 말이다.

《노자》 제70장에 보면 「하늘의 도는 친함이 없어서 항상 선한 사람의 편을 든다(天道無親 常與善人).」는 말이 있다. 이 말은 아무리 악당과 악행이 판을 치는 세상이라 해도 진정한 승리는 하늘이 항상 선한 사람의 손을 들어 준다는 뜻이다. 물론 이것은 일정 정도 정당한 논리이지만, 현실 속에서는 그렇지 못한 것을 우리는 비일비재하게 보아 왔다.

《사기》를 쓴 사마천(司馬遷)은 한(漢)나라 무제 때 인물이다. 그는 태사령(太史令)으로 있던 당시 장수 이능(李陵)을 홀로 변호했다가 화를 입어 궁형(宮刑 : 거세당하는 형벌)에 처해졌다. 『이능의 화(禍)』라고 하는데, 전말은 이렇다.

이능은 용감한 장군으로, 5천 명의 병력을 이끌고 흉노족을 정벌하다가 중과부적(衆寡不敵)으로 부대는 전멸하고 자신은 포로가 된 사람이다. 그러자 조정의 중신들은 황제를 위시해서 너나없이 이능을 배반자라며 비난했다.

그때 사마천은 이능의 억울함을 알고 분연히 일어나 그를 변호하였다. 이 일로 해서 사마천은 투옥되고 사내로서는 가장 치욕적인 형벌인 궁형을 당했던 것이다. 그러나 사마천은 여기에 좌절하지 않고 치욕을 씹어가며 스스로 올바른 역사서를 쓰리라고 결심하였다. 그리하여 마침내 완성한 130권에 달하는 방대한 역사서가 《사기》이다.

그는 《사기》 속에서, 옳은 일을 주장하다가 억울하게 형을 받게 된 자신의 울분을 호소해 놓았는데, 이것이 바로 백이숙제열전에 보이는 유명한 명제 곧 「천도는 과연 옳은가, 그른가(天道是耶非耶)」이다. 그는 이렇게 말한다. 「흔히 『하늘은 정실(情實)이 없으며 착한 사람의 편이다.』라고 말한다. 그러나 이는 인간이 부질없이 하늘에 기대를 거는 이야기에 지나지 않는다. 이 말대로 진정 하늘이 착한 사람의 편이라면 이 세상에서 선인은 항상 영화를 누려야 할 것이다. 그러난 실상은 그렇지가 않으니 어쩐 일인가?」

이렇게 말한 그는 다음과 같은 예를 들었다. 「백이 숙제가 어질며 곧은 행실을 했던 인물임은 세상이 다 아는 일이다. 그런데 그들은 수양산에 들어가 먹을 것이 없어 끝내는 굶어죽고 말았다. 공자의 70제자 중에서 공자가 가장 아꼈던 안연(顔淵)은 항상 가난에 쪼들려 쌀겨조차 배불리 먹지 못하다가 결국 젊은 나이에 죽고 말았다. 이런데도 하늘이 선인의 편이었다고 할 수 있는가. 한편 도척은 무고한 백성을 죽이고 온갖 잔인한 짓을 저질렀건만, 풍족하게 살면서 장수하고 편안하게 죽었다. 그가 무슨 덕을 쌓았기에 이런 복을 누린 것인가.」

이렇게 역사 속에서 억울하게 죽어간 사람들의 이야기를 하고 나서 사마천은 그 처절한 마지막 질문을 던진다. 「과연 천도(天道)는 시(是)인가, 비(非)인가?」 과연 인과응보(因果應報)란 있는 것인가? 사마천이 궁형을 당한 덕택에 결국 《사기》라는 대저술을 남기게 됨으로써 역사에 이름을 남기게 되었으니, 그것이 하늘이 그에게 보답을 한 것이라고 말할 수 있을까?

— 《사기》 백이숙제열전

■ **공명수죽백**(功名垂竹帛) : 이름을 천추에 전한다(名傳千秋)는 말. 『죽백(竹帛)』은 대나무와 비단이란 뜻이지만, 옛날에는 기록을 대나무쪽이나 비단 폭에 해두었기 때문에 그것은 곧 기록이란 말이 된다. 그러므로 공명을 죽백에 드리운다는 말은 공을 세워 이름을 역사에 남긴다는 뜻이다. 《후한서》 등우전(鄧禹傳)에 나오는 이야기다.

등우(鄧禹)는 후한 광무제(光武帝, 25~57)를 섬긴 어진 신하로서 그는 광무제가 후한 왕조를 다시 세우는 데 크게 이바지한 공신이었다. 등우는 소년시절 장안으로 가서 공부를 했는데, 그 때 유수(劉受 : 뒤의 光武)도 장안에 와서 공부하고 있었다. 등우는 아직 나이가 어려서 사람들과 상종하는 일도 별로 없었지만, 유수를 만나자 그가 비범한 사람이란 것을 알고 친교를 청했다. 이리하여 서로 다정하게 지내던 두 사람은 몇 년 후 각자 자기 고향으로 돌아갔다.

새로 신(新)이란 나라를 세운 왕망(王莽, BC 45~AD 23)의 폭정에 견디다 못한 백성들은 도처에서 반기를 들고 한나라 왕실을 다시 일으키려는 호걸들 밑으로 모여들었다. 이리하여 한나라 왕실의 후예로 반란군 대장에 추대된 유현(劉玄)이 왕망을 쳐서 죽이고, 갱시장군(更始將軍)에서 다시 황제로 추대되어 장안에 도읍을 정했다. 이 유현이 바로 갱시제(更始帝)였는데, 이때 많은 호걸들은 등우를 갱시제에게 천거했다. 그러나 등우는 끝내 사양하고 갱시제를 섬기지 않았다. 등우는 갱시제를 하찮은 인물로 보았기 때문이다.

그러나 그동안 유수가 황하(黃河) 이북 땅을 평정하러 떠났다는 말이 들려오자, 등우는 즉시 북으로 황하를 건너가 업(業)이란 곳에서 유수를 만났다. 유수는 뜻하지 않게 다시 만난 그를 몹시 반갑게는 대했지만, 속으로는 벼슬을 부탁하러 왔으려니 했다. 그러나 며칠이 지나도 그런 눈치가 전연 보이지 않았으므로, 유수는 등우에게 멀리 여기까지 자기를 만나러 온 까닭을 조용히 물었다. 등우는 분명히 말했다.

「다만 명공의 위덕이 사해에 더해지기를 바랄 뿐입니다. 나는 미력이나마 바쳐 공명을 죽백에 드리울 뿐입니다(但願明公威德加於四海 禹得效其尺寸 垂功名於竹帛矣).」

이 말을 듣자, 유수는 마음속으로 회심의 미소를 지었다. 그리고는 등우를 군영에 머무르게 하고 등장군이란 칭호를 주었다. 이때부터 두 사람의 뜻을 합친 새로운 경영이 시작된 것이다. 그 뒤 두 사람은 왕랑(王郎)의 군사를 토벌하기 시작, 먼저 낙양(洛陽)을 함락시켰다.

이 때 유수는 지도를 펴 놓고 등우에게 보이며, 「천하에는 이렇게 많은 고을과 나라들이 있는데, 이제 나는 겨우 그 하나를 손에 넣었을 뿐이오」 하고 탄식을 했다. 그러자 등우는, 「지금 천하가 어지러워 사람들의 고생이 극도에 달한지라, 마치 어린아이가 사랑하는 어머니를 그리워하듯 명군(明君)의 출현을 바라고 있습니다. 예부터 천하를 손에 넣는 데는 덕(德)의 후박(厚薄)이 중요하지 영토의 크고 작음은 문제가 아니었습니다.」

유수는 이 말에 크게 감동을 받았다. 등우는 언제나 옆에서 유수를 이렇게 격려했다. 또 많은 인재들을 추천했는데, 그가 사람을 보는 눈은 조금도 틀리는 데가 없었다. 그 뒤 오래지 않아 유수는 광무제로서 천자의 위에 올랐는데, 거기에는 등우의 힘이 컸다. 그의 말대로 광무제의 위덕은 사해에 널리 퍼지고, 등우의 공명은 죽백에 드리워졌다. —《후한서》 등우전

【우리나라 고사】

▣ 우리나라는 기자(箕子)가 주(周)의 봉(封)함을 받음으로부터 팔조(八條)의 교화를 일으키고 정전법(井田法)을 행하였다. 당시에 어찌 사관(史官)이 없었으리오마는 서적에 전하지 않으며, 신라·고구려·백제 세 나라가 서로 솥발(鼎足)같이 대치했던 것도 역시 역사에 전하는 것이 없다.

김부식(金富軾)이 《삼국사기》를 지을 때에 《통감(通鑑)》, 《삼국지》, 《남·북사(南北史)》, 《수·당서(隋唐書)》에서 주워 모아 본기(本記)·연표(年表)·지류(志類)·열전(列傳)을 만들었으나, 이미 믿을 만한 글이 아니요, 사건을 기록하는 데 이르러서도 매양 그것이 나온 서적을 인용하였으니, 더욱 역사를 저작(著作)하는 체제가 아니며, 또 침벌(侵伐)·회맹(會盟) 같은 사실도 한 가지 일을 《삼국기(三國紀)》에 거듭 썼고, 글도 조금도 변하지 않았으니

역시 족히 취할 것이 못 된다. — 서거정 / 《필원잡기》

【서양의 고사】

▣ 영웅시대(역사) : 각 민족의 여명기에는 대부분 『영웅적인 서사시』 가 있었다. 이런 영웅적인 서사시의 배경이 되는 시대를 문학사적으로는『영웅시대』라고 부르는데, 특히 영웅 서사시의 전형인 호머(Homer)의 서사시를 배경으로 했던 시대가 바로 『영웅시대』 의 대표적인 것으로 생각되고 있다. 그러나 단순히 문학사적인 시대일 뿐만 아니라 인류역사의 보편적인 역사 단계로서의『영웅시대』가 세계사적으로도 존재한다고 생각하는 학자들이 있어서, 그것을『원시사회에서 국가.계급사회에로의 과도기』로 규정하고 있다.

인류 역사상『영웅시대』가 있었다고 처음으로 쓴 사람은 그리스의 서사시 작가인 헤시오도스(Hesiodos)이다. 그는 자기의 작품《일과 나날(Erga kai hemerai)》에서 원시시대를 황금시대 · 은시대 · 청동시대 · 철기시대라는 금속 이름에 의한 하향적인 역사관을 표현하는 4개 시대 중 청동기시대와 철기시대 중간에 이『영웅시대』가 있었다고 쓰고 있다.

【에피소드】

▣ 버트런드 러셀이 지적한 것처럼 독일의 한 장군이 레닌으로 하여금 밀폐된 기차를 타고 독일을 횡단하는 것을 허용치 않았던들 소

련의 혁명은 절대로 일어나지 않았을지도 모른다. 한 트로츠키가 홧김에 레닌 장례식에 참석하기를 거부하지 않았던들 소련이 5개년계획을 실시하지 못했으리라는 것도 있을 법한 일이다. 그리고 오스트리아의 돌프스 독재도 사회당의 한 국회의원이 의회에서 중대한 표결을 할 때 마침 화장실에 갔었기 때문에 가능하게 되었던 것이다. 이렇게 역사는 우연성에 의해 이루어진다. — J. 건서

【명작】

▣ 역사의 연구(Study of History) : 영국 역사가 아놀드 토인비(Arnold Joseph Toynbee, 1889~1975) 의 주저(主著). 전 12권으로 되어 있는 이 책은 제1차 세계대전의 발발로 인한 현대사와 서유럽 문명의 장래에 대한 위기의식이 집필의 커다란 동기가 되었다. 그는 세계 역사상 26개의 문명권이 각각 성장 · 발전 · 쇠망의 공통된 경로를 거쳤다고 보고, 마지막으로 서유럽문명은 어떻게 될 것인지를 논증하고자 하였다. 결론적으로 종교에 의한 통일만이 서유럽을 구제하는 것으로 되어 있으나, 그러기 위해서는 아시아문명으로부터 많은 것을 받아들여야 한다고 주장하였다. 제1~10권이 본문이고, 제11권은 역사지도이다. 이 책은 학계를 비롯하여 각계에 커다란 반응을 불러일으켰으며, 많은 비판도 나왔다. 그래서 그 비판을 반성하면서 반론을 편 것이 제12권 『재고찰』이다.

▣ 레미제라블(Les Misérables) : 빅토르 위고(Victor Hugo, 1802

~1885)의 작품이다. 첫 출간 이후 오랜 세월 동안 그 인기를 잃지 않은 몇 안 되는 작품 중 하나이다. 축약판, 개정판, 영화, 그리고 세계적으로 유명한 뮤지컬까지 나와 있지만, 역시 빅토르 위고의 진정한 역량을 이해하려면 아무래도 원전을 읽어야만 한다.

톨스토이의 《전쟁과 평화》처럼 이 소설 역시 시대를 정의하는 역사적 사건 속에서 개인의 삶이 어떻게 뒤바뀌는지에 초점을 맞추고 있다. 『역사』란 무엇인가? 하고 위고는 독자에게 묻는다. 누가 『역사』를 만드는가? 『역사』는 누구에게 일어나는가? 그 『역사』 속에서 개인은 어떤 역할을 하는가? 따라서 《레미제라블》의 주인공은 장발장이 될 수밖에 없다.

장발장은 탈옥한 죄수로 양녀인 코제트를 통해 필사적으로 자신의 과거를 속죄하려는 인물이다. 유능한 경감 자베르는 가혹하게 법을 집행하겠다는 의지로 장발장을 뒤쫓지만, 불가피하게 장발장의 운명에 휘말리게 된다. 이러한 사냥꾼과 사냥감의 인간 드라마가 혁명기 파리의 혼란 속으로 던져지고, 코제트가 과격한 이상주의자 마리우스와 사랑에 빠지면서 장발장은 자신이 유일하게 사랑하는 딸을 잃을까 전전긍긍한다.

이 소설은 필적할 데 없는 생생한 묘사로 파리의 정치와 지리, 그리고 위고 특유의 세계관, 워털루전투, 마침내 놀라운 대단원까지 독자를 이끈다. 국가적 고전이라 불릴 수 있는 작품은 많지 않지만, 《레미제라블》은 확실히 그 중의 하나로, 디킨스와 톨스토이의 대작과 같은 반열에 오를 역사소설의 기념비이다. 한 번 읽기 시작하면 손에서 놓을 수 없을 것이다.

【成句】

▣ 청사(青史) : 역사 또는 기록을 뜻하는 말. 옛날 중국에서 아직 종이가 없을 때 푸른 대나무로 간찰(簡札)을 만들어 불에 쬐어 기름과 푸른 기를 빼고 칠(漆)로 글씨를 써 책을 만든 데서 연유하는 말이다. 당나라 시인 백낙천(白樂天)의 『호가행(浩歌行)』에 『青史功名 何處在』라는 구절이 있고, 범질(范質)의 시에도 『朝稱八達 千載穢青史』라는 말이 나온다.

▣ 천추죽백(千秋竹帛) : 천 년의 역사.

▣ 죽백지공(竹帛之功) : 역사에 이름을 남길 만한 공을 말한다. 역사책에 이름이 기재될 만한 공적. 후한(後漢)의 채륜(蔡倫)이 종이를 발명하기 이전에는 죽간(竹簡 : 대나무조각)이나 백(帛 : 명주)에 문자를 썼던 데서, 죽백은 책·역사의 뜻. /《한서》

▣ 단문고증(單文孤證) : 한 쪽의 문서, 한 개의 증거라는 뜻으로, 불충분한 증거를 말함. 물론 단문고증은 재판에서의 얘기만은 아니다. 학술연구의 논문, 학설이나 역사의 해석에도 들어맞는 말이다.

▣ 일부십칠사종하처설기(一部十七史從何處說起) : 역사는 호한(浩瀚)하고 복잡하여 설명하기 어려움을 이름. /《송원통감(宋元通鑑)》

▣ 피리양추(皮裏陽秋) : 모든 사람이 말을 하지 않아도 저마다 마음속에 속셈과 분별력이 있음을 비유하는 말. 피리(皮裏)는 피부의

뒤, 곧 마음속. 양추(陽秋)는 《춘추(春秋)》와 같다. 《춘추》는 공자가 시비선악을 엄격히 비판한 역사서인 데서, 마음속에서 엄격하게 시비의 판단을 하는 것을 말한다. 《춘추》를 『양추(陽秋)』라 한 것은 진(晉) 나라 간문후(簡文后)의 이름 아춘(阿春)의 春자를 피하여 陽자를 쓴 말이며, 공자가 춘추를 편찬하면서 칭찬과 나무람을 엄격히 하였음에 비유하여, 「시비선악에 대한 판단을 마음속으로만 지니고 밖에 나타내지 않음」을 뜻하기도 한다.

권력 power 權力

(권위)

【어록】

▣ 회오리바람은 아침 내내 불지 않고, 소나기는 하루 종일 내리지 않는다{飄風不終朝 驟雨不終日 : 아무리 권력이 강해도 오래 가지 않는다는 말. 『화무십일홍(花無十日紅)』과 같은 말이다}.

— 《노자》 23장

▣ 힘을 믿고 앞세우는 자는 제 명대로 살지 못한다(强梁者 不得其死). — 《노자》 42장

▣ 귀하게 할 수도 없고 천하게 할 수도 없다{不可得而貴 不可得而賤 : 권력에 의해 주어진 것은 권력에 의해 빼앗긴다. 그러나 완성된 인물이 되면 외부의 힘으로는 귀하게도 천하게도 되지 않는 것이다. 지위나 작위(爵位)는 남에게서 주어지기도 하고 또 남에게 빼앗기기도 한다}. — 《노자》 56장

▣ 큰 것이 마땅히 아래에 서야 한다(大者宜爲下 : 크고 힘센 것일수록 뽐내어 위로 올라가려고 한다. 그것은 잘못으로 강대할수록 가

장 아래쪽에 있어야 한다. 강물의 흐름처럼 아래쪽에 있음으로써 커지는 것이다). — 《노자》 61장

▣ 서툰 목수가 명인을 대신하여 도끼를 휘두른다(代大匠斲 : 형벌이란 원래 하늘의 뜻을 받들어 사람이 대신 행하는 것이다. 만약 사람이 권력을 부당하게 휘둘러 행하면 마치 서툰 목수가 명인 대신에 도끼를 휘두르는 것같이 결국은 자신의 손발을 상하게 된다. 사람을 처벌하면서 자기 자신도 손상당하는 것이다).

— 《노자》 74장

▣ 표범은 그 아름다운 털가죽으로 인해 처절한 죽임을 당하고, 코끼리는 그 탐스런 상아로 인해 소중한 목숨을 잃는다(皮爲之災 象爲之禍 : 세상의 이치가 그와 같다. 인생을 살아감에 있어 사람들이 돈이나 권력으로 자칫 크나큰 화를 당하는 것은, 스스로 그것을 재앙의 무기로 삼는 세상의 어리석음 때문이다). — 《장자》

▣ 호랑이에게 날개를 붙여 주지 말라(毋爲虎傳翼). 장차 마을로 날아들어가서 사람들을 골라 잡아먹을 것이다. — 《한비자》

▣ 한 집안에 귀한 사람이 둘 있으면 일하는 데 성과가 없다(一家二貴 事乃無功 : 한 집안에 두 사람의 권력자가 있으면 그 집은 어떤 일을 해도 성공할 수가 없다). — 《한비자》

▣ 승냥이와 이리가 한 우리 속에 있으면 양들은 번식할 수가 없다(豺狼在牢 其羊不繁 : 한 나라나 한 집안에 두 사람의 권력자가 있게 되면 그 나라나 그 집안은 다스려 지지 않는 것이다).

— 《한비자》

▣ 나라에 군주를 속이고 권력을 좌우하는 신하가 있으면 뭇 신하들이 지혜와 힘을 다 바치고 충언을 말할 수 없으며, 모든 벼슬아치들이 법을 받들고 공헌할 수 없다(國有擅主之臣 則群下不得盡其智力以陳其忠 百官之吏 不得奉法以致其功矣). ―《한비자》

▣ 권력으로 사귀는 자는 권리가 없어지면 멀어지기 마련이다(以權利合者 權利盡而交疏). ―《사기》

▣ 나무열매가 번성한 것은 그 가지를 벌린다. ―《사기》

▣ 갓난아이의 병은 배부른 데서 생기고, 권신(權臣)의 화(禍)는 총애에서 온다. ―《왕부론(王符論)》

▣ 임금이 현신을 잃으니 용이 물고기로 변하고, 권력이 간신의 수중에 떨어지니 쥐새끼도 범으로 변하네(君失臣兮龍爲魚 權歸臣兮鼠變虎). ― 이백(李白)

▣ 권력을 잡고 있는 자는 혐의를 받기 쉽고, 물러난 자는 명성을 얻기 쉽다(當軸者易生嫌 而退身者易爲譽). ― 유우석

▣ 재능에 따라 사람을 등용함은 나라의 큰 권력이며, 치적을 따져서 승직시킴은 관리를 취급하는 법도이다(因材任人 國之大柄 考績進秩 吏之賞法). ― 소철(蘇轍)

▣ 일이 성사되는 것은 도리에 달린 것이지 권세에 달린 것이 아니다(成事在理不在勢). ― 소식(蘇軾)

▣ 권력을 다 행사해서는 안 되며, 둘째는 복을 다 누려서는 안 되며, 셋째는 규율을 다 시행해서는 안 되며, 넷째는 좋은 말을 다 해서는 안 된다(勢不可使盡 福不可受盡 規矩不可行盡 好語不可說盡).

— 《경세통언》

▣ 권력이나 모략으로 얻은 부귀나 명예라면 화병에 꽂아 놓은 꽃과 같다. 뿌리가 없으니 얼마 가지 않아 시들어버리고 만다.

— 《채근담》

▣ 도덕을 지키며 사는 사람은 일시적으로 적막할 따름이지만, 권세에 의지하고 아부하는 자는 만고에 처량하다(棲守道德者 寂寞一時 依阿權勢者 凄凉萬古). — 《채근담》

▣ 권세와 명리의 번화함은 가까이하지 않는 이가 깨끗하고, 가까이 할지라도 물들지 않는 이가 더욱 깨끗하다. 권모와 술수는 모르는 이를 높다고 하나 알아도 쓰지 않는 이를 더욱 높다 할 것이다.

— 《채근담》

▣ 제우스의 벼락은 꼭대기를 친다. — 아이스킬로스

▣ 권력에 대한 갈증은 모든 야망 중에서도 가장 흉악한 야망이다.

— 타키투스

▣ 죄를 짓고 얻은 권력이 선한 목적으로 사용된 적은 없다.

— 타키투스

▣ 법과 정의는 제우스신과 나란히 앉아 있다. 권력을 가진 이가 하는 모든 일이 곧 그대로 법이고 정의일 수 있다.

— 《플루타르크 영웅전》

▣ 산봉우리는 바람에 불리어 없어진다. — 오비디우스

▣ 어떤 사람들이 위대하다고 여겨지는 것은 대좌(臺座)까지 함께 키를 재기 때문이다. — L. A. 세네카

■ 강자란 자기 자신에게 권력을 휘두르는 사람이다.

— L. A. 세네카

■ 너희 중에서 제일 높은 사람은 제일 낮은 사람처럼 처신해야 하고, 지배하는 사람은 섬기는 사람처럼 처신해야 한다. — 누가복음

■ 나는 권력과 지위가 탐난다. 행동이 전부며 영광은 아무것도 아니다. — 괴테

■ 권위 없이는 인간은 존재할 수 없다. 그러나 권위는 진리와 마찬가지로 오류를 수반한다. — 괴테

■ 권위, 즉 어떤 것이 이미 이루어져 버리고, 말해지고, 결정되어져 있다는 것은 커다란 가치를 지니고 있다는 것이다. 그러나 도처에서 권위를 구하는 것은 협량(狹量)한 인간뿐이다. — 괴테

■ 자비가 정의를 완화할 때 지상의 권력은 신의 권력과 비슷해지게 된다. — 셰익스피어

■ 교활한 죄악이 얼마나 권위 있고 진실한 모습으로 가장하고 있는가. — 셰익스피어

■ 모든 시민이 모두 똑같이 권력을 가지고 있다고는 할 수 없다. 그러나 그들은 모두 똑같이 자유로워야 한다. — 볼테르

■ 권력의 본래의 뜻은 보호하는 데 있다. — 파스칼

■ 국왕의 권위는 민중의 이성과 우매 위에 기반을 갖고 있다. 그러나 어느 쪽이냐 하면 후자 쪽이 더하다. — 파스칼

■ 법률이 신용되는 것은 그것이 공정해서가 아니고 그것이 법이기 때문이다. 그것이 즉 법률의 권위의 불가사의한 기초이며, 그 밖에

기초는 전연 없다. — 몽테뉴

▣ 우월자는 열등한 자가 무엇인가 위대한 외관을 몸에 붙이는 것을 결코 허용하지 않는다. — 발자크

▣ 부와 권력을 좇다 실패하는 자는 정직도 용기도 오래 지니지 못한다. — 새뮤얼 존슨

▣ 우리들은 권위를 믿는 것이지, 그것에 의해서 이해하는 것은 아니다. — 프랜시스 베이컨

▣ 진리는 『때』의 딸로서, 권위의 딸은 아니다.

— 프랜시스 베이컨

▣ 너는 즐거움을 얻을 것이다, 아니면 권력을 얻을 것이다. 그러나 두 가지 다는 가지지 못한다고 하느님은 말씀하셨다.

— 랠프 에머슨

▣ 최강자(最强者)의 이유는 항상 최선의 이유이다. — 라퐁텐

▣ 권력자에게 불평을 늘어놓는 것보다 멀리 떨어져 있는 편이 이익일 때가 많다. — 라브뤼예르

▣ 우리의 국가는 방종 없는 자유와 전제 없는 권위를 가지고 있다.

— 제임스 기번스

▣ 국가가 그 권위에 대한 비판을 어느 정도 허용하느냐가 그 국가가 사회의 충성심을 어느 정도 장악하고 있느냐 하는 가장 확실한 지표이다. — 조셉 라스키

▣ 권력의 증가는 재화의 증가를 낳는다. — 윌리엄 쿠퍼

▣ 권력은 독이다. — 헨리 애덤스

▣ 소년은 모든 권력을 적으로 간주한다. — 헨리 애덤스

▣ 이성적인 인간이 어떻게 타인에게 권력을 행사함으로써 자신이 행복할 수 있다고 생각하는지 나는 도저히 이해할 수 없습니다. — 토머스 제퍼슨

▣ 모든 권력은 인민에 속한다. — 토머스 제퍼슨

▣ 권력은 항상 많은 사람에게서 훔쳐서 몇 사람에게 갖다 준다. — 윌리엄 필립스

▣ 인간은 자기 자신을 사랑한다. 권력을 구하는 것도 쾌락에 대한 사랑으로부터이다. — 엘베시우스

▣ 힘에 의해서만 유지되는 권력은, 때로 공포에 떨 것이다. — L. 코슈트

▣ 생물이 존재하는 곳에 모든 권력에 대한 욕구가 있다. — 프리드리히 니체

▣ 일부의 위선적인 대신(大臣)들이 무어라 말하든 권력은 쾌락 중에서 제일가는 것이다. — 스탕달

▣ 권력이 커지면 커질수록 그 남용은 더욱 위험해진다. — 에드먼드 버크

▣ 권력에서 물러설 때 내가 이 지상에서 모든 친구를 잃고 있더라도 최소한 내 마음속에 한 친구만은 남아 있어 임기 동안의 일을 수행하고자 합니다. — 에이브러햄 링컨

▣ 무제한의 권력은 지배자를 타락시킨다. — 윌리엄 피트

▣ 권력은 누가 행사하든 그 자체가 악이다. — 야코프 부르크하르트

▣ 전답에는 한 개의 정치가 나고 유지된다. 여기서는 연령이 전부다. (농업에서는 경험이 세월과 함께 오는 것이므로 수완이 家長의 권력에서 떠나지 않는다) — 알랭

▣ 혁명에 있어서 최고의 권력은 많은 무뢰한의 수중에 맡겨져 있다. — 조르주 당통

▣ 주권자는 그의 아래에서 시중드는 사법과 군사의 전 관료와 육해군의 전체와 함께 비생산적 노동자들이다. 그들은 공공의 심부름꾼으로서, 해마다 다른 사람들의 근로의 생산물 중 일부로써 유지되고 있다. — 아담 스미스

▣ 권력은 권력자의 검(劍)이고 의무는 약자의 방패이다. — 앙리 라코르데르

▣ 권력은 한 민족의 물질적인 생활의 필요에 봉사하는 것 외에 인류의 최고의 정신적, 즉 심적(心的) 가치인 문화나 종교를 위해서 힘을 다하는 것에 의해서만 자기를 정당화한다. — 프리드리히 마이네케

▣ 내가 갖고 싶은 것은 돈도 아니고, 돈이 갖는 힘도 아니다. 그 힘에 의해서 얻게 되는 것, 또 그 힘 없이는 아무래도 얻어질 수 없는 고독의 가라앉은 권력의 의식뿐이다. — 도스토예프스키

▣ 제군이 씨를 뿌린다. 베는 것은 다른 사람이다. 제군이 부(富)를 찾아낸다. 저축하는 자는 다른 사람이다. 제군이 무기를 만든다. 사용하는 것은 다른 사람이다. — 퍼시 셸리

▣ 재산을 얻기 위하여 덕을 팔지 말고, 권력을 얻기 위하여 자유를

팔지 말라. — 벤저민 프랭클린

▣ 지식은 면학하는 자에게, 부유함은 조심성 있는 자에게, 권력은 용감한 자에게, 하늘나라는 덕행이 있는 자에게 있다.

— 벤저민 프랭클린

▣ 권좌에 올라앉은 사람은 곧 보안을 생각해야 한다는 것을 배우게 된다. 정치가로서 배워야 할 것은 발전을 위한 고도의 수완인데도 말이다. — 존 로널드 로얼

▣ 권력의 정상에 올라간 사람은 더 위를 우러러보지 않으며 주변을 살피기 시작한다. — 존 로널드 로얼

▣ 개인의 자유란 부자에게 있어서는 사실상의 자유지만, 가난한 자에게 있어서는 노예생활이었다. ……탐욕에서 민중을 보호할 수 있었다는 것은 국회가 국가에 부여한 권력의 덕택이다.

— 알프레드 아들러

▣ 권력이란 것은 지배하는 자나 복종하는 자 모두에게 덮쳐진 일종의 숙명과 같을 뿐만이 아니라 권력은 전자를 예속시키는 정도에 비례해서 전자를 중개로 해서 후자를 부스러뜨리는 것이다.

— 시몬 베유

▣ 나는 의연히 진리 · 사랑 · 관용 · 온후 · 친절이 온갖 권력에게 승리하는 권력이라고 확신하고 있다. — 알베르트 슈바이처

▣ 권위주의의 권력이 그 권위를 주장할 때 그것은 대체로 통제력을 잃었다는 것을 권력 자체가 느끼고 있다는 표시다.

— 아널드 토인비

■ 성적(性的) 사디즘이 성적 애정의 도착(倒錯)인 것과 같이, 지배라는 의미에서도 권력은 능력의 도착이다. — 에리히 프롬

■ 합리적인 권위는 능력에 기초를 두고 있으며, 그것에 의존하는 사람이 성장하는 데 도움을 준다. 비합리적인 권위는 힘에 기초를 두고 있으며, 그것에 종속된 사람을 착취하는 데 봉사한다.

— 에리히 프롬

■ 권위란 어떤 사람이 다른 사람을 보다 우월한 자로 보는 인간관계와 관련이 있다. — 에리히 프롬

■ 권력의 본질적 내용은 가능한 한 많은 숫자의 사람들보다 더 오래 살아남으려는 욕망인 것이다. — 엘리아스 카네티

■ 인류사에 있어서, 실제적인 권력에 대해 무언가를 알고 있는 사상가들은 모두가 권력을 긍정하고 있다는 사실은 매우 주목할 만하다. 권력에 반대하는 사상가들은 좀처럼 권력의 본질에 침투하지 못하고 있다. 권력에 대한 혐오가 너무 커서, 그들은 권력과 관계해서는 안 된다고 생각한다. 또 그들은 권력으로 인해 자신을 더럽힐까 두려워하고 있는데, 이런 점에서 그들의 태도는 종교적인 면을 가지고 있다. 권력을 인정하고 기꺼이 권력의 조언자가 되었던 사상가들만이 권력에 대한 학문을 완성하였다.

— 엘리아스 카네티

■ 믿는다는 것은 어떠한 권위에 복종한다는 것이다. 일단 권위에 복종을 해버리면 권위에 반항하는 일이나 권위를 재검토하고 그 권위를 믿을 만한 것인지 숙고하지 못한다. — 비트겐슈타인

▣ 옛날에 호랑이 등에 올라타고 권력을 얻으려 했던 사람들은 결국 호랑이에게 먹히고 말았습니다. (대통령 취임사에서)

— 존 F. 케네디

▣ 권력이 가는 곳에 권력이 있는 것이다. (1960년 존 F. 케네디에게 민주당 대통령후보 공천에서 패배한 후 부통령으로 함께 출마하자는 권유를 받고 고려 중이던 그가 보좌관에게 한 말. 보좌관은 「부통령이면 그의 현직인 상원의원 다수파 원내총무 직보다 권한이 적지 않겠는가?」는 의견 제시에) — 린든 B. 존슨

▣ 권력은 왕의 소유이고 재산은 신민의 소유라는 것이 중세의 이론이었으며, 거기에서 왕의 권력을 제한하고 신하의 자유를 증진시키는 방법이 모색되었다. 개인의 재산권이 원래는 자유의 근원이었던 것이다. 그것은 아직도 자유의 중요한 성체이다.……사람들이 독재자의 폭정에 큰 저항 없이 굴복하여 왔던 것은 사람들에게 재산이 없었기 때문이다. — 월터 리프먼

▣ 문명국의 첫 번째 원칙은, 권력은 계약에 의해서만 정당하다는 것입니다. 그랬을 때 비로소 우리는 권력이 정식으로 성립되었다고 합니다. — 월터 리프먼

▣ 이성 대신에 권위를 필요로 하는 사람들은 자유 대신에 오로지 전제주의만을 허용할 것이다. 그것은 나무의 꼭대기에다가 물을 퍼부으면서도 다른 한편으로는 그 뿌리를 잘라내는 것과 같다.

— R. 타고르

▣ 권력의 불평등이 있는 곳에서는 어디서나, 자존심은 타인의 지배

에 굴복하고 있는 사람들 사이에는 찾아질 것 같지 않다.

— 버트런드 러셀

▣ 권력에 대해서 무관심한 사람은 자기 동포에 대해서도 무관심한 사람이다. 그러므로 어떤 권력에 대한 의욕은 훌륭한 사회를 이룩하기 위한 인간의 도구로 인정해야 한다. 그리고 권력에 대한 욕망은 그것이 방해받지 않는 한 노력과 밀접한 관계를 갖고 있다.

— 버트런드 러셀

▣ 권력은 결코 뒷걸음질을 하지 않는다. —오직 더 큰 권력으로 향할 뿐이다. — 맬컴 엑스

▣ 우리는 짐승이 아니다. 우리는 과거의 부산물이 아니다. 선택권이 우리에게는 있다. — 스티븐 코비

▣ 정부 요인(要人)의 어깨는 수백만 명의 발을 받쳐 주고 있다. 그 등에는 무거운 천하가 업혀 있다. — 나츠메 소세키

▣ 오만은 권력으로 나타난다. — 팔만대장경

▣ 나는「권력은 불과 같다」고 말하고 싶다. 불을 잘 이용하면 보온과 공작(工作)의 방법도 되고 암흑계를 밝히는 광명도 될 수 있지만, 이것을 잘못하여 악용하게 되면 화재를 일으켜 가장집물(家藏汁物)을 소실할 것은 물론, 인축(人畜)에도 피해를 입히고 자기 자신까지도 타 죽고 말게 되는 것이다. 즉 권력의 악용은 자유의 악용보다도 그 피해의 범위와 정도가 극심하다. — 이희승

▣ 권위는 어디까지나 힘과는 구별되어야 한다. 권위는 힘에 근거를 두는 것이 아니고 인간적 조직 자체에 짜여 들어가 있는 가치적인

것이다. — 신태환

▣ 참된 권위는 생명을 전진시키며 창조하고, 전통을 발전적으로 계승합니다. 참된 권위는 명령하지 않고 완고하지 않고, 허영을 모릅니다. 참된 권위는 오히려 역사와 사회 속에서 봉사하기를 좋아할 것입니다. — 박갑성

▣ 어떻든 교만은 다시 거만해지고 오만해져서 나중에는 유아독존(唯我獨尊)이 되고 만다. ……흔들거리고 굽실거리는 율동적인 것임에도 불구하고 그리하여 교만은 하나의 권위라는 존엄성까지 띠게 되고 권세로서 더욱 장식되어 왔다. — 한우근

▣ 권력이란 일시 남에게서 빌려 입은 옷과 같은 것이고, 주인은 어디까지나 자기 자신이어야 할 것이건만, 그는 자기를 상실한 채 순전히 권력의 허깨비로만 살다가 세상을 떠난 것이다. — 정비석

▣ 세력이란 실로 무서운 것이어서 높은 기개와 밝은 지조를 가진 사람에게는 초개와 같을지 모르나 이익을 탐하고 영달에 눈이 어두운 중생들에게는 이같이 중요한 것이 없다. — 장덕조

▣ 국민이 권력자의 도구가 되지 않으려거든 국민의 항거는 계속되어야 한다. — 이태영

▣ 인간을 부패하게 하는 세균은 권력과 돈과 그리고 명성이다. — 이어령

【속담 · 격언】

▣ 나는 새도 떨어뜨린다. (권세가 당당하다) — 한국

▣ 10년 세도(勢道) 없고 열흘 붉은 꽃 없다(權不十年 花無十一紅). — 한국

▣ 깊던 물이라도 얕아지면 오던 고기도 아니 온다. — 한국

▣ 꽃이라도 십일홍이면 오던 봉접도 아니 온다. (세도가 있을 때는 늘 찾아오던 사람이 처지가 하찮게 되면 돌아다보지도 않는다) — 한국

▣ 말꼬리에 파리가 천리를 간다. (남의 세력 밑에서 기운을 폄) — 한국

▣ 금관자(金貫子) 서슬에 큰 기침한다. (나쁜 짓을 하고도 벼슬 높고 돈 있는 유세로 도리어 큰소리를 친다) — 한국

▣ 시어미가 죽으면 안방이 내 차지. (주장하던 사람이 없어져 다음 자리에 있던 사람이 권력을 잡게 된다) — 한국

▣ 사람은 키 큰 덕은 입어도 나무는 키 큰 덕을 못 입는다. (무슨 일을 이루려면 윗사람이나 권세 있는 친척에게 도움을 받는 경우가 많다) — 한국

▣ 대리석과 권력자는 차갑고, 딱딱하고, 매끄럽다. — 중국

▣ 권력자에게는 실패조차도 공로로 돌아간다. — 인도

▣ 코끼리를 피한다는 것은 결코 수치스런 일이 아니다. — 베트남

▣ 힘은 정의다. (Might is right.) — 영국

▣ 펜은 검보다 강하다. (The pen is mightier than the sword. : 武보다 文이 보다 강력한 힘을 발휘할 수 있다는 뜻. 더구나 여론정치가 기본인 민주주의에서는 일개 기자의 논설이 정권을 좌우할

수 있는 강대한 영향력을 발휘한다. — 영국

▣ 정치가가 아무 말 없을 때는 무언가가 있다. 그가 무슨 말이 있을 때는 아무것도 없다. (When a politician says nothing, it means something. When he says something, it means nothing.) — 영국

▣ 모든 길은 로마로 통한다. (All roads lead to Rome.) — 영국

▣ 모든 내(川)는 바다로 든다. — 영국

▣ 왕은 긴 팔을 갖고 있다. — 영국

▣ 큰 파리는 거미줄을 뚫는다. — 영국

▣ 권세와 선의는 타협이 되지 않는다. — 영국

▣ 고양이라도 임금님을 쳐다볼 수 있다. (A cat may look at a king. : 아무리 권위의 상징인 왕이라 해도 인간임에는 틀림없다. 백성은 그가 행하는 바를 똑바로 지켜볼 필요가 있음을 암시한 극히 민주적인 격언이다) — 영국

▣ 폭력이 폭군을 낳고, 온화한 권위가 왕을 낳는다. — 프랑스

▣ 높은 사람 집 현관의 문지방은 매끄럽다. — 아일랜드

▣ 듣는 귀가 없는 권력자는 통치하는 머리가 없다. — 덴마크

▣ 권력자의 바람은 부드러운 폭력이다. — 스페인

▣ 물고기는 머리에서부터 먼저 악취가 난다. — 그리스

▣ 머리가 클수록 두통도 심하다. — 세르비아

▣ 황제(皇帝)가 감기에 걸리면 모든 러시아인이 기침을 한다. — 러시아

■ 권력자는 귀는 있지만 눈은 없다. 그들은 측근자의 말만 믿는다.

— 페르시아

■ 재판관의 나귀가 죽으면 뭇 사람이 슬퍼하여 모여들지만, 재판관이 죽으면 아무도 장례식에 오지 않는다. — 아라비아

【시】

켄터키에서는, 산들은 가장 거만하게 우뚝 솟고
천둥은 가장 크게 울리고, 풍경은 가장 장려하다.
그리고 정치는 가장 저주받는다.

— J. H. 멀리건 / 켄터키에서

나무도 병이 드니 정자(亭子)라도 쉴 이 없다
호화(豪華)히 섰을 제는 올 이 갈 이 다 쉬더니
잎 지고 가지 꺾은 후는 새도 아니 앉는다.

— 정철 / 송강가사

【중국의 고사】

■ **중원축록**(中原逐鹿) : 사슴을 쫓는다는 말이다. 『각축(角逐)』도 같은 말이다. 여기서 중원(中原)이라 함은 정권을 다투는 무대를 말한다. 녹(鹿)은 사슴, 곧 정권 · 권력을 일컫는 말로 쓰인다.

한고조(漢高祖) 때 조(趙)나라 재상 진희(陳晞)가 대(代) 땅에서 반란을 일으키자 고조가 군사를 이끌고 진압에 나섰다. 그 틈에 진

희와 내통하고 있던 회음후 한신(韓信)이 한나라의 도읍인 장안(長安)에서 다시 반란을 일으키려 했으나, 사전에 기밀이 누설되어 잡혀 죽고 말았다. 진희의 반란군을 평정하고 돌아온 고조는, 한신이 「괴통(蒯通)의 말을 듣지 않은 것이 분하다」라고 말하고 죽었다는 말을 듣고는 당장 괴통을 잡아들이라고 명했다. 괴통은 앞서 고조 유방이 항우와 천하를 다투고 있을 때 제왕(齊王)이었던 한신에게 독립할 것을 권했던 인물이다.

이윽고 고조 앞에 끌려온 괴통은 고조의 문초에 당당히 말했다. 「그 때 한신이 저의 책략에 따랐다면 오늘 폐하의 힘으로도 그를 당해내지 못했을 것입니다.」 고조는 대로해서 그를 당장에 끓는 물에 집어넣으라고 명령했다. 그러자 괴통은 굴하지 않고 대꾸했다. 「폐하, 저는 죽을 만한 죄를 짓지 않았습니다. 진(秦)나라의 기강이 무너지자 산동(山東)이 소란스러워지고 각지에서 영웅호걸들이 무리를 지어 일어났습니다. 진나라가 사슴(鹿 : 제위)을 잃었기 때문에 천하가 모두 이를 쫓았던 것입니다. 그런데 그 중 가장 뛰어난 폐하께서 이를 잡으셨던 것입니다. 옛날 도척(盜跖)의 개가 요(堯)임금을 보고 짖었다(跖之狗吠堯)고 했거니와, 요임금이 악인이라 짖은 것이 아니요, 원래 주인이 아니면 누구라도 짖는 것이 개이기 때문입니다. 말하자면 당시 신은 오직 한신만 알고 폐하를 알지 못했기 때문에 한신 편에 서서 짖었던 것입니다. 천하가 어지러워지면 이를 통일하여 왕이 되고자 하는 영웅호걸은 수없이 많지만, 힘이 모자라 폐하께서 하신 일을 이룩할 수 없었을 따름입니다. 천하가 평정된 지금 앞서 난세에 폐하와 마찬가지로 천하를 도모했다고 해서 일일이 삶아 죽이려 하십니까?」

이 거침없고 사리에 맞는 항변에 고조는 벌린 입을 닫지 못하고 괴통을 그대로 놓아줄 수밖에 없었다. —《사기》 회음후열전

▣ **지록위마**(指鹿爲馬) : 억지를 써서 남을 궁지로 몰아넣다. 윗사람을 농락하여 권세를 마음대로 휘두름. 진시황 37년 7월, 시황제는 순행 도중 사구(沙丘)의 평대(平臺)에서 죽는다. 시황은 죽기에 앞서 만리장성에 가 있는 태자 부소(扶蘇)를 급히 서울로 불러올려 장례식을 치르라는 조서를 남겼었다. 그러나 이 조서를 맡고 있던 내시 조고가 시황을 따라와 있던 후궁 소생인 호해(胡亥)를 설득시키고 승상 이사(李斯)를 협박하여 시황의 죽음을 비밀에 붙이고 서울 함양으로 들어오자, 거짓 조서를 발표하여 부소를 죽이고 호해를 보위에 앉힌다. 이것이 2세 황제다.

조고는 점차 2세를 정치에서 멀어지게 하고 방해물인 이사를 죽게 한 다음 스스로 승상이 되어 권력을 한 손에 쥐고 흔들었다. 그러나 조고의 야심은 그 자신 황제가 되는 것이었다. 조고는 반란을 일으키려 했으나 군신들이 따를지가 염려였다. 그래서 먼저 준비 공작을 했다. 조고는 사슴을 가져다가 2세에게 바치며, 「이것이 말이옵니다.」라고 했다. 그러자 2세는 웃으며, 「승상이 실수를 하는구려. 사슴을 보고 말이라고 하니.」「아닙니다. 말이옵니다.」

2세는 좌우에 있는 시신들에게 물었다. 어떤 사람은 잠자코 있고,

어떤 사람은 조고의 편을 들어 말이라고 하고, 혹은 정직하게 사슴이라고 대답하기도 했다. 그러자 조고는 사슴이라고 말한 사람은 모조리 법률로 얽어 감옥에 넣고 말았다. 그 뒤로 모든 신하들은 조고가 무서워 그가 하는 일에 다른 의견을 말하지 못했다는 것이다. 그러나 이때는 이미 온 천하가 반란 속에 물 끓듯 하고 있을 때였다.

조고는 2세를 더는 숨길 수 없게 되자, 그를 죽이고 부소의 아들 자영(子嬰)을 임시 황제 자리에 앉혔다. 그러나 조고는 자영에게 죽고 만다. 불에 싸인 집안에서 권력다툼을 하는 소인의 좁은 생각은 그것이 남을 해칠 뿐만 아니라 자신을 해치는 것인 줄을 알 리가 없었다. 이래서 억지소리로 남을 몰아세우는 것을 『지록위마』라고 하게 된 것이다. —《사기》 진시황본기

▣ **호가호위(狐假虎威)** : 여우가 호랑이의 위엄을 빌어 제 위엄으로 삼는다는 말로, 아무 실력도 없으면서 배경을 믿고 세도를 부리는 사람을 비유해서 이르는 말이다. 위나라 출신인 강을(江乙)이란 변사가 초선왕(楚宣王) 밑에서 벼슬을 하게 되었다. 그런데 초나라에는 삼려(三閭)로 불리는 세 세도집안이 실권을 쥐고 있어 다른 사람은 역량을 발휘할 수가 없었다. 이때는 소씨집 우두머리인 소해휼(昭奚恤)이 정권과 군권을 모두 쥐고 있었다. 강을은 소해휼을 넘어뜨리기 위해 기회만 있으면 그를 헐뜯었다. 하루는 초선왕이 여러 신하들이 있는 데서 이렇게 물었다. 「초나라 북쪽에 있는 모

든 나라들이 소해휼을 퍽 두려워하고 있다는데, 그 말이 사실인가?」 소해휼이 두려워 아무 대답하는 사람이 없었다. 그때 강을이 일어나 대답했다.

「호랑이는 모든 짐승을 찾아 잡아먹습니다. 한번은 여우를 붙들었는데, 여우가 호랑이를 보고 이렇게 말했습니다. 『그대는 감히 나를 잡아먹지 못하리라. 옥황상제께서는 나를 백수(百獸)의 어른으로 만들었다. 만일 그대가 나를 잡아먹으면 이것은 하늘을 거역하는 것이 된다. 만일 내 말이 믿어지지 않거든, 내가 그대를 위해 앞장서서 갈 터이니 그대는 내 뒤를 따라오며 보라. 모든 짐승들이 나를 보고 감히 달아나지 않는 놈이 있는가를.』 그러자 호랑이는 과연 그렇겠다 싶어 여우를 앞세우고 같이 가게 되었습니다. 모든 짐승들은 보기가 무섭게 달아났습니다. 호랑이는 자기가 무서워서 달아나는 줄을 모르고 정말 여우가 무서워서 달아나는 줄로 알았습니다. 지금 대왕께서는 5천 리나 되는 땅과 완전무장을 한 백만 명의 군대를 소해휼 한 사람에게 완전히 맡겨 두고 계십니다. 그러므로 모든 나라들이 소해휼을 두려워하는 것은, 사실은 대왕의 무장한 군대를 무서워하고 있는 것입니다. 마치 모든 짐승들이 호랑이를 무서워하듯 말입니다.」

재미있고 묘한 비유였다. 소해휼은 임금님을 등에 업고 임금 이상의 위세를 부리는 여우같은 약은 놈이 되고 선왕은 자기가 어떤 위치에 있는지를 자각하지 못한 채 소해휼이 훌륭해서 제후들이 초나라를 두려워하는 줄로 알고 있는 어리석은 호랑이가 되고 만

것이다. 이 세상에는 이런 『호가호위』의 부조리가 너무도 공공연하게 행해지고 있다. ―《전국책》 초책(楚策)

■ **부기미**(付驥尾) : 큰 인물에게 인정을 받은 뒤에야 비로소 참된 가치가 드러난다. 또는 큰 인물의 힘을 빌려 출세하거나 능력을 발휘함. 기(驥)는 기(騏)·화(驊)·유(騮)와 같이 어느 것이나 하루에 천리를 달린다는 명마(名馬)를 말한다. 따라서 명마의 꼬리에 붙는다는 것이 『부기미(付驥尾)』다. 《사기》 백이열전에 있는 이야기다.

「백이·숙제가 현인이었다고는 하나 공자에게 찬양받았으므로 그 이름이 더욱더 오르고, 안연(顔淵)은 참된 사람으로 학문을 열심히 닦았다고는 하나 공자의 기미(驥尾)에 붙었었기 때문에 그 행위가 더욱더 뚜렷해진 것이다.」 대저 어떠한 인물이라도 대인물이 뒤를 받쳐 주지 않으면 후세에 남지 못한다고 말하고 있다. 그래서 후세 사람은 저자인 사마천 자신이 이 《사기》의 가치를 알고 그것을 찬양해 줄 인물을 후세에 기대하고 있는 것이라고 생각하는가 하면, 또 백이를 열전의 처음에 앉힌 것은 백이를 빌미로 삼아 역사적 인물, 나아가서는 인간의 운명이라는 것을 암시하고 싶었던 것이 아닌가 하고 보는 사람도 있다. 그러나 잘 생각해 보면 사마천 자신이 『기미(驥尾)』에 붙고 싶었던 것이 아닌가 하고도 말할 수 있을 것 같다.

이와 같이 《사기》에서는 『부기미』란 성어가 대인물에게 인정되어 참된 가치가 비로소 세상에 밝혀진다는 뜻으로 쓰였으나, 지금은 도리어 다음의 고사(故事)에서 오는 연상(連想)이 더 살아 있다. 《후한서》에 있는 이야기다.

전한(前漢) 말의 사람으로 장창(張敞)이 그 편지에, 「파리는 열 걸음(十步) 거리밖에 날지 못하나 기(騏)나 기(驥)와 같은 발이 빠른 말꼬리에 붙으면 천릿길도 쉽게 갈 수 있다. 그러면서도 말에는 조금도 폐를 끼치지 않고 파리는 다른 것들을 훨씬 멀리 떼어 놓을 수가 있다.」고 했다. 여기서 그저 세상에 알려진다는 뜻 이외에 대인물의 힘을 빌려 출세한다, 또는 능력을 발휘한다, 라는 뜻이 생겨 「기미(驥尾)에 탁(託)한다」고도 한다.

— 《사기》 백이열전(伯夷列傳)

▣ **문전성시**(門前成市) : 권세를 잡고 있는 사람의 집 앞이 방문객들로 시장처럼 붐비는 것을 말한다. 한나라는 애제(哀帝) 때는 이미 멸망 직전에 있었다. 애제는 스무 살에 천자가 되었는데, 정치적 실권은 외척들의 손아귀에 들어 있고, 그는 다만 황제의 빈자리만을 지키고 있을 뿐이었다. 그는 7년 만에 갑자기 죽고 말았다. 이 애제를 받들고 정치를 바로잡아 보려고 애쓴 신하 가운데 정숭(鄭崇)이 있었다.

정숭은 명문가 출신으로 그의 집은 대대로 왕가와 인척관계에 있었다. 처음 정숭은 애제에게 발탁되어 상서복야(尙書僕射 : 지금의 국무차관급)에 있었는데, 그 무렵 외척들의 전횡은 그 도가 지나쳐서 눈을 뜨고 볼 수 없을 정도였다. 보다 못한 정숭은 기회 있을 때마다 애제에게 대책을 건의했다. 애제도 정숭의 말에 귀를 기울이기는 했지만, 결국 외척 세력을 이겨내지 못하고 차츰 정숭을 멀리하게 되었다. 그 뒤 애제는 점점 자포자기가 되어 나라 일은 일체 돌보려 하지 않았다. 정숭은 계속 애제에게 간언을 하다가 나중에는 애제로부터 견책까지 받고 몸에 병을 얻기까지 했으나 참고 견뎠다.

이렇게 곤경에 빠져 있는 정숭을 보자, 그를 미워하고 있던 상서령 조창(趙昌)이 애제에게 모함을 넣었다. 「정숭은 왕실의 여러 사람들과 내왕이 빈번한 것으로 보아 아마도 무슨 음모를 꾸미고 있는 것 같습니다. 그를 취조해 보시기 바랍니다.」 애제는 조창의 말을 그대로 믿고 정숭을 불러 문책했다. 「그대 집 앞은 사람이 시장바닥 같다는데, 무슨 일로 나를 괴롭히려 하는가?」 그러자 정숭이 대답했다. 「신의 문전은 시장바닥 같아도, 신의 마음은 물처럼 맑습니다.」 이 말을 듣자, 애제는 성을 내며 그를 옥에 가두고 철저히 취조토록 명했다.

정숭은 끝내 옥중에서 죽고 말았다. 『문전성시(門前成市)』란 말은 「신의 문전은 시장바닥 같습니다(臣門如市).」라고 한 데서 생긴 말로 출입하는 사람이 많다는 뜻으로 쓰인다. 우리말에 「세도 문 열었다」는 말이 있다. 세도를 부리는 집에는 언제나 찾아와서 청을 넣는 사람이 많기 때문에 생긴 말인데, 그것은 문전성시를 뜻하는 말이기도 하다. 문정약시(門庭若市)란 말도 있는데, 이것은 간하는 신하들의 많음을 표현한 《전국책》에 있는 말이다.

—《한서》 정숭전

■ **문전작라(門前雀羅)** : 문 밖에 새 그물을 칠 수 있다는 말로, 권세가 약해지면 방문객들이 끊어진다는 뜻. 전한(前漢) 무제 때 급 암(汲黯)과 정당시(鄭當時)라는 두 어진 신하가 있었다. 그들은 학문을 좋아하고 의협심이 강해 한때 9경(九卿)의 지위에까지 오른 적도 있지만, 지조가 강하고 직언하기를 좋아하여 매번 무제와 대신들을 무안하게 하였다. 다른 대신들이 그들을 책망하면 이렇게 말했다.

「천자께서는 공경(公卿)들과 같은 보필하는 신하를 두셨는데, 어찌 신하된 자로서 아첨하며 뜻대로 따르기만 하여 옳지 못한 곳으로 빠지게 하겠는가? 또 그러한 지위에 있으면 설령 자기 한 몸을 희생시키더라도 어찌 조정을 욕되게 하겠는가?」 이 때문에 좌천과 면직을 거듭하다가 벼슬을 마쳤지만, 이들은 각기 협객을 자칭하며 찾아오는 손님은 지위고하를 막론하고 문 앞에서 기다리는 일이 없게 하고, 봉록 따위를 빈객과 잘 나누었다. 그래서 현직에 있을 때는 방문객이 들끓었다. 그러나 이들이 관직에서 물러나고 집안 형편이 나빠지자 방문객의 발길이 뚝 끊겼다.

이들의 열전을 쓴 사마천(司馬遷)은 그 말미에 다음과 같이 평을 달았는데, 여기서 『문전작라』라는 말이 비롯되었다. 급암과 정당시 정도의 현인이라도 세력이 있으면 빈객(賓客)이 열 배로 늘어나고, 세력을 잃으면 당장 모두 떨어져 나간다. 그러니 보통사람의 경우라면 더 말할 나위도 없다. 하규(下邽)의 적공(翟公)은 정위(廷尉)가 되었을 때 빈객들이 문을 가득 메우다가 벼슬에서 물러나자 대문 밖에 참새를 잡는 그물을 쳐도 될 정도로 빈객의 발길이 끊겼다(門外可設雀羅). 그러다가 적공이 다시 정위 벼슬에 나아가자 빈객들이 모여들었다. 이에 적공은 다음과 같이 대문에 써 붙였다.

「한번 죽고 한번 삶에 곧 사귐의 정을 알고(一死一生 卽知交情) / 한번 가난하고 한번 부함에 곧 사귐의 태도를 알며(一貧一富 卽知交態) / 한번 귀하고 한번 천함에 곧 사귐의 정이 나타나네(一貴一賤 卽見交情). 급암과 정당시 역시 이와 같으니 슬프도다.」

『문외가설작라』는 이와 같이 권력의 부침에 따라 변하는 인심을 나타내는 말로, 한국 속담에 「정승집 개가 죽으면 문상객이 문 앞을 막지만 정승이 죽으면 문상객이 끊긴다」는 말과 통한다. 『문전가설작라(門前可設雀羅)』와 같은 말이고, 『문전성시(門前成市)』와 반대되는 말이다. — 《사기》 급정열전(汲鄭列傳)

▣ **전문지호후문지랑**(前門之虎後門之狼) : 앞문의 호랑이, 뒷문의 늑대란 말이다. 앞뒤로 위험이 가로놓여 있음을 비유해서 쓰기도 하고, 또 앞문의 호랑이를 쫓아내기 위해 뒷문으로 늑대를 끌어들인 결과가 된 것을 비유해 말하기도 한다. 그러나 보통 이 말은, 하나의 큰 어려움을 겪고 나면 또 하나의 어려움이 기다리고 있다는 뜻

으로 많이 쓰인다. 즉 『일난거 일난래(一難去一難來)』라는 뜻이다.

후한은 외척과 환관에 의해 망했다고 한다. 후한 화제(和帝)가 열 살로 즉위하자, 두태후(竇太后)가 수렴청정을 하게 되었다. 태후의 오빠인 두헌(竇憲)이 머리를 쳐들게 된다. 외척 문제가 일기 시작한 것이다. 두헌은 흉노의 침입을 물리친 하찮은 공로로 대장군에 임명되고, 뒤이어 그들 부자 형제가 대신과 장군의 요직을 다 차지하게 된다. 화제는 어린 마음에도 태후와 외척에 대한 반발을 느꼈다. 그래서 두헌과 잘 어울리지 않는 환관 출신의 정중(鄭衆)을 불러들여 비밀계획을 짠 끝에 마침내 정중의 힘을 빌려 두헌의 비행을 폭로하고 그로부터 대장군의 직책을 빼앗은 다음 자살을 하도록 만들었다.

이리하여 외척문제가 일단락되자, 정중을 중심으로 한 환관들이 머리를 들기 시작했다. 환관은 남자로서 남자의 구실을 못하는 불구자들이다. 그들의 권력에 대한 욕망은 보통 사람보다 몇 배나 더 하다. 그들이 정치 표면에 나서는 순간 조정은 다시 혼미를 거듭했다. 결국 화제는 앞문의 호랑이인 외척을 몰아내기 위해 뒷문의 늑대인 환관을 끌어들인 셈이 되고 말았다. 그래서 조설항은 그의 역사 평에서 이렇게 썼다.

「두씨들은 비록 제거되었지만, 내시들의 권력이 이때부터 성하게 되었다. 속담에 「앞문에서 호랑이를 막으며 뒷문으로 늑대를 끌어들인다(前門拒虎 後門進狼).」고 했는데 바로 이것을 두고 한 말이다.」

— 조설항(趙雪航)

▣ **발호(跋扈)** : 함부로 날뛰다. 발(跋)은 뛰어넘는다는 뜻이고, 호(扈)는 대나무로 만든 통발을 말한다. 통발을 물에 넣으면 작은 물고기들은 힘이 없어서 그대로 남지만, 큰 물고기들은 이를 뛰어넘어 달아난다는 데서 나온 말이다. 『발호』는 아랫사람 또는 신하가 윗사람 또는 임금을 우습게보고 권한을 침범하는 경우에 쓰는 말이다.

후한(後漢)의 양기는 외모가 아주 특이한 사람이었다. 어깨는 성난 듯이 늘 들썩거렸고 눈은 날카롭기 짝이 없었다. 또 눈동자는 남을 꿰뚫을 듯 섬광이 번뜩였고, 말투는 더듬거려 분명하게 들을 수가 없었다. 순제(順帝) 때 그는 대장군에 임명되었다. 그러나 그 기질은 그대로여서 포악함은 극에 달했다. 순제가 죽자 그는 두 살난 충제(沖帝)를 왕위에 올렸으며, 이듬해 충제가 죽자 이번에는 여덟 살짜리 질제(質帝)를 황제에 등극시켰다. 질제는 어리지만 총명해서 양기의 교만하고 방자한 성질을 잘 알고 있었다.

일찍이 조회가 있을 때 양기를 평하면서 신하들에게 이렇게 말했다. 「그는 발호장군이다. 도무지 제멋대로란 말이야.」 이 말을 들은 양기는 황제를 몹시 미워하게 되고 급기야는 임금을 독살해 버리고 말았다. 그런 다음 다시 환제를 세우고, 이고(李固)와 두교(杜喬)는 죄를 뒤집어씌워 살해해 버렸다. 나라 안은 이런 일련의 일들로 해서 탄식과 두려움으로 가득 차게 되었고 민심 또한 극도로 흉흉해졌다.

그의 권력이 얼마나 대단했는지는, 세시 때가 되어 헌상한 물품들이 도성에 도착하면 최상품은 먼저 양기의 집으로 옮겨졌고, 천자에게는 한 등급 아래의 물품이 보내졌다는 것만 보고도 잘 알 수 있었다. 이후 그의 가문은 크게 번성해서 일곱 명의 제후(諸侯)와 세 명의 황후를 배출했으며, 여섯 명의 귀인과 장군도 둘이 나왔다. 그가 재직한 20년 남짓 영화는 극에 달했고, 권세는 조정의 안팎에 넘쳐 모든 관리가 두려움에 떨며 감히 그의 명령에 거역할 사람이 없었다. 천자는 몸을 삼가고 정치를 아예 그에게 맡겨버려 천자가 직접 정치에 간섭하는 일도 드물게 되었다.

천자는 오래 전부터 이것을 몹시 불만스럽게 여기고 있었다. 그러다가 마침내 견디다 못해 계략을 꾸며 양기를 제거하고 조정 안팎에 널리 깔려 있는 그의 일족들을 남녀노소를 가리지 않고 모두 도륙하고 그 시체를 시장바닥에 내걸었다. 그 밖에도 양기에게 빌붙던 벼슬아치와 교위, 자사, 군수 등 처형된 사람이 부지기수였다. 양기가 임명한 관리들 중 면직된 사람만도 3백여 명에 이르러서 조정은 삽시간에 텅 비어버렸다. 천자는 또 양기의 재산 30여만 석을 몰수하여 천자의 창고에 두고 그것을 재정에 충당하자 백성들의 세금이 반으로 줄었다고 한다. 그만큼 양기는 엄청난 권력과 부를 누렸던 것이다. —《후한서》 양기전(梁冀傳)

【에피소드】

▣ 카토는 테미스토클레스의 말을 빌려, 「모든 사람은 아내를 지배한다. 우리는 모든 사람을 지배한다. 그런데 우리는 아내의 지배를

받는다.」라고 했다. 그는 어느 날, 어린 아들이 제 어머니를 졸라 그 마음을 움직이는 것을 보고, 「여보, 잘 들어 두오. 그리샤를 움직이는 것은 아테네 사람들이요, 아테네 사람들을 움직이는 것은 나요, 나를 움직이는 것은 당신, 당신을 움직이는 것은 저 아들이오. 그러니까 권력을 남용시키지 마오. 스스로 알 까닭이 없지만, 그 권력이 그리샤에서 제일 크오.」라고 말했다.

【명작】

▣ 권력과 영광(The Power and the Glory) : 영국의 작가 그레엄 그린(Henry Graham Greene, 1904~1991)이 1940년 발표한 대표작. 무신론적 혁명정부가 들어선 직후의 멕시코에서 박해를 받는 한 신부의 기묘한 모험과 순교상(殉敎像)을 그린 소설이다. 가톨릭교가 박해를 받고 신부들이 순교를 당하는 상황에서 한 신부는 탈출에 성공한다. 그는 술을 너무 좋아하여 『위스키 신부』라는 별명을 얻었고, 사생아를 낳게도 했다.

그러나 그는 자기와 똑같이 쫓기고 있던 한 살인범의 임종을 앞둔 고해(告解)를 듣기 위하여 멕시코로 되돌아와 체포되어 결국 총살당하고 만다. 「고통이 쾌락의 한 부분이듯, 지상(地上)은 천국의 한 부분이다.」라고 설파하던 이 타락한 신부의 죽음은, 가톨릭 가문에서 자란 회의적이던 한 소년의 마음을 움직여 회심(回心)하게 하였다. 작자는 이 작품에서 신의 참뜻과 인간이 본 신의 뜻의 차이를 이야기하고 있다.

【成句】

▣ 권불십년(權不十年) : 권세가 10년을 가지 못한다는 말.

▣ 부월지하(斧鉞之下) : 부월, 즉 도끼는 옛날 중국의 권력의 상징이었다. 곧 임금의 위엄을 가리키는 말.

▣ 맹호위서(猛虎爲鼠) : 동물의 왕자인 범도 위엄을 잃게 되면 한갓 쥐와 다를 게 없다는 뜻으로, 군주도 권위를 잃게 되면 신하에게 제압당함을 비유하는 말. / 이백(李白)

▣ 천작막여일봉(千雀莫如一鳳) : 천 마리의 참새가 한 마리의 봉황만 못하다는 뜻으로, 말만 많고 보잘 것 없는 다수가 권위 있는 한 사람에 미치지 못함을 비유하는 말.

▣ 추상열일(秋霜烈日) : 추상(秋霜)은 가을의 찬 서리. 열일(烈日)은 세차게 내려쬐는 한여름의 태양. 형벌이나 지조(志操) 등이 엄정하고 권위가 있다는 말. 지조견고(志操堅固) 등에 비유해서 쓰인다. / 《신감(申鑒)》

▣ 절월(節鉞) : 절부월(節斧鉞)이라고도 함. 조선시대에 지방에 관찰사 유수 · 병사 · 수사 · 대장 · 통제사 등이 부임할 때 왕이 내어주던 절과 부월. 절은 수기(手旗)와 같고, 부월은 도끼와 같이 만든 것으로 생살권(生殺權)을 상징함.

▣ 시랑당도(豺狼當道) : 승냥이와 이리가 길을 막는다는 뜻으로, 사악한 인간들이 권력을 잡고 횡포를 부리는 것을 비유하는 말. / 《후한서》

▣ 무단(武斷) : 무력으로 억압하여 일을 결정해 버리는 것. 또는 위

력, 권력에 의해 뜻대로 행동하는 것. /《사기》

▣ 결적수어천인지계(決積水於千仞之溪) : 천 길 시내에 물을 모아서 쌓아 둠. 세력의 신속, 맹렬함을 이름. /《손자병법》 군형편.

▣ 불수진(拂鬚塵) : 남의 수염에 묻은 먼지를 떤다. 곧 윗사람이나 권력자에게 아부하거나 비굴한 태도를 보이는 것을 이르는 말. /《송사》

▣ 고옥건령(高屋建領) : 높은 지붕에 물독을 올려놓고 그것을 기울임과 같이 세력의 성함을 이름. /《사기》 고조본기

▣ 여련왕(厲憐王) : 조건이 불리하여 보통은 남의 동정을 받을 사람이 거꾸로 압도적으로 유리한 입장에 있는 사람을 불쌍히 여기는 것. 여(厲)는 문둥병. 문둥병을 앓는 사람이 권력을 함부로 휘두르고 있으면서도 언제 목숨을 빼앗길지 전전긍긍(戰戰兢兢)하고 있는 왕을 불쌍히 여긴다는 데서 나온 말. /《한비자》

▣ 일국삼공(一國三公) : 한 나라에 세 권력자가 있다는 뜻으로, 질서가 서지 않음을 이르는 말. /《좌전》

▣ 고산지전무미목(高山之巓無美木) : 높은 산에 좋은 나무가 없듯이 높은 자리에 있는 사람은 뭇사람에게 비난을 받아 미명(美名)을 남기기 어렵다는 말. /《설원(說苑)》

▣ 추염부열(趨炎附熱) : 권세가 있는 사람에게 아부하여 입신출세를 꾀함을 비유하는 말. 염(炎)과 열(熱)은 모두 권력이 강대함의 비유. /《송사》

▣ 훈작(熏灼) : 불에 태운다는 뜻으로, 부귀한 자의 세력이 성함을

이름. / 《한서》

▣ 호익(虎翼) : 범에 날개까지 더한다는 뜻으로, 부자에게 권력까지 더함을 이르는 말.

▣ 권병(權柄) : 권(權)은 저울의 추, 병(柄)은 도끼의 자루. 즉, 생살여탈(生殺與奪)의 권력을 잡은 자루라는 뜻. / 《좌전》

▣ 건병수(建瓶水) : 옥상에서 병의 물을 밑으로 쏟는 것과 같이 세력이 급속함. / 《사기》 고조본기

충성 allegiance 忠誠

(충신)

【어록】

▣ 금옥을 보배로 여기지 않고 충성과 신임을 보배로 여긴다(不寶金玉 而忠信以爲寶). —《예기》

▣ 국가가 어지러우면 충신이 있다. —《노자》

▣ 좋은 약은 입에 쓰지만 병에 이롭고 충성된 말은 귀에 거슬려도 행함에 이롭다(良藥苦口利於病 忠言逆耳利於行). —《공자가어》

▣ 지언(至言)은 귀에 거슬린다. 그래서 순순히 받아들이기가 어렵다{至言忤於耳 而倒於心 : 지언(至言)은 정언(正言 바른 소리)을 말한다}. —《한비자》

▣ 하찮고 조그마한 충성이 큰 충성에 방해가 된다{行小忠 則大忠之賊也 : 공을 세우려는 과욕(작은 충성)이 국가의 존엄(큰 충성)을 훼손하는 우를 범한다}. —《한비자》

▣ 법이 정당하면 백성이 성실하게 잘 지키고, 판결이 온당하면 백성이 충실하게 잘 따른다(法正則民慤 罪當則民從).

— 《사기》 효문본기

▣ 군자는 교제가 끊어져도 나쁜 말을 입 밖에 내지 않으며, 충신은 나라를 떠나도 그 이름을 깨끗이 한다(군자는 절교해도 욕을 하지 않으며, 충신은 쫓겨나도 자기를 변명하지 않는다). — 《사기》

▣ 지언(至言)은 속된 귀에 거슬리며, 참된 말은 반드시 중유(衆儒)에 어긋난다. — 《포박자》

▣ 충신을 구하려면 반드시 효자 집안에서 골라야 한다(求忠臣 必於孝子之門). — 《십팔사략》

▣ 시국을 건져 도를 행하는 것이 현명함이고, 용안을 범하며 간언을 받아들이게 하는 것이 충성이다(以救時行道爲賢 以犯顔納說爲忠). — 소식(蘇軾)

▣ 지혜로써는 큰일을 획책할 수 있고, 재능으로는 일을 성사시킬 수 있으며, 충성으로는 윗사람을 섬길 수 있고, 혜택으로는 아랫사람을 살게 할 수 있었다(智足以造謀 材足以立事 忠足以勤上 惠足以存下). — 한유(韓愈)

▣ 간사하고 아첨하는 신하와 충성스럽고 좋은 신하는 겉 생김새는 비슷하지만 마음이 다르다(奸佞與忠良之臣 形相似而心不同也). — 장구령(張九齡)

▣ 지키는 바는 道와 의이고, 실행하는 바는 충성과 신의이며, 아끼는 바는 명성과 지조이다(所守者道義 所行者忠信 所惜者名節). — 구양수(歐陽修)

▣ 면전에서 아부하는 자는 충성스럽지 못하고, 낯빛을 감추는 자는

성실치 못하다(面譽者不忠 飾貌者不情).

— 《대대례기(大戴禮記)》

▣ 남의 부탁을 받았으면 남의 일에 충성해야 한다(受人之托 忠人之事). — 《경세통언》

▣ 살아서는 목숨을 바쳐 충성을 하고 죽어서는 결초보은한다(生當隕首 死當結草). — 《문장궤범》

▣ 충신은 두 임금을 섬기지 않고, 열녀는 두 지아비를 섬기지 않는다(忠臣不事二君 烈女不更二夫). — 《소학》

▣ 주인을 위해서 저지른 과실은 훌륭한 행위다.

— 푸블릴리우스 시루스

▣ 잘 섬기는 것이 주인 될 자격을 기르는 것이다.

— 푸블릴리우스 시루스

▣ 나는 항상 왕에게 충성을 다해 왔고 그의 영토를 더하기 위해 찾아 헤맸다. (태평양을 최초로 발견한 이 탐험가는 모함을 받아 누명을 쓰고 억울한 죽음을 당했다) — 바스코 발보아

▣ 정의—충성, 세금, 개인적인 봉사에 대한 보수로서, 얼마간의 차이는 있더라도, 한 나라의 정부가 국민에게 파는 품질 나쁜 상품.

— 앰브로즈 비어스

▣ 이 충성이라는 것, 내 생각엔 신하의 코에 낀 고리다. 그것으로 코는 똑바로 방향을 잡아 주어 성별(聖別)된 향기를 맡는다.

— 앰브로즈 비어스

▣ 우애와 같이 충성도 위(胃)에 의해서 좌우될 때가 가끔 있다.

— 슈테판 츠바이크

▣ 나는 나라에 바칠 이 몸이 오직 하나뿐이라는 것이 유감일 따름이다. (독립전쟁 시 뉴욕에서 그가 스파이로 영국군에게 교수형을 당하기 직전 한 말) — N. 헤일

▣ 충성심을 품지 않고 사는 것은 수치스런 일이다.— 랠프 에머슨

▣ 왕후의 관용은 국민의 충성을 쟁취하는 하나의 전략에 지나지 않는다. — 라로슈푸코

▣ 많은 자유국가가 자유를 상실하였습니다. 우리에게도 그런 날이 올지 모릅니다. 만일 그렇게 된다면 이 나라가 나의 자랑스러운 훈장이 되기를 바랍니다. 내가 제일 마지막으로 도망을 쳐서가 아니라, 나는 결코 도망을 치는 일이 없을 것이기 때문입니다.

— 에이브러햄 링컨

▣ 진리의 신에 대한 충성은 다른 모든 충성을 능가한다.

— 마하트마 간디

▣ 열녀는 두 지아비를 맞는 일이 없고, 충신은 두 임금을 섬기지 않는다. — 길재

▣ 나아가서는 임금을 섬기고 들어와서는 어버이를 섬기는 데 천성(天性)에 근본하고 몸으로 실행해서 천지간에 설 수 있는 것은 충효이다. 이것에 어두우면 새나 짐승과 같다. 무릇 충효라는 것은 인의(仁義)의 일이니, 일은 두 가지나 이치는 한 가지이다. 비록 처한바 사세가 같지 아니하고, 늦게나 급히 해야 될 것이 같지 아니하나, 그 본말은 대개 질서가 정연하여 어지러이 할 수 없는 것이

다. — 이곡(李穀)

▣ 또 충신이 되기로는 오직 나라뿐이며 집은 잊으면서 공사만 생각하고 사사로움을 잊는다. 임금이 근심되는 일에는 자기 몸을 욕볼 각오가 서 있고, 임금이 욕볼 때에는 자기는 죽기로 결심해서 분연히 몸을 돌보지 않으며, 오직 정의에만 따라가는 것이다. — 이곡

▣ 진실로 충신은 임금을 덕으로 사랑하고 임금을 예법으로 공경하는 것이요, 비위 맞추고 순응하는 것이 도리어 애경(愛敬)에 해가 되는 까닭입니다. — 이이

▣ 충신과 의사란 나라가 망해 엎어진다 해서 조금이라도 그 간절한 충군애국의 마음을 늦추지 않고 본즉, 정성이 곧 천하국가의 근본이 되는 것이니, 이는 오로지 뜻을 정성스럽게 해서 마음을 바로잡는 데 있는 것이다. — 박지원

▣ 충성과 효도는 누려도 다함이 없으나, 보배와 재화는 쓰면 다 없어진다. — 김근형

▣ 한번 누구에게 몸을 허하였거든 죽기까지 그에게 충성하라. 오직 만민이 도탄에 든 때에만 대의의 칼을 들지니 이것은 탕(湯)·무(武)의 일이어니와 저마다 할 바 아니니라. — 이광수

▣ 충신이 간신한테 몰려서 죽는다는 것은 전제군주시대의 공식이다. — 이광수

▣ 충(忠)이란 제가 할 수 있는 바를 다하는 것을 이름이요 성(誠)이란 있는 힘을 다해서 일한다는 뜻이다. — 조지훈

▣ 사심 없는 애국 충정이 자연스럽게 국민들의 마음으로부터의 협력

을 얻을 수만 있다면 못할 일이 없을 것이다. — 유달영

▣ 충신과 역적이 서로 다른 시대에 나는 것이 아니요, 바로 같은 시대에 있는 것이다. — 이은상

▣ 충언을 받아들인 사람은 두 사람의 앞가림을 하는 것. — 미상

【속담 · 격언】

▣ 충신의 편도 천명(天命), 역신의 편도 천명. (세상일이란 사람 뜻대로 이루어지는 것이 아니라 운명이 정해진 대로 되어 가는 것이다)
— 한국

【시 · 문장】

충신의 하올 일을 비간(比干)에게 물어보니
비간이 대답하되 일편심(一片心)을 아끼지 말라
우리는 마음을 뵈었으니 끼친 한이 없어라.

— 김수장

옛 사람이 충(忠)자를 해석하기를, 「몸이 할 수 있는 데까지 다하는 것」이라고 하였으니, 몸이 할 수 있는 데까지 다한다는 것은 사생(死生)과 위난(危難)에 반드시 신하의 도리를 극진하게 하여, 힘이 닿고 몸이 할 수 있는 데까지 만을 다하는 것이고, 반드시 어려움을 참으면서 죽음에 나가고 구차하게 난을 피하라는 것은 아니니, 다만 그 형세를 보아서 할 뿐이다. 그러나 그 일이 성공하고 성공하지 못하는 것과,

뜻이 성취되고 성취되지 못하는 것은 운명이므로 할 수 있는 일은 마땅히 그 힘을 다할 것이며, 행할 수 있는 뜻은 정성을 다할 것이나, 그 충성을 하기 위하여 신하로서 할 수 없는 일까지 할 필요는 없고, 다만 신하로서 할 수 있는 일을 하여 그 직분을 다할 뿐이다. 용봉(龍逢)과 비간(比干)이 걸(桀)·주(紂)에게 죽은 것도 직분이며, 제갈양·악비(岳飛)·문천상(文天祥)이 촉(蜀)·송(宋)에서 충절을 다한 것도 또한 직분이다. 어찌 별다른 것이 있겠는가.」

— 김시습 / 《매월당집》

조정에 곧은 신하가 있으면 적국(敵國)이 두려워하고, 선비들이 동일한 말만 하고 이론(異論)이 없으면 식자(識者)들이 근심한다는 것인데, 만약 이 몇 사람이 아니었으면 전하의 첫 정사(政事)의 대체(大體)에 어긋날 뿐만 아니라 장차 선왕께서 수십 년을 두고 이룩한 업적을 나타낼 수가 없었을 것이옵니다. — 신숙주 / 《보한재집(保閒齋集)》

천하에 언로(言路)가 있는 것이 사람의 몸에 혈기(血氣)가 있는 것과 같으니, 혈기가 한참만 돌지 않으면 온 몸에 병이 생겨 마음이 편안하지 않을 것이요, 언로가 하루만 통하지 않아도 사방에 폐단이 생겨 임금이 편안하지 못할 것입니다. 그러므로 옛날 천하 국가를 다스리는 자는 대개 권모술수가 많았으나 반드시 곧은 말로 극력 간(諫)하는 자를 구함으로써 급선무를 삼았던 것입니다. 비록 귀에 거슬려 차마 듣지 못할 말이 있더라도 반드시 즐겨 받아들이고 또 권장하는 것은, 곧은 말을 하는 기개(氣溉)를 격동시켜 주어 사방의 말을 오게 하여 천만세(千萬世)에 태평을 이룩하려는 것입니다.

— 신숙주 / 《보한재집》

전(傳)에 이르기를, 「임금의 하고자 함을 그치게 하는 것이 무엇이 허물이리오. 임금을 그치게 하는 것은 임금을 사랑함이라」 하였으니, 대개 그 임금의 하고자 함을 그치게 하는 것이 마땅히 임금에게 불순한 것 같으나, 그 과실을 바로잡아 구원하여 불의에 빠지지 아니하고 그 아름다운 덕을 이룩하면 곧 이것이 진실로 임금을 사랑하는 것입니다.

— 윤상 / 《별동집(別洞集)》

【중국의 고사】

▣ **걸견폐요(桀犬吠堯)** : 개는 선악을 불문하고 저마다 그 주인에게만 충성을 한다. 「걸(桀)의 개가 요(堯)를 보고 짖는다」 즉 『걸견폐요(桀犬吠堯)』란 말은 후세에 와서 바뀌게 된 것으로, 《사기》 열전(列傳)에는 도척의 개가 요임금을 보고 짖는다(跖之狗吠堯)로 되어 있다. 결국 개는 주인만을 알고 그 이외의 사람에게는 사정을 두지 않는다는 뜻이다. 《사기》 회음후열전에 보면, 괴통이란 책사(策士)가 한신에게 이렇게 권유했다.

「지금 항우는 남쪽을 차지하고 유방은 서쪽을 차지하고 있습니다. 지금 동쪽인 제나라를 차지하고 있는 대왕이 어느 쪽에 가담하느냐에 따라 천하대세가 좌우됩니다. 한왕이 대왕을 제나라 왕으로 봉한 것은 남쪽으로 초나라 항우를 치기 위한 부득이한 조처로 실은 대왕을 속으로 몹시 꺼리고 있습니다. 항우가 망하게 되는 날 대왕의 신변은 위태롭게 됩니다. 지금 항우가 바라고 있듯이 이 기회에 천하를 셋으로 나누어 동쪽을 대왕이 차지하고 대세를 관망하는 것이 가장 현명한 길입니다.」

한신은 며칠을 두고 고민하던 끝에 결국은 괴통의 꾀를 받아들이지 못하고 말았다. 천하가 통일되자 유방은 괴통의 말대로 한신을 없애려는 생각으로 꽉 차 있었다. 초나라 왕으로 봉해졌던 한신은 역적의 누명을 쓰고 장안으로 잡혀오게 되었고, 이렇다 할 증거를 잡을 수 없자, 그를 초왕에서 회음후로 작을 깎았다. 그 뒤 정말 역적으로 몰려 여후(呂后)의 손에 죽게 되자 한신은, 「나는 괴통의 꾀를 듣지 않고 아녀자의 속인 바가 된 것을 후회한다. 어찌 운명이 아니었는가.」 하는 말을 남겼다.

한신이 남긴 말을 전해들은 한고조 유방은 곧 괴통을 잡아들이게 했다. 「네가 회음후에게 반역하라고 시킨 일이 있느냐?」 고조의 물음에 괴통은 태연히 대답했다. 「그렇습니다. 신이 반역하라고 일러 주었습니다. 그 철부지가 신의 꾀를 쓰지 않았기 때문에 스스로 몸을 망치고 만 것입니다. 만일 그 철부지가 신의 계책을 썼던들 폐하께서 어떻게 그를 죽일 수 있었겠습니까?」

화가 치민 고조는 괴통을 기름 가마에 넣으라고 명령했다. 「슬프고 원통하다! 내가 삶겨 죽다니!」 괴통은 하늘이 원망스럽다는 듯이 부르짖었다. 「네가 한신을 반하라 시켰다면서 뭐가 원통하단 말이냐?」「진(秦)나라가 그 사슴(鹿 : 정권)을 잃은지라 온 천하가 다 함께 이를 쫓았습니다. 그 결과 솜씨가 뛰어나고 발이 빠른 사람이 먼저 얻게 된 것입니다. 도척 같은 도둑놈의 개도 요임금을 보면 짖습니다(跖之狗吠堯). 요임금이 어질지 않아서가 아니라, 개는 원래 그 주인이 아니면 짖기 때문입니다. 당시 신은 다만 한신을 알고 있을 뿐, 폐하는 알지 못했습니다. 또 천하에는 폐하가 한 것과 같은 일을 하고 싶어 하는 사람이 많지만, 힘이 모자라 못할 뿐입니다. 그들을 또 다 잡아 삶을 작정이십니까?」

말 한 마디로 천 냥 빚을 갚는다고, 화가 치밀었던 고조도 괴통의 말이 과연 옳다 생각되어 그를 곱게 놓아 보냈다.

—《사기》 회음후열전

▣ **충신불사이군**(忠臣不事二君) : 「충성된 신하는 두 임금을 섬기지 않고 절개가 있는 여자는 두 남편을 섬기지 않는다(忠臣 不事二君 烈女 不更二夫).」라는 말은 너무도 잘 알려져 있는 말이다. 한 임금만 섬기는 충성스러운 신하를 비유하는 말이다. 중국에서 예로부터 전해 내려온 속담으로서, 중국뿐 아니라 한국에서도 충신의 상징처럼 쓰이던 말이다. 이 말과 관련된 고사(故事)로는 중국 전국시대 제(齊)나라의 왕촉(王燭)과 관련된 이야기를 들 수 있다.

연(燕)나라의 장수 악의(樂毅)가 제나라를 정벌하였을 때, 제나라의 화읍(畵邑)에 왕촉이라는 현자가 살고 있다는 소문을 들었다. 악의는 화읍 주변의 30리 안으로는 진군하지 말라는 명령을 내렸다. 그리고는 왕촉에게 사람을 보내어 연나라에 귀순하여 장수가 되면 만 호를 봉하겠노라고 제안하였다. 왕촉이 거절하자, 연나라 사람은 말을 듣지 않으면 화읍 사람들을 학살하겠다고 협박하였다.

그러자 왕촉은 「충신은 두 임금을 섬기지 않고, 정숙한 여인은 지아비를 두 번 바꾸지 않는 법이다(忠臣不事二君, 貞女不更二夫). 제나라 왕이 나의 간언을 듣지 않았으므로 나는 관직에서 물러나 들에서 농사를 지으며 살았다. 나라가 이미 망하였는데, 내가 살아남을 수 있겠는가. 지금 또 군대로써 위협하여 장수가 되라고 하는데, 이는 폭군 걸왕을 돕는 일이나 마찬가지다. 살아서 의로움이 없을 바에는 차라리 삶겨져 죽는 것이 낫다.」라고 답하고는, 스스로 나무에 목을 매어 죽었다.

충신불사이군 뒤에 이어진 정녀불경이부(貞女不更二夫)는 열녀불경이부(烈女不更二夫)와 같은 뜻이다. 『충신불사이군, 열녀불경이부』는 흔히 한 문장처럼 같이 쓰이는데, 여기에는 전제군주시대에 신하의 충성을 강조함으로써 왕권을 강화하고, 가부장사회에서 여성의 복종과 수절을 미덕으로 삼으려는 의도가 다분히 내포되어 있다.

— 《사기》 전단열전(田單列傳)

■ **견위수명**(見危授命) : 나라가 위태로울 때는 자신의 목숨까지도 바친다.

공자의 제자 자로(子路)가 공자에게 성인(成人)에 대해 묻자, 공자는 지혜와 청렴과 용기, 그리고 재예(才藝), 예악(禮樂)을 두루 갖춘 사람이 성인이라고 대답하면서 이렇게 덧붙였다.

「그러나 오늘의 성인이 어찌 반드시 그렇겠는가? 이로움을 보면 의(義)를 생각하고, 위태로움을 보면 목숨을 바치며, 오래 전의 약속을 평생의 말로 여겨 잊지 않는다면 또한 마땅히 성인이라 할 수 있다(今之成人者 何必然 見利思義 見危授命 久要 不忘平生之言 亦可以爲成人矣).」

공자는 여기서 지금의 성인은 옛날의 성인에는 미치지 못하지만, 위의 세 가지 요건만 갖추면 성인이라 할 만하다는 뜻으로 말한 것이다.

여기서 유래한 『견위수명』은 이후 나라를 위해서는 목숨도 아낌없이 바치는 충신을 일컫는 용어로 쓰였다.

여기서 「이로움을 보면 의(義)를 생각한다」는 『견리사의(見利思義)』와 『견위수명』은 뜻이 통하는 말이다. 나라나 대의를 위해 자신을 희생한다는 뜻의 성어는 이 밖에도 『선공후사(先公後私)』, 『대의멸친(大義滅親)』 등이 있다. 『견위치명(見危致命)』이라고도 한다.

— 《논어(論語)》 헌문(憲問)

▣ **절함**(折檻) : 진심에서 우러난 충고. 『절함』은 난간을 부러뜨린다는 뜻이다. 《한서》 주운전에 있는 이야기다. 전한(前漢) 효성제 때부터 환관과 외척들이 득세하여 정치에까지 손을 뻗치게 되었다. 효성제 때의 외척은 왕씨 일족으로 모두 입신출세하여 정치를 농

단하고 있었다. 이런 꼴을 보다 못해 분개한 것은 남창(南昌)의 장관인 매복(梅福)이라는 기골이 장대한 사나이로서, 임금에게 상소를 올렸다.

「이제 외척의 권력이 날로 심해 그로 인해 한실(漢室)의 위광은 땅에 떨어지고 말았습니다. 선대 이래의 충신 석현(石顯)을 추방시킨 이후 일식(日蝕)과 지진이 많고 수해에 이르러서는 그 예를 이루 헤아릴 수조차 없습니다. 저 천하가 어지러웠던 춘추시대에도 볼 수 없을 정도의 천변지이가 일어나고 있는 것은 정치가 제대로 행해지고 있지 않은 증거입니다.」

하지만 임금은 반성하는 빛이 없고 더욱 더 왕씨 일족을 중용하여 안창후(安昌侯)인 장우(張禹)조차도 임금의 스승이라는 것만으로 추기(樞機)에 참획(參劃)하게 되었다. 지금까지 말이 없던 관리나 백성들도 마침내는 비난을 하는 소리가 빗발치고 왕씨의 전횡을 분개하는 상소가 쇄도했다. 이렇게 되자 성제도 다소 당황하여 스승인 장우를 몰래 찾아가 대책을 하문했다.

그러나 이 장우 선생, 그 이름은 옛날 황하를 다스려 성인이라 칭송되고 천자가 된 하(夏)의 우왕(禹王)과 같았으나 그 생각은 하늘과 땅처럼 아무런 재주도 없는 사이비 학자로 왕씨 일족의 원한이라도 사면 어쩔까 하는 걱정에서, 「황공하오나 천지이변의 뜻은 심원해서 도저히 미루어 알 수가 없습니다. 그러므로 성인 공자도 이런 점에 대해서는 그런 언급을 하지 않았으며, 성(性)과 천도(天道)에 대해서는 애제자인 자공(子貢)도 배우지 못했을 정도입니다.

그것을 제대로 학문도 모르는 소인배들이 이러니저러니 하고 사람을 현혹시키는 것은 정말 옳지 못합니다. 그런 자들이 하는 말을 가지고 심려하실 필요는 조금도 없습니다.」 하고 그럴싸하게 대답했다.

미혹한 성제도 옳다고 여기고 한층 더 왕씨 일족과 우(禹)를 신임했다. 이에 참다못한 괴리(槐里)의 지사 주운(朱雲)이 성제 앞에 나타나, 「원컨대, 폐하께서는 비장하고 계신 참마의 검(斬馬之劍)을 받아, 악인들의 목을 쳐 다른 자의 본보기로 하겠습니다. 부디 허락해 주시기를……」 하고 머리를 조아렸다. 그러자 성제가 물었다. 「그게 대체 누구인가?」 「안창후 장우이옵니다.」 성제는 대로했다. 「닥쳐라, 무례한 놈! 천한 신분으로 짐의 스승을 만좌 중에서 모욕을 하다니 절대로 용서할 수 없다. 이놈을 끌어내 목을 쳐라!」

어사는 주운을 전상에서 끌어내려고 했다. 주운은 필사적으로 난간에 매달리며 외쳤다. 「폐하, 잠깐만 더 신의 말을 들어 주시옵소서.」 어사도 있는 힘껏 주운을 끌어내리려고 한다. 그러나 주운 역시 난간을 놓지 않는다. 끝내 난간이 부러져 두 사람은 부러진 난간과 함께 쾅 하고 땅으로 나동그라졌다. 「신의 이 몸은 어찌 되든 상관이 없습니다. 오직 폐하의 성대(聖代)가 걱정이 될 뿐이옵니다. 부디 명찰해 주시옵소서.」

주운은 피눈물을 흘리면서 목이 메어 계속 호소했다. 이 광경을 바라보고 있던 장군 신경기(辛慶忌)는 주운의 태도에 감동되었는지 훌쩍 주운의 곁으로 뛰어내리더니 머리를 땅에 부딪쳐 이마에서 피를 흘리며 주운의 목을 베는 것에 대한 잘못을 간했다. 처음에는 발끈했던 성제도 두 사람의 나라를 생각하는 진심에 감동되어, 「과인이 잘못했소. 공연히 충신을 잃을 뻔했구려.」 하고 말하면서 내실로 들어갔다.

그 후 가신이 부러진 난간을 고치려고 하자 성제는, 「아니다. 고치지 말라. 저것은 내게 직간(直諫)해 준 충신의 기념이다. 저걸 볼 때마다 주운을 생각하고 정치를 바로잡을 거울로 삼겠다.」 그래서 성제 제위 중에는 부서진 난간을 그대로 두었다고 한다.

그러나 그런 일쯤으로 왕씨 일족의 전횡이 그칠 리가 없었다. 나라는 갈수록 쇠해져 성제 사후 얼마 되지 않아 역신(逆臣) 왕망(王莽)에게 제위를 빼앗기고 전한은 망하게 된다. 그리하여 『절함』과 같은 뜻으로 『절간(切諫)』이란 말도 쓰이고 있으나, 이것은 《사기》 주부언전(主父偃傳)에 있는 말로서, 「명주(明主)는 절간(切諫)을 미워하지 않는다.」라는 말에서 온 것이다.

— 《한서》 주운전(朱雲傳)

【우리나라 고사】

▣ 신라 10대 내해왕 즉위 20년(215년)에 골포국(骨浦國 : 지금 合浦) 등 3개국의 왕들이 각각 군사를 이끌고 신라의 갈화(竭火, 지금 울주)로 쳐들어왔다. 내해왕은 몸소 군사를 거느리고 나가 막았다. 세 나라의 군사들은 모두 패했다. 그 때 물계자가 벤 적군의 머리

가 수십 급이었으나 아무도 물계자의 전공을 말하는 이가 없었다.

물계자는 그의 아내에게 말했다.「나는 들어 왔다. 임금을 섬기는 도리에 있어 위태함을 보고는 목숨을 바치고, 어려움에 임해선 몸을 돌보지 않아 오직 절의(節義)에 의거하여 생사를 돌아보지 않는 그것이 바로 충이라는 것을. 저 보라와 갈화의 싸움은 실로 나라의 어려움이자 임금의 위태함이었다. 그런데도 나는 몸을 돌보지 않으며 목숨을 바칠 용기를 일찍이 가진 적이 없었으니, 이것은 바로 불충이 심한 것이다. 이미 불충으로 임금을 섬김으로 해서 선친에게까지 누를 끼치게 했으니 어찌 또 효라고 할 수 있겠는가. 이렇게 내 이미 충·효의 도를 잃고 무슨 면목으로 다시 조정과 시정을 나다닌단 말인가!」

마침내 물계자는 머리를 해뜨리고 거문고를 둘러메고는 사체산(師彘山 : 지금의 어딘지 미상임)으로 들어갔다. 대나무의 성벽을 슬퍼하며 거기에 붙여 노래를 짓고, 그리고 산간을 흐르는 시냇물 소리에 맞춰 거문고를 타며 가곡을 지으며, 그렇게 숨어 살고는 다시는 세상에 나타나지 않았다. — 일연 /《삼국유사》

▣ 중추부사 홍일동(洪逸童)은 일찍이 세조 앞에서 불사(佛事)를 강론한 사람이다. 세조는 자신의 죄과를 씻기 위해 부처의 힘을 빌고자 불사를 숭상했다. 그런데 홍일동은 그 앞에서 불사의 그릇됨을 공격했다. 세조는 홍일동을 지극히 사랑하는지라 거짓 성을 내어 추상(秋霜) 같은 호령을 내렸다.「저런 무엄한 놈이 있느냐! 당장

에 저놈의 목을 베어 부처님 앞에 사죄를 해야 되겠다.」하고 좌우의 무신을 시켜 칼을 가져오라고 했다.

그러나 홍일동은 얼굴빛 하나 변하지 않고 그대로 앉아서 공격을 늦추지 않았다. 신하들은 일동의 목에 칼을 두 차례나 겨누었다. 그러나 돌아보지도 않고 할 말만 하고 있었다. 이것을 본 세조가, 「너는 죽음을 무서워하지 않느냐?」고 물었다. 「죽게 되면 죽고 살게 되면 사는 것이지, 어찌 생사(生死)로써 마음을 바꾸겠나이까.」 세조는 매우 곧은 신하라고 기뻐하며 입었던 법의를 상으로 벗어 주었다.

【成句】

▣ 진충보국(盡忠報國) : 충성을 다하여 나라의 은혜를 갚음. /《송사》

▣ 갈충보국(竭忠報國) : 충성을 다하여 나라의 은혜를 갚음.

▣ 견마지로(犬馬之勞) : 임금이나 나라에 충성을 다하는 노력, 또는 자기의 노력을 겸손하게 일컫는 말.

▣ 견마지심(犬馬之心) : 충성심.

▣ 비궁지절(匪躬之節) : 제 몸을 돌보지 아니하고 임금에게 충성을 다하는 신하의 도리. /《역경》

▣ 만절필동(萬折必東) : 황하(黃河)는 일만 번을 꺾여 굽이쳐 흐르더라도 반드시 동쪽으로 흘러간다는 뜻으로, 어떤 일이 원래 뜻대로 되거나 충신의 절개는 꺾을 수 없음을 비유하는 말이다. /《순자

(荀子)》 유좌(宥坐)편.

▣ 수양은사(首陽隱士) : 주나라의 백이와 숙제 형제를 말함. 절개를 지키는 충신들을 일컬음.

▣ 충담의간(忠膽義肝) : 충의로운 속마음.

▣ 구마지심(狗馬之心) : 개나 말이 그 주인에게 하는 충성심이란 뜻으로, 자기의 진심을 겸손하게 이르는 말. 군주에 대한 충성심을 비유한 말. / 《한서》

▣ 내심왕실(乃心王室) : 마음을 왕실에 둠. 곧 나라에 충성함. / 《서경》

▣ 대간사충(大姦似忠) : 크게 간사한 사람은 그 아첨하는 수단이 매우 교묘하므로 흡사 크게 충성된 사람같이 보인다는 말. / 《송사(宋史》

▣ 일편단심(一片丹心) : 진정(眞情)에서 우러나오는 충성된 마음. 참된 정성.

▣ 충신출어고신 열녀출어천첩(忠信出於孤臣 烈女出於賤妾) : 흔히 중하게 여기지 않던 신하 가운데서 충신이 나고, 남들이 천하게 여기는 계집 중에 열녀가 난다는 말.

▣ 양표충언(兩表忠言) : 제갈양이 출진에 임하여 임금께 바친 두 번의 출사표로, 마디마디 그의 충성이 넘쳐 사랑의 눈물을 자아냄.

▣ 위국정충(爲國精忠) : 나라를 위한 순수한 충의.

▣ 견위치명(見危致命) : 나라가 위급해지면 제 몸을 나라에 바친다는 뜻. / 《논어》 자장편.

▣ 월기망(月幾望) : 그늘이 빛을 받는 것이 달이 햇빛을 받는 것과 같다는 뜻으로, 대신이 오직 임금을 위하여 충성을 다하는 것을 이름. /《역경》

▣ 고의충간(古誼忠肝) : 만고불변의 도의(道義)와 철석불요(鐵石不撓)의 충성심을 말함. /《송사》

▣ 미사심(未死心) : 몸은 비록 죽었을망정 충성심은 사후에도 남아 있다는 뜻. / 마자재『악왕묘시』

▣ 충군애국(忠君愛國) : 임금에게 충성을 다하고 나라를 사랑함.

▣ 국가혼란유충신(國家昏亂有忠臣) : 평소는 충(忠)·불충의 구별이 판연(判然)치 않으나, 일단 나라에 변란이 일어날 때 비로소 충신의 진가를 알아낼 수가 있음을 이름. /《노자》

▣ 불보금옥충신위보(不寶金玉忠信爲寶) : 금과 옥보다 충신을 더 귀히 여김을 이름. /《예기》

▣ 임환불망국충야(臨患不忘國忠也) : 국가에 환난이 있을 때 나라를 잊지 않는 사람은 충신임. /《좌씨전》

▣ 충신불신후군(忠臣不先身後君) : 충신은 자기 자신보다 먼저 임금을 생각함. /《사기》

▣ 충신애명(忠臣愛名) : 충신은 항상 명예를 아낌. /《전국책》

▣ 고언(苦言) : 귀에는 거슬리나 유익한 말. /《전국책》

▣ 명주겸승미약일언(明珠兼乘未若一言) : 주옥(珠玉)을 마차 가득 쌓는 것보다 한 마디의 충간(忠諫)이 낫다는 말. /《당서》

▣ 책난어군위지공(責難於君謂之恭) : 어려운 일을 가지고 임금에게

책(責)하는 것은 임금을 명군(名君)으로 하기 위한 마음에서 나온 것이므로 공(恭)이라 이름. / 《맹자》

김동구(金東求, 호 운계雲溪)
경복고등학교 졸업
경희대학교 사학과 졸업
성균관대학교 경영대학원 경영학과 제1회 수료
경희대학교 경영대학원 경영학과 제1회 졸업
〈편저서〉
《논어집주(論語集註)》, 《맹자집주》,
《대학장구집주(大學章句集註)》,
《중용장구집주》, 《명심보감》

명언 정의편(5)

초판 인쇄일 / 2021년 7월 25일
초판 발행일 / 2021년 7월 30일
☆
엮은이 / 김동구
펴낸이 / 김동구
펴낸데 / 明文堂
창립 1923. 10. 1
서울특별시 종로구 안국동 17-8
☎ (영업) 733-3039, 734-4798
(편집) 733-4748 FAX. 734-9209
H.P. : www.myungmundang.net
e-mail : mmdbook1@kornet.net
등록 1977. 11. 19. 제 1-148호
☆
ISBN 979-11-91757-14-9 04800
ISBN 979-11-951643-0-1(세트)
☆
값 13,500원